Scarlet
스칼렛

www.bbulmedia.com

결혼의 조건

결혼의 조건

민(MIN) 장편 소설

SCARLET ROMANCE STORY

Contents

그 일대의 사람이라면 모르는 사람이 없는 청담동에 위치한 한 빌딩. 이 8층 빌딩의 소유주는 2년 전만 해도 업계에서는 듣도 보도 못한 사람이었다.

최단 기간 동안 엄청난 현금 동원력으로 이 금융 업계에서 단숨에 일인자로 올라선 사람이 바로 이 빌딩의 주인 박일혁 사장이다.

이름만 알려져 있지 그에 대한 어떤 자세한 데이터가 존재하지 않다 보니 소문만 무성했다. 어느 모 국회의원의 숨겨 둔 자식이라더라. 아니다, 미국 유학파로 주식으로 대부자가 된 사람이라더라 등등.

그를 직접적으로 만나 본 사람은 손에 꼽을 정도다. 그러다 보니 그가 일하는 꼭대기 층은 웬만한 사람들에게는 개방되지 않는 철문으로 둘러싸인 성이나 다름없다.

이른 아침부터 검정 양복을 입은 한 남자가 그 철벽을 노크했다. 안에서 중저음의 목소리로 허락하는 소리가 들려오자 남자는 조심히 안으로 들어갔다.

남자를 따라 들어간 사장실 안은 온통 검정색과 무채색으로 가득했고 색을 띠고 있는 거라고는 그의 목에 단단히 메어져 있는 짙은 파랑색의 넥타이가 전부였다. 기척이 들리자 책상에 앉아 있던 남자가 고개를 들었다.

"김 실장. 아침부터 무슨 일이야?"

"그게, 이학중 사장이 죽었다고 합니다."

지구가 내일 멸망한다고 해도 눈 하나 꿈쩍하지 않을 것 같은 인상을 풍기는 남자의 입에서 놀란 음성이 들려왔다.

"뭐라고?"

"어제 저녁 퇴근길에 뺑소니차에 치여 죽었다고 합니다."

"범인은?"

"아직은 잘 모르겠습니다. 그리고 이 사장님 변호사이신 장 변호사님이 유언장에 대해서 대표님께 드릴 말씀이 있다고 1시간 후에 찾아오신다고 합니다."

"알았어. 나가 봐."

조심히 문이 닫히자 일혁은 의자에 깊이 몸을 기댔다. 그리고 갑자기 아파 오는 눈을 감았다.

일혁이 일생을 살아가면서 온몸으로 터득한 것이 있다면 사람과 관계라는 것을 만들지 않는 것이다. 친절을 가장하고 원하는 것을 얻기 위해 접근하는 관계, 진실로 포장된 거짓이 가득한 관계들. 그는 관계라는 것을 뒤집어쓴 것들에 신물이 났다.

그래서 그는 절대로 돈을 빌려 줄 때 사람을 직접 대면하지 않고 제출한 서류를 통해서만 심사하고 돈을 빌려 주거나 일을 처리한다.

하지만 예외적으로 단 한 사람, 고객 가운데 만나서 밥도 먹고 간혹 실없는 대화도 하던 사람이 있는데 바로 이학중 사장이었다.

이 사장의 죽음을 듣고도 괜찮을 줄 알았는데 그의 마음 한구석이 시큰거렸다. 그만큼 그의 마음속에 이 사장이 차지하고 있던 공간이 컸다는 말이겠지.

김 실장이 나가고 나서도 자리에 앉아 미동도 없이 눈을 감은 그가 지난날의 회상에 잠겼다. 처음 돈을 빌리러 왔을 때, 반말하는 자신을 향해 이 사장이 했던 말에 이상하게 꿀 먹은 벙어리가 돼 버리고 말았었지.

'아니. 젊은 사람이 배가 많이 고픈가 봐. 왜 이리 말을 잘라먹어. 자고로 젊은 사람이 밥을 잘 먹어야지. 나랑 밥이나 먹으러 가세.'

자신에게 돈을 빌리러 왔으면서 전혀 기죽지 않고 당당하며 여유롭기까지 하던 모습.

일혁은 이상하게 그 후로도 밥을 같이 먹자고 권하고 술 한잔하자고 찾아오던 이 사장을 뿌리치지 못하고 끈질긴 권유에 마지못해 나가는 척하며 따라 나가곤 했었다.

그와 함께 밥을 먹는 동안은 식사 시간이 편했던지 평소엔 잘 챙겨 먹지도 않던 자신이 과식을 하기 일쑤였다. 또 취할 정도로 술을 마신 적이 없었는데 그가 주는 술잔을 무조건 받아 마시다 주량을 넘겨 비틀거리기도 했었지.

조용한 사장실에 인터폰이 울리고 밖에서 장 변호사가 왔다는 김 실장의 소리가 들려왔다. 그 소리에 1시간 동안이나 그 자리에 꿈쩍도 않고 앉아 과거 생각에 빠져 있던 그가 상념에서 깨어났다. 들어온 장 변호사가 그에게 인사를 건넨다.

"박 대표님. 안녕하셨습니까?"

"네, 장 변호사님도 안녕하셨습니까? 그나저나 장 변호사님께서 무슨 일이십니까?"

장 변호사가 서류 가방에 들어 있던 노란 봉투 안의 서류 꺼내 그의 앞에서 펼쳐 보였다.

"이 사장님께서 남기신 유언장입니다."

"그분 유언이 저랑 무슨 상관이 있습니까?"

"이 사장님께서 사고를 당하시기 일주일 전에 에너지 특허권을 박 대표님께 남기고 싶다고 유언을 변경하셨습니다. 그것으로 박 대표님께 진 부채를 탕감하고 싶다고 하셨습니다."

에너지 특허권이라. 이 사장이 그에게 빌려 간 푼돈보다 훨씬 더 가치가 큰 특허권이다. 요 근래 그 바닥에서 새로 개발한 에너지 특허권을 누가 가져가는지가 초미의 관심사였고 에너지 관련 업계에서는 다들 촉각을 곤두세우고 있다.

한정되어 있는 석유는 언제 고갈될지 모르고 석유파동에 따라 가격이 들쑥날쑥하니, 이 업계 쪽에서는 다들 대체 에너지 개발에 박차를 가하고 있다.

그중에서 히트펌프 시스템 특허 기술은 화석연료를 전혀 사용하지 않고 생활 오폐수 등을 이용해 사용 가능한 고온의 열에너지를 얻는 장치로 흔히 알려져 있다.

또한 난방이나 급탕, 냉방에 이용하는 기계 장치로 화석 연료를 사용하는 장치보다 최대 30% 이상 에너지 절감과 이산화탄소 배출을 75%이상 줄일 수 있으니 잘만 개발하면 그야말로 석유를 대체할 에너지인 것이다.

이번 연도만 해도 재생 에너지 사업부문에서 500억이 넘는 계약 체결이 예상되고 매년 30%씩 증가할 것으로 예상되니 그야말로 무한한 가능성을 가진 시장이다.

이 사장이 개발해 특허 받은 시스템은 다른 시스템보다 운전비가 매우 저렴했다. 이것을 개발하다 보니 회사원들 월급을 주지 못할 정도로 자금 동원력이 떨어져서 자신에게뿐만 아니라 군데군데 돈을 더 빌렸다고 들은 것 같다. 이제 그 특허권을 팔아서 빚을 갚기만 하면 됐었는데.

"그 특허권은 제가 이 사장님께 빌려 드린 돈보다 훨씬 값어치가 높은 걸로 알고 있습니다만?"

"네. 특허권을 박 대표님께 드리는 대신 조건이 있습니다. 이 사장님의 첫째 따님 이보민 양과 결혼하셔서 이보민 양과 동생 이보율 양의 법적 대리인이 되어 주시는 겁니다."

이게 무슨 자다가 봉창 두드리는 소린가. 관계를 만드는 것을 피하기 위해 다른 사람과 식사도 같이 하지 않는 그에게 결혼이라니. 거기다 자기 혼자 살기도 벅차 죽을 지경인데 두 여자의 법적 대리인이 되어 그들을 보살피라니.

황당무계한 유언장의 조건에 그는 당연히 생각할 필요도 없이 거절의 의사를 밝혔다.

"저는 결혼할 생각이 없습니다."

일혁의 거절의 말을 예상했다는 듯이 장 변호사가 열심히 설득을 시작했다.

"이 사장님이 유일하게 믿고 목숨보다 더 사랑하시는 따님들을 맡길 수 있는 분은 박 대표님뿐이라시면서 자신을 봐서라도 꼭 좀 부탁한다고 하셨습니다."

아무리 그래도 안 되는 것은 안 되는 거다. 특허권의 가치를 계산하다 잠깐 흔들렸던 마음을 다잡고 일혁이 의사를 분명히 했다.

"결혼은 생각이 없습니다. 하지만 도울 일이 있다면 언제든지 연락 주십시오."

단칼에 거절의 말을 들을 줄 알고 있었지만 장 변호사는 절망했다. 지금 특허권을 뺏어 가기 위해 이 사장의 딸들을 노리고 있는 세력이 호시탐탐 기회를 보고 있는 상황이었다.

그들을 지킬 수 있는 가장 나은 방법은 박 대표 같은 힘도 있고 믿을 수 있는 사람이 자매의 법적 대리인이 되는 것이었는데.

"그렇다면 박 대표님께 빌린 돈은 특허권이 팔리는 대로 채무를 변제하도록 하겠습니다."

원하던 결과를 얻지 못하고 심란함만을 가득 안고 사장실을 나서는 그의 발걸음이 무거웠다. 문을 열고 나가려 하자 뒤에서 들려오는 일혁의 물음이 혹시나 하는 기대감에 그의 발걸음을 멈추게 했다.

"그럼 특허권은 누구에게 귀속되는 겁니까?"

"일단은 첫째 따님이신 이보민 양에게 귀속되고 이보민 양과 결혼하셔서 법적 권리를 얻는 사람이 모든 권리를 행사하실 수 있습니다."

　장 변호사는 대답을 마치고 그대로 사장실을 나섰다.

　그가 던지고 간 엄청난 유언에 하루 종일 일이 손에 잡히지 않던 그는 오후 스케줄을 취소하고 이 사장의 빈소가 마련되어 있다는 서울의 한 병원으로 향했다. 병원 옆에 위치한 큰 장례식은 평일임에도 조문객이 넘쳐 났다.

　세상에 오는 일은 예상할 수 있지만 세상을 떠나는 일은 누구도 예상할 수 없는 노릇이니 산 사람이 나눠 놓은 평일이네 주말이네 하는 것들은 여기에선 의미가 없었다.

　일혁이 안으로 들어서자 울음소리와 한탄과 후회를 담은 한숨 소리가 가득했다.

　그에게 가장 불편한 곳을 찾으라고 하면 바로 이 장례식장이다. 죽은 사람들이 남기고 간 흔적을 산 사람들이 기리는 이곳. 그의 얼굴이 저절로 굳어 갔다.

　그냥 돌아갈까? 화환만 보내면 됐지. 굳이 조문은 안 해도 될 것 같다고 합리화시키며 돌아선 그의 다리를 누가 간질간질 잡아당겼다. 고개를 내리니 밑에서 작은 형상 하나가 그의 바짓가랑이를 잡아당기고 있는 모습이 눈에 들어왔다.

　이건 또 뭔가? 검은 상복을 입고 하얀 리본 핀을 꽂은 귀염상의 여자아이가 그의 바지를 잡아당기며 그를 올려다보고 있었다. 아이는 한 여섯 살이나 일곱 살 정도 되어 보였다.

　"아저씨, 바빠요?"

　"아니."

"잘됐다."

웃으며 잘됐다고 하는 꼬마 숙녀는 그에게 **빨간** 사과를 내밀었다. 이건 또 뭔가? 모르겠다는 그의 표정을 본 꼬마 숙녀는 처음 보는 그에게 사과를 부탁했다.

"사과 좀 깎아 주세요."

"……."

평소의 그였다면 무시하며 지나쳤을 텐데 꼬마와 눈이 마주쳤을 때 그만 멍해지고 말았다. 사과를 손수 깎아 포크까지 꽂아 오물오물하는 저 입 앞에 대령해야 될 것 같았다.

"아저씨. 나 사과 먹고 싶은데?"

꼬마 아이는 그의 다리에 매달려 얼굴을 부비며 그를 애처롭게 올려다봤다. 안 되겠다. 엄마 아빠라도 찾아 주고 가야지. 일혁이 그의 다리에 매달려 있는 아이를 안아 올렸다.

"조금 있다 깎아 줄게. 근데 엄마는 어디 계시니?"

"엄마? 나 엄마 없는데. 엄마는 하늘나라에 갔어요."

항상 차분하기만 하던 그가 아이에게 상처를 건드리는 질문을 한 것 같아 순간 당황을 했다. 아이가 상복을 입고 있으니 당연히 가까운 누군가가 명을 달리했다는 것을 알아차렸어야 했는데. 눈치도 없이.

"그럼 아빠는? 아빠는 어디 계시니?"

"이제 아빠도 없는데."

이런, 아이에게 또다시 잘못된 질문을 던졌다. 이제는 묻기도 미안해진다. 일혁이 신중하게 조용히 다시 한 번 물었다.

"그럼 여기는 누구랑 왔어?"

"언니!"

"가자. 데려다 줄게."

그의 품에 안긴 아이가 손을 꼼지락거리며 우물쭈물했다.

"안 돼. 언니가 밖에 나가 있으라고 했는데?"

빈소 안으로 들어가기를 망설이는 아이를 안심시키고 그는 아이가 안내하는 장소로 향했다. 아이가 손짓하는 곳으로 다가갈수록 조용하고 엄숙해야 하는 빈소가 고함 소리와 욕하는 소리로 가득해졌다.

"그러니깐 너희 애비가 빌려 간 내 돈 어쩔 거냐고?"

검은 양복을 입은 덩치가 산만 한 남자들이 여자 한 명을 둘러싸고 위협적으로 서 있었다.

그 상황 속에서도 둘러싸여 있는 여자는 전혀 겁에 질려 보이지 않았고 오히려 당당해 보였다.

"지금 여기서 이렇게 소란을 피우신다고 해도 당장 드릴 돈이 없습니다. 조만간 아버지께서 발명하신 특허권이 팔리면 충분히 빚을 갚을 수 있을 테니 그때까지 좀 기다리셔야 할 것 같습니다."

특허권? 그 소리에 일혁의 눈이 재빨리 빈소의 영정 사진으로 향했다. 아! 이럴 수가. 언제나 약속도 없이 찾아와 넉살 좋게 웃어 보이던 이학중 사장이 사진 속에서 웃고 있었다.

그렇다면 저 여자와 이 꼬마 아가씨가 이학중 사장의 딸들이란 말인가. 운명의 신이 짠 판 위에서 체스의 말처럼 놀아난 그는 기가 막힌 우연에 헛웃음을 지을 뿐이었다.

우선은 그의 품에서 터지기 일보 직전의 눈물을 그렁그렁 달고 있는 꼬마 아가씨부터 달래고 저 사태를 처리해야겠다. 뒤따르던 김 실장에게 그에게서 떨어지지 않으려는 아이를 맡기고 성큼성큼 여자에게로 걷기 시작했다.

두목인 듯 보이는 제일 덩치가 큰 남자가 여자의 멱살을 잡아 올렸다.

"그럼 그 특허권이라는 거 당장 팔아. 김진수 사장이 산다고 접촉한 거 알아. 김 사장한테 팔면 되겠네."

멱살이 잡혔는데도 여자의 목소리는 단호했다.

"그럴 순 없어요. 아버지의 특허권을 제대로 대접해 주는 회사에 팔 거예요."

여자가 겁을 먹기는커녕 더 당당하게 말하자 남자는 멱살을 더 세게 쥐어 잡았다. 숨이 막히는지 안 그래도 밀가루같이 하얗던 여자의 얼굴이 더 하얗게 변했다.

"돈 많이 주는 데 팔면 되지. 무슨 말이 이리 많아!"

"싫, 싫어요."

보민이 끝까지 굴하지 않자 덩치 큰 남자가 결국 손을 번쩍 치켜들었다. 커다란 손이 다가오는 것을 보고 보민은 눈을 질끈 감았다.

몇 초 후면 저 큰 손이 얼굴을 강타할 거다. 아프겠지? 그까짓 거, 한 대 맞으면 되지.

눈을 질끈 감고 큰 아픔을 예상하던 그녀는 얼굴을 강타하는 충격이 없자 눈꺼풀을 들어 올렸다.

그녀의 눈앞에는 두 개의 팔이 실 타래처럼 꼬여 있었다. 그녀에게로 향하던 굵고 묵직한 팔과 그 팔을 막아 낸 감청색의 팔이 서로 악력 다툼을 하고 있었다.

힘에서 점점 밀리던 큰 덩치의 남자가 한 발 뒤로 물러섰다. 갑자기 팔을 막아 낸 남자가 풍기는 위협적인 포스에 큰 덩치의 남자는 자신도 모르게 말을 더듬었다.

"너, 너는 또 뭐야?"

"나? 이 여자 남편 될 사람."

1.

한 바탕의 소동이 지나간 이 사장의 빈소. 좀 전까지만 해도 멱살까지 잡히고 우악스러운 주먹에 맞을 뻔도 했지만 겁에 질린 모습은 보이지 않던 여자는 덩치들의 모습이 사라지자 자리에 스르르 주저앉았다.

당당하고 강한 척했지만 곱게 자란 아가씨로서는 처음 겪는 일일 테지. 일혁의 눈이 초점을 잃은 여자의 눈과 마주했다.

"괜찮아?"

그의 물음에 보민이 바닥을 짚으며 주저앉았던 자리에서 겨우 일어나 그에게 고개를 숙였다.

"도와주셔서 감사합니다."

"감사 인사 받자고 한 일 아니야."

그 조폭같이 생긴 남자들이 들어와 손이 닿는 대로 물건을 던지고 온갖 못된 짓을 하는데도 주위의 어느 누구도 말리거나 나서는 사람이 없었다. 그냥 눈치를 보며 수군댈 뿐이었다.

갑자기 나타난 이 남자가 없었으면 어떻게 됐을지 모를 일이었다. 감사를 받으려고 한 일이 아니라고 하지만 보민은 그에게 고마웠다.

"그래도 도와주셔서 감사합니다."

뭐 대단한 일을 도와줬다고 계속 고개를 숙이는 여자를 보는데 그녀의 얼굴 위로 이 사장의 얼굴이 겹쳐 보였다. 꼭 자기처럼 딸을 키웠군. 눈이 마주칠 때마다 고맙다, 감사하다는 말을 입에 달고 살던 이 사장이었는데.

좀 전에 여자를 때리려고 든 손을 막아 내며 했던 말이 떠올랐다. 곰같이 생긴 놈이 너는 뭔데 상관이냐 하는데, 순간적으로 나온 말이 이 여자의 남편이 될 사람이라는 거였다. 미쳤지. 미치지 않고서야 그 말을 그 순간에 욱해서 간단하게 내뱉다니.

"아까 내가 한 말은……."

"무슨 말이요?"

"그러니깐 내가 네 남편이 될 거라고 했던 말."

"아, 그냥 하신 말씀 아니세요?"

순진한 건지 순진한 척하는 건지. 그가 누군지 모른다는 저 눈빛. 분명히 장 변호사가 이야기했을 텐데.

"나, 박일혁이야."

"……아! 아버지 유언장에 나오는 그 박일혁 씨?"

그의 이름을 듣고서야 기억이 났다는 티가 역력한 저 표정. 그래 내가 그 박일혁이다. 그의 고개가 끄덕인다.

"어."

장 변호사님이 아버지가 남긴 그 얼토당토않은 유언장의 내용을 알려 주었을 때 보민은 그냥 웃었다. 참 아버지다운 생각이어서. 얼굴도 알지 못하는 남자랑 결혼이라니.

그리고 장 변호사님이 연락해 남자가 이 유언을 거절했다는 말을 전해 줬을 때 백 번 천 번 상대방을 이해하고도 남았다. 결혼이 어디 어린아이 장난도 아니고. 거기다 어린 동생까지 있는 여자가 뭐가 좋다고 덜컥 결혼이라는 엄청난 도박을 한단 말인가.

그런데 분명히 거절의 의사를 밝혔다고 들었는데. 보민은 의아함을 숨기지 않고 바로 그를 향해 물었다.

"저랑 결혼 안 한다는 의사를 분명히 하셨다고 들었는데요?"

"그랬지."

"그런데 왜?"

왜냐고 묻는다면 그도 진짜 모르겠다. 아마 이 사장 때문이겠지. 이래서야 이 사장이 눈도 못 감고 밤마다 자신을 찾아와 눈물 바람일지도 모른다.

"당신 아버지랑 나 꽤 절친한 사이였어. 당신 자매를 노리는 사람들이 많을 거야. 나를 방패막이로 사용해."

그녀도 알고 있다. 아버지의 특허권이 꽤나 가치가 있는 것이라는 걸. 그리고 아버지가 그녀와 그녀의 동생을 생각해서 그런 이상한 유언장을 남겼다는 것도.

물론 이 남자 뒤에 숨는다면 편하겠지. 하지만 그렇게 해서 한 결혼이 얼마나 유지가 되겠는가. 그 결혼이 영원히 지속되는 것도 아닐 텐데 처음부터 이 남자에게 기대 버린다면 결혼이 끝나고 나서 그녀는 혼자 설 수 없게 될지도 모른다.

이제는 무슨 일이 있어도 강해져야 한다. 어린 동생을 위해서 혼자의 힘으로 서야 했다. 그녀는 그의 달콤하고 매혹적인 유혹을 뿌리쳤다.

"말씀은 감사하지만 괜찮습니다."

사양하는 그녀를 보는 그의 눈빛이 조소를 띠었다. 아니 이 여자가 아직 사태 파악이 안 되나 본데, 당신네들을 노리고 하이에나 떼처럼 접근하는 무리가 넘쳐 날 거라고, 이 세상 물정 모르는 순진한 여자야.

"후회할 텐데."

"후회를 해도 제가 부딪쳐 보겠습니다. 오늘 도와주신 건 정말 감사드립니다."

이렇게까지 거절하는데 그도 더는 권할 생각이 없다. 더 이상의 대화는 무의미하다는 듯이 여자는 인사를 하고 어질러진 빈소를 치우기 시작했다. 일혁은 그냥 돌아설 수밖에 없었다.

장례식장에서 나왔을 때 밖의 하늘은 어느새 어둠이 내려앉아 있었다. 그가 고개를 올려 컴컴한 하늘에 있을 누군가를 향해 중얼거렸다.

"이 사장, 나는 결혼하자고 했어. 당신 딸이 싫다고 한 거야."

하늘은 그저 조용한 어둠으로 컴컴함만 가득했고 그에게 아무런 대답도 들려주지 않았다.

※

첫째 날 자신 옆에서 함께 빈소를 지키던 동생 보율이는 아빠가 엄마 만나러 하늘나라에 갔다는 소리에 울지 않더니 그다음 날에도 아빠가 모습을 보이지 않자 엉엉엉 탈진할 정도로 울어 젖혔다. 아마 아빠가 하늘나라에 가서 잠시 엄마를 만나고 돌아올 거라 생각했나 보다.

"흑흑. 언니, 아빠도 엄마 있는 데 가서 안 오는 거야? 엉엉. 왜 안 오는 거야? 응?"

보민은 서럽게 우는 동생을 달래느라 애를 먹었다. 무슨 말을 해야 하나. 어떻게 해야 동생의 울음을 멈출 수 있을까.

"보율아. 아빠가 우리랑 100밤도 넘게 살았으니깐 이제 엄마랑도 100밤 살아야지. 하늘에 있는 엄마가 외로우실 거 아니야."

엄마가 돌아가셨을 때도 날개가 달린 천사라서 하늘로 돌아가야 한다고 했던 거짓말에 울음을 뚝 그치던 동생이 천사 엄마가 외롭다는 소리에 서러운 울음을 멈추고 눈에 눈물이 그렁한 채로 물어왔다.

"흑, 엄마 많이 외롭대?"

"아마도."

"그래도, 흑, 나한테 말은 하고 가지. 나도 엄마 보고 싶은데."

"그래. 언니도 엄마 많이 보고 싶다."

"언니는 어디 안 갈 거지?"

"그럼, 언니는 아무 데도 안 가."

그녀를 보며 물어 오는 어린 동생의 맑은 눈동자가 흔들렸다. 절대로 품에서 놓치지 않겠다는 의지를 가득 담아서 보민이 동생을 꽉 껴안았다.

그렇게 보율이는 아버지를 떠나보내고 다시 웃었다. 보민과 보율

자매는 그렇게 아버지를 마음에서 보내드렸다. 삼일장이 끝나고 두 아가씨는 지친 몸과 마음을 이끌고 집으로 향했다.

잠든 보율이를 안고 대문을 열고는 안으로 들어가기 위해 현관 문을 열려고 하는데 문고리가 그냥 돌아간다. 분명히 문을 잠갔던 것 같은데. 서둘러 문을 열고 들어간 거실. 누군가 뒤진 흔적이 역력한 집의 모양새에 그녀는 문득 두려워졌다.

놀란 마음을 진정시키고 보민은 서둘러 경찰에 신고를 하고는 잃어버린 물건이 없는지 확인하기 시작했다. 엄마의 보석 상자는 그대로 있고 자신의 적금 통장도 그대로고 심지어 보율이 평생을 모은 큰 돼지 저금통도 그대로였다.

금전을 노린 강도가 아니라는 건데. 설마 하며 보민이 아버지의 서재 문을 열었다. 가장 먼저 눈에 띄는 것은 휑하니 비어 있는 책 상이었다.

책상 위에 있어야 할 컴퓨터가 없어진 것을 보고 보민은 얼른 책 장으로 향했다. 책장에 꽂혀 있던, 아버지가 한 번도 빼먹지 않고 하루 일과를 적은 일기장들이 사라졌다. 보민의 머리가 빠르게 회 전했고 결론을 내렸다.

'여기서 더 이상 머물 수는 없겠다.'

단번에 생각을 정리한 보민은 아버지와 함께 살던 집을 정리하기 시작했다.

그리고 다음 날 바로 부동산에 집을 내놨고 보율이와 살 작은 오 피스텔도 서둘러 계약을 했다.

그러나 아직 특허권은 팔지 못했다. 아버지의 살아생전의 모든 노력과 열정이 담긴 것을 아무에게나 돈만 많이 준다고 팔 수는 없었다. 돈은 좀 적게 받더라도 아버지의 뜻대로 사용될 수 있는 곳에 넘기고 싶은 그녀였다.

그게 아니면 아버지의 회사가 계속 특허권을 가지고 있어도 되겠지만 아버지의 회사는 연구에 치중되어 있어서 그 특허를 실전으로 사용하는 곳에 넘기는 것이 좋을 거라는 것이 장 변호사님의 말씀이셨다.

거기다 회사에서 아버지만 믿고 월급도 반납한 채 일했던 직원들이 있다는데 무슨 일이 있어도 그들에게 월급만은 꼭 드리고 싶었다.

결국 도둑이 들어서 더 이상 안전하지 않기도 했지만 아버지가 진 빚과 직원들의 월급을 조금이라도 갚기 위해서는 추억이 가득한 이 집을 팔 수밖에 없었다.

마당에는 그녀가 유치원 다닐 적에 아버지가 나무에 손수 만들어 주신 그네, 아버지가 사랑하는 어머니를 위해 생일 선물로 구해 오신 아기 천사 동상, 어린 보율이를 위해 만들어 놓은 소꿉놀이 세트까지 전부 다 아버지의 손길이 안 닿은 곳이 없었다.

이제 며칠 뒤면 이 집을 여기 두고 두 자매는 나가야 했다. 잠자리에 들기 전에 어린 동생을 앉혀 놓고 집을 나가야 한다는 것을 설명하는 것은 그녀에게는 참 힘든 일이었다.

"보율아, 우리 이사 갈까?"

아버지께서 돌아가시기 일주일 전 사다 주셨던 사과 인형을 안고는 이사라는 말에 어린 보율이가 눈을 사과처럼 동그랗게 떴다.

"왜? 우리 여기서 살아. 엄마가 읽어 주던 동화책이랑 아빠가 사 준 장난감이랑 전부 여기 있잖아."

"동화책이랑 장난감 전부 다 가지고 이사 가면 되지?"

"싫어. 여기가 좋아. 여기가 좋단 말이야."

커다란 눈망울에 이슬이 맺히기 시작했다. 돌아가신 어머니, 아버지 두 분 모두 저 눈에 눈물이 조금이라도 맺히려고 하면 그 눈물을 걷어 내시려고 갖은 수단을 다 동원하셨는데. 언니인 자신은 단번에 울려 버리고 말았다. 보민이 보율을 끌어안았다.

"미안해. 미안, 보율아."

보민의 목소리가 울먹울먹하자 보율이 언니의 품에서 벗어나 그녀를 올려다봤다.

"언니 울어? 내가 이사 안 간다고 해서 우는 거야?"

자신이 울면 동생이 불안해할 거다. 보민이 재빨리 눈물을 닦아내고 동생에게 웃어 보였다.

"울긴 누가? 언니 안 울어."

보율이 그녀의 품에서 손을 꼼지락꼼지락하며 눈치를 보기 시작했다.

"언니, 우리 이사 갈까?"

보민이 동생의 사과 같은 동그란 머리를 쓰다듬으며 조곤조곤 설명했다.

"언니도 이사 안 가고 싶어. 여기 엄마 아빠랑 보율이랑 언니랑 살았던 곳인데. 가고 싶겠어? 하지만 이 집은 우리 둘만 살기에는 너무 크잖아. 그지?"

작은 고개가 아래위로 끄덕인다. 보민이 다시 말을 이었다.

"나중에 우리 보율이가 언니만큼 키가 크면 언니도 부자가 되어 있을 테니깐 그때 다시 여기 집으로 오자. 언니가 약속할게. 꼭 여기로 오는 거야. 알겠지?"

"좋아. 약속이야."

보율이 작은 새끼손가락을 내밀었다. 보민이 작은 손가락에 자신의 손가락을 걸고 약속했다. 꼭 지키겠다는 다짐을 담아. 그때 갑자기 머릿속에 중요한 것이 생각난 보율이 보민을 향해 물어 왔다.

"그럼 유치원도 옮겨야 하는 거야? 민수가 나 많이 보고 싶어 할 건데?"

"아니야. 유치원은 계속 다녀도 돼. 여기서 가까운 곳으로 이사 가자."

"그럼 좋아."

이사 가는 문제는 그렇게 일단락되었고, 보율은 언니의 품에 안겨 잠이 들었다.

아침밥을 먹여 동생을 유치원으로 데려다 주고 집으로 돌아온 보민은 중요하게 가지고 가야 할 것들만 챙겨 정리하기 시작했다. 그리고 돈이 될 만한 것들은 전부 팔려고 업체까지 부른 상태였다.

그녀의 눈이 거실에 자리 잡은 하얀색 그랜드 피아노로 향했다. 엄마가 치던 피아노. 어릴 적에 그 옆에 앉아 엄마와 같이 딩동딩동하던 추억이 좋아, 엄마와 같은 소리를 낸다는 것이 좋아 피아노를 전공했다.

하지만 저 큰 피아노는 그녀가 이사 갈 작은 오피스텔에는 어울리지 않는 사치품이었다. 보율이 마지막으로 피아노 건반을 아쉬움이 가득 묻은 손으로 만지작거렸다. 그녀에게 이 피아노는 엄마였는데. 그녀가 피아노를 내려다보며 속으로 속삭였다.

'미안해, 엄마. 많이 미안해. 그런데 엄마는 언제나 내 맘을 알아줬으니깐. 이번에도 이해해 줄 거지?'

띠리리리리. 맞춰 놓은 핸드폰의 알람이 시끄럽게도 울렸다. 피아노 앞에서 일어난 보민이 시계를 확인하고 서둘러 보율을 데리러 파랑새 유치원으로 향했다.

저 멀리서 동생의 동그란 뒤통수에 매어 준 빨간 리본이 보였다. 어머니가 돌아가신 후 보율의 머리를 묶어 주는 것은 항상 그녀의 몫이었다. 아버지가 묶어 보겠다고 나섰다가 동생을 처키 인형으로 만들어 놓으셨지. 거울을 보고 한바탕 난리가 난 동생을 달래느라 애먹었던 기억에 그녀의 얼굴 위로 웃음이 번졌다.

웃으며 보민이 보율을 향해 가는 발걸음을 더 빨리하려던 순간, 검정 양복을 입은 어떤 남자가 동생에게 다가섰다. 놀란 보민이 소리쳤다.

"이보율!"

부르는 소리를 못 들었는지 동생은 검정색 옷의 남자와 계속 이야기를 나누고 있었다. 보민은 달리기 시작했다. 남자의 손이 보율의 어깨에 닿는다. 그 광경을 본 그녀는 숨이 턱까지 차올랐지만 속도를 늦추지 않았다. 그리고 큰 소리로 동생을 부르는 것도 멈추지 않았다.

"보율아! 이보율!"

누군가가 가까이 다가온 것을 느낀 남자는 힐끗 그녀를 돌아보더니 보율에게서 떨어졌고 보민이 다다랐을 때는 이미 자취를 감춘 후였다. 보민이 보율을 세게 끌어안았다. 그녀의 가쁜 숨이, 불안으로 뛰는 심장이 그녀의 정신을 혼미하게 만들었다.

"언니, 달리기 하는 거야?"

"헉헉! 보율아 괜찮아?"

"우와, 언니 대따 빨리 뛰어왔어. 히히."

보민이 보율의 머리부터 발끝까지 구석구석을 살피며 혹시나 다친 데는 없는지 확인하고 또 확인했다.

"괜찮아? 어디 다친 데 없어?"

"응! 괜찮아."

그제야 보민이 안심했다. 진짜 십년감수했다. 위기가 넘어가고 나니 생글생글 웃고 있는 동생이 보였다. 그렇게 낯선 사람이 접근해도 따라가지 말라고 말했건만. 네가 그렇게 좋아하는 사과를 내밀어도 절대로 따라가면 안 된다고 교육시켰었는데. 이 물렁이!

"언니가 모르는 사람 따라가는 거 아니라고 했지!"

"모르는 사람 아니야. 아빠 친구야."

"뭐?"

"아빠 이름을 알고 있던데? 언니 이름도 알고 있었어."

순간 보민을 둘러싸고 있는 모든 세상이 정지했다. 그녀가 너무 안일하게 생각했나 보다. 그냥 보율이랑 조용히 살면 될 것이라 생각했는데, 어린아이에게까지 접근하다니. 이 정도일 줄은 몰랐다.

그길로 보민은 집으로 돌아가지 않고 동생의 손을 잡고 큰길로 나와 택시를 잡아탔다. 택시에 앉아서도 심각한 얼굴을 풀지 않는 언니 옆에서 보율은 그저 처음 보는 창밖의 광경이 좋을 뿐이었다. 보율이의 발이 즐거움으로 물장구치듯 흔들거렸다.

어딘가에 도착한 택시는 보도 옆에서 차를 세워 주었다. 택시에서 내린 보민이 눈앞에 높게 솟은 빌딩을 올려다봤다. 빌딩 앞에 서서 심호흡을 한 그녀는 무언가 결정을 내렸는지 비장한 얼굴로 보율이의 작은 손을 잡고 꼭대기 층으로 올라갔다.

8층에서 엘리베이터 문이 열리자 두 사람은 엘리베이터에서 내려 그 층에 하나밖에 없는 사무실 문을 열고 들어섰다. 갑작스런 손님의 방문으로 책상에 앉아 있던 충실한 김 실장이 허둥거렸다.

"어, 어? 그러니깐 저번에……?"

저번에 안아도 주고 사과까지 예쁘게 깎아 준 김 실장을 알아본 보율이 그에게 다가가 안겼다.

"아저씨!"

조금의 의심도 없이 또 저렇게 달려가서 안기는 동생을 보는 보민의 얼굴에 걱정이 가득 찼다. 다시 한 번 길게 한 소리 해야겠다. 저 녀석 교육은 나중에 단단히 하기로 하고, 우선 지금은 여기 온 목적부터 해결해야 되는데. 김 실장에게 청하는 보민의 목소리가 조심스러웠다.

"박일혁 대표님을 좀 만나 뵙고 싶은데요."

"아, 네. 잠시만요."

안에서 들여보내라는 허락이 떨어지자 보민은 김 실장에게 애교를 부리고 있는 그녀의 동생을 그에게 부탁했다.

"보율이 잠시만 봐 주세요. 금방 나올게요."

"네. 기다리고 계십니다. 걱정 마시고 들어가 보십시오."

얌전히 있으라며 동생에게 신신당부를 하고 난 후 보민이 안으로 들어섰다. 컴컴한 색으로 채워진 방의 맨 중앙에 위치한 의자가 뒤를 향해 있었다. 마치 커다란 왕좌처럼 보이는 그 의자가 천천히 돌아갔고, 곧 그 왕좌에 앉아 있는 그의 모습이 나타났다.

일혁은 뜬금없이 나타난 보민을 찬찬히 훑어보았다. 장례식장에서 봤던 햇빛에 노출된 적이 없는 것처럼 하얗고 말간 얼굴이 그의 눈에 들어왔다. 다시는 만나는 일이 없을 거라 생각했는데. 일혁이 물었다.

"무슨 일이야?"

잠깐 뜸을 들이던 보민이 예상 밖의 말을 내뱉었다.

"저랑 결혼해 주세요."

싫다면서 거절할 때는 언제고. 기차는 이미 떠났는데 손 흔든다고 그 기차에 탑승할 수 있을 것 같은가? 그가 코웃음 쳤다. 그래도 갑자기 손바닥 뒤집듯 마음을 바꾼 이유가 궁금하다. 그가 손을 깍지 끼고 느긋하게 그녀를 응시했다.

"갑자기 마음을 바꾼 이유가 뭐야?"

"그냥요."

여자의 눈이 그의 눈을 똑바로 마주하지 못한다. 그냥은 무슨. 분명히 무슨 일이 있지 않고서야 제 발로 걸어 들어와서 결혼해 달라는 소리를 할 리가 없지. 일혁이 다시 그녀를 향해 물었다.

"정확한 이유를 말해. 그래야 나도 생각을 해 보지."

둘 사이에 침묵이 무겁게 내려앉았다. 잠깐의 시간이 지나고 보민의 음성이 그 침묵을 조심스럽게 깼다.

"보율이를 보호해 줄 수 있는 사람이 필요해요. 내 힘으로는 동생을 지킬 수 있을지 모르겠어요."

"왜? 무슨 일 있었어?"

"보율이가 다니는 유치원으로 어떤 남자가 찾아왔어요. 이렇게 어린아이에게 접근할 정도로 우리 아버지의 특허권이 가치 있는 거예요?"

"누구에게는 일확천금의 기회가 되겠지만 누구에게는 아무런 감흥을 일으키지 못하는 것일 수도 있지."

지금 그 특허권이 가장 절실한 사람은 몇 명 되지 않는다. 그중에 그런 더러운 수를 쓸 수 있는 사람은 에너지 톤 사장 김진수 사장 정도겠지. 그가 생각하는 시간이 길어지는 것처럼 보이자 보민은 초조함을 감추지 못했다.

"특허권을 드릴게요."

"내가 그 특허권을 가져서 뭐하게?"

그가 이렇게까지 나오니 그녀는 절망했다. 어디 산골에 있는 절로 가서 숨어 살아야 하나. 아니면 저 멀리 외국으로 떠나 버릴까. 그것도 잠깐이지, 언젠가 꼬리가 잡힐 텐데.

무슨 일이 있어도 동생을 지켜야 하는데 앞의 남자는 특허권에 별 감흥이 없다는 그 부류인가 보다. 보민의 눈이 불안하게 흔들리고 손에 축축한 땀이 차기 시작했다.

"특허권이 팔릴 때까지만요. 팔리고 나면 빚을 제외하고 남은 돈은 모두 드릴게요. 그러고 나면 전 동생과 어디 멀리로 떠날게요."

"내가 돈이 없어 보여?"

그는 여전히 냉담했다. 써먹을 수 있는 패는 모두 내보인 보민이 결코 꺼내고 싶지 않던 마지막 카드를 꺼내 들었다. 동정에 호소하기. 그녀가 지금 할 수 있는 건 그것뿐이었다.

"아버지를 봐서라도 부탁드려요. 보율이한테 무슨 일이 생기면 아버지는 절대 편히 잠들지 못하실 거라고요."

"생각해 볼게. 나가 봐."

"……대답 기다릴게요."

인사를 하고 나온 보민은 김 실장의 무릎에 앉아 재롱을 떨고 있는 동생을 불렀다.

"이보율. 이제 가야지."

아쉬운 듯 꼬마 아가씨는 김 실장에게 인사를 건넸다.

"아저씨, 안녕. 내가 다음에 아기 곰 노래도 불러 줄게."

보민이 누구도 못 말리는 동생을 봐 준 김 실장에게 감사의 인사를 전하고 빌딩을 나왔다.

여름이 시작되어 아스팔트가 뿜는 열기와 쨍쨍한 햇빛, 거기다 후덥지근한 바람까지 모든 것이 그녀의 답답한 마음을 더 답답하게 만들었다.

하지만 옆에서 덥다고 작은 손으로 부채질을 연신 해 대는 보율이를 보고 있자니 답답함은 소리 없이 자취를 감췄다. 덥다고 땀을 흘리면서도 언니와 함께 밖에 나와서 좋다고 웃는 동생을 보자 힘이 났다. 그래, 잘되겠지. 잘될 거다.

"보율아. 우리 아이스크림 먹을까?"

더운 날씨에 아이스크림이라는 소리를 듣자 아이가 우렁찬 목소리로 대답했다.

"응!"

가까운 편의점에 들러 쭈쭈바를 두 개 사서 각자 입에 물고 그녀들은 집으로 향했다. 한여름의 더위를 향해 달려가는 문턱. 주변

상황이 순탄하지만은 않았지만 마주 보고 웃는 두 사람의 미소는 상쾌하고 싱그러웠다.

✻

보민이 일혁에게 갔던 날로부터 그에게서 연락이 오는 데까지는 며칠 걸리지 않았다. 그날은 이삿짐을 다 정리하고 간단한 옷가지와 보율이가 아끼는 동화책과 장난감만 챙겨서 오피스텔로 이사한 첫날이었다.

전에 살던 집보다 훨씬 작고 마당도 없어 쿵쿵거리며 뛰어다닐 수도 없는데 동생은 불평 한 마디도 꺼내지 않았다. 그런 모습이 더 그녀를 미안하게 만들었다.

“미안해. 전보다 집이 많이 좁다. 그지?”

“아니야. 언니랑 같은 침대에서 이렇게 붙어서 자니깐 더 좋아.”

일단은 최소한의 짐만 챙겨서 왔다고는 하지만 이사는 이사인지 아침부터 정리를 시작해서 대충 마무리할 때가 되니 벌써 점심시간이 훌쩍 넘어가 있었다.

이사한 첫날은 자장면 먹는 거라는 건 어디서 들었는지 자장면이 먹고 싶다고 노래를 부르는 보율을 위해 그녀는 자장면 두 개를 시켰다.

신문지를 바닥에 깔고 앉아 자장면을 싹싹 비벼 주니 입에 검은 양념을 여기저기 묻히면서 맛있게 먹는 동생. 입 주변이 자장 국물로 범벅이 된 동생을 보고는 보민이 휴지를 들어 지저분한 입가를 닦아 주었다.

"천천히 먹어, 이보율. 체하면 이따시만 한 바늘로 손 찌르는 거 알지?"

"응. 그런데 너무 맛있어."

"그래. 꼭꼭 씹어서 먹어."

서로 마주 보며 다시 젓가락을 들었을 때 그녀의 전화가 울렸다. 화면에 뜬 번호는 모르는 번호였다. 문득 무서운 생각도 들었지만 혹시나 싶어 통화 버튼 눌렀다.

"여보세요?"

— 안녕하십니까? 전에 박일혁 대표님 사무실에 찾아오셨을 때 뵀던 김 실장입니다.

보민은 전화 너머에서 들려오는 목소리에 안심했다.

"네."

— 대표님께서 뵙고 싶어 하십니다.

그녀의 생각이 하늘로 땅으로 널을 뛰기 시작했다. 거절의 말? 아님 허락의 말? 어떤 것을 듣더라도 그녀의 마음이 편치 않을 것 같다.

거절한다면 앞에서 자장면을 먹으며 웃고 있는 동생의 저 미소를 지킬 수 없을지도 모르고, 허락을 한다고 해도 생판 남인 사람과 결혼을 해야 하는데……. 사람 마음이 참 간사하다. 자신이 먼저 결혼해 달라고 청했으면서.

동생만 지키자. 다른 생각은 하지 말자. 핸드폰을 잡은 그녀의 손에 힘이 들어갔다.

"알겠습니다. 몇 시까지 가면 될까요?"

— 네 시 반까지 오시면 되겠습니다. 제가 네 시에 차를 보내겠

습니다.

"아니요. 제가 알아서 가겠습니다. 신경 써 주셔서 감사합니다."

전화를 끊은 뒤 시계를 보니 시곗바늘이 세 시를 향해 가고 있다. 서둘러야겠다.

보민은 자장면을 마저 먹으려 젓가락을 들었지만 입맛이 달아나 더 이상 먹을 수가 없었다. 배가 부른지 더 이상 못 먹겠다는 동생을 뒤로 물리고 주변을 정리했다. 그 후에 보율을 데리고 욕실로 들어가 순식간에 샤워를 마치고 나왔다.

하얀 땡땡이 원피스를 입고 싶다고 골라 든 보율에게 허락의 표시로 고개를 끄덕이자 입고 있던 옷 위에 원피스를 걸치는 작은 몸이 분주해졌다. 보민은 동생이 옷 입는 것을 도와주고는 자신도 청바지에 편한 흰 티를 걸쳤다.

현관을 나서며 동생의 작은 손을 잡은 보민은 익숙하지 않은 길을 걸어 버스 정류장으로 향했다.

때맞춰 약속 장소로 가는 버스가 도착했다. 버스에 오르자마자 빈자리로 성큼 달려가는 보율이의 뒤에서 보민이 고개를 흔들었다. 저, 저, 저 위험하게! 버스에서는 위험하니깐 뛰지 말라는 것도 단단히 일러둬야겠다. 자리에 앉아 한 소리를 하려 맘을 먹었지만 오랜만에 탄 버스에 좋아하는 동생의 모습을 보니 잔소리는 쏙 들어가 버렸다.

버스의 안내 방송이 목적지에 도착했음을 알려 그녀는 작은 손을 잡고 버스에서 내렸다. 빌딩 앞에 선 보민이 위를 올려다봤다. 두 번째로 방문하는 8층 빌딩이 그녀에게 왜 이리 높아 보이는지. 한 번 와 봐서 익숙한지 보율이 보민의 손을 잡아끌었다.

"언니, 빨리빨리."

동생의 손에 이끌려 오른 엘리베이터의 숫자가 1부터 하나씩 오르기 시작하자 그녀의 심장박동 수도 상승했다. 땡 하는 소리와 함께 문이 열리고 두 사람은 이제 그녀들의 운명을 바꿀 성안으로 들어섰다. 기다리고 있던 김 실장이 그녀들을 반겼다.

"어서 오십시오. 대표님이 기다리고 계십니다."

"그럼 보율이 좀 부탁드려요."

"걱정 마시고 들어가 보십시오."

마냥 좋아 웃고 있는 동생에게 얌전히 있으라고 당부하고 문앞에 섰다. 그녀는 아주 잠깐 머뭇거리다 크게 숨을 들이마시고는 안으로 들어갔다. 지난번처럼 책상 앞 커다란 의자에 앉아 있던 일혁은 기다리고 있었다는 듯이 그녀를 보자마자 용건부터 이야기했다.

"결혼해."

허락이었다. 하지만 결혼할 생각이 없다는 뜻이 완고해 보였는데 며칠 사이 손바닥 뒤집는 것처럼 너무 쉽게 입장을 바꾼 것이 의아했다.

"왜요? 싫다고 하실 줄 알았는데요."

보민의 말처럼 사실 일혁은 미안하지만 결혼은 안 되겠다고 거절의 말을 전하려고 했다. 그런데 얼마 전 찾아온 불청객이 그의 마음을 바꾸게 만들었다.

그의 최대 고객이기도 한 P전자 한명수 사장. 자리에 없다고 했음에도 막무가내로 사무실로 쳐들어와서는 식사나 한 번 하자고 하기에 단칼에 거절했다.

그러나 그 능구렁이 같은 영감이 어찌 알았는지 자신이 자주 가는 식당에 우연을 가장해 식사 자리에 끼어들었다. 그것도 제 딸까지 대동하고서.

'아니, 박 대표. 여기서 다 만나네. 이런 우연을 봤나. 아참, 여기는 내 딸 수리야, 한수리. 미국 유학 갔다 이번에 들어왔어.'

그래서 어쩌라고? 잘 먹던 밥맛이 뚝 하고 떨어졌다. 이제 이 식당도 다시는 못 오겠군. 반찬이 맘에 들었었는데. 그의 심기가 불편한 걸 눈치채지 못한 한 사장과 그의 딸은 계속해서 궤변을 늘어놓았다.

'내 딸이 머리도 비상하고 요리도 잘하니 내조도 잘할 거야.'

'어머, 아버지도 참. 그런데 박 대표님, 정말 아버지 말씀대로 멋지게 생기셨네요.'

그러니깐 지금 딸내미를 내 상대로 내미시는 거다? 일혁의 눈썹이 치켜 올라가고 얼굴 표정이 굳어 가고 있었다.

옆에서 사태를 파악한 김 실장이 약속이 있다며 자신을 데리고 나오지 않았으면 무슨 일이 일어났을지도 모른다.

그 일 이후로 한 사장이 소문을 냈는지 그 딸이 소문을 냈는지는 모르지만 이 바닥에 한 사장의 딸과 자신이 결혼한다는 소문이 기정사실화되어 파다하게 퍼졌다. 그 여파로 P전자 주식이 연일 상한가를 치고 있었다.

당장이라도 가서 한 사장 모가지를 비틀어 버리고 싶었지만 자신이 소문 낸 게 아니라고 하면 뭐라고 하냐 말이다. 거기다 지금도 울리는 저 전화 소리. 온통 딸 가진 집이란 집은 전부 그에게 전화를 해 대고 있다. 결혼 소문이 도는 사람한테 왜 자꾸 자신의 딸을 들이미는 건지도 이해가 안 된다. 언제부터 그가 선호하는 신랑감이 됐는지는 모르겠으나 그의 심기가 점점 폭주하는 기차처럼 달리고 있다.

이런 상황이다 보니 그는 결혼을 결정했다. 누구랑? 다른 누구도 아니고 바로 앞에 있는 이 여자와. 자신이 제일 싫어하는 끈적이는 관계의 늪과는 멀어 보이고 지금 이 거지 같은 상황에서 벗어날 수 있는 가장 적합한 상대.

일혁은 갑자기 입장을 바꾼 그에 대해서 궁금증이 가득한 얼굴을 하고 있는 그녀의 질문을 무시했다.

"그건 알 필요 없고. 결혼할 거야? 말 거야?"

이 매너는 국에 말아 먹으려고 해도 없는 남자를 봤나. 좀 얘기해 주면 어디에 뿔이라도 나나 보지? 허나 대답을 재촉하는 남자에게 대들지는 못했다. 그녀는 지금 갑의 횡포를 다 참아야 하는 을의 입장이다. 그래도 저렇게 말을 잘라먹는 건 좀. 나이도 그리 많아 보이지 않는데.

"결혼……해야지요. 그런데 왜 처음 봤을 때부터 반말이세요?"

"너, 이보민 24세. 나, 박일혁 31세. 나이 차가 얼만데. 내가 반말하는 데 불만 있어?"

'치, 그래! 니 똥 굵다. 그래, 반말해라!' 이렇게 내뱉고 싶었지만 철저히 을인 보민의 입에서는 작은 수용의 대답이 나올 뿐이었다.

"아니요."

결혼하기로 결정은 했으니 어떻게 살 것인가가 문제인데, 보통의 결혼한 부부들이야 잘 살면 되지만 우리는 좀 특별한 경우 아닌가.

생각하는 보민의 머리 위로 선심 쓰는 듯한 그의 목소리가 들려왔다.

"결혼 생활 동안 원하는 걸 말해 봐."

"제 결혼 조건은 하나예요. 동생 보율이와 나를 안전하게 지켜주는 것. 그게 가장 중요한 조건이에요."

"오케이 접수. 당신도 조건 하나 내걸었으니 나도 하나 내걸지. 결혼 생활 동안 내 생활에 절대 간섭하지 말 것. 눈에 안 보이면 더 좋고. 가장 큰 조건은 이거야. 다른 건 나중에 정하도록 하고 오늘 당장 여기로 들어와."

아니 이건 무슨 도토리 묵사발 같은 소린가? 결혼 생활 동안 절대로 간섭하지 말고 눈에 안 보이는 게 조건이라면서 여기로 들어오라니. 이해할 수 없는 명령에 보민이 그의 제안을 사양했다.

"저희는 오피스텔에서 지내면 될 것 같은데요? 굳이 여기로 들어올 필요가……."

"있지. 오피스텔에 있으면 내가 당신들을 완벽하게 보호할 수가 없어. 당신 본래 집도 보안이 꽤 괜찮은 걸로 알고 있는데 털렸잖아? 그런 놈들이 그까짓 오피스텔 문도 못 열 것 같아?"

"그건 그렇지만……."

"왜? 내가 당신을 건드리기라도 할까 봐? 7층에 있는 내 집은 손님이 머무는 방이 내 방과 분리되어 있으니까 그 부분은 안심해도 좋아. 여기만큼 보안이 잘 되어 있는 곳도 없어. 아무리 보디가드를 붙인다고 해도 그 오피스텔에서는 나도 손쓸 수 없는 상황이 벌어질 확률이 높다는 거야."

그의 말이 백번 맞다. 전에 살던 집도 나름 높은 수준의 보안으로 보호되던 집이었다. 경찰이 말하기를 CCTV와 함께 방범센서도 고장이 났다고 했다. 전문범들 소행인 것 같다고 잡을 수 있을지 모르겠다고 했다.

그래, 안전해지기 위해서인데. 보민이 고개를 끄덕였다.

"알겠어요."

그렇게 보민과 일혁이 각자의 조건을 내건 두 사람, 아니 세 사람의 결혼 생활이 시작되었다.

　보민이 나가고 일혁은 창밖을 응시했다. 여자가 아이의 손을 잡고 건물을 나서고 있었다. 잘 가고 있던 아이가 갑자기 여자의 손을 뿌리치고 앞에 물을 뿜어 대는 분수대로 총총하고 달려갔다. 그러자 여자는 또 아이가 넘어질까 싶어 그 뒤를 쫓아가고 있었다.

　그러니깐 이제 저 여자, 그리고 저 꼬마와 같이 결혼 생활이란 걸 해야 된다는 건데. 그의 인생이 피곤해질 것 같다는 생각이 들기 시작하자 일혁의 미간이 구겨졌다.

　눈으로 쫓던 보민의 모습이 사라지자 김 실장을 불러 이후의 일들을 연달아 지시했다.

　"은근슬쩍 내 결혼 소식 흘려. 그리고 최대한 빨리 장 변호사랑 약속도 잡아 줘. 아! 이 사장네 딸들 오늘 내 집으로 이사 올 거야. 김 실장이 직접 오피스텔에 들렀다가 와."

　"알겠습니다."

지시를 받은 김 실장이 나간 후 일혁은 머릿속에 퍼즐 맞추듯 딱딱 앞으로의 계획을 짜맞추기 시작했다.

아마 오늘 안으로 결혼 소식은 어느 정도 퍼지게 될 것이다. 그렇게 된다면 뇌가 제대로 일을 하고 있는 사람들은 함부로 나서지 못할 테다.

허나 생각도 없이 겁을 상실한 무리가 꼭 있단 말이다. 그러니 믿을 수 있는 경호업체를 붙여야 한다. 자매가 자신의 집에 들어와 지내더라도 밖으로 잠깐 나가는 것까지 막을 수는 없을 테니깐.

마지막으로 장 변호사를 만나 특허권에 대한 이야기만 잘 마무리하면 대충 일은 끝날 것 같은데. 시간이 얼마 지나지도 않았는데 김 실장이 인터폰으로 장 변호사가 찾아왔다는 말을 전했다. 빨리도 오셨네. 김 실장이 전화하자마자 왔나 보군.

들어오시라는 말을 하자마자 문을 벌컥 열고 들어온 장 변호사가 대뜸 그의 손을 잡았다.

"박 대표님, 고맙습니다! 정말 고맙습니다."

너무 감격한 나머지 장 변호사는 일혁의 손을 잡는 것으로 모자라 자신보다 더 큰 키의 일혁을 안아 들었다 놨다 했다. 졸지에 놀이기구를 타고 있는 일혁의 눈썹이 저절로 치켜 올라갔다. 그의 냉랭한 분위기를 눈치챈 장 변호사가 그를 원위치시키고 멋쩍은 듯 머리를 긁적였다.

"아, 미안합니다. 제가 너무 감격한 나머지. 이제 두 발 뻗고 잘수 있겠습니다. 그나저나 마음을 바꾸신 이유가 무엇입니까?"

마음을 바꾼 이유가 뭐 그리 중요하다고 이리 물어 대는지, 나원 참. 당연히 자신을 결혼 타깃으로 정한 밖에 있는 사악한 무리

들로부터 벗어나기 위해서지. 아니면, 이 사장이 맘에 걸려서인가. ……그것도 아니면 그 여자가 부탁해서?

정확한 이유는 잘 모르겠지만 결혼하기로 했다는 사실이 중요한 것 아닌가. 그가 말을 흐리며 본래 장 변호사를 만나려 했던 목적으로 화제를 돌렸다.

"어쩌다 보니. 그것보다 유언장 말입니다. 좀 의아스럽군요."

"네. 유언장이 왜요?"

"이 사장님이 일주일 전에 갑자기 유언장을 변경하셨다고 하지 않으셨습니까?"

"그렇습니다. 사실…… 저도 그게 이상합니다. 마치 자신이 조만간 죽을 것이라는 것을 알고 있었던 것처럼."

"혹시 그 전에 신변의 위협이라든가 무슨 일이 있었습니까?"

"그것까지는 모르겠습니다. 이 사장님이 너무 갑작스럽게 돌아가셔서 경황이 없다 보니……."

"그럼 제가 한번 알아봐야겠군요. 그리고 특허권 말입니다."

"아, 그 특허권 이제 박 대표님께서 권리를 행사하실 수 있습니다."

"그럼 특허권을 사겠다고 장 변호사님을 찾아오는 사람이 있으면 무조건 제게 보내세요. 이제 제가 처리하겠습니다. 그리고 특허권은 제가 가지고 있다고 소문내 주십시오."

"알겠습니다. 안 그래도 사겠다고 접촉해 온 회사가 여럿 있었습니다. 본래는 보민 양이 만나 봐야 하는 거지만 박 대표님이 처리해 주신다고 하니 정말 다행입니다."

"그리고 제가 두 여자의 법적 대리인이라고도 은근히 말을 흘려 주십시오."

"그것도 걱정하지 마십시오. 제가 또 은근히 말 흘리고 이러는
건 전문이니깐요."

맘속에 있던 걱정을 들어내고 나니 한결 맘이 편해진 장 변호사
의 입에서 실없는 농담이 나온다. 얼마나 다행인지.

보민에게서 집에 도둑이 들어서 컴퓨터와 일기장을 훔쳐 갔다고
연락이 왔을 때 가슴이 철렁하고 내려앉았다. 이학중 사장이 자신
에게 어떤 사람인데. 그는 가난해서 대학을 포기하려던 자신에게
그 비싼 법대 등록금을 몰래 내 주던 형 같던, 아버지 같던 사람이
었다.

난데없이 저 말도 안 되는 유언장을 작성할 때도 얼마나 뜯어말
렸는지 모른다. 하지만 며칠 후 그가 사고로 죽고 나서야 그의 의
중을 알아차렸다.

박 대표 정도면 두 아가씨들을 충분히 지킬 수 있을 것이다. 만
약에라도 박 대표가 결혼을 결심하지 않았다면 자신이 두 아가씨를
양딸로 삼을 생각도 했었다. 그러나 아마도 박 대표처럼 이렇게 치
밀하게 막아 내지는 못하겠지. 다시 한 번 박 대표에게 고마움을
표시했다.

"정말 고맙습니다."

장 변호사가 고맙다면서 했던 말을 또다시 하고 두 여자를 잘 부
탁한다며 고개까지 숙이고 나갔다.

왠지 정신이 없었던 장 변호사가 나가고 고요한 사장실에 홀로
남은 일혁은 그제야 다시 일을 손에 잡았다. 여러 개의 서류들을
들추며 일에 점점 집중을 하기 시작하는데 책상 서랍에 넣어 둔 핸

드폰이 울렸다. 장 변호사를 보낸 뒤 1시간이 채 지나지 않은 시각이었다.

"여보세요?"

— 박 대표. 나야, 최서국.

최서국 사장. 각종 가공식품을 만들고 유명 음식점 체인을 여러 개 소유하고 있는 J회사 사장. 잘 웃고 사람 좋아 보이는 인상을 가졌지만 약자에게는 한없이 강해지고 강자에게는 한없이 낮아지는 그런 부류.

"최 사장님이 무슨 일로 전화를 다 하셨습니까?"

— 다름이 아니라 죽은 이 사장네 특허권 말이야. 그거 정말 박 대표가 가지고 있는가?

장 변호사가 정말 은근히 말을 잘 흘렸는지 벌써부터 낚시질이 들어오고 있다. 그런데 최 사장네는 이 특허권이랑 아무런 관련이 없단 말이지. 최 사장이 먹는 장사를 접고 그 분야로 뛰어드는 게 아니라면 누군가가 뒤에서 찔러 보라고 시킨 거겠지.

"네. 제가 가지고 있습니다. 그런데 최 사장님이 그 특허권은 왜 관심을 가지시는지? 설마 J회사가 에너지 쪽으로 뛰어드는 겁니까?"

— 그게 말이지…….

최 사장이 더 말을 하지 않고 말끝을 흐렸다. 오호라, 이렇게 나오시겠다. 일혁의 눈이 날카롭게 빛났다.

"저한테도 알려 주셔야 제가 가지고 있는 J회사 주식을 싼값에다 팔아 버릴지 아님 어떻게 할지 결정할 것 아닙니까?"

— 아, 아니야. 우리는 에너지로 뛰어들 생각이 없어. 누가 좀 알아봐 달라고 해서.

"누가요?"

— 그게 말이지……. 어, 나 급한 전화가 들어오네? 아무튼 우리는 에너지 사업에 관심 없네. 우리 회사 주식 팔지 말게나. 이만 끊겠네. 다음에 식사나 한번 하지.

최 사장은 허둥거리며 전화를 끊었다. 낚시질을 시킨 사람이 누군지 대충 감이 오기는 하지만 확실하지 않으니 좀 더 조사해 볼 필요가 있을 것 같다. 적을 알아야 전투에서 승리할 확률이 높아질 터이니.

생각이 많아진 그의 머리가 무거워지고 의자에 깊이 몸을 묻은 일혁이 눈을 감았다. 다시 그의 사무실에 어둡고 무거운 침묵이 내려앉았다.

✖

보율이 다니는 유치원과 그리 떨어져 있지 않은 한빛 피아노 학원. 일혁의 회사에서 나와 바로 집으로 가지 않고 보민은 같은 과 선배가 운영하는 피아노 학원에 동생과 함께 와 있었다. 오랜만에 본 것이 무색하게 선배 언니는 두 사람을 반갑게 맞아 줬다.

"아이고. 우리 보율이 왔어?"

보율을 유난히도 예뻐했던 선배는 전보다 더 커 버린 보율을 안아 들고는 아이의 보드라운 볼을 쓰다듬었다.

"안 본 사이에 더 컸네. 더 예뻐졌어."

"정말요? 히히. 언니, 나보고 예쁘대."

보율이 보민을 보고 눈을 반짝이며 볼을 붉혔다. 보민은 동생의 깜찍함에 웃음 지었다.

"좋겠네, 우리 보율이."

보민의 선배는 하나도 변한 것이 없는 자매를 바라봤다. 두 사람 사이를 모르는 사람들은 보민이 보율을 애지중지하는 것을 보고는 엄마와 딸이 참 많이 닮았다고 이야기하지만 사실 두 사람은 세상에 둘도 없이 우애가 좋은 자매다. 대학 다닐 때도 동생 때문에 일찍 집에 가 봐야 한다며 수업을 마치면 바로 집으로 갔던 애가 바로 저기 저 이보민이다.

너무 오랜만에 만나서 그 어렸던 꼬맹이 보율이가 이렇게 훌쩍 커 버린 것이 신기하기만 하다. 그나저나 연락도 없이 무슨 일로 나를 다 찾아왔을까? 보민의 선배는 안겨 있던 보율을 내려놓고 보민에게 물었다.

"그나저나 무슨 일이야?"

선배의 물음에도 보민은 쉽게 말을 꺼낼 수가 없었다. 보민의 머뭇거림에 선배는 계속해서 그녀를 재촉했다.

"응? 정말 무슨 일이야?"

"그게…… 저번에 선배가 학원 파트타임 구한다고 했잖아요."

"그랬지. 왜, 너 생각 있어? 네가 해 주면 나는 완전 땡큐지."

"제가 해도 돼요?"

"물론이지."

선배는 보민의 손을 잡고 기뻐했다. 누구보다 아이들을 좋아하고 열심히 가르치는 보민을 알기에 이게 무슨 횡재냐 싶어 들뜬 마음을 감출 수가 없었다. 하지만 보민의 실력을 알고 있고 거기다 평소 보민의 레슨비도 알고 있는 그녀라 좋다고 선뜻 채용하기가 망설여지는 것은 어쩔 수가 없다.

"근데 네가 레슨할 때 받는 것처럼 보수가 안 많을 수도 있어."

"괜찮아요. 보율이 유치원이랑만 가까우면 상관없어요."

"그래? 그럼 무조건 합격이야. 보율이 유치원 마치면 여기 와 있어도 상관없어. 피아노를 배워도 되고, 아니면 내가 봐 줄게."

유치원이 마치면 봐 줄 사람이 없는 동생을 두고 그녀가 피아노 레슨을 다닐 수는 없었다. 그러던 중에 전에 선배가 지나가는 말로 했던 말이 생각나서 들러 부탁했는데, 고맙게도 동생까지 봐 준다고 하는 선배의 말에 그녀는 참 고마웠다. 보민이 선배에게 고개를 숙였다.

"선배. 고마워요."

"어허, 선배라니. 언니라고 해."

마음에 가지고 있던 한 가지 짐을 내려놓은 보민이 그제야 밝게 웃었다. 보율은 학원 안을 연신 구경하느라 정신이 없었고 보민과 보민의 선배는 향이 좋은 허브티를 마시며 못다 한 이야기를 나누고 있었다. 향기로운 차가 바닥을 보일 즈음 보민의 핸드폰이 울렸다.

"여보세요."

— 안녕하세요. 김 실장입니다.

"네. 그런데 무슨 일로?"

— 대표님께서 모시고 오라고 하십니다. 제가 지금 계신 곳으로 가겠습니다.

정중하게 말하는 김 실장의 성의를 보민은 사양했다. 하지만 대표님께 혼난다는 김 실장의 말에 보민은 두 사람이 있는 학원의 위치를 가르쳐 줬다.

"언니, 우리 가 봐야겠어요. 제가 다시 연락 드릴게요."

보민이 서둘러 인사를 하고 동생의 손을 잡고 나와 유치원 앞에서 김 실장을 기다렸다. 저 멀리서부터 검정색 세단이 다가오더니 두 사람 앞에 멈춰 섰다. 차에서 내리는 김 실장을 보고 보율이 언니의 손을 뿌리치고 또 쪼르르 그에게로 다가갔다.

놀라운 친화력을 자랑하는 이보율 양은 몇 번 보지도 않은 김 실장 옆에서 떨어질 생각이 없어 보였다. 거기다 한술 더 떠 차에 탈 때에도 그의 옆자리인 조수석에 혼자 앉겠다고 떼까지 썼다. 차가 일혁이 내준 것이기도 하고 앞좌석은 위험해서 보민은 보율을 타일렀다.

"이보율. 앞에는 위험하다니깐. 뒤에 언니랑 같이 앉자? 응?"

"싫어. 앞이 좋아. 얌전히 앉아 있을게."

짧고 오통통한 다리는 차 앞문에 멈춰 힘을 주고 서 있었다. 절대로 물러서지 않겠다는 의지를 풀풀 풍기면서.

저 똥고집쟁이! 결국 보율의 고집을 꺾지 못한 보민은 움직이지 말고 가만히 앉아 있기로 보율에게 약속을 받아 내고 한발 물러섰다. 당황한 기색이 역력한 김 실장에게 보민이 고개를 숙였다.

"죄송해요. 원래는 안 그러는데 오늘따라 이상하네요. 운전하는 데 방해되는 거 아닌가 모르겠어요."

"아닙니다. 제가 조심히 운전하겠습니다."

차를 타고 가는 동안에도 약속한 대로 보율은 움직이지 않고 몸은 가만히 있었지만 그 작은 입은 1초도 가만히 있지 않았다. 보율이 부르는 동요가 차 안에 가득했다.

"쨍쨍쨍 해가 떴어요. 어디 가세요. 유치원 갑니다. 죽죽죽 비가 와요."

한참을 부르던 아이는 옆에서 운전하고 있는 김 실장에게 물었다.

"아저씨, 죽죽죽 비가 와요 다음은?"

느리고 안전하게 운전하고 있던 그가 아이가 물어 오는 물음에 얼추 짐작해서 대답했다.

"유, 유치원 갑니다?"

"딩동댕. 아저씨 진짜 잘한다. 그럼 아저씨, 다음은……."

"이보율 그만."

보율이 하는 양을 보고 있던 보민이 동요를 부르다 말고 운전하는 사람에게 퀴즈까지 내는 동생을 말렸다. 언니의 말이 짧아지면 경고하는 것이라는 것을 알고 있는 보율이의 입이 합죽이가 됐다. 김 실장이 혼나기 일보 직전의 보율을 구해 냈다.

"괜찮습니다."

"그래도 운전하시는 데 방해되잖아요. 이보율, 이제 조용히 가는 거야. 알겠지?"

"치, 알겠어."

보율이의 노랫소리가 들려오지 않자 차 안에는 순식간에 조용함이 내려앉았다. 김 실장은 출발 전에 한 말대로 거북이처럼 느릿느릿 차를 몰고 목적지인 오피스텔에 도착했다.

차에서 기다리기로 한 김 실장을 뒤로하고 동생의 손을 잡고 두 사람의 보금자리가 될 뻔한 오피스텔로 올라갔다.

이삿짐을 푼 지 몇 시간이 지나지도 않았는데 보민은 다시 이사 갈 짐을 꾸리기 시작했다. 여기로 올 때 최소한의 짐만 챙긴 건 잘한 일인 것 같다. 간단한 옷가지들을 다시 챙기고 나자 방 한쪽에 가지런히 정리해 둔 것들이 보였다. 보율에게 약속한 저 많은 양의 동화책들과 장난감들을 챙겨야 하는데. 우선은 다 들고 갈 수 없으니깐 골라서 가져가야 할 것 같다.

"보율아. 우리 동화책이랑 장난감 중에 제일 좋아하는 거 몇 개만 가지고 갈까?"

"싫어. 전부 다 가지고 가고 싶단 말이야."

보율이 벌써 바닥에 펼쳐 놓은 동화책과 인형, 블록들을 팔을 벌려 최대한 안을 수 있는 만큼 끌어안았다. 보민이 살살 뿔이 난 동생을 달랬다.

"우리 가는 곳에는 이거 전부 다 가지고 갈 수가 없어."

"왜? 우리 어디 가는데?"

어디라고 대답을 해야 하나. 보민이 순간 할 말을 잃었다. 언니가 결혼을 하는데 이제 그 남자 집에 들어가서 살아야 해. 이럴 수는 없지 않은가? 보민이 망설이다 빙 둘러서 말했다.

"우리 지금 여행 가는 거야. 아까 갔던 빌딩 밑에 커다란 집이 있대. 거기로 가는 거야. 여행 가는데 이 많은 걸 들고 갈 수는 없겠지?"

동생에게 죽어도 거짓말 같은 건 하기 싫었는데. 잘 생각해 보면 집이 아닌 다른 곳에서 일정 기간 지내는 걸 여행이라고 하니 딱히 틀린 말은 아닌 것도 같다. 그렇게 자신을 합리화시키는 보민이었다.

여행 가는 거라는 말에 신난 보율이 과자 고를 때보다 더 신중하게 장난감과 동화책을 고르기 시작했다.

"이거는 엄마가 읽어 줬던 별님 이야기니깐 무조건 가지고 가야 해. 그리고 이건 아빠가 얼마 전에 사 준 사과 인형이니깐 가지고 가고. 그리고 언니가 저번에 사 준 멜로디언. 아, 맞다. 우리 가족 사진 꼭 가져가야 해. 다 정했다."

몇 개만이라고 했더니 딱 세 개만 고르는 보율이었다. 더 골라도 될 것 같은데 더 이상 욕심부리지 않는 동생 때문에 보민이 더 미안해졌다. 더 골라도 된다고 했지만 동생은 고개를 저을 뿐이었다. 나머지 짐들은 전부 다 남겨 두고 그렇게 여행 가는 것처럼 트렁크 두 개만 가지고 집을 나왔다.

밑에서 기다리고 있던 김 실장이 보민이 들고 내려오는 짐을 받아 들었다.

"짐은 이게 다입니까?"

"네."

트렁크 두 개가 전부라니. 아무리 그래도 결혼하기로 하고 대표님 집으로 들어가는 건데 짐이 지나치게 단출하니 김 실장도 적잖게 당황했다. 한 달 정도 머물 사람처럼 짐을 꾸린 게 딱 봐도 티가 났다. 하지만 이런 생각을 밖으로 표현하기에 그는 철저하게 제 3자였다. 그는 입을 다물었다. 보율이 김 실장을 잡아당겼다.

"아저씨, 어서 가요. 빨리요."

짐을 실은 차가 올 때처럼 천천히 달려 청담동의 빌딩으로 돌아왔다.

엘리베이터를 타고 7층에서 내린 두 사람은 김 실장이 안내하는 집으로 들어섰다. 한 층 전부를 집으로 만들어서인지 운동장만 한 거실의 크기에 보민이 눈을 동그랗게 떴다.

크기도 컸지만 그 넓은 바닥에 깔린 베이지색 대리석 위에는 검정색 소파와 탁자가 전부였다. 거실은 사막처럼 휑했고 어디선가 모래바람이 불어오는 것 같기도 했다.

거실 옆으로 더 들어간 안쪽에는 사람의 손을 거의 타지 않은 듯 보이는 커다란 최신식 주방이 갖추어져 있었다. 그리고 이제 그녀들이 지내게 될 방은 복도를 따라 끝까지 들어간 곳에 있었다.

욕실도 딸려 있고 커다란 침대며 책상에 놓인 컴퓨터며 벽에는 평면 텔레비전까지 걸려 있으니 손님방 치고는 너무 잘 되어 있었다. 잠시 머무르는 두 사람에게 과분하다고 보민은 생각했다.

거기다 가장 중요하고 맘에 드는 것은 그의 말대로 안쪽의 생활 공간과는 분리가 되어 있어 따로 생활이 가능할 것 같다는 것이다. 잘만 하면 그가 내세운 조건대로 그의 눈에 안 띌 수도 있을 것 같다. 보민이 짐을 내려놓는 김 실장에게 물었다.

"박일혁 씨는 보통 언제 출근해서 언제 퇴근하시나요?"

"아. 대표님은 아침 7시쯤 출근하셔서 거의 저녁 8시까지는 사무실에 계십니다."

"알겠습니다. 그리고 오늘 고마웠어요."

"아닙니다. 그럼 쉬십시오."

인사를 하고 김 실장이 나가자 보민이 동생을 찾기 시작했다. 보율은 밖의 휑하니 넓은 거실에서 좋다고 뛰어다니고 있었다. 뛰고 있는 동생을 달랑 들어서는 방으로 들어온 보민이 보율을 침대 위에 앉혀 놓고 그 앞에 눈높이를 맞춰 앉아 설명을 시작했다.

"보율아. 보율이 낮에는 거실에서 놀아도 되는데 저녁 밥 먹고 나서는 거실에서 놀면 안 돼요. 그리고 우리는 여기 주인아저씨한테도 우리 모습을 보여서는 안 돼."

"왜? 우리 아저씨랑 숨바꼭질하는 거야?"

"어. 맞아. 숨바꼭질하는 거야. 아저씨가 술래야. 우리 절대로 잡히면 안 돼."

"응. 절대 안 잡힐게."

보율이 두 손을 불끈 쥐어 보였다. 한집에 살지만 눈에 띄지 않기 위해서는 이 방법밖에 없다고 생각한 보민이었지만 동생을 본의 아니게 방에만 가두어 두는 것 같아 마음이 불편했다. 거기다 숨바꼭질하는 줄 알고 이렇게 좋아하는 동생을 보니 마음이 돌덩이 얹어 놓은 것처럼 묵직해졌다.

정말 잘하고 있는 건가 자신에게 반문했지만 그녀에게 대답을 해 줄 사람이 없었다. 보민이 웃으며 즐거워하는 동생을 끌어안았다. 따뜻하고 보드라운 살내음이 그녀의 불안한 마음을 안정시켰다.

"작은 별이 해님이 보고 싶어서 잠을 자러 침대로 들어가지 않자 달님이 별에게 사정도 해 보고 화도 내 봤지만 작은 별은 말을 듣지 않았어요."

저녁 여덟 시가 넘어 보민은 보율과 방문을 꼭 닫고 동화책을 읽어 주었다.

"언니. 해님이 작은 별 엄마야?"

"왜?"

"아니, 작은 별이 해님 너무 보고 싶어 하니깐……."

보율이 말끝을 흐렸다. 침대에 누워서 동생에게 동화책을 읽어 주고 있던 보민이 책을 내려놓고 동생의 얼굴을 매만졌다.

"우리 보율이, 엄마 보고 싶어?"

"응. 엄마도 보고 싶고. 아빠도 보고 싶어."

아무리 밝고 긍정적인 어린아이라고 하지만 갑자기 아빠까지 하루아침에 없어진 상황이다. 어리광 부리지 않고 잘 참아 주고는 있지만 문득문득 생각나고 보고 싶은 것까지 막을 수는 없는 거겠지.

"사실은 엄마 아빠 여기에 계셔."

"진짜? 어디?"

당장이라도 침대에서 일어나 뛰쳐나가려는 보율을 잡아 침대에 앉혀서는 작은 손을 들어 작은 심장으로 가져다 얹었다.

"여기. 여기 안에 계셔. 우리 보율이가 엄마 아빠를 잊지 않고 기억하는 한 항상 여기에 계실 거야."

"보이지 않아도?"

"그래, 눈에 보이지 않아도 여기서 항상 보율이 생각을 알고 계실 거야."

그 뒤로도 여자의 동화책 읽는 소리는 계속되었다.

저녁 여덟 시. 일혁이 집으로 들어왔을 때는 컴컴한 어둠을 물리치기 위해 거실의 불을 켜야 했다. 분명 김 실장이 두 여자를 데려다 놓았다고 했는데 아침에 나갈 때랑 바뀐 것이 하나도 없어 의아했다.

개미 새끼 한 마리 보이지 않는 횅한 거실도 그대로이고 현관에는 두 사람이 벗어 둔 신발조차 보이지 않았다. 도르르 눈을 굴려 봐도 어디서도 흔적을 찾을 수가 없었다.

설마 하는 마음을 누르고 그는 손님방으로 발길을 돌렸다. 긴 통로를 지나 다다른 손님방에서 문틈의 작은 불빛을 따라 새어 나온 소곤거리는 목소리를 들었다. 그리고 방문에 바짝 붙어 서서 일혁은 저도 모르게 두 여자가 하는 소리를 귀 기울여 듣고 있었다.

동화책을 다 읽고 작은 꼬마가 잠들 때까지, 자장가를 불러 주는 소리가 사라질 때까지 거기에 서 있었다.

이상하지. 여자가 어디 도망 안 가고 손님방에 있다는 것을 알았으면 바로 뒤돌아서야 하는 게 박일혁다운 거였는데 그의 발이 마법이라도 걸렸는지 떨어지지 않았다. 틈 사이로 나오는 불빛이 꺼질 때까지 그냥 거기 우두커니 서 있었다.

그리고 두 여자와 함께 지내게 된 첫날 밤. 자신이 무슨 생각으로 방에 들어와서 씻고 침대에 누웠는지 어쩌다 잠이 들었는지 다음 날이 되자 아무것도 정확히 기억할 수 없었다. 마치 안개가 낀 것처럼 흐리기만 했다.

✻

그다음 날도 그 다다음 날에도 일혁은 집에서 두 여자의 머리카락 한 올도 찾아볼 수 없었다. 결국은 매일 밤 손님방에서 들려오는 동화책 읽는 소리, 간지럼 태우며 장난치는 소리, 실없는 대화하는 소리 등 문틈으로 새어 나오는 작은 소리로 두 사람이 그의 집에 머물고 있다는 것을 확인하곤 했다.

분명히 그가 이 결혼에 내건 조건이 그의 사생활에 간섭하지 않고 그의 눈에 띄지 말라는 것이긴 했지만 여자는 자신이 내건 조건을 진짜 눈에 안 보이는 것으로 이해했는지 말 그대로 너무나 잘 지켜 주고 있었다.

그가 말한 눈에 띄지 말라는 소리는 어디 꼭꼭 숨어 있으라는 소리가 아니었는데. 얼굴도 안 보이니 신경 쓰지 않아도 돼서 잘된 일임에도 이상하게 그의 마음이 싱숭생숭하다.

두 여자들과 함께 살게 된 지 일주일이 되어 가는데 말을 섞기는커녕 얼굴을 지나가다 마주쳐 본 적도 없다. 그러다가 같이 살게 된 지 딱 일주일이 된 날. 평소의 퇴근 시간보다 2시간이나 일찍 집으로 돌아온 그는 그를 보고 울상을 짓는 사슴 같은 두 개의 눈동자를 마주했다.

"으아. 잡혔다. 언니, 나 잡혔어."

주방에서 저녁 준비를 하고 있던 보민이 동생의 소리에 놀라 거실로 뛰쳐나왔다. 8시가 되려면 아직 두 시간이나 남았는데 일혁이 거실에 서 있었다. 하얀 앞치마를 두른 보민이 허둥거렸다.

"아직 퇴근 시간 멀었잖아요?"

"내가 내 집에 시간 맞춰 들어와야 하는 거야?"

"그건 아니지만. 전화라도 해 주지요. 그럼 거실을 비워 놨을 건데요."

그러니깐 일부러 자신이 집에 들어오는 시간에 맞춰 거실을 비워 놓으신 거다? 장식용으로의 역할만 담당하던 부엌이 제 기능을 하고 있었다. 밥솥에서 칙 하는 소리가 나고 보글보글 끓는 소리가 들렸다. 그리고 뭔가 타는 냄새가 난다.

"탄 냄새가 나는데?"

"아, 맞다. 계란말이!"

여자가 놀라 주방으로 달려 들어갔다. 일혁이 옆에 서서 처음 만났을 때처럼 바짓가랑이를 잡고 있는 꼬마를 내려다봤다.

"이봐, 여자 꼬마. 뭐가 잡혔다는 거야?"

"우리 지금 숨바꼭질 중이잖아요. 아저씨가 술래고. 아저씨가 너무 못 찾아서 내가 답답해 죽는 줄 알았어요."

"우리가? 숨바꼭질 중이야?"

"응. 여덟 시 이후에는 아저씨한테 보이면 안 돼."

그러니깐 아이에게 숨바꼭질이라는 깜찍한 수를 써서 그리도 '머리카락 보일라 꼭꼭 숨어라' 상황을 연출하신 거다? 머리 좋은데? 이 깜찍한 상황에 그의 눈이 그도 모르는 사이에 초승달 모양으로 휘었다. 꼬마가 그의 다리를 찔렀다.

"아저씨, 내가 이제 술래니깐 이제 아저씨도 잘 숨어야 해. 내가 꼭 찾아낼게."

졸지에 술래를 피해 몸을 숨겨야 하는 상황을 맞이한 그는 대답 없이 피식 웃을 뿐이었다. 그리고 답답하게 몸을 감싸고 있던 검은색 재킷을 벗었다. 그러자 그의 곁에서 떨어지지 않고 꼭 붙어 있던 꼬마가 손을 내밀었다.

"아저씨, 내가, 내가 할래요."

"뭐를?"

"아저씨 옷 주세요. 제가 걸어 볼게요."

"여자 꼬마. 꼬마는 이런 거 하는 거 아니야."

"할 수 있어요. 만날 아빠 옷은 내가 걸었단 말이에요."

보율이 머리를 양 갈래로 땋은 것처럼 팔도 꼬고는 그에게 꼬마라고 무시하지 말라는 눈빛을 쏘아 댔다. 할 수 없이 일혁이 재킷을 건네주었다. 그리고 꼬마는 자신보다 큰 재킷을 질질 끌고는 어디론가 사라져 버렸다. 주방에서 탄 계란을 수습하고 나온 보민이 거실에서 멀뚱히 서 있는 그에게 말을 걸어왔다.

"저녁 먹었어요?"

"아니."

"그럼 같이 먹어요. 한 끼 같이 먹는 건 괜찮죠?"

아니라고 할 수도 있었지만 자신의 집에서 처음 맡아 보는 맛있는 냄새에 저도 모르게 단답의 허락이 나왔다.

"어."

"그럼 손 씻고 와요."

여자가 말하는 대로 손 씻고 식탁에 앉았을 때는 그의 재킷을 처리하고 온 꼬마도 의자에 반듯이 착석했다. 긴 머리를 하나로 묶고 분주히 몸을 놀리던 여자가 그의 앞에 밥과 국을 놓아 주었다. 그리고 꼬마에게는 캐릭터가 그려진 식판에 밥을 담아 주고는 자리에 앉았다.

오이무침, 버섯볶음, 계란말이, 콩나물무침, 거기다 된장국까지. 그가 좋아하는 가정집에서 만든 반찬과 국. 입에 침이 고인다. 일혁이 자신도 모르게 잘 먹겠다는 소리도 없이 밥을 퍼먹어 버렸다. 앞에 앉아 있던 꼬마가 뽀로로가 달린 젓가락으로 그를 가리켰다.

"언니. 아저씨는 잘 먹겠다는 소리 안 해."

그 소리에 목구멍으로 넘어가던 밥이 걸려 그가 기침을 해 댔다.

"컥컥."

사레가 들려 기침하고 있는 그에게 물컵을 밀어 주며 여자가 물었다.

"괜찮아요?"

"큼큼. 괜찮아."

물을 단번에 마시고 앞에서 세모눈을 하고 있는 꼬마를 향해 일혁이 변명 아닌 변명을 했다.

"나는 다 먹고 나서만 인사해."

"아! 그런 거야? 먹기 전에, 다 먹고 나서 둘 중에 하나만 인사하면 되는 거구나."

보민은 잘 자라나는 어린이에게 참 좋은 것 가르치십니다! 라는 말이 목구멍까지 올라왔지만 그냥 참았다. 식탁의 평화를 위해서. 그리고 보민이 밥을 한 술도 뜨지 않고 또 딴짓하고 있는 동생을 나무라며 상황을 정리했다.

"이보율. 식사 시간에 딴짓하는 거 아니라고 했지."

그러자 마지못해 숟가락을 든 보율이었으나 밥투정이 심한 보율의 입으로 들어가는 밥보다 젓가락으로 찔림을 당하는 밥이 더 많았다. 또 밥을 먹지 않는 동생을 보던 보민은 속상해서 또 나무라는 소리가 나왔다.

"이보율, 밥 먹어야지. 또 밥 안 먹고 그러면 혼난다."

"언니, 소시지 없어?"

"오늘은 없어, 대신 계란말이 있잖아. 계란이랑 먹자. 그리고 골고루 먹어야 한다고 했지?"

골고루 먹어야 하는 건 알지만 소시지가 없는데 어떻게 밥을 먹을 수 있느냐는 항의의 의미로 보율의 입이 오리 주둥이처럼 튀어나왔다. 자기 입이 오리만큼 튀어나온 것도 모르고 언니는 연신 계

란이며 멸치며 이제는 콩나물까지 식판에 올려 줬다. 이씨, 먹기
싫은데.

"언니, 나 물."

보민이 물통을 들었지만 아까 가져다 놓은 물은 방금 앞의 남자
가 다 마셔 버렸다. 결국 물을 가지러 가기 위해 보민은 자리에서
일어났다.

"물이 없네? 잠시만."

언니가 잠깐 물 가지러 간 사이 보율이 앞에 앉은 아저씨의 밥그
릇 위에 식판에 있던 멸치와 콩나물을 부지런히 날랐다. 그리고 눈
이 마주친 일혁을 향해 웃으며 속삭였다.

"아저씨. 담에 내가 아저씨 대신 소시지 먹어 줄 테니깐 이것 좀
먹어 줘요. 빨리요."

갑자기 보율과 한 패가 된 일혁이 물 가지러 간 보민이 오기 전
에 한입에 멸치와 콩나물을 넣고 흔적을 없애 버렸다. 잠시 후 물
을 떠 온 보민이 식판에서 반찬들이 없어진 것을 보고 동생의 머리
를 쓰다듬었다.

"우리 보율이 착하네. 멸치랑 콩나물도 다 먹고. 밥 먹고 나서
언니가 간식으로 보율이 좋아하는 사과 쿠키 줄게."

그 사과 쿠키를 얻어먹어야 하는 건 나인 것 같은데? 일혁이 속
으로 그리 생각하건 말건 저녁 간식은 잘 주지 않는 언니가, 그것
도 사과 쿠키를 준다는 사실에 기분이 좋아진 보율이 엉덩이를 들
썩거렸다.

세 사람의 식사는 계속되었고 일혁은 국에 밥까지 말아서 한 그
릇을 뚝딱했다. 다 먹고 나서는 일어나려다가 앞에 앉은 꼬마의 무

언의 시선에 마지못해 인사했다.

"잘 먹었어."

"네."

그가 일어나자 보율도 따라 일어났고 뒷정리와 설거지를 해야 하는 보민도 자리에서 일어났다. 저녁 식사 정리를 시작하기 전에 보민이 약속한 대로 사과 쿠키와 우유를 담아 보율에게 건넸다.

"방에 들어가서 먹어. 언니 금방 정리하고 들어갈게."

"거실에서 먹으면 안 돼?"

"안 돼. 아저씨 싫어하셔."

"정말? 아닌데. 아저씨 나 좋아하는데."

"이보율!"

"알았어."

워낙 다른 사람들과 친하게 지내고 싶어 하는 아이이다 보니 보율은 누구에게나 다가서 먼저 손을 내미는 편이다. 그런 동생의 목소리가 실망한 듯 들렸지만 어쩔 수 없지. 거실에 앉아 있는 집주인 남자가 싫다고 했으니.

쟁반을 들고 조심조심 보율이 주방을 나갔다. 얼른 치우고 방으로 돌아가기 위해 보민의 손이 빨라졌다.

처음에는 주방을 사용하지 않으려고 했지만 사 먹는 것도 한두 번이지. 한창 성장기인 보율이 밥을 해 먹이기 위해 주방을 잠시 사용하고 깨끗하게 치워 놓는 건 괜찮을 것 같았다. 일주일 동안 마주치지 않고 잘 피했는데. 내일부터는 어떻게 하나 하는 걱정에 보민에게 다시 근심의 구름이 다가왔다.

모든 정리를 다 마치고 거실로 나왔을 때 그녀의 눈에 보인 광경은 정말 이해 불가, 상상 이상의 장면이었다. 분명히 간식 가지고 방에 가서 먹으라 했건만 방이 아니라 거실 소파에 그것도 남자와 나란히 앉아 쿠키를 나누어 먹고 있는 이보율! 보민이 소파로 성큼성큼 다가섰다.

"이보율, 방에 가서 먹으라고 했잖아."

"아니야, 언니. 아저씨가 여기서 같이 먹자고 했어."

이게 무슨 소리냐 하는 보민의 시선이 그에게로 향하자 그의 입에서 나온 말은 뜻밖의 것이었다.

"여기가 무슨 밤만 되면 갇히는 감옥이야? 왜 애를 방에만 가두어 두려고 해?"

그게 누구 때문인데. 누가 눈에 띄지 말라고 했더라. 그 누가가 누구겠냐? 보민이 그 누구를 째려봤다.

"그야. 눈에 띄지 말라고 조건을 내건 건 박일혁 씨잖아요."

"이 여자가 사람을 뭐로 보고. 거실이랑 주방 마음대로 사용해도 돼. 내가 말한 건 그냥 서로의 사생활을 존중하자는 거였지. 한집에 같이 사는데 어떻게 마주치지 않을 수 있겠어?"

"그건 그러네요."

"그리고 앞으로 궁금한 게 있으면 물어봐. 또 이렇게 삽질하지 말고."

"뭐라고요?"

보민이 황당해하며 목소리를 높였다. 보율이 언니의 목소리를 알아차리고 자리에서 일어났다. 언니의 얼굴이 빨갛게 물들고 귀에서 김이 나오는 것 같다. 삐용삐용, 비상 비상 비상이다! 보율이 아저씨의 손을 잡고 냅다 뛰었다. 뭣도 모르고 작은 손에 끌려가는 그가 이건 무슨 상황이냐 꼬마에게 묻기도 전에 보율이 소리쳤다.

"비상! 아저씨 뛰어! 언니 화났어!"

밥 먹을 때 맺은 동맹군이 적을 피해 서재로 달려 들어갔다. 두 사람이 지나간 자리에는 황당해서 말도 못 하고 어이없는 얼굴을 한 보민만 우두커니 서 있었다. 언제부터 둘이 저리도 친했나 싶어서.

3

이제 거실과 주방을 마음대로 써도 된다는 소리를 들은 보민은 개구쟁이 동생이 방 안만이 아니라 거실로 행동반경을 넓히는 것을 허락했다. 하지만 거실까지만이었지 이 집 주인이 사용하는 침실과 서재에는 절대로 들어가서는 안 된다고 단단히 못을 박았다.

"보율아, 저기 저 하얀 문이랑 저 큰 방문은 절대로 열고 들어가면 안 돼."

어제 슝 하고 아저씨 손을 잡고 언니를 피해 들어가 숨은 곳이 저 방인데? 보율이 고개를 갸우뚱했다.

"왜? 어제 아저씨랑 저 하얀 문 방에 들어갔는데?"

"어제는 특수한 상황이었고, 평소에는 아저씨가 사용하는 방에는 들어가면 안 돼. 알겠지?"

"그럼 언니가 화가 이따만큼 나면 들어가도 되는 거야?"

보율이 짧은 팔로 벌릴 수 있을 만큼 활짝 벌려 큰 동그라미를 만들었다. 동생에게 엄하게 그러면 안 된다고 타이르는 중인데도 동생의 귀여운 모습에 저도 모르게 입술은 호선을 그리고 눈은 웃음을 내비치고 있었다.

사랑스러운 아이. 내 동생이지만 어디 좀 귀여워야지. 보민이 동그랗게 눈을 뜨고 정말 모르겠다는 궁금증이 가득한 표정을 짓고 있는 동생을 끌어안았다.

"언니가 언제 화냈어? 언니는 우리 보율이한테 절대로 화 같은 거 안 내."

품에 안긴 작은 아이의 손이 그녀의 목을 끌어안았다. 그러고는 그녀의 귀에 작은 새처럼 속삭였다.

"언니, 그럼 나 햄버거 사 줘."

"이보율, 햄버거 같은 거는 먹으면 안 된다고 했지!"

"언니 지금 화내는 거야?"

보민의 품에서 냉큼 벗어난 보율이 혀를 날름 내밀었다. 저 여우. 동생의 여우 짓에 보민은 고개를 절레절레 저을 수밖에 없었다. 계속해서 햄버거 노래를 부르는 동생에게 짐짓 엄한 표정으로 안 된다고 혼도 내 봤지만 언니는 화 안 낸다고 해 놓고는 계속 화낸다고 놀리는 여우 때문에 보민은 나름 엄한 흉내를 내는 훈육을 포기해 버렸다.

안 된다고 따끔하게 혼도 못 내고 웃기만 하다가 결국은 햄버거, 햄버거 하는 시끄러운 노래를 멈추게 하기 위해 보민은 허락할 수밖에 없었다.

"그래, 햄버거 먹으러 가자. 대신 가끔은 괜찮지만 너무 자주는 안 돼. 알겠지?"

밥은 잘 안 먹고 매일 소시지나 햄버거 같은 인스턴트 식품을 너무 좋아하는 동생 때문에 걱정이 이만저만이 아닌 보민이다. 아, 물론 예외적으로 사과는 빼고.

어린 보율이 입맛 순위에서 1순위는 단연 사과다. 사과가 먹고 싶다고 보채면 다행일 텐데 이번에는 햄버거가 먹고 싶다고 칭얼거리니 한 번만, 한 번만 할 때마다 계속 사 주다가 버릇이 될까 봐 그게 제일 큰 걱정이다. 하지만 이런 언니의 마음을 아는지 모르는지 그저 햄버거를 먹으러 간다는 사실이 좋아서 세차게 고개를 끄덕이는 보율이었다.

"응!"

"그래, 햄버거 먹고 마트도 들렀다 오자. 반찬도 다 떨어져서 장도 봐야 해."

"좋아."

여름의 강렬한 태양이 위협적으로 떠 있으니 당연히 바깥은 엄청나게 더울 테지. 밖의 무더위를 짐작한 보민이 통통한 보율의 팔과 다리에 선크림을 꼼꼼히 바르고 짧은 반바지와 티셔츠를 입힌 후에 작은 머리에 밀짚모자를 씌우는 것도 잊지 않았다.

보민도 대충 흰 티에 반바지를 껴입었다. 이제 동생의 손을 잡고 나가기만 하면 되는데 나들이를 나가기 전에 들떠 있는 동생을 향해 보민이 단단히 일렀다.

"이보율. 밖에 나가서는 언니 손 절대로 놓치면 안 돼. 알겠지?"

"응? 응."

또, 또 저 헐랭이가 빨리 나가고 싶어 발을 동동 구르며 건성으로 대답한다. 다시 보민이 보율을 향해 재차 일렀다.

"어떤 아저씨가 다가와서 네가 좋아하는 사과 사 준다고 해도 절대로 따라가면 안 돼. 알겠지?"

"어? 응."

대답은 잘하지. 계속 밖으로 그녀의 손을 잡아끄는 보율을 따라 실로 오랜만에 보민은 빌딩의 7층 집을 벗어났다. 밖으로 나온 두 사람은 활개를 치고 있는 무더위를 만났다.

여름의 중반을 달려가고 있는 이 더위는 정말 날계란도 단번에 익혀 버릴 것 같은 온도였다. 안에서는 시원해서 잘 못 느꼈던 무더움에 절로 힘이 빠지는 보민이었다. 그녀와는 달리 옆에서 저 짧은 다리로 부지런히도 움직이는 동생의 발걸음에 맞춰 한 블록 정도 빠른 걸음으로 걸어갔다.

두 사람은 아이에게 빨리 와 나를 먹어 보라고 손을 살랑살랑하며 유혹하고 있는 맥도리아로 들어섰다. 커다란 유리문을 통과하자마자 다다다 주문대로 달려가 위에 있어 보이지도 않는 메뉴판을 보겠다고 낑낑거리는 보율을 안아 들고 보민이 메뉴판을 살피기 시작했다.

"보율아. 뭐 먹을까? 어린이 세트 먹을까? 이거 먹으면 장난감도 주네?"

어린이를 위해 준비된 세트를 마다하고 고개를 내젓는 자신의 주장이 뚜렷한 이보율 어린이의 거부는 단호했다.

"싫어."

"그럼 뭐 먹을래?"

"큰 거, 저기 저 빅 맘. 무조건 큰 거."

또 보율이 욕심을 부린다. 배가 부르고 나서도 저 큰 걸 다 먹으려고 고집부리다 기어이 다 먹고는 된통 체할 텐데. 안 봐도 비디오다. 보민이 단호히 고개를 저었다.

"안 돼, 다 못 먹잖아."

"아니야. 다 먹을 수 있어. 언니. 응? 응?"

보율은 보민에게 안겨 평소에는 비싸서 잘 해 주지 않는 볼 뽀뽀까지 날리며 애교를 부렸다. 볼에 살포시 닿는 달콤한 애교에 결국 보민은 또 동생에게 져 주었다. 물론 배가 부르면 다 먹지 않고 남기기로 약속을 받아 내고서.

주문을 받은 매장의 예쁜 언니가 잠시만 기다리시면 가져다주겠다는 말을 듣고 두 사람은 자리를 잡았다. 자리에 앉아 있는 동안 그 잠깐을 못 참고 보율이 다시 일어났다. 옆에서 급히 말려 봤지만 그런 언니를 뿌리친 보율은 계산대로 달려가서 아까 주문을 받은 매장 언니에게 닦달을 해 댔다.

"예쁜 언니. 우리 거는 언제 나와요?"

예쁘다는 말을 들어서인지 본래 매장의 모토가 친절인지는 모르겠으나 예쁜 매장 직원은 웃으며 보율에게 상냥한 인내를 보여 줬다.

"어린이 손님, 이제 곧 나옵니다. 자리에 앉아 계시면 바로 가져다 드리겠습니다."

뒤따라온 보민이 직원에게 빨리빨리를 외치고 있는 동생을 들쳐 안고 작게 고개를 숙였다.

"죄송해요."

"아닙니다, 손님. 곧 나올 테니까 제일 먼저 가져다 드리겠습니다."

보민의 사과에 직원은 한층 업그레이드된 상냥함으로 그녀를 대했다. 이달의 맥도리아의 우수 사원은 이분이다! 나갈 때 칭찬 스티커 꼭 붙여 드리고 가야지.

자리에 돌아와 앉자 친절한 직원은 정말 빠른 속도로 보율이 앞에 햄버거를 대령했다. 인사도 없이 햄버거를 집어 드는 동생에게서 보민이 목숨보다 귀한 햄버거를 뺏어 들었다.

"이보율, 고맙습니다, 하고 먹어야지."

"아! 맞다. 고맙습니다. 잘 먹겠습니다."

보율이 일어나 배꼽에 손을 얹고 햄버거를 가져다준 직원을 향해 인사하고 나서야 보민이 햄버거를 건네주었다. 햄버거를 받자마자 그 작은 입을 벌릴 수 있는 대로 벌리고 햄버거를 베어 물었다. 하지만 그 큰 햄버거는 아주 작은 고기 패티 조각과 빵, 약간의 야채와 소스를 작은 입에 내어 줄 뿐이었다.

"앙. 맛있다."

보민이 콜라 대신 주문한 오렌지 주스에 꽂혀 있는 빨대를 보율의 입에 넣어 주었다.

"보율아 천천히 먹어야지. 그리고 배부르면 그만 먹는 거야?"

고개를 끄덕이면서도 햄버거를 베어 무는 작은 입은 멈출 생각이 없어 보였다. 누가 이보율 양을 말리겠는가? 못 말리지. 아버지가 살아 계실 적에 동생에게 커서 어떤 사람이랑 딴딴따다 할 거냐며 은근슬쩍 물으셨지. 아버지는 당연히 아빠라는 대답이 듣고 싶으셨겠지만 보율은 당연한 걸 왜 묻냐는 표정으로 길이 역사에 남을 말을 했다.

'과일 가게 주인? 아님 햄버거집 주인?'

그러니 누가 지금 저렇게 햄버거를 뜯고 있는 동생을 말리겠는가? 하지만 폭주하는 기차처럼 달리는 보율이의 입에 브레이크를 걸어 주어야 했다. 보민이 유심히 동생을 쳐다보다 평소 먹는 양보다 조금 오버해서 햄버거를 먹으려 하자 동생의 햄버거를 **뺏어** 자신의 입으로 넣어 버렸다. 잘 먹고 있는 햄버거를 **뺏긴** 아이의 눈이 배신감으로 젖어 들었다.

　“언니. 미워!”

　“이보율, 이제 배부르지? 언니가 너 아프지 말라고 **뺏어** 먹은 거야. 저번처럼 이거 다 먹으면 이따시만 한 바늘로 찔러야 하는 거 알지?”

　“바늘은 싫어. 그렇지만, 다 먹을 수 있었는데.”

　“다음에 언니만큼 키가 크면 그때는 이거 두 개나 먹을 수 있을 거야. 자, 이제 일어나자. 마트 가야지.”

　아직도 분이 안 풀리는지 얼굴이 퉁퉁 부어 있었지만 언니는 벌써 휴지통에 먹었던 햄버거 세트의 잔해들을 집어넣고 있었다.

　다 정리한 언니가 어서 오라며 고운 손을 까딱까딱한다. 여기서 버틸 것인가. 아님 좋게 언니의 부름에 갈 것인가. 그것이 문제로다. 하지만 언니가 웃는 얼굴로 자신의 이름을 부르며 팔을 벌리자 단순한 언니 바보 보율은 그냥 달려가서 언니에게 안겼다.

　‘치, 다음에는 내가 언니 햄버거까지 **뺏어** 먹어 버릴 테다.’

　맥도리아를 나와 장을 보기 위해 마트로 향하는 작고 통통한 다리와 기다랗고 날씬한 다리의 보폭이 같았다. 보율의 속도에 맞추기 위해 느릿느릿 걸어가는 보민의 발걸음이 정다웠다.

에어컨 바람이 시원한 마트에 들어서서 동전 하나를 넣고 카트를 꺼내 온 보민이 보율을 들어 카트에 앉혔다. 좀 불편하긴 하겠지만 사람도 많고 마트도 크니깐 카트에 보율을 담아 놔야 그녀가 장 볼 때 안심이 되었다.

"언니 출바알~"

보율의 신호에 맞춰 보민이 카트를 밀고 안으로 들어가 장을 보기 시작했다. 처음 두 사람을 맞이한 것은 과일 코너. 참새가 방앗간을 못 지나가듯이 보율이 수많은 과일 중에서 가장 좋아하는 사과를 손짓하며 카트에서 몸을 들썩였다.

"언니. 사과 사자, 사과."

"알겠어. 얌전히 앉아 있어야 사 줄 거야."

"응."

제철이 아니어서 더 비싼 사과 한 봉지를 들어 보율이 품에 안겨 주었다. 이 사과 한 봉지에 한 삼 일은 조용할 거다.

이제 일주일 동안 먹을 반찬을 사야 하는데 뭐를 사야 하나. 보민의 머릿속에 만들 반찬과 재료를 떠올리기 시작했다. 카트를 밀고 돌아다니며 채소며 생선, 각종 양념을 집어넣는 손이 빨라졌다.

오늘 저녁에는 김치찌개를 끓여 먹고 싶은데 집주인 남자는 집에서 전혀 밥을 해 먹지 않는지 냉장고에는 물과 술만 들어 있고 그 흔한 김치는 눈을 씻고 봐도 흔적조차 보이질 않았다. 김치찌개를 끓이려면 김치도 사야겠구나. 포장된 포기김치와 돼지고기까지 사고 나자 카트가 가득 찼다.

이제 우유만 사면 그녀의 장 보기는 얼추 마무리가 될 것 같다. 급하게 장을 보고 나니 마트 안의 풍경이 눈이 들어왔다.

정겹게 장을 보러 나온 가족들, 손을 잡고 마트 곳곳을 돌아다니는 연인들, 직장을 마치고 곧바로 장을 보러 온 싱글인 것 같은 검은 양복의 남자. 그리고 곳곳에 큰 목소리로 시식을 권하며 손님을 끌고 있는 시식 코너의 아주머니들.

왠지 모르게 눈길이 가는 그 모습을 하나하나 눈에 담고 있는데 카트에 잘 앉아 있던 보율이 저 멀리서 희미하게 보이는 목표를 보고는 보민에게 졸랐다.

"언니, 저기 소시지 파나 봐."

아까 햄버거도 먹고 또 소시지를 사 달라고 하는 동생에게 안 된다는 말은 먹히지 않을 테니 보민이 멀어서 희미하게 보이는 소시지를 못 본 척했다.

"소시지? 아니야. 저기 저거 소시지 아니야."

"아닌데? 분명히 비엔나야. 비엔나 소시지."

눈은 밝아 가지고는. 보민이 카트를 소시지를 파는 곳에서 더 떨어진 곳으로 몰고 갔다. 뒤돌아서 소시지를 향해 애타게 손을 뻗고 있는 보율의 얼굴 위에 한껏 아쉬움이 떠올랐다. 보민이 동생을 향해 선의의 거짓말을 했다.

"여기는 소시지 안 파는 것 같아."

"정말?"

"그런 거 같은데?"

마트에 소시지를 안 판다는 얼토당토않은 소리도 언니의 말이라면 믿는 동생에게 미안했다. 하지만 보율아, 이건 다 너의 미래를 위한 일이란다.

보민이 웃으며 아직도 긴가민가 물음표 달고 눈을 동그랗게 뜬

동생의 볼에 뽀뽀했다. 보율이 언니의 향긋한 냄새에 소시지는 잠
깐 잊고 웃어 보였다.

마지막으로 우유를 사기 위해 유제품이 진열되어 있는 냉장 코
너로 향하는데 코너에 비치된 거울에 비친 검정 양복의 남자가 보
민의 눈에 들어왔다. 아까 정육점 코너에서 본 남자다.

직장을 마치고 양복 차림 그대로 장을 보러 왔다고 생각했는데
우연이라고 하기엔 이상할 정도로 너무 자주 마주친다. ……설마?

우유를 집어 들면서 위의 거울로 뒤에 서 있는 남자를 훔쳐보았
다. 카트에는 아무것도 담겨 있지 않았고 옆으로 돌아 과자를 보는
척하지만 그녀에게서 시선을 거두지 않는다.

보민이 놀라 재빨리 카트를 밀어 코너를 돌아서는 카트에 앉아
있는 동생을 안아 들었다. 장 본 카트는 내버려 두고 구석으로 몸
을 숨겼다. 아까 봤던 남자가 쫓아와 버리고 온 카트 주위를 두리
번거리며 그녀들을 찾고 있었다. 보민이 덜덜 떨리는 손을 들어 어
디론가 전화를 걸었다.

— 여보세요? 사모님?

"김 실장님. 박일혁 씨 좀 바꿔 주세요. 빨리요."

갑자기 걸려 온 전화의 용무에 상황을 짐작했는지 김 실장은 급
히 기다리라는 말을 남기고 부산스럽게 움직였다. 그리고 오래지
않아 일혁의 목소리가 들려왔다.

— 여보세요?

"나예요. 우리 밖에 나왔는데 누가 쫓아오는 것 같아요."

— 머리는 스포츠 머리에 눈은 좀 부리부리하고 턱수염 있는 남
자지?

머리는 스포츠 머리에 눈은 부리부리하고 턱수염이 있는 남자가…… 맞다. 보민의 눈이 놀람으로 커졌다. 이 남자가 마트 어디에 감시 카메라라도 설치했나 보다.

"어떻게 알았어요?"

— 경호업체 사람이야. 지금 마트지?

"네."

— 지금 경호업체 사람이 경호 대상을 놓쳤다고 나한테 연락해 왔어. 나름 날렵한가 봐?

"놀랐잖아요. 미리 이야기 좀 해 주시죠."

— 미리 말했으면 됐다고 했을 거 아니야?

보민의 입이 다물어졌다. 보디가드를 붙인다고 했으면 분명히 사양했을 거다. 보율은 당분간 방학이라 유치원에 나가지 않기 때문에 두 사람은 밖으로 나갈 일이 거의 없었다. 오늘처럼 가까운 대형 마트에 잠깐 나오는 것은 그리 큰 문제가 되지 않을 줄 알았다.

보율이 다시 유치원을 나가게 되면 선배의 피아노 학원으로 일을 나가려고 했는데 안 되겠다. 보민은 보율을 두고 일하러 가겠다는 마음을 접었다. 오늘 집에 가자마자 선배에게 죄송하지만 일을 못하게 됐다고 전화를 넣어야겠다.

행여나 저기 저 남자가 경호업체 사람이 아니라 행여나 나쁜 사람이었다면? 상상만으로도 생각하기도 싫어졌다. 놀라 쿵쾅대던 보민의 심장이 아직도 진정되지 못하고 심하게 뛰었다.

한편 일혁은 전화기 너머로 다음에 들려올 보민의 대답을 기다리고 있었다. 방금 전 걸려 온 경호업체의 전화에 일혁은 신경이 곤두설 때로 곤두서 있었다.

사설 경호업체 중에서 가장 좋은 곳이라고 그렇게 호언장담을 했는데 경호 대상을 시야에서 놓쳤다고 전화를 하다니, 황당할 뿐이었다.

당장 찾으라 하고 전화를 끊고 기다리고 있던 중에 걸려 온 여자의 전화에 그는 이상할 정도로 크게 안도했다. 계속 들고 있던 전화기 너머로 아무 기척이 없어 전화가 끊겼나 생각이 들던 찰나 시끄러운 소리가 들려왔다. 그리고 전화기 너머로 들려오는 꼬마의 소리.

— 아저씨? 나예요, 보율이.

수화기 너머로 갑자기 들려오는 꼬마의 소리에 일혁이 저도 모르게 입꼬리가 살짝 올라갔다. 어제 식탁에서 멸치와 콩나물로 맺어진 동맹군이다.

"어, 꼬마."

— 아저씨, 오늘도 같이 저녁 먹을 거죠?

어제야 얼떨결에 밥을 같이 먹기는 했지만 오늘은 또 어떡해야하나 일혁이 망설였다.

"글쎄."

— 같이 먹어요. 응?

꼬마가 계속 그를 보챘다. 마음 어느 한 구석에서 집에 들어가서 밥을 먹고 싶다는 생각이 불쑥 들었다. 사 먹고 들어가는 게 익숙했지만 사 먹을 때도 가정집 백반 같은 것만 찾는 그에게 집에서 직접 만든 집 밥의 유혹은 뿌리치기가 힘들었다. 하지만 바로 오케이 하기에는 그의 자존심이 허락하지 않았다.

"상황 보고."

— 아저씨 먹고 싶은 거 있어요?

"……."

먹고 싶은 거? 잘 모르겠는데. 일혁이 고민하느라 조용한 사이 그도 모르는 그의 마음을 수화기 너머에서 결정해 버렸다.

— 소시지 먹고 싶다고요? 알았어요, 아저씨. 언니한테 말해 놓을게요. 밥 먹으려면 여섯 시까지 와야 해요.

그 말을 끝으로 전화는 끊겼다. 소시지가 그가 먹고 싶은 음식이라니. 꼬마의 깜찍한 꾀에 넘어간 그가 소리 내어 웃었다. 옆에 서있던 김 실장이 귀신이라도 본 것 같은 표정으로 그를 쳐다봤다. 김 실장의 시선을 느낀 그가 멋쩍은 듯 헛기침을 했다.

"흠흠. 김 실장, 그만 나가 보지?"

김 실장이 다리를 비틀거리며 나가자 그가 전화기를 들어 뚜뚜 뚜 신호음만 들려오는 전화기로 다른 번호를 눌렀다. 신호가 가고 수화기 너머에서 경호업체 남자의 당황한 목소리가 흘러나왔다.

— 박 대표님. 죄, 죄송합니다.

"경호 대상에게 들킬 정도면 다른 사람들 눈에도 쉽게 띈다는 거 아니겠습니까? 봐드리는 건 이번이 마지막입니다. 다음 기회는 없습니다. 두 사람이 장 다 보면 집 앞까지 데려다 주십시오."

— 알겠습니다. 명심하겠습니다.

전화를 끊은 그의 눈이 저도 모르게 시계로 향했다. 지금이 다섯 시니깐, 한 시간 있다가 저녁 식사가 있단 말이지. 한동안 긴바늘을 응시하다 서류로 고개를 돌렸던 그가 중간중간 시곗바늘을 쳐다보는 것이 점점 더 빈번해졌다. 느리게도 돌던 분침이 한 바퀴 돌아 짧은 시침을 한 칸 더 옮겼을 때 재킷을 들고 일어났다. 사장실을 나서자 열심히 일하고 있던 김 실장이 뭔가 필요하신 게 있나 싶어 의자에서 일어났다.

"김 실장, 오늘은 그만하고 퇴근해."

기본적으로 8시까지 퇴근하지 않는 대표님 때문에 여름에도 해가 있을 때 퇴근한 적이 없는 김 실장이었다. 오늘 여러 가지로 대표님 때문에 그의 심장이 이리저리 놀란다. 심장병 걸리겠네, 이번에 큰맘 먹고 4대 질병 보험 들어 놔야겠다고 다짐했다.

적잖이 놀란 김 실장을 뒤로하고 일혁은 한 층 밑에 위치한 그의 집으로 내려갔다. 비밀번호를 눌러 문을 열고 들어가자 새콤하면서도 얼큰한 김치찌개 냄새가 집 안에 진동했다.

냄새를 알아차린 그의 배에서 꼬르륵 소리가 저절로 나온다. 거실에서 놀고 있던 보율이 현관으로 들어온 그를 보고 한걸음에 달려왔다.

"아저씨 왔어요?"

꼬마가 너무 격렬하게 반겨 주니 이런 대접을 처음 받은 그는 어떻게 반응을 해야 할지 도무지 알 수가 없었다. 나무처럼 굳어 있는 그의 다리에 보율이 매미처럼 들러붙었다. 이어서 국자를 든 채부엌에서 나온 보민이 그를 향해 아무렇지 않게 말을 걸어왔다.

"저녁 먹으러 온 거죠?"

그의 고개가 오뚝이처럼 아래위로 왔다 갔다 했다.

"다 됐어요. 손만 씻고 나와요. 보율이도 손 씻고 나와."

말 잘 듣는 아이처럼 고개를 끄덕하고는 꼬마와 함께 욕실에서 비누로 빡득빡득 손을 씻고 두 사람은 나란히 식탁에 착석했다.

오늘 마트에 장을 보러 갔다고 하더니 식탁의 반찬이 어제와 달리 퀄리티가 한 단계 올라가 있었다. 각종 나물 반찬과 어제는 보이지 않던 생선구이까지 식탁 위에 올라와 있었다. 팔팔 끓은 김치찌개를 중앙에 내려놓고 밥을 퍼서 자신과 꼬마 앞에 각각 놓아 준 여자도 밥을 퍼서는 식탁에 앉았다.

"정말 소시지가 먹고 싶다고 했어요?"

내가 언제? 라는 말이 튀어나오려는 찰나의 순간, 작은 손이 옆구리에서 동그라미를 그려 댔다. 그는 자신도 모르게 꼬마의 작은 동그라미 마법에 걸려 이응에 자음 하나를 붙인 대답을 하고 말았다.

"어."

"정말요?"

보민은 고개를 갸웃거렸다. 보율이 말하길, 아저씨가 먹고 싶어 한다고 오늘 저녁 먹으러 갈 때 꼭 해 놓아야 한다고 한 반찬이 바로 소시지 반찬이란다. 거짓말하지 말라고, 동생에게 사실대로 말하라고 종용했지만 진짜라며 맹세하는 동생의 말에 결국 마트에 안 판다고 거짓말한 비엔나를 사서 집으로 돌아왔다.

보율이 거짓말한 줄 알았는데 이제 보니 정말 독특한 입맛을 가지고 있나 보다. 보민이 칼집으로 문어발을 만들어 낸 문어 비엔나 소시지 볶음이 담긴 접시를 그에게 밀어 주었다.

"많이 먹어요. 박일혁 씨가 좋아하는 소시지예요."

그리고 세 사람의 식사가 시작되었다. 김치찌개 국물을 한 숟가락 퍼 먹고 끝내주는 국물에 감탄이 나오려는 입을 단속하느라 일혁이 연신 밥을 입으로 날랐다.

맛있다. 밥이 꿀맛이다. 가정식 식단에 만족해 푹푹 퍼먹는 그와 달리 보율은 또 밥을 깨작거리고 있었다. 일혁 앞에 놓인 비엔나 소시지로 보율의 뽀로로 젓가락이 계속 향하자 보민이 젓가락으로 시금치를 집어 작은 식판에 올려 주었다.

"이보율, 소시지는 아저씨 거잖아. 너는 시금치 먹어야지."

"잉, 아저씨만 소시지 주고 나는 시금치 주는 거야?"

"점심때 햄버거 먹었잖아. 시금치도 먹고 해야 힘도 세지고 튼튼해지지."

보율이 힘없이 시금치를 들었다. 뽀로로 젓가락에 잡혀 늘어지는 시금치가 서글퍼 보였다.

"힝, 먹으면 되잖아. 언니, 나 물."

"알았어. 물 가지고 올 테니깐 어서 먹어."

보민이 물을 가지러 모습을 감추자 보율이 서글픈 시금치를 일혁에게 재빨리 넘겼다.

"아저씨. 내가 비엔나 소시지 먹어 줄게. 시금치 좀 먹어 줘요."

어제도 멸치와 콩나물을 대신 먹어 줬던 일혁이 오늘도 시금치를 먹어 줄 것 같은가? 하지만 옆에서 간절함을 내비치는 꼬마의 눈을 보는 순간 시금치는 자연히 그의 입으로 향하고 있었다. 이제 그의 입안으로 들어가기만 하면 되는 순간 따끔한 레이저가 둘을 찔렀다.

"지금 뭐 하시는 거예요?"

뭐 하기는 당신 동생 대신에 시금치 먹고 있지. 본디 동그랗고 크고 선하게 보이던 눈이 레이저를 뿜어 대니 여자의 눈을 똑바로 마주칠 수가 없다. 시선을 피하는 그의 뒤로 먼저 몸을 사리는 꼬마가 일어서서 그의 넓은 등판 뒤로 숨었다.

"흠흠, 아니 나는 시금치에 무슨 이상이 있나 싶어서."

구차한 변명이 과연 반찬으로 맺은 동맹군을 구해 줄 수 있을 것 인가?

"내가 독이라도 탔을까 봐요?"

역시 변명은 동맹군을 구해 주지 못했다. 엄청난 달변가인 그가 여자의 말에 한 마디도 할 수가 없다. 시금치 먹은 벙어리가 된 거 지.

"이보율, 언니 화났어. 시금치도 먹고 해야지. 그러다가 정말 키 도 안 크고 그러면 어떡해. 엄마랑 아빠가 나중에 언니 혼내시겠 다. 언니 힘들어. 응?"

그리고 이어서 들려오는 여자의 목소리. 엄청나게 화가 나서 그 와 꼬마에게 소리칠 줄 알았는데 화가 났다고 말하는 여자의 목소 리는 지나치리만큼 차분하고 어딘가 슬프게 들렸다.

그의 뒤에서 눈치만 살피고 있던 꼬마는 단숨에 앞에서 자책하 는 여자의 품에 달려가 안겼다. 그러고는 여자의 품에 안겨 울음을 터트렸다.

"흑흑, 언니 미안해. 엉엉. 이제 시, 시금치 잘 먹을게. 잘못했 어. 응?"

꼬마는 세상이 떠나갈 정도로 더 크게 울었다. 울음이 그칠 생각 이 없어 보이는 꼬마를 안고 일어난 여자가 그를 향해 고개를 숙였 다.

"죄송해요. 밥 다 드시고 놔두시면 조금 이따가 나와서 제가 치 울게요."

그 말을 마치고 여자가 우는 꼬마와 함께 자신들이 묵는 방 안으로 들어가 자취를 감춰 버렸다.

이상하지. 다시 밥을 먹으려 수저를 들어 밥을 입에 넣었는데 아까까지만 해도 잘도 넘어가던 밥이 목구멍에 걸린 것처럼 넘어가지 않았다.

전에는 혼자 있는 상황이 편하고 당연했었는데 방금까지 두 사람이 앉아 있던 자리가 비니 그의 마음도 휑했다. 자신만 빼놓고 두 사람만 쏙 하고 나가 버려서 그런 걸까? 그의 마음도 삐죽거렸다.

혼자가 편해서 관계 따위는 만들지 않는 자신이 지금 저 신파에 자신을 끼워 주지 않았다고 섭섭함을 느낀단 말인가. 처음 느껴 보는 이 기분. 일혁이 식탁에서 그의 마음에 생긴 많은 빈칸을 채우기 위해 한참을 미동 없이 앉아만 있었다.

4.

　달만 얼굴을 보여 주고 있는 컴컴한 밤. 그 칠흑 같은 어둠 속에서도 일혁의 눈은 선명하게 빛나고 있었다.

　식탁에 앉아서 생각하느라 저녁 시간을 다 보낸 그는 흐리기만 한 생각을 씻어 내기 위해서 샤워기 밑에 서 있었다. 차가운 물이 그의 몸을 때리고 있는데도 머리와 가슴은 뜨거운 불이 붙은 것처럼 열기가 식지 않았다.

　찬물에 이가 떨려 올 때에야 욕실에서 벗어나 방으로 들어왔다. 벌렁 침대에 누워 잠을 청했지만 잠이 도통 오질 않고 정신은 더 말짱해졌다.

　잠을 자기 위해 양을 세다 머릿속에 양이 한 수천 마리가 뒤엉켜 세던 양의 숫자를 까먹어 버렸을 때, 밖에서 그를 부르는 소리가 들려왔다.

　이제는 환청까지 들리다니. 그의 집에 있는 사람이라곤 그와 손님방에 머무는 두 여자밖에 없는데. 새벽 한 시가 넘어가는 시각, 아홉 시가 땡 하면 잠자리에 드는 손님방에 머무는 두 여자가 이 밤에 그를 부를 리가 없다.

"박일혁 씨. 박일혁 씨."

하지만 다시 그를 부르는 환청은 점점 또렷해지고 방문을 두드리는 소리까지 동반하자 그가 서둘러 문으로 달려가 문을 활짝 열어젖혔다. 여자가 꼬마를 안고 서 있었다.

"무슨 일이야?"

"보율이가…… 아파요."

가느다란 팔로 꼬마를 안고 있던 여자의 팔이 무너져 내리려고 한다. 그가 모래성처럼 힘없이 아래로 처지는 꼬마를 뺏어 안았다.

여자는 힘도 없으면서 작은 몸을 뺏기지 않으려고 팔을 허둥거렸다. 작은 몸에서 나오는 불덩이 같은 열이 그의 몸으로 전해져 왔다.

"언제부터 이랬어?"

"……잘 잤는데 방금 깨니깐……."

더 이상 시간을 지체하다간 큰일이 날 것만 같아 일혁이 바로 현관으로 뛰쳐나갔다. 뒤에서 보민이 입을 꾹 다물고 뒤를 따랐다.

지하에 주차된 검정 벤츠의 뒷좌석 문을 연 그가 보율을 안에 눕히고 그의 점퍼를 덮어 주었다. 그리고 뒤에 멍하니 서 있는 보민을 끌어다 차에 태웠다.

의자 위에 누워 앓고 있는 동생을 본 보민이 그제야 정신을 차렸다. 재빨리 앞좌석에 탄 그가 차를 출발시켰다. 부르르, 빠른 속도로 그의 차가 주차장을 빠져나갔다. 고요하던 주차장에 그가 만들어 내고 간 성급한 소음이 한바탕 휘감고 지나가자 다시 고요함이 내려앉았다.

병원으로 향하는 길, 뒷좌석에 앉아서 동생을 안고 있는 보민이 힘없이 중얼거렸다.

"미안, 미안, 보율아. 언니가 미안."

그녀의 음성에는 울음이 묻어났지만 눈에서는 절대로 울지 않겠다는 의지가 비쳤다.

절대로 울면 안 된다. 어린 동생에게 남아 있는 가족이라고는 자신밖에 없는데 약해져서는 안 된다고 마음을, 그리고 눈물을 단속하는 그녀다.

하지만 계속 저녁의 일이 후회되는 건 어쩔 수 없다. 그까짓 시금치가 뭐라고 동생을 울렸단 말인가. 저녁 식탁에서 터진 울음은 방에 들어가서도 멈출 생각이 없었다.

'엉, 엉, 언니 잘못했어. 나 놔두고 어디 가지 마. 엉엉엉.'

'이제 안 그럴 거지? 언니 속상하게 안 할 거지?'

'엉, 응, 엉엉.'

울면서도 그녀의 눈치를 보는 동생. 계속 어디 가지 말라고 흐느끼며 동생은 불안감을 내비쳤다.

'언니가 보율이 두고 어딜 가.'

보민이 불안해하는 동생을 안고 토닥였다. 버릇을 고친다고 괜히 굳은 표정을 내보였으나, 동생의 큰 눈이 퉁퉁 부은 것을 보고는 괜히 화냈나 싶어 그녀의 마음이 바위를 올려놓은 것보다 더 무거워졌다.

'보율이, 뚝. 울지 마. 언니가 또 화냈다, 그지? 언니 완전 거짓말쟁이다, 그지?'

'흑, 흑. 아니야. 언니 거짓말쟁이 아냐.'

화 안 낸다고 해 놓고 그 흔한 약속도 지키지 못한 언니도 두둔하는 착한 자신의 동생. 그 후로도 몸에 있는 수분이란 수분은 다 눈물로 빼내고 겨우 그녀의 품에서 울음을 멈춘 동생은 곧바로 잠으로 빠져들었다.

조심히 깨지 않게 침대에 동생을 눕힌 보민은 욕실로 들어가 따뜻한 물에 적신 수건을 가지고 와 동생의 얼굴에 얼룩진 눈물, 콧물을 다 닦아 주었다.

이어서 포근한 이불을 덮어 주고 보민은 동생이 잠이 들 때까지 토닥토닥해 주는 걸 멈추지 않았다. 어머니가 살아 계실 적 자매에게 해 주셨던 것처럼.

그녀의 손이 토닥이며 이는 따뜻한 바람이 보율이의 눈물이 흐르게 한 마음을 어루만져 주기를 기도하면서 그렇게 토닥임을 멈추지 않았다. 보율이 새근거리고 잠들자 보민도 옆에 몸을 누였다.

컴컴한 밤하늘에 달만 떠 있을 때 잠들었던 보민이 깬 건 옆에서 들리는 작은 신음 소리 때문이었다.

동생이 식은땀을 흘리며 앓고 있었다. 놀란 보민이 동생을 안고 거실로 뛰쳐나와 도움을 요청하기 위해 부른 사람은 다른 사람도 아니라 이 집 주인이었다.

그가 곧바로 동생을 대신 안고 밑으로 내려갈 때도 정신없이 뒤만 따르던 자신이 정신을 차린 건 차가운 그의 손이 자신을 동생 옆에 태웠을 때였다.

그리고 지금 달리는 차 안에서 자신의 눈은 앞 유리 너머를 향해 있었다. 초조함에 입술을 깨물던 순간 백미러로 뒤를 바라보고 있는 그의 눈과 마주쳤다.

"최대한 빨리 가고 있으니깐 걱정하지 마."

차 안에는 아무런 속도가 느껴지지 않았지만 잠깐 옆으로 눈을 돌려 본 창밖의 풍경은 불이 켜진 가로등의 형상을 제대로 볼 수 없을 만큼 빠르게 지나가고 있었다.

아무런 대답을 할 수 없는 그녀의 초조함을 느낀 그가 가속페달을 밟는 발에 힘을 더 실었다.

멈춰 서라는 빨간 신호를 다 무시하고 달려 도착한 새벽녘의 Y종합병원. 어둠을 깨치고 들어온 보율을 맞은 응급실은 방금 4중 추돌사고로 들어온 교통사고 환자로 북적였다.

아비규환의 복잡함 속에서 보민은 막연히 기다리게 될 거라는 것을 예감했다. 보민의 품에 안겨 잠에서 깬 보율의 칭얼거림이 들려왔다.

"어, 언니? 나 아파, 잉, 아파."

보민이 초조함을 감추지 못하고 일혁을 응시했다. 이러다 우리 보율이 혹시라도 잘못되는 거 아닌가. 차라리 다른 병원을 찾아보는 게 빠르지 않을까? 싶어서.

"다른 데로 갈까요?"

"기다려."

기다리라니, 이 많은 사람들을 다 치료해야 한다고 하면 언제 순서가 돌아온다고. 그녀의 마음을 아는지 모르는지 그가 핸드폰을 들고 이 새벽에 누군가에게로 전화를 걸었다.

"여보세요? 김 원장님? 박일혁입니다. 지금 원장님 병원 응급실에 와 있습니다. 어린이 환자가 있습니다. 네, 지금 좀 부탁드립니다."

수화기 너머에서는 뭐라고 했는지는 모르지만 그가 전화를 끊고 얼마의 시간이 지나지 않아서 그들이 들어왔던 문으로 헐레벌떡 누군가 뛰어 들어왔다. 그리고 남자는 주변을 빠르게 두리번거리더니 이내 일혁과 보민 앞에 멈춰 섰다.

"소아 전문의 김민준입니다. 이 아이입니까?"

소아과 의사! 보민이 번쩍 보율을 고쳐 안고 그에게 보여 줬다. 침대에 누워서도 자신에게서 떨어지지 않으려는 동생의 손을 보민도 놓지 않고 꼭 붙들었다. 의사가 검사하는 동안 보민의 가슴은 높은 곳에서 수직으로 떨어지는 롤러코스터를 수십 번도 더 탄 듯했다.

"편도염인 거 같은데, 우선은 해열제를 먹이고 엑스레이도 한번 찍어 보죠. 안심하셔도 될 것 같습니다. 이렇게 낮 동안 잘 놀다가도 저녁에는 열이 오르는 아이들이 많아요."

의사는 걱정으로 새하얗게 질려 있는 보민을 안심시켰다. 이제 괜찮아질 거라는 의사의 말에도 빨갛게 열이 올라 지쳐 있는 동생을 보는 그녀의 눈에는 걱정 근심이 가득했다.

아무리 의젓하게 보호자 역할을 하고 있는 언니라고 하더라도 아직 24살밖에 안 되는 아가씨에 불과하다. 괜찮아질 거라는 말에 긴장이 풀린 보민이 침대 옆에서 무너져 내렸다.

하지만 얼마 안 가 주저앉았던 보민은 다시 일어났다. 그녀를 일으키는 단단한 팔에 의지해서. 보민의 어깨를 힘주어 잡아 주는 일혁이 의사에게 지시했다.

"응급실은 너무 시끄러운 것 같으니 엑스레이까지 검사가 끝나면 병실로 옮겨 주십시오."

"알겠습니다."

분홍색 간호복을 입은 간호사가 침대에 누인 보율을 엑스레이실로 데려가고 비틀거리는 보민을 부축한 일혁이 그 뒤를 따랐다. 그의 손에 닿는 부드러운 곡선의 어깨에 그의 마음도 부드럽게 곡선을 그렸다.

가끔은 동생을 위해 자신을 숙이기도 하지만 불의한 상황에서는 절대로 굽히지 않는 여자. 세상에서 동생을 죽을 만큼 사랑하는 것 같은 여자. 혼자 남아 끝까지 동생을 맡으려 하는 여자. 그런 여자의 동생을 생각하는 마음이 그에게 보였다.

그의 손에 들어오는 그녀의 어깨뿐만 아니라 초승달 모양의 눈썹도, 웃을 때 호선을 그리며 올라가는 입술도, 그녀의 생김새 하나하나가 뾰족하지 않고 부드러운 곡선을 이루는 것이 그녀의 성정과도 닮았다.

딱딱하던 그의 마음이 스르르 말랑말랑해졌다. 그래서인가 보다. 평소의 그라면 남의 일에 절대로 나서지 않는다는 것이 철칙인 그가 이 새벽에 직접 운전해서 아픈 아이를 데리고 병원으로 온 것도 모자라 병원장에게 전화를 넣어 부탁이란 걸 한 거겠지. 아마 그의 인생에서 첫 경험일 것이다.

이제 좀 제정신으로 돌아온 보민이 고개를 돌려 그를 마주했다.

"고맙습니다. 정말 고맙습니다."

"전에도 말했지만 감사 인사 받자고 한 일 아니야. 거기다가 나는 이제 당신이랑 꼬마의 법적 보호자야."

또 아무것도 아닌 것처럼 말하지만 그가 자신과 자신의 동생에게 베푸는 친절은 그녀에게는 참 고마운 손길이었다.

밖으로 얼핏 보이는 그의 모습은 무심하고 차가운 사람이었지만 그녀에게 닿는 그의 마음은 굉장히 따뜻했다. 보민이 한 감사 인사에 또 아무렇지 않은 듯 무심하게 그는 눈길을 돌려 버렸다. 마침 검사를 마치고 나온 보율이 언니를 찾았다.

"언니?"

보민이 동생의 부름에 달려가는 데는 찰나의 시간도 필요하지 않았다. 바람처럼 다가온 언니를 보며 보율이 어리광을 부렸다.

"언니, 나 아파."

이제 좀 괜찮아졌나 보다. 어리광을 피우는 걸 보니. 보민이 손으로 보드라운 볼을 쓰다듬었다. 아직 미열이 남아 있었다.

언젠가 어머니가 돌아가신 후 얼마 지나지 않아서도 이런 일이 있었다. 그때도 체해서는 한밤중에 열이 펄펄 끓고 식은땀을 흘리며 아파하는 보율을 아버지께서 들쳐 업고 응급실로 달려갔었다. 체한 데다 감기까지 겹쳐 큰일 날 뻔했다고 의사가 그랬었다.

그때 한 번 크게 데고 나니 이렇게 작은 부분에도 그냥 넘어갈 수가 없다. 보민이 의사를 보고 다시 물었다.

"아직 열이 좀 있네요. 괜찮은 거죠?"

"네. 저녁에 또 열이 오를 수도 있으니까 오늘은 병원에 입원하셔서 경과를 보시는 것도 괜찮을 것 같습니다."

병원, 입원. 이 두 단어를 들은 보율이 놀라 식겁을 했다.

"싫어. 집에 가고 싶어."

병원에 있기 싫다고 큰 눈을 애처롭게 감았다 떴다 하면서 보민을 바라보자 그녀의 마음이 약해졌다. 하지만 보율이의 거부를 다시 반사한 것은 다름 아닌 일혁이었다.

"안 돼. 며칠 입원하고 몸 상태 괜찮아지면 다른 검사도 해 봐."

'입원'에다가 '다른 검사'까지 들은 보율이 일혁을 무시무시한 기세로 째려봤다. 병원을 싫어하고 바늘이 보이면 저 백 리까지 순식간에 도망가 버리는 보율에게 일혁이 적으로 간주된 것은 순식간이었다.

멸치랑 콩나물이랑 시금치까지 먹어 줘서 뽀로로를 제치고 3순위로 등극시켜 주려고 했는데 이것 참 안 될 사람일세.

1순위는 누구냐고? 당연히 내 마음속 절대 불변의 진리인, 지금도 옆에서 다정한 손길로 내 머리를 쓰다듬고 있는 언니지. 2순위는 당연히 엄마 아빠고.

여하튼 일혁은 보율의 마음속 순위 매기기에서 순위권 밖으로 내던져져 버렸다.

'이씨, 아저씨 이제 한 20위쯤 된다. 흥!'

거세게 반항해 보았지만 결국 보율은 맨 위층에 위치한 VIP병실로 옮겨지게 되었다.

VIP병실이라서 그런지 병실이 참 크고 넓다. 병실만큼이나 커다란 환자용 침대 위에 조그마한 보율이 누워 있고 옆에는 보민이 서 있었다.

병실에는 오직 두 여자의 숨소리만 존재했다. 일혁은 입원은 물론이고 어린이 건강검진까지 지시하기 위해 밖으로 나가 아직 소식이 없다.

째깍째깍 시간은 흐르고 조용하던 병실 어디선가 고로롱거리는 소리가 들려왔다. 소리의 근원지는 새벽부터 한바탕 난리를 치게 만들었던 당사자였다.

앓아서 생긴 분홍 연지를 볼에 찍고 작게 코까지 골며 자는 동생. 동생이 자는 것을 확인하고 덥다고 발로 찬 이불까지 끌어 덮어 주고는 보민이 겨우 의자에 엉덩이를 붙였다.

의자에 앉아 스르르 감기는 눈에 힘을 줘 보기도 하는 그녀이지만 놀란 가슴이 안정되자 어찌 알았는지 눈꺼풀이 저절로 아래로 내려왔다. 자면 안 되는데. 하지만 그녀는 무거워진 눈꺼풀을 막지 못했다.

다시 스르륵 열리는 병실 문. 밖에서 입원 수속과 잡다한 일을 처리하고 돌아온 일혁이 열었던 문을 다시 조용히 닫았다. 아무도 깨지 않게 문을 닫고 들어온 그의 눈이 향한 곳은 의자에 기대 고개를 까딱까딱하고 있는 보민이었다.

어, 어……. 여자의 머리가 아래로 내려온다. 빠르지만 소리 없이 다가선 그가 낙하하고 있는 고개를 조심히 받아 냈다. 그리고 조심히 옆에 자리를 잡은 그의 어깨 위로 그녀의 작은 머리를 얹어 놓았다.

작은 머리가 그의 어깨에 닿는데 보기와 다르게 느껴지는 무게는 묵직했다. 얼마나 많은 생각으로 가득 차 있기에.

'이 여자야. 이렇게 머리가 무거워서 그 가녀린 몸이 버텨 내

겠어?'

그답지 않게 남을 걱정하고 있다. 새벽에 이 여자의 팔에 안겨 있는 꼬마를 보는데 그의 마음 한구석이 왜 그리 시리던지. 이 더운 여름날 시리다니. 또 옆에서 무너지는 이 여자를 보는데 맘이 왜 또 그리 무너지는지.

한 번도 무너져 내린 적이 없는 단단한 성 같은 그의 마음이 무너지다니.

그의 마음이 변하기 시작했다. 또 단단히 자물쇠를 채워 놨던 그의 마음이 헐렁거렸다.

쓸데없는 생각이라고, 지나가는 바람과 같은 거라고 치부해 버리기에는 그의 마음의 문을 두드린 이 두 여자의 작은 노크가 가지는 위력은 엄청났다.

그가 다시 맘을 단속하기 위해 눈을 부릅떴지만 눈이 감기며 부드럽게 잠 속으로 빨려 들어가는 것을 막을 수는 없었다.

✻

다음 날. 병실의 커다란 창으로 아침 햇빛이 쏟아졌다. 어제는 아파서 축 늘어져 있던 보율이 언제 깼는지 옆에 누워 있는 공주님 같은 언니의 얼굴을 만지작거렸다. 잠에서 깰 생각이 없어 보이는 언니의 볼에 뽀뽀를 날린 보율이 결국 보민을 흔들어 깨웠다.

"언니, 일어나 봐. 언니!"

병실의 잠자는 공주 보민이 스르르 눈을 떴다. 겨우 실눈을 뜨자 동생의 얼굴이 눈에 들어왔다.

분명히 의자에 앉아서 잠깐 쉰다고 눈을 붙인 것 같은데 어떻게 된 일이지? 잠결에 스스로 기어 올라왔나? 미스터리한 잠자리 이동 문제를 생각할 겨를도 없이 보율이 그녀에게 안겨 왔다.

"언니, 집에 가자. 응? 나 이제 하나도 안 아파."

보민의 품에 안겨 보율이 통사정을 했다. 병원을 굉장히 안 좋은 곳으로 기억하고 있는 동생을 알고 있는 보민이다. 이제 열도 다 내린 것 같고 주삿바늘을 귀신보다 무서워하는 동생이 이렇게까지 부탁을 하자 그녀의 마음이 한없이 약해졌다.

"그럴까? 집에 갈까?"

"가긴 어딜 가? 검사 몇 개 더 받아 보고 가."

타이밍 좋게 병실에 들어선 것은 일혁이었다. 보민의 품에 안긴 보율이 일혁을 보더니 와락 인상을 썼다. 어제는 든든한 동맹군이었던 그는 이제 보율에게는 멸치보다 못한 존재였다.

"싫어. 주사 싫어."

하지만 한번 맘을 먹은 일혁은 단호했다.

"며칠 더 입원해 있으면서 검사 받아 봐. 다른 데 또 아픈 데는 없는지 확인해야 마음이 놓이지."

돌멩이보다 더 단단하게 말하는 그에게 반대의 깃발을 치켜들 수 있는 사람은 아무도 없었다. 아팠던 당사자인 어린이 보율은 당연히 반대할 권리가 없었고 보민은 그의 말이 일리가 있다는 생각이 들었기 때문이다. 미리 대비 차원에서 해 두는 것도 나쁘지 않을 것 같았다.

침대 위에 앉아 팔짱을 끼고 화살을 날려 대는 보율을 애써 무시하고 일혁은 들고 들어온 종이백을 보민에게 건넸다.

"대충 필요한 거 사 왔어. 당장 갈아입을 당신 옷이랑 세면도구, 뭐 그런 거."

"감사합니다."

"또 고마워? 내가 무슨 말 할지 알지?"

안 하고 싶어도 이 남자에게는 고맙습니다, 감사합니다라는 말을 할 수밖에 없다. 이 남자는 감사받으려고 한 일이 아니라고 했지만 그래도 보민은 두 자매에게 베풀어 준 그의 친절이 고마운데 어떡하겠나.

"네. 감사받으려고 한 일 아니라고. 그래도 감사드려요."

"그렇게 고마우면 다음에도 저녁 해 주면 되겠네."

"아! 네. 다음에도 소시지 반찬 해 드릴게요."

일혁에게 단단히 삐쳐 입을 닫고 있던 보율이 잘 이어지고 있는 대화 사이로 끼어들었다.

"치, 소시지는 내 거야. 아저씨 소시지는 다 내 거야."

아프고 나더니 더 어리광 심해져서는 말도 안 되는 생떼를 부리는 보율이 때문에 보민은 일혁 보기가 민망해졌다. 보민이 동생을 살살 달랬다.

"이보율, 그만. 아저씨가 다 너 생각해서 그러시는 거야."

하지만 한번 토라진 이보율 어린이는 아예 등을 보이고 돌아섰다. 나 단단히 삐쳤소! 라는 추임새까지 넣으면서.

"치! 흥이다."

토라진 보율을 두고 일이 있어서 회사에 잠깐 들렀다 오겠다고 말한 일혁은 병실을 나갔다. 문을 닫고 병실을 나온 그의 얼굴 위로 자신도 모르게 아쉬움이 떠올랐다.

그가 나가기를 기다렸다는 듯이 곧바로 문을 열고 들어온 간호사는 주사 맞을 시간이라며 빠른 손놀림으로 주사 놓을 준비를 했다.

뾰족하게 생겨서는 찍 하고 물을 뿜어내는 주사기를 보고 보율이 대성통곡하기 시작했다.

"어어엉엉! 주사 나빠. 싫어! 엉엉."

보민은 울면서 주사를 안 맞겠다고 몸부림치는 동생을 붙잡았고 숙련된 간호사는 보율이의 통통한 엉덩이에 주삿바늘을 순식간에 넣었다 뺐다. 주사를 다 맞았는데도 보율은 울음을 멈추지 않았다.

"엉엉. 주사 놓지 마! 아프다고."

보민이 조용히 동생을 끌어안았다.

"보율이, 주사 벌써 다 맞았는데?"

언제 주사가 몸에 들어왔다 나갔지? 보율이 울음을 뚝 그쳤다.

"흑, 정말?"

이런 장면은 익숙하다는 간호사는 보호자인 보민에게 다음에 있을 어린이 검진을 위한 사항들을 알려 줬다.

"보호자분, 여기 체크리스트 잘 보시고요. 해당 사항이 있으면 체크하시고 다 하시면 데스크에 갖다 주시면 됩니다. 오늘은 혈액 검사랑 복부 초음파 검사가 있습니다. 복부 초음파는 오후에 할 테니 최소 6시간 금식을 해 주셔야 합니다."

건네주는 종이를 받아 들고 세부사항을 귀 기울여 들은 보민은 병실을 나가려 몸을 돌린 간호사에게 인사하는 것을 잊지 않았다.

"감사합니다."

"언니, 내 엉덩이 어디에 주사가 들어왔어?"

주사를 어디에 놓았냐고 묻는 질문에 보민이 주사 놓았던 자리를 가리키자 보율이 주사가 어디 들어왔나 싶어 엉덩이를 건드렸다 만졌다 했다.

주사 들어간 자리를 찾고 있는 동생 옆에서 보민이 종이를 한 장 한 장 넘기며 질문들에 체크를 하기 시작했다.

알레르기가 있는 음식이나 약품이 있습니까? 없음. 홍역이나 볼거리를 앓은 적이 있습니까? 없음. 없음. 없음. 모든 사항에 대해 신중히 체크하던 보민의 손이 마지막에 있는 질문에서 멈췄다.

[부모 중에 유전 질병을 앓고 있는 사람이 있습니까?]

동생에 대해 모든 걸 알고 있다고 자신하는 그녀이지만 이 질문에는 답을 알 수가 없다.

보민의 부모님은 유전적 질환이 없지만 동생을 낳아 주신 부모님이 유전적 질병을 가지고 있는지는커녕 어떻게 생겼는지조차도 알 수가 없으니깐.

그러니까 자신의 하나뿐인 동생 보율은 부모님이 가슴으로 낳으신 입양한 아이였다.

보율은 어머니가 자주 봉사 가시던 시설에 어느 추운 새벽녘에 찾아온 아이였다. 그 갓난아이가 새벽보다도 더 춥게 울다가도 봉사 온 어머니만 보이면 그렇게 방긋방긋 웃었다고 했다.

웃는 아이를 억지로 떼어 놓고 떨어지지 않는 발걸음을 돌려 집으로 와서도 어머니는 아이의 예쁜 웃음이 눈에 밟히셔서 한숨 도 못 주무셨다.

그렇게 어머니는 심각하게 고민도 해 보시고 아버지와 의논도 하셨고 마지막으로 마음의 결정을 하기 전에 당시 고등학생이던 자 신을 데리고 보육원을 찾아가셨다. 그리고 그곳에서 보율을 내게 보이셨다.

'보민아. 예쁘지?'

짧은 팔다리를 버둥거리며 그 작은 손이 자신의 손가락을 꼭 잡 아 왔다.

'우리가 이 아이 가족이 되어 주면 어떨까?'

어머니의 말씀에 나는 고개를 끄덕이고 말았다. 때 묻지 않은 선 하고 맑은 눈을 보고 있으려니 거절의 말은 담을 수가 없었다. 그 리고 첫눈에 손가락을 꼭 잡고 있는 손을 뿌리칠 수 없을 정도로 동생이 될 아이가 그녀의 맘에 꼭 박혀 버렸으니깐.

그렇게 보율은 우리 집의 보물로 자라났다. 집 안에 아기가 있으 니 회사에서 일찍 퇴근하시고 집으로 달려오는 아버지, 학교 야자 가 끝나자마자 열심히도 뛰어서 집으로 달려왔던 자신. 모두 다 예 쁜 아기 천사 보율을 보기 위해 문지방이 닳도록 아기 방을 드나들 었다.

어머니가 아프셔서 병원 신세를 지게 됐을 때도 알코올 냄새 나 는 병원에서 어머니 옆을 떠나지 않고 어머니와 살다시피 한 동생 이다.

암으로 아파서 누워 있으셨어도 보율이 때문에 어머니는 항상 웃으셨다. 거기다 병원에서 어머니를 하늘로 보내 드렸으니 보율이 병원을 그리도 싫어하는 것을 충분히 이해하고도 남는 보민이다.

이 질문에 대해서는 답할 수가 없는데 어떡하나. 중요한 질문 사항인가 싶어 보민이 아직도 주사 자국 찾고 있는 동생에게 부드럽게 말했다.

"보율아. 언니 잠시 요 앞에 갔다 올 테니깐 얌전히 있어야 해."

대답을 하는 보율을 뒤로하고 병실을 나와 데스크로 향했다. 아까 주사를 놔 주었던 간호사가 데스크에서 일을 보다가 다가오는 보민을 알아보고 알은체를 해 왔다.

"다 하셨어요?"

"그게, 여기 질문 있잖아요. 부모님 중에 유전적 질병을 앓고 있는 사람이 있나 하는 질문 말인데요."

"네."

"이걸 잘 모르겠는데요?"

간호사는 그녀가 유전적 질병이라는 말의 뜻을 모른다고 생각했나 보다. 그녀에게 친절하게도 유전병의 예에 대해 설명하기 시작했다.

"아 유전적 질병은 면역 결핍증이나 헌팅턴, 혈우병 같은 걸 말하는데 이보율 환자는 여기에 해당사항이 없어 보이는데요?"

보민이 망설였다. 한 번도 보율이가 자신의 동생이 아니라고 생각해 본 적이 없는데 이 질문이 보율을 자신에게서 떨어뜨려 놓는 것 같아서 마음이 아파 왔다. 대답하는 그녀의 음성이 가늘게 떨렸다.

"아, 그게, 사실은 제가 보율이 부모님에 대해서 잘 몰라서요."

"네?"

"보율이는 저희 부모님이 입양한 아이거든요."

"아……. 그러세요? 그럼 우선은 체크 안 하셔도 될 것 같아요."

그 질문만 빼고 모든 것을 체크한 종이를 보민이 간호사에게 건네주고 돌아섰다. 볼일을 마친 보민이 갑자기 더 보고 싶어진 동생이 기다리고 있는 병실로 서둘러 발걸음을 옮겼다.

병실 문을 열고 안으로 들어서자 일하러 간다던 일혁이 와 있었다. 어제 병원에 올 때 입었던 티셔츠와 추리닝 바지를 벗어 버리고 진청색의 양복을 갖추어 입고 있었다.

언제나 풀 세팅으로 맞춰 입고 자에 잰 것처럼 반듯한 차림이었는데, 오늘은 그의 파란색 넥타이가 살짝 삐뚤어져 있었다. 이상하게 남자의 차림이 묘하게 흐트러져 있는데? 이상하다. 보민이 어딘가 살짝 엇나가 보이는 그에게 알은체했다.

"왔어요?"

"어? 어. 이 꼬마 검사하러 갈 시간 아니야?"

"네. 혈액 검사한다고 했어요. 지금 가려고요."

"아니야. 내가 데리고 갔다 올게. 여기 있어."

"그냥 제가."

"아니야. 좀 쉬어. 내가 갔다 올게."

"멸치 대마왕이랑 가기 싫어."

이상한 말을 하며 그와 가기 싫다고 떼를 쓰는 보율이를 안아 들고 일혁이 그녀가 말리기도 전에 병실을 나가 버렸다.

두 사람이 나가고 나자 병실 안은 갑자기 고요해졌다. 그럼 침대에 앉아만 있을까, 하고 앉아 있던 보민의 몸이 시간이 흐르자 점점 넘어간다.

호기롭게 침대에 걸터앉았지만 푹신한 침대에 파묻히는 데는 어제 저녁의 수면이 부족했음을 알리는 본능이 큰 역할을 했다. 그렇게 보민이 달달한 잠 속으로 빨려 들어갔다.

일혁에게 달랑 들려 나온 보율이의 작은 몸뚱이는 그의 품에서 벗어나려고 한동안 버둥거렸지만 그가 가진 태산처럼 단단한 팔 힘에 제 풀에 지쳐 얌전해졌다. 아이들이 병원을 싫어하기는 하지만 이렇게 병적으로 싫어하니 그가 궁금증을 참지 못하고 물었다.

"어이, 꼬마. 병원을 왜 이렇게 싫어해?"

"나 꼬마 아니야. 이보율이야."

"그래, 보율이 꼬마. 병원을 왜 이렇게 싫어해?"

이제는 자신의 마음속 어느 구석에 짐짝처럼 처박혀 버린 그에게 보율은 순순히 말해 줄 생각이 없었다.

"흥, 멸치 대마왕, 내가 말해 줄 거 같아?"

"말해 줘야 할 텐데. 조금 있으면 큰 바늘로 네 팔을 찌를 텐데 엄청 아프겠지?"

큰 바늘이라는 소리에 그에게 안겨 있는 작은 몸이 저절로 굳었다. 이 멸치 대마왕 같으니라고. 이씨, 언니도 없는데, 무서운데, 저절로 그녀의 눈이 촉촉해졌다.

"말해 주면 내가 바늘로 찌를 때 안 아프게 해 줄게."

응? 그녀의 눈에서 나오려던 눈물이 쏙 들어갔다. 오호, 멸치 대마왕에서 멸치 왕자님으로 승격시켜 줄까? 빨리 말하면 주사 안 아프게 해 주지라고 말하는 호랑이 같은 아저씨의 제안에 보율이 끝내 입을 열었다.

"엄마가 아파서…… 여기서…… 그냥 하늘나라로 갔어."

일혁의 마음이 철렁했다. 이 여자들이 정말! 어쩜 나를 이렇게도 흔든단 말인가.

좀 전에 어쩌다 보니 그는 두 사람의 비밀 아닌 비밀을 들어 버렸다. 이 꼬마 아가씨의 언니가 하는 말을.

간단히 할 결재만 하고 다시 병원으로 돌아온 그가 병실로 들어가기 전에 데스크에 서서 심각한 표정을 하고 있는 여자를 발견했다.

무슨 일이 있나 싶어 가까이 다가서다 무심코 들어 버린 소리에 그의 단단한 마음을 그보다 더 단단한 망치가 내려친 것 같은 충격을 받았다.

'보율이는 저희 부모님이 입양한 아이거든요.'

동생과 나이 차이가 좀 많이 난다고 생각은 했지만 애처가로 소문난 이 사장이었으니 부부 금실이 좋은가 보다 하고 생각했었지, 입양한 동생이라는 생각은 전혀 해 보지 못했다.

세상에 둘도 없는 자매처럼 보였으니깐. 서로를 너무 아끼고 사랑하는 것이 그렇게 꽉꽉 티가 나는데 누가 이 둘을 가족이 아니라고 생각하겠냐고.

친동생도 아닌데 이 꼬마를 지키기 위해 24살의 여자는 그와 결혼까지 불사했다. 그의 마음에 집채만 한 파도가 덮쳐 왔다.

'제기랄, 짜증이 날 정도로 부럽다.'

이리도 그의 마음에 짜증이 이는 것은 아마 그에게는 이런 가족이 없기 때문이겠지.

그는 가족이 없는, 흔히들 말하는 고아다. 부모님이 누군지도, 누가 자신을 버렸는지도 모르는, 혼자였던 아이.

고아인 그가 여기까지 오기 위해서는 엄청난 고통과 인내, 노력이 필요했다. 십 대의 마지막에서 이십 대까지 하루에 3시간 이상자 본 적이 없었다. 그가 지금처럼 성공하기 위해 흘린 피눈물과 땀방울은 엄청났다.

점점 재력이 쌓일 때마다 주위에는 친절을 가장한, 우정을 덮어쓴 관계들이 그를 둘러쌌다. 처음에는 좋았다. 자신에게도 가족이, 마음을 나눌 수 있는 친구가 생겼다는 사실이.

하지만 시간이 얼마 지나지 않아서 알게 되었다. 이 모든 관계가 허무한 거짓에 불과했다는 것을. 그가 좇고 싶었던 이상에 불과했다는 것을.

그런데 지금 이 두 여자에게서, 그가 가지고 싶었지만 싫다고 거짓말하며 외면해 왔던 관계를 봐 버렸다. 계속 보다가는 가지고 싶어질지도 모른다.

생각이 점점 꼬리를 물고 이어져 거대해지고 있었다. 갈피를 잡지 못하고 커지는 생각에 빠진 그를 누군가 불러 깨웠다. 그에게 안겨 있는 꼬마 아가씨였다.

"아저씨? 나 진짜 바늘 안 아프게 해 줄 거지?"

"어? 어, 그래."

"진짜지? 아저씨 진짜 짱이다."

그의 품에서 다시 활력을 되찾은 보율이 '기차가 칙칙폭폭' 하는 노래를 부르며 엉덩이를 들썩였다.

하지만 그가 무슨 수로 주사를 안 아프게 해 줄 수 있겠는가? 일혁이 갑자기 떠안아 버린 문제로 골머리를 앓기 시작했다. 괜히 할 줄도 모르는 걸 할 수 있다고 말해 버려서는.

피를 뽑기 위해 혈액 채취실로 내려온 그가 덜덜 떠는 보율의 머리를 품에 꼭 안았다. 주사기에 시선을 두지 못하도록 그의 품에 단단히 고정시키고 계속해서 말을 걸었다. 그냥 입에서 나오는 대로.

"보율이, 언니 좋아?"

"응."

"보율이, 아저씨 좋아?"

아까는 멸치 대마왕이었는데 지금은 보율의 마음에서 멸치가 점점 승격되고 있다. 그녀의 입에서 애매한 대답이 나왔다.

"아니? 응."

앞에 앉은 의사가 조심히 바늘을 꺼내 들었다. 일혁이 다음 질문을 하면서 슬쩍 아이의 팔을 잡아 들었다.

"보율이, 좋아하는 색깔은?"

"파란색."

"아저씨도 파란색 좋아해."

주사가 들어가는 것에 맞춰 일혁이 다시 질문을 던졌다.

"보율이 남자친구 있어?"

보이지는 않는데 불쑥 들어온 바늘의 감촉에 아이가 몸을 굳히며 울음을 터트리려 시동을 걸었다.

"응, 민수. 아, 아파, 잉잉잉."

다시 일혁이 보율이의 생각과 시선과 모든 감각을 딴 곳으로 돌리기 위해 못 들은 척하며 다시 물었다.

"뭐라고? 만수?"

만수라는 소리에 보율이 팔에 들어온 주사를 잊고 웃었다.

"아니, 민수. 햇님반 민수. 흐흐."

조금만 피를 채취한 바늘은 팔에서 곧바로 빠져나왔다. 아이가 울려고 했고 조금은 칭얼거렸지만 대성통곡은 안 했으니 이 정도면 좀 괜찮지 않았나? 다 됐다는 소리에 보율이 눈을 동그랗게 뜨고 그를 쳐다봤다.

"벌써? 아저씨, 나 주사 다 맞았어?"

"그래."

그가 다시 보율을 고쳐 안고 병실로 올라가는 동안 보율은 그에게 무한 신뢰의 하트를 보냈다.

이제 보율이 맘에 그가 차지하는 순위는 몇 위? 1위는 넘사벽이니 패스. 2순위? 엄마 아빠도 넘을 수 없을 것이고 3순위? 뽀통령을 이기기에는 조금 약하지 않았나. 4순위 사과, 5순위 소시지, 6순위 햄버거. 그다음 7번째에 그를 올려놓을까 말까 고민하는 보율이었다.

성큼성큼 보폭을 잘도 벌리는 긴 다리로 금세 병실에 도착해 안에 들어서자 침대에 누워 몸을 웅크리고 있는 보민이 보였다.

그의 품에서 내려 달라고 발버둥을 치는 아이를 바닥에 내려놓았다. 아이는 살금살금 다가가 침대에 조심히 올라서더니 여자를 마주 보고 누웠다.

여자의 얼굴을 조심히 쓰다듬는 작은 손, 그리고 그 작은 손이 누군지 다 안다며 웃으며 끌어안는 여자. 껴안은 품에서 새어 나오는 따뜻한 웃음.

분명히 같은 공간에 있는데도 다른 공간에 놓여진 것 같은 그. 헐거워진 그의 마음 사이로 그의 진심이 봇물 터진 듯 흘러나왔다.

'저 사이에 끼고 싶다. 저 안에 나도 있었으면 좋겠다.'

5

병원에서 지극히 건강한 아이의 표준이라는 검사 결과를 받고
나서야 보율은 집으로 돌아올 수 있는 티켓을 거머쥐었다.

퇴원하는 날, 동생의 퇴원 수속을 밟기 위해 보민이 병실을 나서
복도를 따라 접수처로 향하고 있었다. 그 복도 끝에서 막 코너를
돌려고 하는데 저편에서 간호사들이 숙덕거리는 소리가 그녀의 귀
에 들려왔다.

남의 말 하지 않고 남의 말 하는 거 듣지도 않는 그녀였지만 대
화의 주제가 자신과 관련된 것이라는 것을 알았을 때 발이 멈추고
저절로 귀가 기울여지는 건 어쩔 수 없었다.

"VIP병실에 입원해 있는 아이 있잖아. 이 병원 실제 소유주 처
제래."

"처제? 무슨 처제가 그렇게 나이가 어려?"

"그 남자 부인 되는 집에서 입양했다고 하던데?"

"그럼 그 남자가 어린 처제를 키우는 거야?"

"그런가 보더라. 아주 끔찍이도 위하더라니깐. 박 간호사가 그러는데, 저번에 채혈실에서 아이 아프다고 울까 봐 안고 어르고 달래고, 아주 어린 처제를 공주님 모시는 듯했다더라. 모르는 사람이 보면 딸인 줄 알겠대."

"그래? 근데 그 남자가 대단하긴 한가 보더라. 병원장이 그리도 설설 기는 걸 보니. 수간호사님한테 특별히 신경 쓰라고 하루에도 열 번도 넘게 원장실에서 콜 때리는 거 들었어."

"당연하지. 우리 병원 2년 전에 도산하려고 할 때 여기 사들여서 지금 이렇게 만들어 놨으니 말 다했지. 병원장님은 그냥 월급받는 의사래."

그 후로도 간호사들의 수다는 계속되었으나 보민은 더 이상의 말소리는 귀에 들어오지 않았다. 보율이 아팠다는 중대한 사항에 온 정신을 쏟고 있어서 그가 며칠 동안 보여 줬던 친절을 당연하게 받아들이고 있었다.

응급실에서의 빠른 처치, 병원의 정책이라고 생각하기에는 너무 친절했던 병원 직원들, 보율이만을 위해 따로 만들어서 제공된 특식. 이 모든 게 그가 손을 쓰지 않았으면 가능하지 않았던 일이었는데.

물론 고맙다고 인사하고 고개 숙여 인사했지만 그가 해 준 것들에 비하면 그건 정말 아무것도 아닌 거였다. 정말로 이 은혜를 어떻게 갚을 수 있을지 모르겠다.

조만간 특허권이 팔리고 보율이가 더 이상의 위험에 노출되지 않았을 때 그와의 결혼을 정리해야 할 텐데. 벌써부터 그가 주는 편안함에 길들여지고 있다.

이렇게는 안 되겠다. 특허권이 팔리고 난 후, 그와 헤어진 후의 일들을 생각해 볼 필요가 있다.

집을 처분한 돈으로 빚을 갚고, 남은 돈으로는 오피스텔을 얻었고…… 적금을 깨면 얼추 얼마더라? 머릿속으로 통장에 얼마나 여윳돈이 남아 있는지 보민은 제법 현실적인 생각을 하고 있었다.

그 자리에서 움직일 생각도 안 하고 미래의 계획을 생각하는 그녀의 어깨를 누군가 톡톡 건드렸다.

"여기서 뭐 해?"

그다. 회사에서 일하고 있을 시간인데 여기는 또 무슨 일로? 보민이 뜻밖의 곳에서 뜻밖의 사람을 만난 것처럼 눈을 크게 떴다.

"회사에 있어야 할 시간 아니에요?"

"내가 사장인데 내 마음이지. 여기서 뭐 하냐니깐? 보율이 퇴원해야 하는 거 아니야?"

"네. 퇴원 수속 밟으려고요."

"안 해도 돼. 내가 다 처리했어."

또 그녀보다 한발 앞서 그가 모든 일을 처리했다. 더 이상은 그가 주는 편의에 익숙해지지 않겠다고 다짐한 보민은 그가 베푼 친절을 빚으로 받아들이고 그것을 갚아야겠다고 생각했다.

"병원비 얼마나 나왔어요? 제가 낼게요."

순식간에 채주가 되어 버린 듯한 느낌에 그의 마음에 뾰족한 침이 내리꽂혔다. 자신이 내 준 그 몇 푼 안 되는 병원비도 갚겠다고 저리도 그에게 계산적으로 구는 여자가 그의 마음에 침을 내리꽂은 장본인이다.

돈을 갚는다고 하면 좋아해야 되는데 이상하게 마음이 좋지가 않다. 언제나 철저히 계산적인 그가 이 여자 앞에서는 비계산적이고 비이성적이 되어 버린다.

"됐어. 얼마 안 나왔어. 그리고 내가 당연히 내야 되는 거야."

"아니에요. 나중에 갚……."

받아들이지 못하고 또 갚겠다고 하려는 여자의 말을 그가 잘라 먹었다.

"안 갚아도 돼. 그렇게 갚고 싶으면 매일 저녁밥 해 주면 되겠네."

돈 대신 밥을 내놓으시오, 라는 이상한 계산법을 내놓은 그는 그녀가 또 다른 말을 할까 봐 걸음을 돌려 성큼성큼 걸어가 버렸다.

뒤에서 따라오는 그녀가 하는 말을 다 무시한 그가 병실로 들어서자 문만 뚫어져라 보고 있던 보율이 그들을 반겼다. 벌써 혼자서 환자복을 벗어 원피스로 갈아입고 집으로 갈 준비를 한 채였다.

"왜 이렇게 늦게 왔어? 얼른 집에 가."

자기 몸만 한 짐 가방을 질질 끌고서는 오매불망 기다리던 언니에게 다가온 보율이 어서 가자며 재촉했다. 언니만 올려다보던 보율의 몸이 갑자기 붕 떠올랐다. 어어? 보율의 눈앞에 일혁의 얼굴이 들어왔다.

"으차. 이제 집에 가자."

일혁이 바닥의 짐도 들고 보율이도 안아 들고 있었다. 그의 품에 안겨서 집에 간다는 사실만으로도 하늘을 찌를 듯 기분이 좋아진 보율의 목소리가 천장을 찔러 댔다.

"어서, 어서! 집으로 가요, 어서!"

보율이 일혁의 품에서 얼마나 들썩거리는지 그의 팔이 미세하게 떨리는 것 같았다. 보민이 그에게 안겨 춤까지 추려고 하는 동생을 말렸다.

"보율아, 아저씨 힘들어. 내려와."

"피, 알았어."

오랜만에 위 공기를 마시다가 아래로 내려가려니 아쉽기는 했지만 언니가 내려오라는데. 언니 말이라면 무조건 듣는 보율이 위에서 내려오려고 했다. 하지만 내려오려는 보율을 말린 것은 그녀를 안고 있는 일혁이었다. 더 단단히 팔에 힘을 주고 보율을 고쳐 안았다.

"왜 이래. 나 하나도 안 힘들어. 운동 되고 좋아."

이제는 아이를 안는 것은 운동에 좋다는 이상한 논리를 내세우는 그가 보민이 뭐라 하기도 전에 병실을 나가 버렸다. 급히 따라 나갔지만 일혁은 벌써 저 멀리까지 걸어가 버렸다. 누가 말리겠는가? 저 둘을.

병실에 두고 가는 물건은 없는지 다시 한 번 훑어보고 아이를 운동 삼아 안고 가는 그를 따라 나가는 보민이었다.

며칠의 시간 동안 잠깐 머문 병실이었지만 세 사람에게는 그 잠깐의 시간 동안 참 많은 것을 깨닫게 해 준 곳이었다. 이 병원에 있는 동안 보민은 동생의 소중함을 다시 한 번 마음에 새겼고 또 그와의 관계에 대해 깊게 생각하게 되었다. 어린 보율은 아저씨 덕분에 아주 조금 주삿바늘의 뾰족함이 무섭지 않고 괜찮아 보였다.

그리고 마지막으로 일혁은 그가 처음으로 갖고 싶어 하는 것을 발견했다. 그가 처음으로 간절히 원하게 된 것은 바로 그의 품에 안겨 있는 꼬마와 뒤에서 조용히 따라오는 여자다. 그가 온 맘을 다해 두 사람을 원하게 되었다.

며칠을 함께했던 병실이 멀어진다. 세 사람 모두 다른 생각으로 깨달음을 얻은 병실을 저 어딘가의 기억 속으로 남겨 두었다.

나가는 길에 로비에서 병원장과 소아과 과장 등 병원 관계자들이 하는 90도 인사로 배웅을 받은 세 사람은 참 많은 것을 깨닫게 해 준 병원을 뒤로했다.

✻

빌딩의 7층, 그들의 집. 오랜만에 보는 소파와 탁자만 있는 거실. 며칠 만에 돌아온 그들의 보금자리는 아무런 변화도 없어 보였다. 두 여자야 병원에 있었으니 당연히 집에 들어올 일이 없었지만 그는 사정이 조금 다르다.

그도 며칠간 이 집으로 들어오지 못했다. 그날 새벽에 꼬마를 입원시키고 한 시간쯤 눈을 붙인 후 병원을 떠나 집으로 옷을 갈아입으러 들어왔을 때만 해도 그는 괜찮았었다.

그런데 일이 생긴 건 그다음 날이었다. 다음 날 저녁, 두 여자가 없는 집으로 들어왔을 때 느껴 버린 공허함이란.

현관도 거실도 서재도 그리고 그의 침실까지 하나도 바뀐 것이 없이 전과 똑같았는데 두 사람이 없다는 사실 하나에 집 안이 아무것도 존재하지 않는 빈 공터같이 느껴졌다.

억지로 침대에서 잠을 청해 보기도 했지만 잠들 수가 없었다. 양을 세다 못해 양을 키우기까지 했던 잠자기 프로젝트는 오히려 그의 잠을 어디 멀리로 쫓아 버렸다.

두 여자가 보고 싶은 상사병에 걸려 여름밤 불면증에 시달리던 그는 새벽에 다시 병원으로 향했다. 그리고 조용히 병실 문을 열고 들어간 곳에서 그의 마음의 공허함을 채울 수 있게 되었다.

침대에서 작은 형상이 이불을 걷어찬 발길질로 허공을 차고 있었고 그 옆에는 함께 누워 작은 손을 놓지 않는 가녀린 형상이 있었다.

그 모습에 그를 괴롭혔던 머리 아픈 여름의 불면증은 사라졌다. 어둠 속에서도 그의 눈에 분명히 보이는 두 형상이 그의 불면증 치료제였나 보다.

지독하기까지 했던 불면증이 치료되자 힘이 빠져 버린 그가 옆에 마련된 의자에 비틀거리며 주저앉았다. 그리고 약을 처방받은 그의 눈은 스르르 감겨 왔다.

꿈을 꿨다. 달달하고 깨고 싶지 않은 꿈. 자신이 두 여자 사이에서 자고 있는 꿈. 하지만 아침이 오기 전 그는 달달한 꿈에서 깨어났고 다시 조용히 병실을 나왔다.

몇 시간 자지도 않았는데 다디단 꿈을 꿔서 그런지 몸이 개운하고 상쾌했다.

다음 날도, 그다음 날도. 그렇게 새벽마다 두 여자 옆에서 몰래 쪽잠으로 버텨 낸 그였다. 두 여자를 데리고 집으로 들어오니 이제 정말 집으로 돌아온 것 같다. 그도 이제는 밤마다 잠을 잘 수 있겠지. 오랜만에 집으로 돌아와 더 좋은 보율이 그에게서 버둥거렸다.

"아저씨 내려 줘요."

그의 품에서 내려온 아이는 온 집 안을 뛰어다녔다. 참 건강도 하지요, 우리 보율이! 보민이 집에서 마라톤 경기를 펼치고 있는 동생을 말렸다.

"보율아, 그만 뛰어."

보율이 아쉬운 듯 달리던 짧은 다리를 멈췄다. 하지만 이내 보율은 다시, 그리고 더 빨리 집을 뛰어다닐 수 있게 되었다. 언니가 말리는 통에 마라톤을 접으려고 했던 보율이 다시 뛰게 된 데는 집주인의 서포터가 큰 역할을 했지.

"뛰어. 더 뛰어도 돼. 여기는 뛴다고 올라올 사람도 없어."

아니, 왜 계속해서 보율을 싸고도는지 모르겠다. 이제는 말하면 입만 아프다는 것을 안 그녀는 입을 다물어 버렸다.

점심때가 다가오니 슬슬 식사를 준비하기 위해 보민이 주방으로 쏙 들어가 버렸다. 거실에는 보율과 일혁만 남아 있었다.

보율이 뛰어 노는 것을 흐뭇한 눈으로 보고 있던 일혁의 얼굴에 미소가 떠올랐다. 한참을 뛰던 보율이 땀이 흥건한 머리를 쓸어내리며 그에게로 다가왔다.

"헤에, 아저씨. 나 부탁이 있어요."

이제 보율이 부탁이라면 그녀가 좋아하는 사과로 온 방을 채워 줄 수도 있는 그가 얼른 대답했다.

"뭔데? 말해 봐."

"전에 살던 집에 내가 보던 책이랑 장난감이 있는데 그거 좀 가져와도 돼요?"

그러고 보니 두 여자가 들어온 손님방을 들어가 보지는 않았지만 아이가 매일 가지고 노는 인형은 사과인형이 전부였고 거기다 밤마다 들려오던 동화도 그 해님 별님 이야기뿐이었다.

오죽했으면 그 동화를 엿들었던 그가 내용을 다 외워 버릴 정도일까. 일혁이 거실에 뒹굴고 있는 사과 형상을 한 인형을 가리켰다.

"장난감이랑 다 가져오지 왜 안 가져왔어?"

"그야, 여기는 여행 온 거니깐."

"뭐?"

잠시 지내다 다시 돌아갈 생각으로 그의 집에 들어왔다는 것을 안 그의 얼굴이 딱딱하게 굳어 간다. 잠시의 지체도 없이 벌떡 자리에서 일어난 그가 주방에다 대고 소리치고는 보율을 데리고 밖으로 나가 버렸다.

"우리 여기 앞에 잠깐 나갔다 올게."

주방에서 점심을 준비하고 있던 보민이 소리를 듣고 나왔을 땐 벌써 현관문이 닫힌 후였다.

보율이 장난감을 가지고 와도 되냐고 물었을 때 심장이 철렁 내려앉는 기분이었다. 언제고 이 두 사람이 떠날지도 모른다는 생각 때문에. 여행처럼 그에게 왔다가 다시 본래의 곳으로 돌아가 버릴까 봐.

그래서 당장 두 사람의 오피스텔로 달려가 거기에 있는 장난감이란 장난감은 전부 차에 실었다. 그런데 그것도 얼마 되지 않아서 오는 길에 부러 장난감 가게에 들렀다.

여자아이들의 로망 바비 인형과 각종 놀이 소품 세트, 남자아이들이 한 번쯤은 가지고 싶어 하는 총과 칼 등이 즐비한 이곳은 아이들의 천국이었다. 오랜만에 들어온 장난감 가게에서 보율이 눈을 반짝였다. 일혁이 보율을 향해 드라마에 나오는 재벌 남자 주인공처럼 손짓했다.

"골라 봐. 전부 다 사 줄 수도 있어."

하지만 보율은 선뜻 장난감을 집어 들지 못했다. 일혁이 다시 그녀에게 말했다.

"왜 그래? 골라 봐."

"언니가 아무한테나 장난감 받는 거 아니라고 했는데?"

머뭇거리며 아이에게서 나온 말에 그는 또 상처를 받았다. 자신은 아직까지는 두 여자에게 아무것도 아닌 사람이라는 사실에. 그저 그런 아저씨에 불구하다는 사실이 그를 아프게 했다.

하지만 무슨 일이 있어도 앞으로는 아무것도 아닌 관계가 아니라 두 사람에게 전부인 관계로 만들기 위해 그는 전력투구할 것이다. 한번 결심한 일은 무슨 일이 있어도 해내고 마는 그니깐.

그 일을 위해 넘어야 할 첫 관문. 바로 이보율 어린이. 일혁이 갖고 싶은 장난감들을 앞에 두고도 선뜻 나서지 못하는 아이를 꼬셨다.

"내가 왜 아무냐. 나 아저씨야, 아저씨. 보율이 어디 살아?"

"아저씨네 집."

"그지? 아저씨네 집에서 같이 사는 사람은 누구?"

"언니?"

"그러니깐 언니랑 보율이랑 같이 한집에 사는 아저씨는 아무나가 아니지, 가족이야. 가족."

오호라, 그게 그렇게 되는 건가? 그럼 저기 저 멀리서 손짓하고 있는 신상 뽀로로 소꿉놀이 세트를 사도 되는가 싶어 보율이 일혁을 올려다봤다. 일혁이 고개를 끄덕이자 보율이 재빨리 뛰어가 신상 명품 장난감을 잡아챘다.

"우와! 완전 기분 짱이다. 아저씨 짱이다."

여자의 맘은 신상에 흔들리는 갈대라더니, 보율이의 순위 매기기에서 그가 소시지를 제치고 5위로 등극하는 순간이었다.

'밥 다 돼 가는데 둘이서 어디를 간 거지?'

일혁과 보민이 어디 갔는지는 시간이 얼마 흐른 후 두 사람이 들고 들어온 엄청난 양의 짐들을 보고는 짐작할 수 있게 되었다.

짐 중에는 오피스텔에 두고 온 동생의 장난감들과 책 등이 있었다. 그것뿐만 아니라 처음 보는 종이백에는 아직 포장을 뜯지도 않은 장난감이 가득했다.

"이게 다 뭐예요? 전부 보율이 장난감이에요?"

보율이 언니를 향해 자랑했다.

"어. 언니, 이거 봐라? 아저씨가 다 사 줬어."

아니, 다 가지고 놀지도 못할 장난감을 이렇게나 많이 사 주다니. 좀 있으면 여기서 나갈 건데 이 많은 걸 어떻게 하려고. 보민이 한 소리 하기도 전에 일혁이 선수를 쳤다.

"내가 사 줬어. 애 버릇 나빠진다는 그런 소리는 하지 마. 난 자라나는 아이의 동심을 지켜 주고 싶었을 뿐이야. 아니, 저 사과 인형만 가지고 놀면 애가 얼마나 심심하겠어?"

아! 미처 그 생각은 못 했다. 항상 웃고 잘 놀아서 장난감 같은 건 신경도 못 쓰고 있었는데. 장난감을 선물 받고 저렇게 좋아하는 모습을 보니 미안한 마음이 또 한 바가지로 생기는 보민이다.

혹시나 보민이 기어이 장난감 환불하라고 하면 어쩌나 마음을 졸이고 있던 일혁이 그녀의 표정을 확인하고는 마음속으로 안심했다.

신나게 신상 쇼핑을 마치고 집으로 들어와 언니에게 한바탕 자랑을 하고 난 보율이 거실에서 장난감을 펼쳐 놓고 놀기 시작했다.

보율은 가장 마음에 쏙 들었던 뽀로로 소꿉놀이 세트부터 챙겼다. 안에 들어 있던 것들을 하나하나 꺼내 조심스럽게 가지고 놀기 시작했다. 거실에서는 보율이 가장 맘에 드는 장난감으로 점심밥을 짓고 주방에서는 보민이 점심을 짓고 있었다.

국자로 떠올린 국을 맛보는데 보민의 마음처럼 싱숭생숭한 맛이 느껴졌다. 좋아하는 동생을 보니 자신도 좋긴 한데 또 한편으로는 이래도 되는 건가 싶어 불편하기도 하고, 그녀의 마음이 딱 한데 엉켜 버린 실뭉치 같았다.

이 남자는 왜 자꾸 자신의 미안함만 키우는지. 엉킨 그녀의 실뭉치를 풀 새도 없이 주방으로 들어온 두 사람이 부산을 떨었다.

"언니 배고파."

"나도 배고파."

급하게 만들려다 보니 많이 조촐해진 반찬이 식탁에 자리 잡고 세 사람도 자리를 잡았다.

오랜만에 앉은 식탁에서는 참 이상한 일이 일어나고 있었다. 무엇이 무엇이 똑같을까? 두 사람 먹는 게 똑같지요.

일혁이 감자국에 밥 한 공기를 전부 다 말아서 푹푹 떠 그의 입으로 가져가자 보율이 맛나게 먹는 그를 따라 했다. 국에 밥을 말아서 한 입, 두 입. 그가 뜨거운 국을 후후 불면 보율이도 후후 불고, 그가 김치를 집으면 보율이도 그 싫어하던 김치를 아주 조금 집어서 먹었다.

반대로 보율이 계란을 집으면 그도 계란을 집어 먹고, 보율이 소시지를 먹으면 그도 소시지를 먹었다. 웬일로 국에 밥까지 말아 푹푹 먹는 보율이가 대견해 보민이 잘 구워진 도톰한 생선 살을 숟가락 위에 올려 줬다. 숟가락에 올라온 하얀 생선이 앙 하고 작은 입으로 쏙 들어갔다. 앞에서 잘 먹고 있던 일혁이 보민을 향해 숟가락을 치켜들었다.

"나도 생선."

뭘 이런 것까지 따라 하려 하나. 생선을 발라 주기도 그렇고 안 발라 주기도 참 거시기하고. 보민의 젓가락이 허공에서 갈팡질팡했다.

하지만 눈빛으로 생선 발라 줘, 발라 달란 말이야, 라고 레이저를 쏘아 대는 그의 눈과 마주치자 보민이 얼른 생선 살을 발라 숟가락에 얹어 줬다. 그러자 만족한 듯 생선을 날름 삼켜 버리는 그였다.

그의 입으로 들어간 생선이 살살 녹는다. 그냥 생선인데 맛있다. 누군가와 식사를 한다는 것은 참 괜찮은 일이구나. 누군가가 챙겨주는 식사는 참 맛있구나. 생선 한 점에도 그의 마음이 이렇게 차고 넘친다.

점심 식사 시간은 순식간에 지나갔다. 서로 밥 먹는 것에 경쟁을 느낀 보율과 일혁이 마지막 국물 한 방울도 남기지 않고 깨끗한 그릇을 식탁에 내려놓는 순간 점심 식사는 끝이 났다. 그 많은 국에 말아 밥 한 공기를 뚝딱한 보율이 후식을 사 달라고 일혁을 조르기 시작했다.

"아저씨, 우리 여기 앞에 새로 생긴 빙수 먹으러 가요."

배부르게 밥을 먹고 또 후식을 먹으려고 하니 보민이 안 된다고 말리려고 했으나 또 일혁의 입에서는 단번의 허락이 떨어졌다.

"오케이, 가자."

멸치 대마왕이라고 싫다고 한 지 얼마 지나지도 않았는데 저렇게 죽이 잘 맞아서야.

보민은 저 창문 너머로 보이는 살인적인 더위를 조금도 가까이 하고 싶지 않았다. 그깟 빙수 먹으러 이렇게 햇빛이 가장 강렬한 때에 나간단 말인가. 차라리 안 먹고 말지. 보민이 바깥 외출을 사양했다.

"둘이서만 갔다 와요. 밖이 지금 몇 도인 줄 알아요?"

"둘이 가면 뭐해. 셋이 가야지. 우리는 이제 한 세트라고."

빙수를 먹으러 가는데 소수인 보민의 의견은 중요하지 않았다. 보율과 일혁은 한 팀이 되어 셋이 최고라며 기어이 그녀를 끌고 밖으로 나왔다.

바깥의 푹푹 찌는 더위에 보민이 축 늘어졌다. 하지만 뭐가 그리도 좋은지 두 사람의 얼굴은 여름 햇빛보다 더 밝았다.

그렇게 세 사람이 뜨거운 열기를 헤치고 10분 정도 걸어 도착한 빙수집. 요 근래 최고의 인기를 구가하고 있는 콩고물 빙수로 대박 친 빙수집이었다.

"민수가 말해 줬는데 여기 빙수가 그렇게 맛있대요."

먹어 보지도 않았으면서 최고라며 보율이 엄지를 내보였다. 보율이 일혁과 함께 주문을 하고 20분쯤 시간이 지나자 드디어 빙수가 나왔다. 고물로 덮인 빙수는 세 사람 다 처음 보는 빙수였다.

고물이 듬뿍 담겨 나온 하얀 빙수를 콩고물 안 떨어지게 살살 비비더니 세 개의 숟가락이 동시에 빙수를 입으로 날랐다. 입으로 들어가니 고소함이 퍼지면서 입안이 천국이 되었다.

세 사람 다 새로운 빙수의 맛에 합격점을 줬다. 그중에서 가장 높은 점수를 매긴 사람은 그 누구도 아닌 보민이었다. 본디 더위에 약해 시원한 먹을거리를 좋아하는 그녀지만 오, 정말 오늘 처음 맛본 이 빙수는 신세계였다.

안 먹는다고 할 때는 언제고 빙수를 담아 입으로 퍼 나르는 손이 분주했다. 보민이 너무 열성적으로 먹으니 앞의 두 사람은 어느새 숟가락만 물고 보민의 입으로 들어가는 빙수만 쳐다보고 있었다. 일혁이 보율의 귀에 속삭였다.

"너희 언니, 안 먹는다더니 제일 잘 먹는다. 그지? 안 데리고 나왔으면 어쩔 뻔했냐?"

"아저씨, 우리 언니 이런 거 진짜 좋아해."

"우리 하나 더 시킬까?"

"응!"

보율이의 큰 대답 소리에 보민이 겨우 빙수에 팔렸던 정신을 되찾았다. 그 큰 그릇에 담긴 빙수를 혼자서 다 먹어 치워 버렸네. 안 먹겠다고 했는데. 머쓱해진 보민이 숟가락을 내려놓았다.

시원한 에어컨 바람 아래에서 이상하게 보민의 얼굴이 햇빛에 노출된 것처럼 빨갛게 물들었다. 자신도 모르게 그와 함께 있는 이 자리에서 긴장을 놓아 버렸다.

그가 주는 평안함에 또 대책 없이 긴장의 끈을 놓아 버렸다. 이러면 안 되는데, 하고 다짐해도 자신도 모르게 어느 순간 그렇게 되어 버리는데 어떡하나.

잘만 넘어가던 콩고물이 목에 걸린 것같이 마음에 박일혁이라는 남자가 걸려 막혀 버렸다.

6.

평화롭고 따사로운 주말 아침. 보민은 동생을 데리고 계획에도 없는 장을 보러 마트로 나왔다. 장을 본 게 이틀 전인데도 불구하고 오늘 또 장을 보러 나온 이유는 바로 내일이 일혁의 생일이라고 해서다.

어떻게 알았냐고? 당연히 지금 카트에 앉아 뭐를 사야 하는지 지시를 내리고 있는 우리의 대장 이보율 때문이지.

오늘 아침. 주말이라 항상 늦게 일어나던 보율이 자신보다 일찍 일어나 침대가 흔들리도록 그녀를 흔들어 깨웠다.

'언니, 일어나. 응?'

재촉하는 소리에 동생이 배가 고파서 일찍 일어나 자신을 깨웠나 싶어 보민이 눈을 비비며 일어났다.

'음, 벌써 일어났어? 보율이 배고파?'

'아니, 나 살 거 있는데 언니, 우리 나갔다 오면 안 돼?'

'뭐가 필요하셔서 일찍부터 일어났을까?'

자신이 묻는 물음에 보율은 사야 할 것이 있다고만 이야기하고는 무작정 그녀의 손을 끌고 집을 나왔다.

그리고 보율이 자신을 끌고 향한 곳은 며칠 전에도 왔던 마트였다. 마트 안으로 들어서서야 보율은 마트에 온 이유를 자신에게 알려 줬다.

"언니, 내일이 아저씨 생일이래. 케이크 사자."

"내일? 네가 어떻게 알았어?"

"아저씨가 그러던데?"

보율이 싱글벙글 웃으면서 대답했다.

그러니까 얼마 전, 햇살이 나란히 누워 잠들어 있는 자매 위로 쏟아지던 아침.

눈이 부신 햇살에 보율이 잠에서 깨어나 평소와 달리 화장실로 먼저 들어가지 않고 다다다 달려 거실에 있는 탁자 위에 있는 달력으로 달려갔다.

거실에서 이제나저제나 두 자매가 일어날 때만 기다리며 일찍부터 일어나 소파에 앉아 있던 일혁은 보율이 일어나 나오자 보는 척하던 신문을 내려놓았다.

보율이 아침부터 달력을 들고 빨간 동그라미가 된 날짜를 그에게 보여 줬다.

"아저씨, 여기 빨간 동그라미 친 날이 내 생일이에요."

아직 12월인 생일이 되려면 시간이 한참이나 남았는데도 달력에 빨간 동그라미가 그려진 날짜를 그 작은 손가락 열 개를 펴서 이만큼밖에 안 남았다며 그에게 보여 줬다. 일혁이 웃으며 보율이의 머리를 쓰다듬었다.

"그래? 생일에 갖고 싶은 게 있어?"

저번에 사 준 장난감이 방에 가득한데 또 선물을 사 준다는 그의 말에 보율이 신이 났다.

"우와, 아저씨 또 선물 사 주려고요?"

"당연하지."

진짜 아저씨는 정말 보통 짱이 아니라 우주만큼 짱이다. 나도 아저씨 생일을 꼭 챙겨 줘야겠다. 보율이는 받기만 하는 그런 아이가 아니랍니다.

"신난다. 내가 아저씨 생일에도 선물 줄게요. 아저씨는 생일이 언제예요?"

자신의 생일이 언제였더라? 그에게 생일은 그리 큰 의미를 두지 않는 날이었다. 그에게 일 년 중 가장 의미 있는 날은 생일 따위가 아니다.

사실 그의 인생에서는 그리 의미 있고 중요한 날은 없었다. 그냥 저냥 닥치는 대로 살아온 그니깐. 갓난아기인 그가 버려졌을 때 그 흔한 생일을 적은 쪽지 쪼가리도 없어서, 그가 버려진 날이 남들이 흔히 말하는 생일이 되었다.

이맘때쯤이었던 것 같은데. 이렇게 무더웠던 날이었던 것 같다. 이제는 그 날짜조차 잊어버렸지만.

사람들은 안쓰러워하기도 했지만 그는 정말 아무렇지도 않고 담담했다. 앞에서 보율이 보채면서 그에게 생일을 물어 오니 일혁은 그냥 아무런 날이나 잡아 말해 버렸다.

"응, 알겠어요. 내가 여기 표시해 둘게요."

그날을 똑똑한 보율이는 잊지 않고 기억하고 있었다. 보율이 기억하고 달력에 빨간 동그라미를 쳐 둔 날이 바로 오늘이다.

큰 마트 안에서 보민이 끄는 카트 속에는 생일상을 위한 재료들이 수북이 담겼다. 생일에 먹는 미역국을 위해 소고기를 사러 간 정육점 코너에서 불고기까지 만들어야 하나 갈등하던 보민이 큰맘 먹고 한우를 집어 들었다.

마트에는 카트에 얌전히 앉아 있는 보율을 유혹하는 손길이 곳곳에 있었다. 나를 먹어 봐, 하고 손짓하는 저 기름진 자태의 만두, 나를 마셔 봐, 하고 속삭이는 저 요구르트. 그리고 가장 보율을 힘들게 한 건 근처 시식 코너에서 일하는 아주머니가 차지게 외치는 소리였다.

"새로 나온 치즈 비엔나! 맛보고 가세요. 치즈가 들어 있어 더 고소하고 맛있습니다. 오늘 사시면 한 봉지 더 드려요. 치즈 비엔나!"

전에 언니가 소시지 먹는 걸 싫어한다는 걸 알게 된 보율이 보민의 눈치를 본다. 그러더니 결국 물에 젖은 강아지 같은 눈으로 보민을 올려다봤다.

"언니, 소시지 살까? 아저씨가 좋아하잖아."

"네가 좋아하는 게 아니고?"

물론 자신도 좋아하지만 아저씨도 쪼끔 좋아한 것 같은데? 보율이 언니의 눈을 똑바로 맞추지 못하고 조용하게 기어들어 가는 목소리로 말했다.

"아냐. 아저씨도 좋아해."

쭈뼛쭈뼛 말하는 동생이 어쩌나 귀여워 보이는지 보민이 치즈 비엔나 원 플러스 원을 동생의 품에 안겨 주었다. 보민이 치즈 비엔나 소시지를 받아 들고 웃음 짓는 동생의 머리를 쓰다듬었다.

그리고 보민이 마지막으로 카트에 든 재료들을 살피기 시작했다. 생일상으로는 이 정도면 될 것 같고. 아, 맞다. 케이크도 사야지! 마트 안에 위치한 빵집으로 발을 옮긴 둘은 그를 위한 생일 케이크를 고르기 시작했다.

보기만 해도 입이 단 초콜릿 케이크도 있고, 노란 치즈 가루가 듬뿍 올려진 치즈 케이크도 있고, 하얀 눈처럼 폭신해 보이는 생크림 케이크도 있는데. 무엇을 골라야 할지 모르겠다.

"보율아, 어떤 걸로 살까?"

보율이 케이크 진열장에 달라붙어 유심히 고민하더니 결국 결정을 내렸다.

"언니, 이거 사자."

하얀 생크림 위에 고운 색깔의 과일이 장식되어 먹음직스러운 케이크가 보율에게 낙점되었나 보다.

"그래, 이걸로 사자."

케이크는 보율이가 사는 거니 동생이 맘에 드는 걸 사야겠지. 이 케이크를 사기 위해 보율이가 평생 밥을 준 돼지 저금통이 아침에 죽음을 맞이했다. 보민이 사 주겠다고 했지만 자신이 직접 사 주고 싶다고 이야기하는 동생이 대견해 더 이상 말리지 않았다.

그와 붙어서 그리도 잘 놀더니, 결국 영혼이 통하는 소울 메이트라나? 친구 먹기로 했다며 그녀에게 자랑하던 두 사람이다. 직원에게 보율이 선택한 케이크의 포장을 부탁하고 포장된 케이크는 보율이 들기로 했다.

손수 커다란 상자를 든 아이는 낑낑거리며 밖으로 나왔다. 빨리 가자고 재촉하는 보율의 구령에 맞춰서 집으로 향하는 걸음이 더더욱 빨라졌다.

※

다음 날 그의 생일 저녁. 집으로 돌아온 일혁을 맞이하는 것은 불이 꺼진 어두운 거실이었다. 두 사람이 오고부터 어두운 거실에 들어온 적이 없는 그는 어둠 속에서 두 사람의 인기척이 느껴지지 않자 마음이 철렁하고 내려앉았다.

설마 집으로 돌아간 건 아니겠지. 설마 무슨 일이 생긴 건 아니겠지. 경호업체에서는 아무런 연락이 없었는데.

그가 전화기를 들어 경호업체의 번호를 누르는 순간 주방에서 고깔모자를 쓴 두 여자가 초가 켜진 케이크를 가지고 나왔다.

"생일 축하합니다. 생일 축하합니다. 사랑하는 아저씨. 생일 축하합니다."

그녀들의 서프라이즈에 놀란 그가 핸드폰을 떨어뜨렸다. 재빨리 보율이 다가와 그의 손을 이끌고 케이크가 있는 곳으로 향했다.

"아저씨, 생일 축하해요. 어서 소원 빌어야죠."

촛불에 비친 그의 눈이 반짝이는 것 같기도 하고 그의 얼굴이 굳어 있는 것 같기도 하다. 보민이 멍하니 굳어 있는 그를 재촉했다.

"생일 축하해요. 어서 불어요. 촛농 떨어져요."

"알았어."

대답하는 그의 음성이 조금 떨린 것 같기도 했다. 하지만 촛불을 끄고 거실에 불을 켜자 평소와 다름없는 그가 서 있었다.

오늘이 자신의 생일이라니. 전에 보율이 물어봤을 때 그냥 뱉었던 날이 오늘이었나? 생각이 많아진 그의 손을 작은 손이 이끌고 주방으로 들어갔다.

식탁에 차려진 생일상. 한 상 가득 채운 생일 음식들. 의자에 앉지도 않고 멍하니 서 있는 그를 향해 보민이 따뜻한 국을 퍼서 그의 지정석에 놓으며 말했다.

"아침에 바쁜 일 있었어요? 일어나 보니 나가고 없기에 저녁에 미역국 끓였어요."

"어? 어, 조금 바빴어."

식탁에 앉은 보율이 아직도 얼떨떨한 그를 향해 감동의 화살을 날렸다.

"아저씨, 케이크는 내 선물이에요. 그지, 언니?"

"네. 보율이가 당신 준다고 돼지 저금통 갈라서 산 거예요. 생일 축하해요."

"고마워."

그가 지금 할 수 있는 말은 이 말이 전부였다. 처음으로 받아 보는 생일상. 물론 고아원에 있을 때도 생일상을 받아 보긴 했지만, 달마다 그 달에 생일이 있는 아이들을 모아 해 주던 생일잔치여서 자신 하나만을 위해 이렇게 누군가 생일상을 차려 주는 것은 처음이었다.

거기다 버려진 날이 생일인 그가 생일을 좋아할 리가 없지 않은가. 하지만 처음 받아 보는 생일상이, 생일이라는 것이 좋은 날이 될 수도 있겠구나 하는 생각이 들게 만들었다.

이제부턴 오늘이 바로 그의 생일이다. 앞에 앉아 자신을 향해 예쁘게 웃어 주는 두 여자가 만들어 준 그의 생일.

"아저씨, 이거 우리 언니가 하루 종일 만든 거야."

큰 소리로 자랑하는 보율이 민망해 보민이 겸손을 떨었다.

"차린 건 없지만 많이 먹어요."

차린 게 없다니. 이 많은 음식을 만들기 위해 하루 종일 발을 동동 굴렸을 그녀의 모습이 눈에 선했다.

일혁은 천천히 음식들을 둘러보았다. 손이 많이 가는 잡채부터 불고기에 그가 좋아하는 갖은 나물과 하나하나 부친 갖은 전들까지, 음식 하나하나마다 그녀의 정성이 눈에 보였다.

숟가락을 들어 미역국을 떠먹는데 맛이 따뜻했다. 온도가 따뜻한 것은 물론이고 포근하고 온몸에 온기가 도는 그런 맛이 났다. 밥을 한 숟가락 퍼 입에 넣었는데 목에 밥이 걸려 내려가질 않는다.

대수롭지 않게 당연한 줄 알고 넘어갔던 일들이 그도 모르게 마음 어딘가에 걸려 있었나 보다. 그가 얼른 따뜻한 국을 떠서 먹었다. 그러자 오랜 시간 한 곳에 걸려 있던 마음의 덩어리가 시원하게 내려갔다.

다시 밥을 푸는 숟가락 위로 옆에 앉아 있던 보율이 치즈 비엔나를 조심히 올려 줬다.

"아저씨, 이거 먹어 봐요. 진짜 맛있어요."

일혁이 보율이 올려 준 소시지와 밥을 같이 입으로 넣었다.

"어? 정말 맛있네."

정말 맛있다. 그가 평생 먹어 본 음식들 중에서 오늘 먹은 것들이 가장 맛있었다. 그리고 오늘의 생일파티가 그가 살아왔던 시간들 중에 가장 소중한 기억의 1순위가 되었다.

행복하다. 자신도 이제 남들이 늘 말하는 행복이라는 단어의 뜻을 명확하게 알 수 있을 것 같다. 바로 이런 게 행복이 아니면 어떤 게 행복이란 말인가.

식사 시간 내내 보율은 언니가 만든 반찬을 자랑하며 그의 숟가락 위에 올려 줬고 일혁은 그것을 잘도 받아먹었다. 앞에 앉은 보민은 생일을 맞은 그의 젓가락이 자주 향하는 음식을 그의 앞으로 슬쩍 밀어 줬다.

진짜 생일은 아니었지만 그에게는 언제인지 잊고 있었던 진짜 생일보다 더 생일 같은 날이었다.

밥을 다 먹고 거실로 나온 세 사람은 탁자 중앙에 보율이 사 온 케이크를 놓고는 둘러앉았다. 밥을 배불리 먹었지만 달달한 케이크를 먹기 위해 단단히 벼르고 있던 보율은 서둘러 칼을 그에게 건넸다.

"아저씨, 케이크 잘라야죠."

"같이 자르자."

"히히, 좋아!"

보율의 작은 손 위를 덮은 큰 손이 케이크를 자르기 시작했다. 생크림이 몽글몽글한 케이크 한 조각을 예쁜 하얀 접시에 담아 보민이 각자의 앞에 놓아 주었다.

보율이 제일 먼저 포크를 집어 케이크를 맛봤다. 전에 먹어 봤던 것처럼 역시나 달달하고 폭신하다. 보율이 한 조각을 순식간에 해치우더니 그에게 안겨 그의 볼에 뽀뽀를 날렸다.

"아저씨, 생일 축하해요."

"고마워."

"보율이 이제 양치하고 코 자야지."

케이크까지 다 먹고 시계를 보니 평소에 자러 가는 시간보다 훨씬 지나 있었다. 서둘러 보민이 동생을 재우려고 했지만 날도 날이니만큼 보율의 찡찡거림은 더 커졌다.

"힝, 조금 더 있다가 자면 안 돼?"

"안 돼. 일찍 자야 키도 쑥쑥 크지."

언니가 안 된다고 말을 꺼냈으면 안 되는 거다. 보율이 자러 가기 싫은 티를 팍팍 내며 방으로 느릿느릿 들어가다 다시 일혁에게 달려와 안겨 그에게 속삭였다.

"아저씨, 진짜 진짜 생일 축하해요!"

아까도 들었던 말인데 다시 들으니 그의 맘이 또 말랑말랑 아까 먹은 생크림 케이크보다 더 부드러워졌다. 보율이 그의 볼에 뽀뽀하고 다시 방으로 걸음을 옮겨 거실에서 모습을 감추자 거실에는 보민과 일혁만 남았다.

둘 사이에 침묵이 내려앉았다. 막상 보율이 빠지고 나니 두 사람 사이가 어색한 것도 같다. 힐끔힐끔 서로의 눈치만 보고 있던 두 사람의 침묵을 일혁이 먼저 깼다.

"오늘 정말 고마워. 사실 이렇게 축하받은 게 처음이라서."

처음이라니? 보민이 놀라 그의 얼굴을 쳐다봤다.

"고아원에서는 생일도 몰아서 챙겨 주니까."

그의 눈은 웃고 있었지만 어딘가 쓸쓸해 보인다. 한 번도 그녀에게 가족 이야기를 꺼내지 않아서 잘은 모르지만 그에게 가족이 없다는 것 정도는 어렴풋이 짐작할 수 있었다.

서류상이지만 결혼을 했는데 그와 사는 동안 부모님이나 친척들 중 누구도 찾아온 적이 없을 뿐만 아니라 안부를 묻는 전화 한 통이 온 적도 없었다.

무슨 사연이 있겠지. 그렇게 생각하고 말았던 자신이었다. 그의 말에 뭐라고 대답은 해야 하는데 혹시나 섣불리 잘못 말을 꺼내 그의 상처를 건드리면 어쩌나 걱정이 됐다.

하지만 보민은 어설픈 위로의 말 같은 건 하지 않기로 했다. 지금은 저도 그의 마음이 어떨지 조금은 이해할 수 있을 것 같아서.

그때 마침 번뜩 생각이 난 듯 보민이 일어나 주방으로 들어가서 잘 포장된 상자를 가지고 나왔다.

"깜빡 잊고 있었는데 이거, 생일 선물이에요. 마음에 들었으면 좋겠어요."

그녀가 내미는 선물 상자를 받은 그는 아무 말도 할 수가 없었다. 생일상도 충분한데 선물까지.

"……."

아무런 말이 없이 상자만 뚫어져라 보고 있는 그를 보민이 재촉했다.

어제 마트를 나와 집으로 오는 길 잠깐 백화점에 들러 그의 선물로 뭘 살까 고민에 고민을 했다. 머릿속에는 선물 목록으로 수십 가지의 물품들이 떠돌아다녔지만 정작 선물로 산 것은 남들이 흔히 선물하는 와이셔츠에 넥타이였다.

뭐, 실용적이기도 하고 실패할 확률이 낮으니깐. 보통 선물하는 사람은 자신의 선물이 받는 사람에 맘에 들었으면 좋겠고 또 그 선물을 받고 기뻐하는 모습을 보는 것을 좋아한다. 보민 역시 선물을 받은 그가 맘에 들어 했으면 좋겠다.

"어서 풀어 봐요. 생일 선물은 받은 사람 앞에서 풀어 봐야죠. 얼른요."

재촉하는 그녀의 말에 일혁이 잘 포장된 상자를 조심히 열었다. 상자 안에는 깔끔하게 정돈된 셔츠와 넥타이가 들어 있었다. 자신이 좋아하는 색깔인 하늘색의 셔츠, 그리고 셔츠에 어울리는 파란 넥타이였다.

생일 선물이라는 것을 처음 받은 그에게 그녀가 준 선물은 당연히 맘에 들 수밖에 없었다.

"고마워."

선물에서 눈을 떼지 못하고 고맙다고 말하는 그의 음성이 너무 진지하고 무거워서 보민이 웃으며 가볍게 말을 이었다. 전에 그녀가 진지하고 무거웠을 때 그가 그녀를 웃게 했던 가벼운 말들처럼.

"고맙다는 말 받으려고 준비한 거 아닌데?"

그러자 고개를 숙이고 있던 그가 얼굴을 들어 그녀를 바라본다. 웃고 있는 그녀의 눈이 그를 보고 있었다.

진작부터 알고 있었고 볼 때마다 느끼는 거지만 그녀의 웃는 눈이 너무 예쁘다. 이 눈이 다른 곳은 보지 말고 자신만 보고 웃었으면 좋겠다는 생각이 들기 시작했다. 그녀의 맑은 눈을 본다면 누구나 그녀를 좋아하고 사랑하게 될 것이 분명할 테니.

"알아. 그래도 나는 고마워."

"맘에 드는 거죠?"

"어."

"휴우, 나는 혹시나 맘에 안 들면 어쩌나 걱정했어요."

"내가 맘에 안 들 리가 있겠어? 근데 당신, 넥타이 선물의 의미가 뭔 줄 알고 선물한 거야?"

넥타이 선물의 의미? 잘 모르겠다. 남자들 선물로는 대부분 셔츠나 넥타이 하지 않나? 보민이 고개를 갸우뚱했다.

"열심히 일하세요, 뭐 이런 뜻 아닌가?"

궁금해하는 보민의 얼굴 가까이로 일혁의 얼굴이 불쑥 다가왔다. 그리고 그녀의 귀에 대고 낮은 음성으로 속삭였다.

"당신을 소유하고 싶습니다."

귓가에 울리는 그의 낮은 음성에 보민은 솜털이 곤두서고 온몸에 열이 오르는 것을 느꼈다.

당신을 소유하고 싶다니, 자신은 정말 넥타이에 그런 의미가 있는 줄 몰랐다. 붉게 물든 그녀의 얼굴을 그의 목소리가 다시 간질였다.

"고마워. 나를 가져 줘서."

그가 낮게 내뱉는 숨소리와 함께 들려온 말들이 그녀의 귀에 크게 울릴 때마다 온몸의 감각이 하나하나 깨어나기 시작했다. 놀란 그녀가 가까이 다가온 그의 어깨를 밀어내고 벌떡 일어섰다.

"나, 나는 그만 들어가 잘게요."

술을 마신 것도 아닌데 보민의 머리는 어지러워지고 거기다 만취한 사람처럼 다리에 힘이 풀려 비틀거렸다. 겨우겨우 다리에 힘을 주고 걸어서 방으로 들어오는 순간 보민은 그 자리에 주저앉았다.

마음이 술에 취한 것처럼 어지러워지기 시작했다. 그리고 보민의 마음을 어지럽힌 장본인은 소파에 앉아 웃으며 그녀가 선물한 넥타이만 계속 만지고 있었다.

　무더운 여름이 계속해서 기승을 부리고 있던 여름의 어느 날. 모든 사람이 휴가를 떠나는 시기의 주말 새벽 6시. 부엌에서는 칼이 도마를 두드리는 소리, 냄비에서 물 끓는 소리, 보민이 바쁘게 몸을 놀리는 소리가 들려오고 있었다.

　오늘 이 집에 사는 세 사람, 일혁의 말을 빌리자면 한 세트인 그들이 때늦은 여름 피서를 떠난다.

　언제 결정된 거냐고? 들으시면 깜짝 놀랄 텐데. 지금으로부터 12시간 전 그러니깐 어제 저녁에 피서를 가겠다고 결정한 거라고 하면 믿으시려나? 여름 휴가를 전날 저녁에 결정하고 바로 다음 날 떠나는 사람이 몇이나 될까?

　이런 즉흥적인 결정이 내려진 데는 근래 들어 찰떡궁합을 자랑하는, 거실에서 아직도 꿈나라 여행 중이신 두 사람의 역할이 가장 컸다.

요즘은 저녁을 먹고 나서 무조건 같이 앉아서 자신이 챙겨 주는 간식을 먹으며 텔레비전을 시청하는 게 하루의 마지막을 장식하는 의식과 같은 것이 된 일혁과 보율.

어제도 어김없이 옆에 앉아 텔레비전을 보는데 계곡과 바다, 워터파크까지 피서객들이 더위를 피해 숨어들어 간 여름 피서지에 대한 유용한 정보가 나오고 있었다.

시원한 계곡에서 물놀이하다 물에 담가 놓은 수박을 꺼내 반쪽으로 크게 썰어 먹는 장면이 나오자 텔레비전을 보며 수박을 먹고 있던 두 사람은 눈을 마주쳤다.

"아저씨? 우리?"

텔레파시가 통한 일혁이 다음에 올 말을 정확하게 받았다.

"물놀이 갈까?"

더 끈끈하게 회복된 동맹군은 같은 생각이었다. 두 사람은 생각을 즉시 행동으로 옮겼다. 머리를 맞대고 어디로 물놀이를 갈지 생각하는 두 사람의 머리가 선풍기보다 빨리 돌아갔다.

"보율, 계곡? 바다? 어떤 게 좋아?"

"바다는 물이 너무 짜니깐 우리 계곡 가요. 계곡."

"오케이. 그럼 내일 당장 갈까?"

"흐흐, 좋아요."

결정을 마치고 난 보율이 언니에게 알린다며 달려가 주방을 정리하고 있던 보민을 끌고 거실로 나왔다. 자리에 앉은 보민을 빼고 두 사람이 머리를 맞대고 앉아 여름 휴가에 대해 의논하기 시작했다.

무더운 날씨엔 분명 많은 사람들이 바다로 계곡으로 피서를 떠날 텐데. 바다에서 물에 빠져 죽기보다 사람에게 밟혀 죽는 게 아닐까 싶을 정도 사람이 많을 텐데. 신나게 계획을 짜고 있는 두 사람 위로 그녀가 찬물을 살짝 뿌렸다.

"지금은 숙소 잡기도 어렵고 사람도 너무 많을 텐데."

허나 일혁이 보민이 뿌린 물을 단번에 말려 버렸다.

"걱정하지 마. 강원도에 있는 내 별장 밑에 계곡이 있어. 그리고 거기는 사유지라서 사람 한 명도 없을 테니 걱정하지 마."

"언니, 우리 물놀이하러 가자, 응?"

이렇게까지 말하자 그녀는 더 이상 반대의 깃발을 휘날릴 다른 이유를 찾을 수가 없었다. 그것보다 이 더운 여름에 집에만 있다가 계곡으로 놀러가는 게 저리 좋아 기대감을 가득 담은 동생의 눈을 보고 어떻게 안 된다고 말할 수 있겠는가. 두 사람이 그녀의 얼굴을 쳐다보며 허락해 달라는 눈빛을 쏘아 댔다.

'그래, 한 번 갔다 오는 것도 안 나쁘겠지. 저렇게 열렬히 원하는데.'

보민이 허락의 의미로 고개를 끄덕이자 곧바로 일혁이 강원도에 위치한 별장으로 전화를 넣었다. 별장지기에게 내일부터 며칠 동안 쉬러 갈 테니 단단히 준비해 줄 것을 당부하고 전화를 끊고 나니 그의 얼굴에 내일 떠날 피서에 대한 기대감이 가득해 보였다. 옆에서 전화를 다 듣고 있던 보율 역시 즐거울 때마다 나오는 노래 실력을 뽐냈다.

"고기를 잡으러 바다로 갈까요? 고기를 잡으러 강으로 갈까요? 아니요, 우리는 계곡에 가지요."

내일 놀러 간다는 사실에 두 사람은 한껏 들떠 계곡에 가면 무엇을 할지 빽빽하게 적어 나가기 시작했다.

"아저씨, 나 수영 못 하는데 허리에 끼우는 도넛 같이 생긴 게 뭐였죠?"

"튜브?"

"맞다. 나 그거 필요한데."

"가다가 하나 사면 되지."

어떻게 재밌게 놀 것인가에 대한 고민이 주제인 걸 보니 보민이 할 일은 먹는 것, 입는 것, 각종 비상약 등을 책임지는 거겠구나. 이제는 아예 커다란 튜브 배까지 사자고 하는 말을 듣고 고개를 흔들며 보민은 자리에서 일어났다.

그녀는 방으로 들어가 내일 떠날 준비를 위해 이것저것 챙기고 내일 가면서 사야 할 물품들을 미리 꼼꼼히 적어 두었다. 자신만의 준비를 마치고 다시 나왔을 땐 두 사람은 이미 거실에 누워 잠들어 있었다.

방에 들어가지도 않고 나란히 잠들어 있는 모습을 보는데 자연스럽게 보민의 얼굴에 미소가 떠올랐다. 보율이야 아이고 어리니깐 이해가 되는데 이 집 주인은 어디 처음 피서 가는 사람마냥 들떠 있는 모습이 덩치만 컸지 누가 보면 보율이 친구인 줄 알겠다.

보민이 방에서 얇은 이불과 베개를 들고 나와 두 사람의 머리를 들어 조심히 베개를 괴어 주고 얇은 이불도 덮어 줬다. 두 사람의 자는 모습을 보는 보민의 눈도 자신도 모르게 반달로 휘었고 가벼운 감촉의 이불을 덮게 된 일혁과 보율이 눈도 반달로 휘었다. 여름밤에 뜬 밝은 달이 그들을 비추고 있었다.

그렇게 결정된 여름 피서를 떠나기 위해 보민은 다음 날 새벽부터 일어나 도시락을 싸기 시작했다. 거창하게 만들 재료가 없어 간단하게 냉장고 있는 재료는 다 꺼내 도시락을 싸고 있다. 당근과 양파, 감자를 잘게 다져 프라이팬에 볶아 내고 있을 때 그녀의 뒤에서 소리가 들려왔다.

"새벽부터 뭐 해?"

자다 일어나 하늘로 솟구친 머리를 한 그가 서 있었다.

"도시락 싸요. 차에서 먹으려고요."

하늘로 솟구친 머리를 긁적이며 그가 미안해했다.

"가다가 사 먹으면 되는데 괜히 아침 일찍부터 피곤한 거 아니야?"

"아니에요. 보율이 깨워서 씻고 준비 좀 시켜 줄래요?"

알았다고 대답하고 그가 주방에서 나가자 도시락에 들어갈 주먹밥을 만드는 손이 빨라졌다. 보온병에 심심하게 끓인 된장국을 담고 아이스박스에 시원한 물과 음료수, 과일까지 넣고 나니 모든 준비가 끝났다.

주방을 치우고 나와 다 씻은 보율이의 손을 잡고 방으로 들어갔다. 그리고 옷장에서 노란 땡땡이 원피스를 골라잡고 보율이의 머리로 슝 하고 통과시켰다.

여행은 준비하고 기다릴 때가 가장 설렌다고 하더니. 보율이 설레어 하니 그녀도 조금 설렘이 느껴지는 여행 날 아침이었다. 밖에서 재촉하는 소리가 들려왔다.

"아직 멀었어?"

"나가요."

간단한 옷가지를 싼 여행 가방을 들고 두 여자가 방을 나섰다. 파란색 피케이 카라 티를 입고 있는 그의 눈에 똑같은 파란색 롱 원피스를 입고 나온 보민이 보였다. 의도하지 않았는데도 커플룩처럼 딱 맞는 옷을 입고 나온 그녀의 센스에 그는 또 마음이 한껏 부풀어 올랐다.

진짜 커플이 된 것 같아서. 색깔만 같은 옷을 입었는데도 그의 기분이 하늘을 날아다닌다. 저 하늘하늘한 소재의 원피스가 그녀를 한층 더 아름다워 보이게 했다. 아, 물론 옆에 노란 땡땡이를 잘 소화해 낸 보율이도 귀엽고 예뻤지만.

그가 누군가와 처음 가 보는 여름 피서가 이제 시작된다. 주차장으로 내려가 차에 오른 그들은 시원함을 찾아 떠났다.

고속도로 위, 여름 아지랑이를 뿜어내는 아스팔트 도로를 씽 하고 달려가는 차가 있다. 그 차 안에는 창밖을 보며 감탄을 금치 못하는 보율과 그런 보율을 보며 웃음을 짓는 보민과 그런 두 사람을 백미러로 힐끔거리며 남몰래 훔쳐보는 일혁이 있었다.

차가 한참을 달려 매끈한 고속도로를 벗어나 울퉁불퉁하고 굽이굽이 굽은 길을 따라 들어갔다. 더 깊이깊이 깊은 산골 자락을 향해 차가 달렸다.

보율이 창문을 내려 고개를 빼꼼 내밀었다. 푸르른 나무들이 우거져 그늘을 만들고 매미 소리가 차 안으로 들어왔다. 정말 피서를 오긴 왔구나! 매미 소리를 들으니 실감이 나는 세 사람이다. 이윽고 차는 오늘의 물놀이 장소가 될 맑은 물이 흐르는 계곡을 지나가고 있었다.

"우와, 언니! 계곡이야, 계곡."

사람의 손을 타지 않은 자연의 깨끗함과 싱그러움이 그녀들을 향해 손을 흔들며 인사하고 있었다. 계곡은 바닥의 돌이 보일 만큼 깨끗해 자잘한 물고기가 헤엄치는 것도 볼 수 있을 것만 같았다.

"그래. 진짜 물이 맑아 보인다. 그지?"

"응. 빨리 물장구치고 싶어."

아침부터 부산을 떨며 몸을 실었던 차는 몇 시간을 달려 강원도 산골 깊숙이 위치한 그의 별장에 도착했다.

이곳은 오로지 일혁만 알고 있는 그의 피난처 같은 곳이다. 한창 사업을 키워 가던 중에 너무 힘들고 벼랑 끝에 몰렸던 때가 있었다. 그때 모든 것을 뒤로하고 발이 닿는 곳으로 떠돌다 도착한 곳이 이곳이었다.

아마 사람의 흔적이 없는 곳을 찾고 싶었던 것 같다. 조그마한 폐허 같던 이 집에서 그는 마음의 안식을 얻었다. 앞에 작은 시내가 흘러 물소리가 잔잔히 들려왔고 바람의 냄새도 청량해서 그의 어지러운 마음을 씻어 냈다.

밤에 보이는 수많은 별들까지 일품인 이곳에 새로 집을 지었다. 그렇게 이 별장은 어쩌다 정말 견디기 힘든 날이 오면 한 번씩 내려와 쉬어 가는 곳이 되었다.

그런 곳에 두 사람을 데리고 왔다. 아마 전에는 사람의 흔적들을 피해서 찾아왔던 이곳에 저 두 사람의 흔적을 채워 넣고 싶어서 그런 거겠지.

이제는 저기 서 있는 두 여자에게서 더 큰 안식을 얻고 있으니 오래도록 함께하고픈 사람들을 이곳에 데리고 오고 싶었다. 차의 시동이 꺼지자 제일 먼저 보율이 그의 안식처에 발을 내렸다.

"우와! 언니, 여기 대따 좋다."

재빨리 차에서 내린 보율이 어서 차에서 내리라며 보민을 재촉했다. 뒤따라 내린 그녀의 눈에 들어온 별장이라는 곳은 나무로 지은 동화에 나오는 커다란 오두막 같았다.

집 앞에는 고기를 구워 먹을 수 있게 그릴이 놓여 있었고 테라스도 널찍하게 마련되어 있었다. 안으로 들어가자 1층에는 커다란 주방이 딸린 거실이 있었는데 매우 포근해 보였다.

보율이 보민을 잡아끌고 다다다 2층으로 올라가 키가 낮은 문을 열어젖히니 창문이 달린 세모난 천장의 넓은 다락방이 그녀들을 반겼다.

"언니 여기 동화책에 나오는 곳 같아. 나는 여기서 잘래."

밤에는 저 작은 창문 사이로 별을 볼 수 있을지도 모르겠다. 보율이만큼이나 보민도 이 다락방이 맘에 쏙 들었다.

"그러자."

방을 정하고 나자 보민이 짐을 풀기 위해 가방을 열었다. 하지만 보율이 물놀이를 하고 싶다고 보민을 졸랐다.

"언니 얼른, 응? 물에 들어가고 싶어."

"잠시만. 옷은 갈아입고 가야지."

보민이 당장이라도 물로 달려가려는 동생을 잡아 앉히고 물놀이 하기 편한 반팔 티와 바지로 갈아입혔다. 마지막으로 물놀이용 신발도 신겨 주니 보율이 쪼르르 밖으로 뛰어나갔다.

보민도 대충 입기 편한 옷으로 갈아입고 동생을 따라 바로 집 앞에 위치한 계곡으로 나갔다. 사유지라고 하더니 정말 물놀이를 하고 있는 사람은 일혁과 보율이뿐이었다. 일혁이 튜브를 끼고 있는 보율의 손을 잡고 수영을 가르쳐 주고 있었다. 보민도 얼른 물가로 다가갔다.

"발을 세게, 물을 차야지."

"이렇게?"

"옳지, 잘하네. 보율, 수영 선수 해도 되겠네."

칭찬에 힘입어 보율이 더 세차게 물을 갈랐다. 튜브 사이로 나온 다리가 물장구를 치니 깨끗하고 시원한 물이 사방으로 튀었다. 물방울이 여름 햇빛에 반사되어 반짝였다. 물놀이를 하고 있는 두 사람의 모습도 같이 반짝인다.

동생과 친구처럼 잘 놀아 주고 있는 그를 보니 보민은 문득 아버지가 생각났다. 아버지도 저렇게 동생과 잘 놀아 주셨는데. 얼마 전까지 옆에 계셨던 아버지가 그립고 생각이 나 그녀의 눈이 저절로 하늘로 향했다.

'아버지, 보고 계세요? 보율이가 수영을 배워요. 물장구치는 솜씨가 예사롭지 않아요. 아버지가 살아 계셨더라면 좋았을 텐데요.'

하지만 하늘은 그저 맑기만 했고 내리쬐는 강렬한 햇빛에 그녀의 눈이 따끔거렸다. 힘센 햇빛을 막기 위해 그녀가 손으로 그늘을 만들었다. 그런 그녀의 손에 한 방울, 두 방울 물방울이 떨어지는 것이 느껴졌다.

마른하늘에 비가 올리는 없고. 그런 생각에 하늘을 올려다보려

하는데 이번엔 커다란 물세례가 쏟아졌다. 물속에서 두 사람이 그녀를 향해 손을 흔들고 있었다. 그녀의 가라앉았던 마음은 두 사람이 뿌리는 물에 놀라 도망가 버렸다.

"언니, 들어와. 얼른."

"뭐 해? 날도 더운데 들어와."

물가에 앉아 발만 담그고 있던 보민을 향해 두 사람이 다시 물을 뿌리기 시작했다. 그녀가 입고 있던 티셔츠가 물에 젖어 들어갔다. 물이 점점 더 거세지고 그녀에게 끼얹어진 차가운 계곡물이 그녀의 얼굴을 따라 흘렀다.

"아, 하지 마요."

보민이 일어나 물가에서 도망가려고 했지만 잠시 후 다가온 일혁이 도망가는 그녀를 번쩍 안아 들었다. 놀란 보민이 그의 품에서 발버둥을 쳤지만 그의 단단한 팔은 가벼운 그녀를 놓을 생각이 없어 보였다. 옆에서 튜브를 끼고 따라온 보율의 투명하고 깨끗한 웃음소리가 하늘로 날아갔다.

"하하. 아저씨, 언니 물에 빠뜨리는 거야?"

"응. 확 던져 버릴까?"

그가 정말 그녀를 물로 던져 버리려고 팔을 뻗자 놀란 보민이 그의 목을 와락 껴안았다.

"아아악! 하지 마요."

그의 품에서 떨어지지 않으려고 안겨 오는 그녀의 팔이 그의 얼굴에 행복감을 만들어 냈다. 던지려고 했다가 다시 안고 슬쩍 다시 던지려고 했다가 다시 고쳐 안고. 보민이 그에게 매달리는 것이 좋아 사춘기 소년처럼 또다시 장난이 치고 싶어지는 그였다.

하지만 어떻게 그가 그녀를 물에 빠뜨릴 수가…… 있다. 물로 성큼성큼 걸어 들어간 그가 깊은 곳까지 가서 그녀를 안은 채 다리를 굽혔다. 그와 함께 갑자기 물에 몸을 담그게 된 보민이 얼음처럼 차가운 물에 놀라 그의 목을 목숨 줄처럼 더 세게 끌어안았다.

일혁의 입꼬리가 하늘로 승천하고 그의 가슴이 뛰기 시작했다. 차가운 물에 들어와 있는데도 그의 몸에 뜨거운 열기가 돌기 시작했다.

그의 가슴에 느껴지는 한 치의 틈도 허락하지 않고 맞닿아 있는 그녀의 가슴 때문에. 물에 젖어 드러난 그녀의 몸이 그리는 아름다운 곡선 때문에. 물에 젖은 그녀의 얇은 티셔츠 위로 비친 그녀의 봉긋한 가슴 때문에. 그의 눈동자가 짙어진다. 똑똑 물에 젖은 얼굴을 타고 내리는 물방울이 그의 마음에 닿아 파문을 일으켰다.

'하아. 미치겠네, 정말.'

그의 품에 안겨 머리끝까지 물에 담겨진 그녀가 그의 귀에 퉁명스럽게 말했다.

"박일혁 씨, 이제 내려 줘요."

"잠시만."

솜털 같은 보민을 품에서 조심히 내려놓은 그가 입고 있던 반팔 티셔츠를 벗었다. 그리고 그녀의 머리를 티셔츠에 집어넣어 억지로 그녀에게 입혀 줬다. 젖은 그의 옷이 그녀의 옷 위로 덧입혀졌다.

그제야 그가 안심했다. 평소 한 절제 한다고 자부했을 만큼 절제

력이 많은 그였지만 그녀에게 향하는 자신의 마음을 막을 수 있을지 정말 자신이 없었다.

그가 지금 생각하고 있는 것을 티끌만큼이라도 내보인다면 이 앞에 눈을 동그랗게 뜨고 있는 여자는 저 멀리로 도망가 버리겠지. 자신의 솟구치는 본능을 막기 위해 그녀에게 한 겹의 방어막을 씌웠다.

"입고 있어."

갑자기 그의 옷을 입은 그녀의 얼굴이 홍조를 띠었다. 그가 옷을 벗어 입혀 줘서가 아니라 떡하니 눈앞에 보이는 그의 벗은 상반신 때문에. 단단하고 자잘한 근육이 잡혀 있는 구릿빛 나신이 이제껏 남자의 맨가슴이라고는 본 적이 없는 순진한 그녀를 당황시켰다.

처음 보는 남자의 몸을 표현할 말을 찾으라 한다면 혹시나 실례가 되지 않는 다면 그에게는 아름답다는 말이 제일 어울릴 것 같았다. 그의 단단한 가슴 앞에서 보민이 말을 더듬거렸다.

"괜, 괜찮아요."

"내가 안 괜찮아서 그래."

하지만 그가 그녀의 팔을 잡고 눈을 마주치는 순간 그녀는 더듬거리던 말도 나오지 않을 만큼 입이 얼어붙었다. 온통 열망으로 가득한 그의 눈 때문에, 차가운 물속에 있음에도 그에게서 나오는 열기로 그녀는 차가움을 느낄 수 없었다.

마주 보고 있는 두 사람의 시선이 엉켜 들었다. 그녀가 그의 눈을 피했지만 그의 시선은 그녀를 놓아줄 생각이 없어 보였다. 물속에서 두 남녀의 시선이 엉킨 것처럼 서로를 향한 마음도 엉키게 될까? 그때 일혁의 얼굴로 물줄기가 뿌려졌다. 보율이 그에게 물총 공격을 가하고 있었다.

"하하. 아저씨 시원하지?"

그녀에 대한 열기를 거두고 일혁이 물총을 쏘아 대고 있는 보율을 번쩍 하늘로 들었다. 갑자기 아저씨에게 들어 올려진 보율이 소리쳤다.

"히익! 언니. 살려 줘!"

살려 달라고 소리치는 보율을 구해 내기 위해 보민이 일혁을 향해 손으로 칠 수 있을 만큼 최대한 물을 쳐 뿌렸다. 그러자 보율을 내려놓은 그가 보민이 뿌리는 물보다 더 크게 그녀에게 돌려줬다.

처음에는 같이 맞서서 물 공격을 했지만 그가 뿌려 대는 물이 너무 많아 결국 그녀는 뒤로 돌아 그 많은 물을 온몸으로 받아 낼 수밖에 없었다. 아까의 어색함은 어디 갔는지 시원한 물놀이는 두 사람 사이를 물 흐르듯 자연스럽게 바꾸어 놓았다.

"우와, 치사하다. 여자한테 이렇게 막 공격해도 되는 거예요?"

보통 이러면 공격을 멈추거나 미안하다고 머리를 긁적일 텐데, 일혁의 대답은 단호했다.

"어!"

언니가 공격을 받고 있는 것을 본 보율이 뒤로 돌아 일혁에게 작은 손으로 언니를 방어했다. 우리의 자랑스러운 자매, 보율과 보민이 편을 먹고 전열을 가다듬어 적군을 향해 물 공격을 퍼부었다. 그리고 마침내 그를 줄행랑치게 만들고 승리를 거머쥐었다.

우리 자매를 너무 물로 봤어요, 박일혁 씨! 보율과 보민이 서로 마주 보며 해맑게 웃었다. 그녀들을 보는 그의 얼굴에도 똑같은 웃음이 자리 잡았다.

물놀이를 실컷 하고 들어온 보율이 바닥에 누워 배가 고프다고 칭얼거렸다. 평소와 다름없이 보민이 주방으로 저녁을 하러 들어가려 하자 일혁이 그녀의 손을 잡아 다시 자리에 앉혔다.

"여기 있어. 오늘 저녁은 내가 할게. 쉬러 와서 일하는 거 아니야."

물놀이 이후로 그와 접촉만 하게 되면 몸이 열기로 타오른다. 손을 타고 얼굴까지 올라온 열기에 그녀의 귀까지 붉게 물들었다. 이제 막 꽃을 피우려는 빨간 봉숭아의 꽃봉오리처럼.

부끄러움에 꽃망울이 터지려는 그녀를 못 보고 아쉽게도 그는 뒤를 돌아 주방으로 들어가 버렸다. 그녀는 가슴에 손을 대고 심장이 밖으로 튀어나오지 않았음에 안심했다.

잠시 후 주방에서 커다란 소쿠리를 들고 나온 그는 집 밖으로 나갔다. 아저씨가 뭘 하나 궁금했던 보율이도 그를 따라 밖으로 나갔다. 오늘의 메뉴가 궁금한 보율이 쫄래쫄래 일혁의 뒤를 따라가며 그를 향해 물었다.

"아저씨, 우리 저녁은 뭐 먹어요?"

"당연히 고기지."

역시 물놀이 이후에는 고기지! 그가 마당에 준비된 그릴을 열어 두툼하고 빨간 살코기 사이로 마블링이 뛰어난 고기를 올려놓았다. 불에 지글지글 익는 고기 냄새가 마당에 가득했다.

고기를 올리고 나자 일혁은 소쿠리에 담겨 있던 야채들과 반찬들을 테이블에 내려놓았다. 보기에도 먹음직스러운 시골 반찬들은 미리 별장에서 일하는 사람에게 부탁해서 준비해 놓았던 것들이다.

요리는 잘 못하는 그였지만 고기 굽는 것 정도야 두 여자를 위해 해 줄 수 있다. 연신 저녁 식사 준비로 몸을 바삐 놀리는 그의 뒤를 엄마 닭을 쫓는 어린 병아리처럼 보율이 졸졸 따라다녔다.

"보율, 쌈장을 여기 작은 접시에 담을 수 있겠어?"

안 그래도 심심했는데 잘됐다. 보율의 대답이 우렁찼다.

"네!"

보율이 고사리 같은 손으로 쌈장을 조금씩만 접시에 옮겨 담았다. 보율이 도와 줘서 그런지 저녁 식사를 준비하는 시간은 얼마 걸리지 않았다.

"보율, 안에 들어가서 언니보고 밥 먹으러 나오라고 해."

"네!"

대답을 마친 보율이 안으로 뛰어 들어갔다. 일혁이 다시 고기를 뒤집고 옆에는 보율이 그리도 좋아하는 소시지와 버섯, 양파까지 올려 구워 내느라 손이 분주했다. 보율이의 손을 잡고 나온 보민이 식탁에 착석하자 그가 잘 구워진 고기와 소시지를 접시에 담아 중앙에 놓아 줬다.

"내가 구웠으니 맛있을 거야."

그가 자신만만하게 장담했다. 배도 고픈데 소시지와 고기가 가득한 접시를 보니 보율의 포크가 재빠르게 움직였다. 또 식욕 앞에서 물불 가리지 않고 달려가는 동생을 보고 보민이 저지했다.

"보율아, 아저씨께 고맙습니다, 인사하고 먹어야지."

"아! 깜빡 잊었다."

포크에 찍힌 고기를 들고 일혁을 향해 보율이 고개를 숙였다.

"감사합니다. 잘 먹겠습니다."

"이 정도쯤이야. 어서 먹어."

일혁의 말이 끝나자마자 일어선 채로 입으로 고기를 가져가는 보율이었다. 입에 고기가 아직 남아 있는데도 포크는 다음 목표인 소시지로 향했다. 또 천천히 안 먹고 욕심껏 먹는 보율을 보며 보민이 동생을 말렸다.

"보율아, 천천히 먹어. 또 체해서 병원 가고 싶은 건 아니지?"

"병원?"

병원이라는 단어에 포크가 정지했다. 그리고 입에 들어 있는 소시지를 씹는 입이 조금 느려졌다. 고기를 잘게 잘라 동생의 접시에 놓아 주고 물도 따라 주며 세심히 챙겼다. 그리고 보민은 보율만 챙겼다.

하지만 일혁은 하나도 섭섭하지 않다. 저런 모습이 그가 그녀에게 반한 이유 중 하나니까. 피가 섞이지 않아도, 같은 부모님을 두지 않았더라도 진짜 가족이 될 수 있다는 것을 앞의 여자가 보여 줬으니까. 동생을 챙기느라 식사를 거의 하지 못하고 있는 그녀의 접시 위로 잘린 고기가 놓여졌다.

"어서 먹어. 식으면 맛없어."

"먹고 있어요. 어서 먹어요."

하지만 말만 그렇게 할 뿐 전혀 먹지 않는 그녀에게 다가온 것은 그가 직접 싼 쌈이었다. 스스로 먹겠다고 했지만 그의 손은 그녀의 입 앞에서 꿈쩍도 하지 않았다. 할 수 없이 그녀가 입을 벌려 그가 싸 준 쌈을 받아먹었다.

"맛있지?"

그녀의 고개가 끄덕이자 그가 다시 다음 쌈을 싸기 위해 상추를 들었다. 고기와 마늘, 쌈장까지 넣고 야무지게 동그랗게 말아서 또 그녀의 입 앞에 대령했다.

"괜찮아요. 일혁 씨 먹어요."

"어서 먹어. 나는 아까 구우면서 많이 먹었어."

어서 먹으라며 쌈을 그녀 앞에서 흔드는 그 때문에 보민은 다시 그의 쌈을 받아먹을 수밖에 없었다. 식사 내내 보민은 보율을 챙기느라 여념이 없었고 그런 보민을 살뜰히도 챙기는 사람은 바로 일혁이었다. 언덕처럼 쌓여 있던 고기가 얼추 바닥을 드러내자 보율이 배를 두드렸다.

"아, 배부르다. 고기 완전 맛있다. 잘 먹었습니다. 아저씨, 나 저기 그네 타도 돼요?"

"당연하지."

보율이 아까부터 눈여겨 두었던 나무에 매어져 있는 그네로 달려갔다. 동생이 그네에 다다른 것까지 확인한 보민이 먹은 것을 치우기 위해 일어섰다. 접시를 치우기 위해 손을 내밀었을 때 같이 일어난 그의 손이 그녀의 손 위를 덮었다.

"내가 할게."

마주 잡은 두 손에 찌릿 하고 전기가 통했다. 손끝에서 시작된 전기가 그녀의 심장에 스위치를 켰다. 그녀의 심장이 콩닥거린다. 고개를 숙이고 접시에만 시선을 고정하고 있는 그녀는 고개를 들어 그의 눈을 마주할 수가 없었다.

혹시나 그녀의 심장 소리를 그에게 들킬까 봐, 또다시 열망이 담긴 그의 눈을 똑바로 받아 낼 수 있을지 자신이 없어서. 더 이상 여기에 있다가는 그의 뜨거운 눈빛에 녹아내려 버릴 것만 같아 보율이 서둘러 옆에 놓인 다른 접시들을 들고 안으로 들어가 버렸다. 뒤에서 뭐라 뭐라 하는 것 같았지만 그녀의 귀에는 아무런 소리도 들리지 않았다.

주방으로 들어와 설거지할 접시들을 싱크대에 놓은 보민이 설거지는 시작도 못 하고 수도꼭지에서 나오는 물에 멍하니 손만 담그고 있었다. 물이 손으로 흘러내리는 감촉도 느껴지지 않았다.

갑자기 그녀의 마음이 저도 모르게 주체하지 못하고 술렁인다. 안 된다고, 긴장을 놓지 말자고 다짐한 일들은 이미 실패해 버린 옛 다짐들에 불과했다.

지금 그녀에게 존재하는 감각이라고는 엉켜 버린 머릿속의 생각에서 느껴지는 감각들뿐이었다. 손에 흐르는 물도 느껴지지 않고 귀는 아무것도 들리지 않고 멍했으며 눈앞은 그냥 컴컴했다. 하지만 주방으로 들어와 그녀의 어깨를 잡는 그의 손길에 그녀의 모든 감각이 돌아왔다.

"설거지도 하지 마. 내가 한다니깐."

그의 손이 닿는 곳이 불에 덴 것같이 뜨거웠다. 열기가 오른 그녀의 입에서 또다시 말 더듬는 소리가 나왔다.

"아, 아뇨. 내가 할게요."

"안 돼. 꼭 해야겠으면 같이 하든가."

그녀의 옆으로 자리를 옮긴 일혁이 수세미에 세제를 묻혀 거품을 만들어 냈다. 그리고 신중한 손놀림으로 접시를 뽀득뽀득 닦아 그녀에게 건넸다.

거품 묻은 손이 서로 맞닿고 접시가 옆으로 옮겨 갔다. 보민은 흐르는 물로 거품들을 걷어 내고 접시를 깨끗이 씻었다.

다시 넘어오는 접시를 잡으려다 맞닿은 그의 손에 스르륵 그녀의 손에 힘이 풀렸다. 그 바람에 접시가 바닥으로 추락했다.

접시가 떨어져 바닥에 깨진 조각들이 날리는 순간 일혁이 그녀의 허리를 안아 옆으로 옮겼다. 그가 그녀를 안은 채 놀란 음성으로 물어왔다.

"괜찮아? 다친 데 없어?"

"네? 네. 근데 접시가 깨져서……."

"지금 저따위 접시가 문제야? 정말 다친 데 없어?"

그의 가슴에 닿은 그녀의 귓가에 미친 듯이 뛰는 그의 심장 소리가 전해져 왔다.

"네."

괜찮다는 말에 다시 그의 심장이 안정적으로 뛰기 시작했다.

"그럼 됐어."

하지만 그가 자신을 안고 있는 팔에서 힘을 거두지 않았다. 아니, 더 세게 끌어안았다. 그리고 나지막이 그가 내뱉는 중얼거림에 그녀의 심장이 세차게 요동쳤다.

"혹시나 당신이 털끝 하나라도 다치거나 하면 나 정말 미쳐 버릴지도 몰라."

그가 뛰고 있는 그녀의 심장에 예고도 없이 노크했다.

산골의 여름밤은 칠흑 같은 어둠과 적막이 내려앉았다. 바깥에서 개구리의 울음소리만이 그 어둠과 적막을 깨우고 있었다.

2층 다락방에서 보율과 잠이 든 그녀는 계속해서 뒤척이다 일어났다. 방금 전에 그가 했던 말들이 그녀의 마음을 어지럽혔다.

'설마, 설마 내가 생각하는 그런 건 아니겠지? 아니지, 맞나 보다. 아, 심장 콩닥거려. 잠은 다 잤네.'

잠이 오지 않아 보민은 조용히 문을 닫고 계단을 내려왔다. 바람이라도 쐴까 싶어 현관문을 열고 밖으로 나갔다.

컴컴한 어둠을 밝히는 하늘에 수놓인 수많은 별들이 너무 많아 조금 있으면 우수수 떨어질 것만 같다. 별이 참 예쁘다. 혹시나 떨어지는 별이 있을까 싶어 하늘의 노란 별들에 시선을 고정하고 있는 그녀의 어깨 위로 따뜻하고 포근한 카디건이 내려앉았다.

"안 자고 뭐 해?"

이 밤에 등 뒤에서 일혁의 목소리가 들리자 보민은 놀라서 돌아섰다.

"그러는 박일혁 씨는요?"

"나?"

그야 당연히 잠을 잘 수가 없으니 이 시간에 깨어 있지. 그의 품에 안겼던 그녀의 향기가 아직도 그를 괴롭히고 있는데, 그녀의 부드러움이 온통 그를 휘감고 있는데, 어떻게 잠에 들 수 있겠는가?

그의 온 감각들이 깨어서 그녀에게로 닿기 위해 온 사방으로 날개를 펴고 있었다. 그 감각들이 좀 전에 하나의 소리를 찾아냈다.

계단을 조심히 내려오는 소리, 분명히 그녀였다.

그래서 방문을 열고 현관으로 나가는 그녀를 조용히 뒤따라 나왔다. 그리고 멈춰 서서 하늘을 보고 있는 그녀에게 다가섰다. 내가 왜 안자고 당신을 따라 나왔냐고?

"당연히 당신 때문이지. 당신은?"

"……."

보민도 속으로 같은 대답을 말했다. 나도 당신 때문이라고. 당신 때문에 잠이 들 수가 없다고. 하지만 밖으로 그 말이 나오지는 않았다. 대답을 다시 강요하지 않고 그가 조용히 다른 말을 한다.

"잠도 안 오는데 산책이나 할까?"

"……."

대답이 없는 그녀를 재촉하지 않고 그가 장난스럽게 말하며 손을 살포시 잡았다.

"밤공기도 좋고 산책이나 하자."

그의 손의 온기를 느낀 보민이 일혁을 올려다보자 그는 어깨를 으쓱할 뿐 잡은 손에 더 힘을 주었다.

"여기는 가로등이 하나도 없어서 밤에 혼자 나가면 큰일 나. 귀신 나올지도 모른다고."

아무런 말이 없지만 손을 뿌리치지 않는 그녀의 무언의 대답이 달빛에 실려 그에게 다다랐다. 살포시 손을 잡고 두 사람은 조심히 대문을 나섰다.

어두운 밤에 보이는 것은 아무것도 없었다. 옆에 있는 그의 얼굴도 정확하게 보이질 않고 희미하게 보였다. 아무도 나오지 않는 이 야심한 밤, 보민은 일혁의 손에 의지해 걸어가고 있었다.

개구리 소리가 유난히도 크게 울리는 여름밤. 그 사이로 들려오는 그의 목소리. 그의 목소리가 단번에 어둠을 뚫고 그녀에게로 들어왔다.

"나 당신 좋아해. 알고 있지?"

그의 고백에 그녀가 우뚝 멈춰 섰다. 짐작은 하고 있었지만 이렇게 직접적으로 들으니 또 그녀의 심장이 주체 못 할 정도로 춤을 춘다. 그가 잡은 손에 더 힘을 주어 꽉 쥐었다.

"내가 이보민 당신을 많이 좋아해. 우리의 결혼은 조건을 건 계약 같은 거였지. 그런데, 나는 이제 당신만 있다면 다른 조건은 아무것도 필요 없어."

그가 뿜어낸 그의 마음에 그녀가 몸을 굳혔다. 갑작스럽게 좋아한다는 말을 듣자 놀라 뻣뻣해진 그녀를 풀어 주기 위해 그가 다시 말을 이었다.

"물론 우리의 이보율 양은 이보민 양과 세트니깐 그건 당신만 있어야 한다는 조건에 포함이야."

보율과 세트라는 말에 그녀가 조용히 웃음을 터뜨렸다. 그 모습을 보는데 그의 마음이 또 하릴없이 그녀에게로 흐른다. 그녀의 코앞까지 다가간 그가 그녀에게 물었다.

"나, 키스해도 돼?"

보민이 놀라 동그랗게 눈을 떴다. 하지만 대답을 바라고 물은 대답이 아니라는 듯 그의 입술이 바로 그녀의 입술에 다다랐다. 그에게 닿은 그녀의 입술은 상상했던 것보다 훨씬 부드럽고 달달하다. 여름 복숭아처럼 달고 말랑말랑한 느낌.

'맛있어.'

살짝살짝 건드리며 입술을 탐하던 그가 그녀의 입술을 깊이 머금었다. 열어 달라고, 제발. 내게 열어 달라고.

한 번 두 번 부드럽게 두드린 노크에 숨이 찬 그녀가 입을 벌리자 기다렸다는 듯이 그의 혀가 안을 가르고 들어가 수줍게 숨어 있던 그녀의 혀를 찾아냈다. 놀라 도망가는 그녀를 붙잡아 휘감아 올리고 정열적으로 그녀를 탐하는 입술은 한참을 그렇게 떨어질 생각이 없어 보였다.

그녀의 입에서 숨이 찬 신음 소리가 들려오자 아쉬운 듯 그가 그녀의 입술을 놓아줬다. 처음 해 본 키스에 놀란 보민이 딸꾹질을 하기 시작했다.

"히끅."

"하하! 당신 왜 이렇게 귀엽냐. 보율이랑 똑같다. 누가 자매 아니랄까 봐 닮았네."

"윽……."

부끄러워 고개를 숙이고 딸꾹질을 멈추기 위해 보민이 숨을 참으며 안간힘을 썼다. 일혁이 키스 한 번에도 놀라 딸꾹질을 하는 그녀가 사랑스러워 이제 피어나는 꽃봉오리 같은 볼을 톡톡 건드렸다.

"내가 딸꾹질 멈추게 해 줄까?"

정말? 어떻게 멈출 수 있냐고 고개를 들어 눈으로 물어 오는 보민이다.

"이러면 되지."

보민의 입술로 다시 일혁의 입술이 내려앉았다. 부드럽지만 강렬하게, 키스는 깊은 밤처럼 점점 더 깊어졌다. 그리고 정말로 보민의 딸꾹질 소리는 더 이상 들려오지 않았다.

별과 달이 떠서 조명처럼 비추고 어디선가 불어온 바람이 연주를 하고 개구리가 노래를 하던 그날 밤. 두 사람의 키스로 온통 컴컴하기만 하던 사방이 핑크빛으로 물들었다.

8

계곡에서의 즐거운 피서를 마치고 일상으로 돌아온 세 사람. 그런데 그 이후로 보민과 일혁의 사이가 수상하다. 보율은 요 근래 정말 아저씨와 언니 때문에 답답해 돌아가시기 일보 직전이다.

시골에서 신나게 놀고 온 후 두 사람은 싸우기라도 했는지 서로에게 한 마디도 걸지 않았다. 서로에게 묻고 싶은 말이나 해야 하는 말이 있으면 자신을 소식을 전해 주는 비둘기로 사용했다. 그래서 요즘 온 집을 이리 뛰고 저리 뛰어다닌다고 정신이 없는 보율이었다.

어저께는 글쎄, 해가 꼴깍 넘어가기까지 한참이나 남았는데도 아저씨가 퇴근해서 집에 돌아왔다. 그런 아저씨를 보고 언니는 역시나 인사도 없이 주방으로 쏙 들어갔지. 거실에서 놀고 있는 보율에게 아저씨가 심부름을 시켰다.

"보율아, 언니보고 언제 저녁 먹을 수 있는지 물어봐 줄래?"

당연히 다다다 달려가 언니에게 아저씨의 말을 전했다. 그러자 언니는 또 자신에게 말 심부름을 시켰다.

"조금 있으면 다 되니깐 조금 기다리시라고 전해 줄래?"

또 다다다 달려가 아저씨에게 말을 전했다. 이 심부름은 식탁에 앉고서도 끝나질 않았다. 식사 준비가 다 되자 언니는 이번에는 밥도 안 먹고 쏙 하고 방으로 들어가 버렸다. 그러자 아저씨는 이제 밥을 먹으려고 수저를 들고 있는 자신을 향해 또다시 심부름을 시켰다.

"보율아, 언니 왜 밥 안 먹는지 물어보고 올래?"

이잉, 배고픈데. 소시지도 저기 있는데. 하지만 착하고 말 잘 듣는 보율은 다시 일어나 방으로 달려갔다.

"언니, 언니 왜 밥 안 먹어? 아저씨가 물어보래."

"어, 언니는 밥 하면서 대충 먹었다고 전해 줄래?"

보율이 다시 식탁으로 달려와 아저씨에게 언니의 말을 전했다. 둘이 싸운 게 분명하다. 내가 무슨 수를 내든지 해야지. 우선은 밥부터 먹고 나서 때찌를 해야겠다.

하도 두 사람 심부름하느라 뛰어다녔더니 없던 입맛도 살아났다. 아저씨가 다시 심부름시키기 전에 재빨리 앉아 밥을 푹푹 퍼서 입으로 가져가는 보율이었다.

그리고 오늘 아침. 아침을 먹기 위해 앉은 식탁. 또 식탁에 앉아 있는 사람은 보율 한 명뿐이었다.

요즘 들어 안 하던 운동을 해서 그런지 밥맛이 꿀맛인 보율이 연신 밥을 먹고 있을 때 일혁이 들어왔다. 소시지와 밥을 꿀꺽 삼키고 난 보율이 그를 보고 아침 인사를 건네 왔다.

"아저씨, 안녕?"

"언니는 오늘도야?"

"네. 아저씨랑 밥 먹으라고 하던데?"

이 여자가 정말! 그 여름밤 키스 이후로 요리 숨고 조리 숨고 슬슬 자신을 피하기만 하는 보민이다. 처음에는 그래, 갑작스러운 고백에 당황했을 거니깐 조금의 시간을 주자 하고 생각했지만 며칠째 이러니 그의 깊은 인내심이 바닥을 보이고 있다. 일혁이 좋아하는 된장찌개를 뒤로하고 자리에서 일어났다.

"보율이 밥 다 먹고 잠시만 거실에서 놀고 있어. 알겠지?"

"네."

보율이의 야무진 대답을 듣고 나서 일혁이 보민이 꼭꼭 숨어 있는 손님방으로 성큼성큼 걸어가 방문을 두드렸다.

"문 열어. 나랑 얘기 좀 해."

"……."

그가 다시 조용히, 하지만 그의 마음이 들릴 수 있게 문을 두드렸다. 문 바로 뒤에서 나지막한 보민의 목소리가 들려왔다.

"나중에요. 나중에."

"문 열어. 지금 안 열면 부수고 들어가는 수가 있어."

말은 그렇게 했지만 문 앞에서 그녀가 문을 열어 주기만을 기다리는 그다. 잠깐의 시간이 흐르고, 문이 열리더니 말간 그녀의 얼굴이 빼꼼 보였다. 아주 작게 열린 문 사이로 발을 집어넣어 문을 못 닫게 막은 뒤 안으로 들어간 일혁이 뒤로 뒷걸음질 치고 있는 보민을 붙잡았다.

"이보민, 왜 피하고 이래?"

보민은 고개를 들 수가 없다. 그의 얼굴을 어떻게 봐야 할지, 무슨 말을 해야 하는 건지도 모르겠고.

깊었던 여름밤, 진짜 뭐에 홀리기라도 했는지 멀쩡한 정신을 어디다 팔아먹고는 이 남자와 키스까지 하다니.

키스를 마치고 컴컴한 밤을 헤치고 되돌아온 오두막. 바로 2층으로 올라와 스르르 잠이 든 보민은 그날 밤의 모든 일이 꿈인 줄 알았다. 하지만 아침에 일어나자 머릿속에 파노라마처럼 지나가던 그와의 키스신은 꿈이라고 하기엔 너무 생생했다.

보민은 머리를 잡아 뜯으며 절규했다. 그의 얼굴을 어떻게 쳐다봐야 할지 몰라, 그 후로 그녀는 그를 피해 다니느라 곤혹을 치렀다.

시골에서 올라오는 길에는 차에서 오지도 않는 잠을 자는 척하느라 힘들었고 집에 도착해서는 식사를 차려 놓고 그를 피해 방에 쏙 들어와 멍하니 앉아 있기가 일쑤였다.

아, 정말 당신 얼굴만 보면 온몸에 열이 올라 이보민이 홍당무가 되어 버린다구요. 대답을 하는 보민의 개미보다 더 작은 목소리가 방에 울렸다.

"그야, 부끄러우니까요."

아닌 척했지만, 겉으로는 당당한 척했지만 그녀에게서 혹시나 내가 싫다거나 맘에 안 든다는 말이 나오면 어쩌나 싶어 일혁은 얼마나 속을 끓였는지 모른다.

그날 밤 일은 실수였다고, 없었던 일로 하자고 했다면 아마 그는 미쳐 버렸겠지. 그런데 부끄러워서 그런다고 말하는 그녀의 말에 그가 얼마나 안도했는지 모른다. 그리고 이리도 부끄러워하는 그녀가 얼마나 그에게 예뻐 보이는지. 그의 기분이 지금 평소보다 억만 배쯤 더 부풀어 올랐다.

"하하, 뭐가 부끄러워?"

"당연히 부끄럽죠. 일혁 씨 얼굴만 보면 계속 그게 생각이 나서."

"그거?"

알면서 모른 척하는 그의 얼굴이 짓궂은 웃음으로 빛났다. 일혁이 점점 보민의 곁으로 다가갔다. 한 걸음 한 걸음 그녀에게 다가가자 한 걸음 한 걸음 뒷걸음치던 그녀는 등이 벽에 닿는 것을 느꼈다. 더 이상 도망갈 곳이 없었다.

벼랑 끝에 몰린 보민이 놀라 입술을 손으로 막았다. 입술을 보호하기 위해 덮은 손 사이로 그녀의 말이 새어 나왔다.

"안 돼요."

"내가 또 키스할까 봐?"

"음, 네."

"안 할게."

그때서야 입에서 손을 내리고 그를 제대로 봐 주는 그녀다. 이 맑은 눈을 얼마나 보고 싶었는데. 다시 그녀의 입술로 내려가려는 자신의 입술을 붙잡고 그가 그녀의 손을 가만히 잡아 손등에 입을 맞췄다. 그녀의 맑은 눈이 이제는 왕방울만 하게 커진다. 일혁이 다시 그녀에게 마음을 내보였다.

"내가 갑자기 좋아한다고 해서 당신 많이 놀란 거 알아. 하지만 그렇다고 내 마음이 가볍거나 진심이 아닌 건 아냐. 당신이 이렇게 부끄러워하니 시간을 줄게. 나는 얼마든지 기다려 줄 수 있어. 그렇다고 계속 날 피하는 건 안 돼. 알겠지?"

이제 피어나려는 꽃봉오리처럼 보민의 얼굴이 또 수줍음을 머금었다. 처음 느껴 보는 낯선 감정에 어떻게 해야 될지도 모르겠고 앞의 남자만 보면 부끄러워졌다. 나도 나를 제어할 수가 없는데 어떡하라고.

그가 내보이는 그의 마음에 얼굴이 붉어지는 건 기본이고 이제는 현기증까지 나서 다리가 스르르 풀리려고 한다. 시간을 준다고 기다려 주겠다고 하는 그의 말에 보민의 고개가 끄덕였다.

"자, 그럼 아침 먹으러 나갈까?"

일혁이 또 자연스럽게 그녀의 손을 잡아 쥔다. 시간을 주기로 해 놓고는. 그가 잡은 손이 불에 덴 것처럼 화끈거려 보민이 살짝 손을 빼냈다. 하지만 미꾸라지처럼 빠져나가려는 손을 놓지 않고 더 힘주어 잡는 일혁이었다.

그의 손에 이끌려 식탁으로 나왔을 땐 밥을 다 먹은 보율이 의자에 앉아 기다리고 있었다.

두 사람이 들어오는 걸 보자마자 이보율 어린이는 유치원 선생님처럼 팔짱을 끼고는 땅에 닿지 않아 달랑거리는 발을 까딱까딱하며 두 사람을 향해 야단쳤다.

"아저씨랑 언니, 싸우는 거야?"

아기 호랑이처럼 매섭게 물어 오는 보율이의 기세에 두 사람이 움찔했다. 일혁도 보민도 아니라며 손을 내저었다.

"아니야. 우리가 무슨."

"아니야, 보율아. 우리 안 싸웠어."

하지만 보율이의 팔짱은 풀어질 생각이 없어 보였다. 다시 때찌,

하는 작은 목소리가 들려왔다.

"싸운 거 맞지? 둘이 빨리 미안하다고 해."

싸운 게 맞긴 하지만 이건 조금 다른 종류의…… 뭐랄까? 사랑 싸움이라고 할까? 이런 사랑싸움 같은 건 모른 척해 주는 게 좋은 건데. 모른 척하고 넘어가 주기에는 우리의 보율은 너무 어리다. 보율이 다시 화해를 종용했다.

"둘이 안고 빨리 미안하다고 해."

매서운 보율이의 눈초리에 서로 싸우지도 잘못한 것도 없는 두 사람이 미안하다고 잘못했다고 사과를 할 판이다. 어쩔 줄 모르고 서 있는 보민을 일혁이 품에 안았다. 놀란 보민의 몸이 굳어졌다. 그런 보민의 귀에 들려오는 나지막한 그의 목소리.

"우리 매일 싸워야겠다. 보율이 앞에서 이렇게 맘껏 안을 수도 있고. 그렇지? 그리고 미안해."

뭐가 미안하단 말인가? 속으로 묻는 그녀의 물음에 어떻게 알았는지 그의 대답이 들려왔다.

"그냥 다 미안해. 보율이가 사과하라잖아. 내가 무조건 잘못했어."

그에게 안긴 보민의 심장이 주체할 수 없이 쿵쾅거린다. 이러다 보민이 심장병 걸리는 거 아닌지 모르겠네. 일혁이 농담처럼 생각하며 쿡, 웃었다.

매일 눈을 뜨고 맞이하는 아침이었지만 세 사람 모두에게 조금은 다른 아침이었다.

일혁은 아침부터 보민을 품에 안을 수 있어 기분이 벌써 안드로메다 어디쯤 있는 행성으로 날아갔고 보민은 그의 품에 안겨서 뛰는 심장 때문에 기분까지 쿵쾅거렸다. 그리고 보율이는 싸운 아저씨와 언니를 화해시켰다는 사실에 마음이 보람으로 가득했다.

✖

이제 일혁에게 아침은 눈을 뜰 때부터 행복했던 시간이지만 오늘따라 더 행복했던 아침을 뒤로하고 그는 8층 사무실로 출근했다.

일 같은 건 다 내팽개쳐 버리고 두 사람과 더 시간을 보내고 싶었지만 보율이가 현관 앞에서 뭉그적대며 서 있는 자신을 보고 말했다.

'아저씨 일하러 가세요? 잘 다녀오세요.'

그 소리에 안 떨어지는 발걸음을 겨우 돌려 출근한 일혁이다. 자리에 엉덩이가 닿자마자 바로 일어나 다시 한 층 밑으로 내려가 두여자를 보고 싶은 마음이 들었지만 김 실장이 그의 발을 붙들어 묶었다.

"사장님, 오늘은 꼭 처리해야 하시는 일들이 산더미처럼 쌓여 있습니다."

그가 자리를 비운 사이 처리할 일들이 많이 있었는지 김 실장 눈가에는 다크서클을 달고 한 글자 한 글자 힘을 줘서 눌러 말했다.

김 실장 주위로 검은 기운이 풀풀 풍겨 나오는 것이 보이자 다른 소리는 하지도 못하고 그냥 입을 다물어 버렸다.

"흠흠. 김 실장. 시작하지."

김 실장이 고개를 숙이고 밖으로 나갔다. 평소와 달리 사장실 밖에는 소파에 앉아 대기하고 있는 사람들이 많았다.

일을 할 때도 사람은 만나 보지 않고 서류만 가지고 일을 하던 그에게는 참 이례적인 일이 아닐 수 없다. 이제나저제나 순번만 기다리고 있는 그들은 긴장된 얼굴을 하고 김 실장에게 각자가 준비해 온 서류를 제출했다. 김 실장은 그것들을 정리해서 똑똑똑, 사장실 문을 노크하고 들어갔다.

김 실장이 가지고 들어온 서류를 일혁 앞에 놓으며 말을 이었다.

"첫 번째로 만나 보실 분은 K화학 이기면 사장님이십니다. 작년부터 재생에너지 사업에 뛰어드셨는데 생각 외로 성과가 나타나지 않았나 봅니다. 이번에 특허권을 사들여 그걸 기반으로 크게 투자할 생각인 것 같습니다."

"그래? 이기면 사장네 이번 분기 실적은 어떻게 되나?"

"전분기와 대비해 영업이익은 3%가 증가했지만, 매출은 0.9%, 순이익은 12.1%가 각각 감소한 실적입니다. 석유화학 부문의 합성고무 업황 둔화에도 불구하고 전반적인 제품가격 상승과 폴리올레핀 실적으로 수익성은 개선된 것 같지만 여전히 불황이다 보니……."

"알았어. 들어오시라고 전해 줘."

이기면 사장 정도면 특허권을 넘기기에 꽤 괜찮은 조건을 가지고 있다. 하지만 괜찮은 정도로는 안 된다. 이제 그도 이 특허권과 상당한 연관 고리가 만들어졌으니까.

금전적인 부분이 아니라 다른 부분을 모두 고려해서 생각하고 또 생각한 다음 마지막으로 그가 결정을 해야 했다.

이제껏 열심히 찾아보고 찾아오는 사람들도 모두 만나 봤지만 맘에 꼭 드는 사람을 찾을 수가 없었다. 아마 그가 기준을 전과는 다르게 잡고 높은 평가의 잣대를 적용하기 시작했기 때문일 것이다.

들어온 이 사장은 그에게 안부를 먼저 물었다.

"박 대표, 오랜만이야. 결혼했다고 하더니 얼굴이 활짝 피었어."

항상 포커페이스를 유지하던 일혁의 얼굴이 아주 잠시 풀어지는 듯 보였으나 곧바로 다시 표정 없는 얼굴로 돌아왔다. 다행히 이 사장은 눈치채지 못한 것 같았다. 자리에 앉은 이 사장이 여간 급한 게 아닌지 본론부터 이야기했다.

"이학중 사장네 특허 내게 팔게. 내 섭섭지 않게 쳐 주겠네."

"여러 군데서 접촉이 오고 있긴 한데, 특허권을 넘기는 대신 조건이 있습니다."

"뭔데 그러나. 말해 보게."

"이학중 사장님 회사에서 일하던 직원들을 고용해 주실 수 있으십니까?"

"아, 아니 그건 좀……."

역시나 이 사장이 말끝을 흐렸다. 평생 이학중 사장만을 믿고 일해 왔던 직원들을 하루아침에 일자리에서 쫓아낼 수는 없다. 하지만 특허권과 함께 그 많은 직원들까지 고용하기에는 많은 무리가 따를 거라는 것도 안다. 그래서 아직까지 특허권을 넘길 만한 사람을 찾지 못한 것이다.

일혁이 고민하는 듯 보이니 결국 이 사장이 그새를 못 참고 다시 말을 꺼냈다.

"내가 그건 좀 생각을 해 봐야겠지만, 그래도 좋은 게 좋은 거라고 좋은 쪽으로 생각해 봐 줄 순 없겠는가?"

"알겠습니다. 저도 좀 생각을 해 보겠습니다."

이 사장이 계속 부탁에 부탁을 하고 돌아갔다. 역시나 이 사장을 만나 본 결과 그에게 특허권을 팔 수 없다고 결론을 내렸다. 아쉬운 듯 돌아서면서도 다시 생각이 바뀌면 연락을 달라고 하는 이 사장이 나가고 김 실장이 들어와 다음에 만날 사람에 대한 자료를 건네주었다.

"다음은 한주광이라는 사람입니다. 벤처기업을 운영한다는 것 외의 정확한 자료를 찾을 수가 없습니다."

다시 서류를 보는 그의 눈이 냉철하게 빛났다. 제일 먼저 들어오는 서류를 통해 상대방에 대한 파악을 끝낸 그가 김 실장을 향해 지시했다.

"그래? 들어오시라고 해."

김 실장이 나가고 잠시 후 회색 양복에 스트라이프 넥타이를 맨, 키도 크고 덩치도 큰 한 남자가 들어왔다. 첫인상은 괜찮아 보였다. 하지만 첫인상으로 사람을 판단하기에는 너무 이르지. 일혁이 의자에서 일어나 손을 내밀어 악수를 청했다.

"박일혁입니다."

"안녕하십니까? 한주광입니다."

남자는 그에게 명함을 한 장 건넸다. 명함을 눈으로 한 번 훑어본 일혁이 자리를 권하자 남자가 소파에 앉았다. 그리고 자리에 앉자마자 남자는 곧바로 본론을 꺼냈다.

"에너지 특허권을 제가 구매하고 싶습니다."

"음. 정확히 한주광 씨가 하시는 일이 어떤 일입니까?"

서류에 드러나지 않은 일을 묻자 한주광이라는 남자의 얼굴이 구겨지기 시작했다. 하지만 이내 안 좋은 기분을 감추고 처음에 봤을 때처럼 사람이 좋아 보이는 얼굴로 웃었다. 일혁이 묻는 말에 그가 대답했다.

"저는 일종의 해결사 같은 일을 맡고 있습니다. 이런 특허권 같은 것을 원하는 회사가 있다면 제가 대신해서 사들이거나 아니면 가격을 조정한다든가 해서 거래를 성사시키는 일을 하고 있습니다."

특허권이 필요하다면 직접 와서 사 가면 되지. 굳이 돈 들이고 시간까지 들여서 중개인을 두는 이유가 무엇일까. 이게 무슨 비밀 유지가 절대적으로 필요한 기술도 아닌데. 일혁의 날카로운 촉각이 바로 반응했다.

"이번 특허권을 구매해 달라고 의뢰한 회사가 어딥니까?"

"그건 말씀드릴 수 없습니다. 기밀유지를 원하셔서요. 가격은 얼마든지 지불이 가능하다고 하십니다."

혹시나 했는데 역시나다. 누굴까? 기밀을 유지해 달라고 한 사람이.

이학중 사장의 죽음이 영 석연치가 않아 일혁은 따로 그가 죽기 전에 있었던 일에 대해 알아보고 있는 중이다. 죽기 일주일 전에 유언장을 변경한 것도 그렇고 많은 부분이 석연찮았다.

특허권 때문에 사람을 죽일 수까지 있다면 특허권과 관련이 많으면서 쉬운 타깃이 될 수 있는 보민과 보율을 해치는 것은 쉬운 일일 것이다.

기밀을 유지하면서까지 특허권을 사고 싶어 하는 사람이 보민과 보율의 해치려던 사람일까? 아니면 또 다른 사람이 존재하는 것일까.

그의 마음에 싹트기 시작한 조바심을 숨기고 일혁이 여유를 내보였다. 소파 등받이에 편안하게 등을 기대고 다리를 꼬고는 남자를 쳐다봤다.

"그렇다면 저도 팔 수가 없습니다."

솔직히 한주광은 이번 일은 식은 죽 먹기라고 생각했었다. 가격을 깎는 일도 아니고 부르는 대로 준다고 하면 거래는 쉽게 성사될 수 있을 것이라 생각한 것이다. 그런데 앞의 남자는 단칼에 거절했다. 무엇 때문에? 여유롭던 그의 마음이 조급해졌다.

"다시 한 번 생각해 보십시오. 이 업계에서 지금 이 정도 가격을 부르는 데는 없습니다."

"뭘 잘못 알고 있군요. 저는 이 특허권을 파는 데 돈이 중요한 게 아닙니다."

"그럼 무엇이……?"

"돈은 좀 적게 주더라도 이 사장님이 남기신 특허권을 잘 사용할 수 있는 회사에 넘기려고 합니다."

한주광은 맘속으로 갈등했다. 절대로 신분을 노출시키지 말고 거래만 성사시키면 돈을 두둑이 챙겨 주겠다고 했는데. 돈이 아니라 다른 이유 때문에 서로의 합의점을 찾을 수 없으니 이것 참 낭패다.

가장 중요한 조건이 일치하지 않으니 거래는 우선 실패다. 돌아가서 신분을 노출시켜도 되는지 다시 한 번 물어보든지 해야지. 하는 수 없이 그가 자리에서 일어났다.

"다시 한 번 생각해 보시고 마음이 바뀌시면 연락 주십시오."

인사를 마친 한주광이 일어나 밖으로 나가려고 문고리를 돌리는 순간 뒤에서 일혁의 서슬 퍼런 경고가 날아왔다.

"신분 노출을 꺼리는 사람에게 전하십시오. 특허권은 물론이고 두 사람 건드리지 말라고. 혹시나 조금이라도 나서다가는 내가 가만히 두지 않겠다고 전하십시오. 내가 두 사람을 지키기 위해서는 못 할 일이 없다고 말입니다."

한주광은 그가 하는 말의 의미를 이해하지 못해 고개만 끄덕이고는 밖으로 나갔다.

일혁이 인터폰을 들어 김 실장에게 더 이상 아무도 만나지 않겠다고 오늘 약속을 모두 취소시켰다.

밖에서 웅성거리는 소리가 들려왔다. 아마 여기까지 왔는데 그를 못 만나고 가게 된 것이 불만이겠지. 하지만 오늘은 더 이상 누군가를 만나고 싶지가 않다.

그의 머리가 지끈거리며 아파 왔다. 누굴까? 누가 이렇게 특허권을 손에 넣고 싶어 할까? 전부터 대충 짐작 가는 사람이 있긴 하지만 확실하지가 않다. 전과는 달라진 그의 마음이 혹시라도, 행여나 싶어 불안감에 휩싸였다.

적을 짐작만 하고 있으니 정확한 실상을 파악하지 못하고 있다. 정말 자신이 보민과 보율을 지킬 수 있을지 모르겠다. 옛날의 그야 잃을 것이 없고 지킬 것이 없어 무서운 것도 없었지만 소중한 것이 생긴 지금, 그가 잃을 것이 생긴 지금은 그가 더 강해져야 했다. 무슨 일이 있어도 지켜야 한다.

그의 머릿속에 보민과 보율의 얼굴이 떠오르자 바로 그의 입꼬리가 올라가며 불안하게 뛰던 가슴이 조금 안정적인 속도를 되찾았다.

둘을 보러 가야겠다. 직접 눈으로 보고 손에 두 사람의 온기를 느끼고 나서야 온전히 맘을 놓을 수 있겠다. 사무실에서 나와 그녀들에게 향하는 그의 걸음이 빨라진다. 두 사람에게 달려가는 그의 발걸음을 멈출 수 있는 것은 이 세상에 존재하지 않았다.

엘리베이터가 오는 그 잠시의 시간을 기다리지 못하고 두세 계단을 뛰어 내려가 도착한 자신의 집. 아니, 이제 세 사람이 함께하는 집.

초인종을 누르려다 혹시나 싶어 비밀번호를 누르는 그의 손이 빨라진다. 띠리리리 비밀번호 누르는 소리가 들리고 일혁이 집으로 들어섰다.

"나 왔……."

'어' 라는 다음의 말은 들려오지 않았다.

따뜻한 햇살이 비치는 거실에 그가 집에서 한 번도 보지 못했던 평화롭고 아름다운 장면이 펼쳐지고 있었다. 그의 눈에 들어온 모습에 그는 또 맘이 한없이 말랑말랑해진다.

거실에 누워 잠들어 있는 두 사람. 딱 붙어서 나란히 누워 자고 있는 두 사람의 얼굴에 빙그레 웃음 해가 떴다. 그 웃음에 또 일혁의 얼굴에도 웃음이 자연히 피어오른다.

잠에서 깨지 않게 살금살금 걸어서 두 사람 옆에 다다른 일혁. 그는 두 사람 옆에 앉아 그 예쁜 얼굴들을 시간이 가는 줄도 모르고 들여다보았다.

두 사람의 얕은 숨소리가 들리고 그 숨소리가 자장가처럼 그의 귀에 들려왔다. 낮잠 따위는 자 본 적도 없고 밤에도 5시간 이상 자 본 적이 없는 그의 눈꺼풀이 스르르 감기려고 한다. 그가 보민의 얼굴에 내려온 머리카락을 조심히 만지며 속삭였다.

"이상하지. 당신만 보면 긴장이 풀려 버리니. 다른 것들은 아무 것도 생각이 안 나고 그냥 이 세상에 우리 세 사람만 있는 것 같으니."

정말 그의 속마음이 그렇다. 항상 긴장을 놓지 않고 한순간도 허투루 흘려보낸 적이 없다고 자부하는 그가 보민과 보율, 이 자매 앞에만 서면 무장해제가 되어 버린다. 까칠함과 무심함은 없어지고 꾸미지 않은 있는 그대로의 모습을 내보이고 만다.

자존심 같은 것, 창피함 같은 건 두 사람 앞에서는 아무것도 아니고 그냥 그대로를 보여 주는 것도 두렵지가 않다. 일혁은 조심히 재킷을 벗고 보민 옆에 누웠다. 보민의 옆모습을 바라보며 두 사람의 숨소리를 자장가 삼아 눈을 감았다.

나란히 누워 있는 세 사람 위로 여전히 따뜻한 햇볕이 비추고 있었다.

보민은 꿈을 꿨다. 어떤 꿈인지 정확히 이야기할 수는 없지만 그냥 막연히 따뜻하고 포근한 구름 위에 떠 있는 것 같은 그런 꿈 말이다. 누가 등장하거나 그런 건 아니었지만 아름다운 소리의 실로폰과 하프 연주 위로 아주 맑은 노랫소리가 함께 흘러다녔다.

마냥 행복해서 깨지 않고 싶은 그런 간질간질한 꿈. 간질간질, 얼굴이 간지럽다. 보민이 스르르 눈을 뜨자 바로 일혁의 얼굴이 보였다. 꿈인가 싶었지만 들려오는 그의 목소리가 선명한 걸 보니 꿈은 아닌가 보다.

"잘 잤어?"

보민이 눈을 비비며 다시 봤지만 역시나 일혁이었다. 눈을 동그랗게 뜨고 있는 보민의 이마로 일혁의 입술이 내려앉았다. 그의 입술이 닿자 남았던 잠기운이 확 도망가 버렸다.

더 이상 누워 있다가는 올라오는 열 때문에 빨개지는 얼굴과 쿵쾅거리는 이 심장 소리를 그에게 들킬지도 모른다는 생각에 보민이 용수철처럼 벌떡 일어났다. 그녀가 몸을 일으키자 일혁도 따라 일어났다.

"몇 시예요? 벌써 6시가 넘었어요?"

놀라 벌떡 일어나는 보민을 잡아 앉히고 일혁이 그녀를 안심시켰다.

"아니, 오늘은 좀 일찍 들어왔어."

그가 또 스킨십에 면역이 안 된 그녀의 얼굴을 매만졌다. 말하지 않아도 그가 보여 주고 싶어 하는 그의 마음을 알아차릴 수 있었다. 쉴 새 없이 넘치도록 그녀에게 쏟아붓고 있는 그의 진심.

똑바로 맞춰 오는 그의 눈에 드러난 진심을 마주할 자신이 없어 보민이 핑계를 대고 일어났다.

"밥 안 먹었죠? 기다려요. 저녁 금방 할게요."

하지만 그는 어설픈 핑계 따위는 가뿐히 밀어 버리고 보민이 그를 바라보게 만들었다.

"아니야. 오늘은 나가서 먹자."

이제 핑계거리도 떨어졌는데 어쩌나. 보민은 안절부절못하고 있는데 그런 그녀를 보는 일혁의 얼굴 위로는 장난스러움이 떠올랐다.

어쩔 줄 모르고 우물쭈물거리고 있는 보민을 구한 것은 다름 아닌 잠에서 깬 보율이었다. 눈을 비비면서 일어난 아이는 잠결에도 정확하게 들은 말을 다시 확인했다.

"어, 어? 우리 오늘 밖에 나가서 먹는 거야?"

일혁이 웃으며 잠에서 막 깨어나 더 귀여운 보율을 안아 올렸다.

"하하, 그래. 나가서 먹자. 보율이 먹고 싶은 거 다 사 줄게."

"정말? 진짜 아저씨 최고다."

오늘은 외식이라는 소리에 보율은 신이 났다. 물론 언니가 해주는 밥도 맛있지만 밖에서 좀 사 먹고도 그래야지. 이 집으로 이사 오고 나서 밖에서 식사해 본 적이 없었다. 뭘 먹을까, 뭘 사달라고 할까, 하고 고민하는 보율이 속으로 행복한 비명을 질러 댔다.

보율의 재촉에 보민은 얼른 방에 들어가 갈아입을 옷들을 살폈다. 외출을 위해 보율은 빨간 원피스를 꺼내 입고 보민은 편하게 흰 블라우스에 청바지를 입었다.

밖에서 두 여자가 준비를 마치기만 오매불망 기다렸던 일혁이 준비를 마치고 나오는 자매를 보고 또 스르르 부드러운 웃음을 지었다. 어쩜 저리도 똑같이 예쁜지. 공주님을 모시는 기사처럼 그가 문을 열고 손을 내밀며 에스코트했다.

"가시지요."

보율이 기사처럼 행동하는 그에게 왕비처럼 손을 까딱했다.

"히히, 아저씨 고마워요."

주차장에 가서도 그가 차 문을 열어 주자 보율이 치맛자락 끝을 사뿐히 잡고 인사하고는 차에 올랐다. 그 뒤를 따라 보민도 자리에 앉자 일혁이 차를 조심히 출발시켰다.

세 사람이 향한 곳은 도시에서 좀 떨어진 곳에 위치한 편안한 분위기의 레스토랑이었다. 안으로 들어서자 오랜만에 온 그를 알아보고 지배인이 알은체를 해 왔다.

"박 대표님, 오랜만에 뵙습니다. 그런데 옆에 두 분은?"

일혁이 부드럽게 웃으며 두 사람을 소개했다.

"제 가족입니다. 여기는 제 아내 되는 사람이고 여기는 제 처제입니다."

소개를 받은 지배인도 놀랐지만 옆에 있던 보민도 놀라 그를 쳐다봤다. 놀란 그녀와 달리 그는 아무렇지도 않아 보였다. 지배인이 안내하는 곳으로 뛰어가는 보율의 뒷모습을 보며 보민이 그에게만 들리게 물었다.

"일혁 씨, 방금……."

보민이 말을 마치기도 전에 무슨 말 할지 다 안다며 그가 그녀의 어깨를 감싸 왔다.

"맞잖아. 우리는 이제 가족이라고. 전에도 말했지만 우리는 무조건 세트야, 세트."

이제는 정말 한 가족 같은 이 구성. 멀리서 보율이 창가 자리에 앉아 빨리 오라고 손을 흔들고 있었다. 그가 아직도 생각 중인 그녀를 이끌고 보율이가 앉아 있는 곳으로 가서 의자까지 빼어 주고는 그녀를 앉혔다. 보율이 메뉴판을 들고 먹고 싶은 걸 시키느라 여념이 없었다.

"나는 피자. 피자 먹을래."

"그래, 아저씨가 다 사 줄게. 더 먹고 싶은 거 있으면 시켜. 당신 은?"

그가 물어 오자 그때서야 정신을 차린 보민이 대답했다.

"저는 아무거나요."

"여기 아무거나라는 메뉴는 없는데?"

좀 알아서 시켜 주지. 그의 말장난에 보율이 웃겨 뒤로 넘어갈 만큼 웃었다.

"히히. 언니, 딴 거 시켜. 딴 거."

보민이 다시 메뉴판을 들고 유심히 뭐가 있나 살펴보기 시작했다. 그런 그녀의 눈길에 맞춰 자세한 그의 설명이 따라왔다.

"여기는 파스타가 제일이야. 아니면 스테이크도 맛있어. 당신 파스타 좋아해?"

보민이 고개를 끄덕이자 여기에서 특별히 잘하는 메뉴는 어떤 것이 있는지 세심히 가르쳐 주고 맛은 어떤 맛인지까지 상세히 그녀에게 알려 주는 그였다.

보민이 손가락으로 파스타 하나를 선택하자 그가 직원을 불러 여러 가지를 주문했다. 오랜만에 밖에 나와 식사를 하는 게 즐거운 보율이 연신 창가를 보며 보민에게 말을 걸었다.

"언니, 저기 봐. 나무에서 반짝반짝 불이 나. 왜 불이 나는 거야?"

"그러게. 나무에 전구를 달았나 보다. 그래서 저렇게 반짝반짝하는 것 같은데?"

보율이 가만히 자매의 대화를 들으며 미소만 띠고 있던 일혁을 향해 말을 걸어왔다.

"아저씨. 우리도 나무에 전구 달까?"

"그럴까?"

또 보율이 말이라면 아주 하늘에 별이라도 따 줄 것처럼 굴며 뭐든지 다 들어주려고 한다. 그를 말릴 사람이 누가 있겠나. 크리스마스가 다가오려면 한참이나 남았는데 이 여름에 집에 트리가 있는 걸 보게 될 것 같다. 보민은 이제 말리는 것도 관두기로 했다.

주문한 요리가 차례대로 나오기 시작했다. 자몽 샐러드를 시작으로 모시조개가 가득한 봉골레 파스타, 고르곤졸라 피자. 미디엄으로 적당히 구워져 나온 등심 스테이크까지.

좋아하는 음식 앞에서는 식욕을 앞세워 포크가 먼저 날아가는 보율이 냉큼 피자부터 집었으나 잘 집히지 않는지 낑낑거렸다.

"이게 왜 안 되는 거야. 잉, 먹고 싶은데."

"잠시만, 언니가 해 줄게."

고새를 못 참고! 고개를 흔들며 보민이 보율이 접시에 피자를 놓아 주자 손으로 들고 맛있게도 먹는 보율이었다. 동생이 잘 먹는 것을 확인하고 나서야 보민이 파스타를 포크에 돌돌 말아 입으로 가져갔다.

면도 적당히 삶아지고 향긋한 오일과 마늘이 맛있다. 계속 파스타를 집어 드는 손이 빨라졌다. 허겁지겁 먹는 그녀를 보며 일혁이 그녀의 앞으로 물을 따라 건넸다.

"천천히 먹어."

어찌나 잘 먹는지. 보율과 보민이 부지런히도 먹는 것을 보고만 있던 일혁은 정말 안 먹어도 배가 부르다는 말의 의미를 정확하게 이해하게 됐다.

내 배에 들어간 것도 아닌데 그가 사랑하는 사람들이 먹고 있는 것만 봐도 배가 부르고 포만감이 가득했다. 돈 많이 벌어야겠네. 이 두 사람 먹여 살리려면. 실없는 생각도 하며 그가 두 사람을 향해 물었다.

"맛있어?"

보율이 한 손에는 피자를 들고 다른 한 손으로 엄지손가락을 치켜세웠다.

"네. 진짜 맛있어요."

연신 포크를 입으로 가져가던 보민도 잠시 멈추고 그를 향해 고개를 끄덕였다. 그러자 일혁이 자신의 스테이크를 먹기 좋게 잘라 보민의 입 앞에 갖다 대령했다. 눈앞에 보이는 고기 한 점에, 이건 또 어쩌라는 건가 싶어 보민이 그를 쳐다봤다.

"아, 해 봐."

일혁은 다시 고기를 그녀의 입 앞에서 흔들었다. 결국은 보민이 입을 벌려 그의 호의를 받아들였다. 잘 구워진 고기가 입안에서 살살 녹는데 오늘 오랜만에 입이 호강한다.

보민의 눈이 그를 향한 호의로 가득 찼다. 역시 이 자매는 먹는 거에 약하구먼. 일혁은 자주자주 아니, 매일이라도 데리고 나와서 맛난 것을 사 줘야겠다고 다짐했다.

처음 세 사람이 밖으로 나와 외식을 했다. 그들에게는 아직도 처음으로 경험해 볼 것들이 너무나 많다. 누구에게나 항상 처음이라는 것은 존재하고 그 처음을 누구와 함께했냐는 것이 가장 중요한 일이 아니겠는가.

셋이서 처음으로 외식을 한 저녁. 처음을 함께하는 세 사람이 웃었다. 그리고 웃으며 식사하고 있는 그들 주위에 온통 꽃향기가 났다. 모르는 사람들이 지나가다 보면 당연히 오래된 가족으로 생각할 만큼 그들의 주위에는 익숙하고 편안하지만 향기로운 꽃향기가 가득했다.

9.

원 플러스 원도 아니고 원 플러스 투의 세 사람이 구성인 세트는 이제 어디를 가든 같이 다닌다. 심지어 보민이 잠깐 밖에 나갔다 오는 경우에도 기어코 따라 나오는 일혁이었다. 어제는 밖에 쓰레기를 버리러 나가는 잠깐 동안을 못 참고 따라 나왔다.

"어디 가는 거야?"

아니 쓰레기봉투를 들고 있으면 당연히 쓰레기 버리러 가는 거지. 척하면 척일 텐데. 보민이 쓰레기봉투를 들어 보였다.

"쓰레기 버리러 가지요."

"같이 가."

버리고 오는 데 5분도 안 걸릴 텐데. 기어이 같이 가려고 하는 그를 보민이 말렸다.

"금방 버리고 올게요. 보율이랑 잠시만 있어요."

그 소리에 일혁이 따라 나오려는 마음을 접고 보율과 집에 남아 있을 줄 알았었다. 그런데 쓰레기를 버리고 올라가려고 할 때, 아니나 다를까 보율이의 손을 잡고 엘리베이터에서 내리는 그를 보고는 보민은 이제 어디 갈 때 일혁을 떼어 놓기는 힘들 것 같다는 큰 깨달음을 얻었다.

그리고 근래에는 일은 제대로 하는 건지 의심이 들게 할 정도로 일찍 퇴근해 두 사람을 세트로 데리고 어디론가 나갔다. 오늘도 역시 일찍 집으로 돌아온 일혁은 숨 돌릴 틈도 없이 곧바로 두 사람의 손을 잡고 나왔다.

어디 간다는 말도 없이 두 사람을 데리고 나온 일혁은 집과 얼마 떨어지지 않은 청담동 거리에 위치한 숍으로 들어갔다. 화려한 조명 아래 고급스런 디자인의 옷들이 주욱 전시되어 있었다. 세련된 검정 원피스를 입은 여자가 일혁을 보고 환하게 웃으며 인사를 해왔다.

"박 대표님 오셨어요? 준비는 다 되어 있습니다."

"그럼 부탁드리겠습니다."

일혁이 보민을 여자 앞으로 떠밀자 무슨 일인지 아직 감을 잡지 못한 보민은 여자의 손에 이끌려 커튼이 쳐진 뒤편으로 사라졌다.

보민의 뒷모습을 지켜보던 일혁이 보율의 손을 잡고 옆에 위치한 기다란 소파에 앉았다. 화려한 조명 아래 예쁘게 전시되어 있는 옷을 연신 감탄의 눈으로 바라보고 있던 보율이 일혁의 팔을 잡아 흔들었다.

"아저씨, 저기 저 옷 진짜 예쁘다."

"그렇지? 저 옷 언니가 입으면 더 예쁘겠지?"

베이지색의 새틴 재질로 고급스럽게 빛나고 있는 주름 원피스가 보율의 맘에 쏙 들었다. 안 그래도 예쁜데 우리 언니가 입으면 백만 배쯤 더 예쁘겠다. 보율이의 고개가 아래위로 세차게 왔다 갔다 했다.

"응!"

"그럼 저 옷도 사자."

정작 주인이 될 보민은 입어 보지도 않았는데 두 사람은 보민에게 어울리겠다는 생각으로 단번에 옷 구입을 결정해 버렸다.

두 사람이 보민 몰래 옷을 사 버리고 있는 동안 얼떨결에 옷과 함께 탈의실로 들어갔던 보민이 손에 차르륵 감기는 원피스를 들고 안에서 연신 갈등했다. 입어 볼까? 말까? 그러다 옷에 달린 가격표에 쓰인 수많은 동그라미에 보민은 경악했다.

무슨 옷이 이리도 비싸단 말인가. 보민의 집도 나름 넉넉한 형편이었지만 이렇게 비싼 옷을 사 입어 본 적이 없다. 평소 검소하셨던 어머니는 사치란 모르는 분이었고 아버지 역시 써야 할 때는 아끼지 않으셨지만 근검절약이 몸에 배어 있던 분이셨다. 그런 부모님 밑에서 자란 보민도 마찬가지다.

하지만 손에 만져지는 원피스는 한창 꾸미기 좋아하는 이십 대 아가씨이기도 한 그녀의 마음을 계속 흔들어 났다. 예쁘긴 한데. 한 번만 입어 볼까? 속으로 갈등하던 보민이 결국 옷을 입지 않고 다시 나가려고 하는데 밖에서 노크 소리가 들려왔다.

"다 입으셨어요?"

문 바로 밖에서 들려오는 소리에 보민은 조용히 갈등하는 듯한 말을 꺼냈다.

"그게, 아직……."

"혹시 사이즈가 안 맞으세요?"

"아니요. 그건 아닌데."

탈의실에 들어오기 전 자신을 디자이너라고 소개했던 여자의 친절한 목소리가 다시 문을 넘어 그녀에게 들려왔다.

"그럼 마음에 안 드시나요?"

맘에 안 들기는커녕 그녀의 마음에 쏙 드는데. 밖에서 연신 옷을 안 입는 이유를 물어 오자 보민은 못 이기는 척 원피스로 갈아입고 탈의실에서 나왔다. 밖에서 기다리고 있던 여자는 보민을 보며 박수까지 치며 좋아했다.

"너무 잘 어울리세요. 제 옷이 이렇게 잘 어울리는 분은 본 적이 없어요."

그냥 하는 입에 발린 칭찬이 아니라는 듯이 원피스 입은 그녀를 거울 앞에 세우고 보민이 원피스를 입은 모습을 볼 수 있도록 했다.

거울에 비친 모습을 본 보민은 순순히 인정해야 했다. 원피스가 자신을 돋보이게 한다는 것을. 신고 있던 운동화를 벗고 디자이너가 꺼내 주는 베이지색 토오픈 힐까지 신고 나니 그녀가 보민을 옆에 마련된 의자로 이끌었다. 기다리고 있던 다른 직원이 의자에 앉은 그녀의 얼굴을 유심히 보고는 연신 칭찬을 아끼지 않았다.

"피부가 워낙 희고 좋으셔서 피부 표현은 따로 필요 없을 것 같고 연하게 화장해 드릴게요."

파우더를 살짝 찍은 붓이 연신 보민의 얼굴을 터치하며 지나갔다. 화장하는 손길이 바쁠 텐데도 직원은 말을 멈추지 않았다.

"박 대표님이 부탁을 하시더라고요. 박 대표님이 그렇게 자상하신 분인 줄 저는 처음 알았어요."

직원은 연신 박 대표, 박 대표 하며 일혁의 이야기를 했다. 아이
라인을 그리기 위해 눈을 감은 채로 보민이 입을 뗐다.

"일혁 씨가 여기 자주 오나 봐요."

"아니요. 이렇게 여자분을 모시고 오신 건 이번이 처음이에요.
좋으시겠어요."

마스카라로 속눈썹을 올리고 연분홍의 립글로스를 입술에 바르
고 나서야 화장하는 직원의 수다는 끝이 났다. 그리고 준비가 끝난
그녀를 데리고 기다리고 있는 보율과 일혁이 있는 곳으로 안내했
다.

밖에서는 일혁이 보율과 앉아 기대에 부푼 맘을 안고 보민이 옷
을 갈아입고 나오기를 기다리고 있었다. 슬슬 보율이 의자에만 앉
아 있기 지루해서 붙이고 있던 엉덩이를 떼려고 할 무렵 보민이 어
색한 듯 목을 긁적이며 나타났다.

쇄골이 보이는 라인의 하얀 원피스는 그녀의 백옥 같은 피부를
더 빛나게 했다. 퍼프소매 아래로 드러난 가느다란 팔이 연신 어색
한 듯 손으로 문질러 댔다. 가느다란 허리 아래로 퍼지는 플레어
스커트가 청순한 분위기를 돋보이게 했고 기다랗게 뻗은 다리도
그 분위기에 한몫 더했다. 보율이 보민의 앞으로 한걸음에 달려갔
다.

"언니, 진짜 예쁘다. 천사 같아."

하얀 옷을 입고 있는 언니가 보율에게는 정말 천사였다. 머리를
질끈 묶고 티셔츠 한 장만 입고 있어도 예쁜 언니인데 이 하얀 원
피스를 입으니 언니가 새삼 더 예뻐 보였다.

자리에서 일어나 보민만 보고 있던 일혁도 보율이 하는 말에 전적으로 동의했다. 정말 저 하얀 옷을 입으면 숨겨 둔 날개를 펴고 본래 속해 있던 하늘로 돌아가 버리는 건 아닌지 불안해질 정도로 보민에게 원피스는 잘 어울렸다. 일혁이 그녀에게 다가가 조심히 손을 잡았다.

　"정말 예쁘다. 당신 맘에는 들어?"

　"맘에 드는 건 둘째 치고, 갑자기 옷은 왜요?"

　보민이 안에서 나오자마자 달려와 천사 같다며 말하는 보율이, 그리고 다가와 예쁘다고 말해 주는 일혁. 보민도 원피스가 맘에 들긴 하지만 무슨 바람이 불어서 갑자기 쇼핑인가 싶어 그에게 갑자기 옷은 왜냐고 물었다. 하지만 일혁은 명확한 답을 들려주지 않았다.

　"그냥. 그냥 사 주고 싶었어."

　보민의 변신이 끝나자 이번에는 꼬마 숙녀 보율의 순서였다. 숙녀복만 디자인하는 것이 아닌지 디자이너는 능숙하게 보율이의 손을 이끌었다.

　"자, 이번에는 꼬마 아가씨, 같이 가실까요?"

　자신도 예쁜 옷을 입어 본다는 사실을 알았는지 순순히 여자의 손에 이끌려 탈의실로 사라지는 보율이었다.

　보율이 들어가고 보민과 일혁이 소파에 앉아 보율을 기다렸다. 옆에 앉은 일혁이 연신 보민의 얼굴을 뚫어져라 쳐다봤다. 그의 시선을 느낀 보민이 그에게로 시선을 돌려 눈을 맞춰 왔다.

　"계속 쳐다볼 거예요?"

　"어, 이렇게 예쁜데 어떻게 안 쳐다보겠어."

보민의 볼이 연지 곤지를 찍은 것처럼 붉게 물들었다. 예쁘다고 말하는 그의 말이 그녀를 쑥스럽고 부끄럽게 만들었다. 그의 눈을 마주치지 못하고 보민의 고개가 저절로 숙여졌다.

하지만 그녀의 얼굴은 조심히 고개를 들어 올린 그의 손에 의해서 그에게로 향했다.

일혁은 조심스럽게 그녀에게 입을 맞추었다. 립글로스를 살짝 바른 그녀의 입술에서 향기로운 꽃냄새가 나고 달콤한 꿀맛이 났다. 꿀을 머금은 한 송이 꽃 같은 보민. 그런 보민을 단번에 삼키는 일혁.

조심히 맞닿은 입술에 그녀의 심장이 쿵쾅거린다. 누가 보면 어쩌려고. 하지만 그런 건 신경 쓰지 않는다는 것이 확연히 드러날 정도로 그는 오로지 그녀에게만 집중했다.

부드럽게 시작된 키스가 열정적으로 변하는 데 걸린 시간은 얼마 되지 않았다. 그녀의 안으로 들어간 그의 혀가 입안을 헤저으며 부드러움과 달콤함을 만끽했다. 그녀와의 키스로 그의 마음은 행복함으로 충만했다.

사실 그는 항상 그녀만 보면 이렇게 입을 맞추고 싶고, 그녀를 그의 품에 안고 싶은 욕망을 주체할 수가 없었다.

보민이 숨이 찰 즈음에야 그가 그녀를 놓아줬다. 아쉬움이 가득한 눈이 그녀를 응시했다. 그리고 그의 손이 부드럽게 올라와 립글로스가 번져 버린 입술을 매만지며 그녀의 허리를 끌어당겼다.

"정말 하늘로 날아가는 건 아니지?"

그가 무슨 말을 하는지 모르겠다는 얼굴을 하는 그녀의 귓가에 다시 한 번 속삭였다.

"갑자기 날개가 돋아나서 당신이 나만 두고 어디론가 날아가 버리는 거 아닌지 그게 걱정이야."

누가 들으면 참 닭살 돋는다 할 말을 그리 태연히 하시다니. 하지만 그녀에게 닿는 그의 심장 소리가 그냥 내뱉은 말이 아니라는 듯이 큰 소리로 쿵쾅거렸다. 혹시나 그녀가 도망이라도 갈까 봐 걱정이 가득한 그의 불안한 심장 소리.

보민이 손을 들어 그의 등을 다독였다. 이제는 어디 가지도 못하겠네요, 박일혁 씨. 이런 당신을 두고 보율이와 내가 어디를 가겠어요. 그녀의 다독임에 아픈 건 아닌지 걱정이 될 정도로 뛰던 심장이 안정되었다.

서로를 껴안고 있던 두 사람이 떨어진 건 옷을 갈아입고 나온 보율이가 화를 냈기 때문이다. 허리에 손을 얹고 두 사람을 향해 레이저를 쏘아 댔다.

"둘이 또 싸운 거야?"

옷을 갈아입고 나와 화를 내는 보율을 향해 일혁이 아니라며 손을 내저었다.

"아니야. 우리가 왜 싸워. 우리가 얼마나 사이가 좋은데. 서로 좋아하니깐 안고 있었지."

"그런 거야?"

"그럼, 보율이도 민수랑 좋으면 껴안고 하잖아."

남자친구 소리가 나오니 절로 얼굴이 풀어지는 보율이. 좋으면 껴안는 거 맞다. 히히, 나랑 민수도 서로 껴안고 하는데. 언니랑 아저씨도 좋아서 껴안았다는데, 그럼 아저씨와 언니가 혹시?

보율의 생각이 깊어지려 할 때 다가온 보민이 보율의 생각을 딴 데로 돌렸다.

"우리 보율이 너무 예쁘다."

예쁘다는 소리에 하던 생각을 접고 보율이 치맛자락을 잡고 한 바퀴 빙 돌았다. 언니와 모양은 똑같지만 다른 원단으로 만들어진 하얀 원피스는 보율에게 잘 어울렸다. 어디서 났는지 하얀 장미 코사지 핀까지 머리에 꽂았다.

새 옷을 입어 기분이 좋은 보율의 얼굴 위로 연신 웃음꽃이 피었다. 동생의 살짝 삐져나온 머리카락을 정리해 주는 보민의 손길이 정다웠다. 그리고 두 사람을 보며 행복해서 어쩔 줄 몰라 하는 일혁이 그들의 뒤에 버티고 있었다.

누가 자매 아니랄까 봐 어쩜 저렇게 똑같은지. 누가 저 둘은 피가 안 섞인 자매라고 생각하겠냐고. 피를 나누었다고 해도 다 닮지는 않을 텐데, 피를 나누지 않아도 서로를 생각하고 사랑하는 마음으로 인해 저렇게 생김새까지 닮아 버린 두 사람.

그도 어쩌면 시간이 흘러 어느 순간이 되면 저 두 사람과 닮아 있겠지. 두 사람을 생각하고 사랑하는 마음이 점점 커지다 못해 이제 터져 버릴 것 같으니까.

숍을 나서며 보민은 일혁이 바로 집으로 갈 줄 알았다. 그러나 일혁이 두 사람을 데리고 도착한 곳은 뜻밖의 장소였다. H스튜디오라고 적혀 있는 정원이 딸린 가정집을 개조해서 만든 듯한 사진관.

차에서 내린 그가 뒷좌석 문을 열어 주자마자 보율이 잔디 위에서 놀고 있는 강아지에게로 뛰어갔다. 차에서 내리려는 보민에게 일혁이 손을 내밀었다. 그 손을 잡고 차에서 내리며 그녀가 그에게 물었다.

"여기는?"

"사진관에 사진 찍으러 오지. 뭐하러 오겠어. 들어가자."

강아지와 뛰어 놀고 있는 보율과 아직 무슨 일인지 감을 잡지 못하고 있는 보민을 데리고 일혁이 안으로 들어섰다.

그가 미리 연락해 두었는지 스튜디오 안에 스태프들이 준비를 마치고 그들을 기다리고 있었다. 안경을 끼고 카메라를 연신 들여다보고 있던 남자가 일혁에게 인사를 했다.

"박 대표님, 어서 오십시오. 마침 준비는 다 끝났는데, 바로 시작할까요?"

"잘 부탁드립니다."

인사를 마치자 본격적인 사진 촬영이 시작되었다.

보민과 보율이야 어렸을 때부터 사진 찍는 것을 좋아했기 때문에 웃는 모습이 자연스러웠지만 사진이라는 것에 익숙하지 않은 일혁은 저절로 몸이 경직되었다. 어디 사진을 찍어 봤어야 알지.

전에 문득 두 사람이 보고 싶어 두 사람의 웃는 모습을 담은 사진이 있으면 좋겠다는 생각을 했던 이후로 줄곧 그 방법을 생각해왔던 일혁이다. 그리고 오늘 그가 처음으로 가족사진이라는 것을 찍으러 왔다.

사진 촬영을 예약하고, 여자들은 사진을 찍기 전에 화장하고 머리 하는 것은 기본으로 예쁘게 나오기 위해 신경을 많이 쓴다는 소리도 어디서 얼핏 주워들은 것이 생각이 나 숍에도 들러 두 여자를 위한 옷도 골라 놨었다.

그런데 지금 정작 사진을 찍기 위해 계획하고 모든 일을 실행으로 옮긴 그가 카메라 앞에서 한껏 경직되어 어색한 웃음을 짓고 있는 것이다. 결국 포토그래퍼가 한 소리 하는 걸 듣고야 말았다.

"박 대표님, 조금만 웃어 주십시오."

그래서 일혁은 최대한 요구에 부응하기 위해 입가를 올리고 웃었다. 하지만 포토그래퍼는 그의 노력이 무색하게 헛웃음을 지었다.

"아니, 비웃지 마시고 자연스럽게 웃어 주세요."

자연스럽게? 자연스럽게 웃고 있잖아, 하고 소리라도 치고 싶었지만 자신이 사진 찍자고 두 사람을 데리고 왔는데 불쑥 화를 내는 건 아니지 않은가. 그래서 다시 자연스럽게 웃기 위해 입가가 경련이 일어날 정도로 웃었다. 연신 셔터를 누르던 포토그래퍼는 화면으로 확인되는 결과물이 영 만족스럽지 않자 카메라를 든 손을 내렸다.

"조금 쉬었다가 다시 찍겠습니다."

휴식 시간이라는 소리에 화장실이 급했던 보율이 화장실이라고 쓰인 곳으로 달려갔다.

"나 화장실! 화장실 갔다 올게."

보율이 쌩하니 달려가고 난 후에도 일혁은 사진 찍을 때와 같은 포즈로 굳어 그 자리에 우두커니 서 있었다. 쉬었다가 다시 찍는다니, 이십 분이 넘도록 그렇게 찍어 대 놓고는. 내 웃음이 그렇게도 이상한가. 생각이 많아진 그의 눈앞으로 보민이 나타났다.

"왜 긴장하고 그래요."

그가 이리도 긴장하는 모습은 처음 본 보민이 그의 삐뚤어진 넥타이를 바로 매어 주면서 물어 왔다.

"긴장 안 했어. 저 사람이 못 찍어서 그렇지."

자기가 이상하게 웃어서 그런 건데도 잘 찍고 있는 포토그래퍼 탓을 하는 일혁이었다. 보민이 그런 그를 보며 몰래 웃었다. 완벽하고 모자라는 것이 없는 것처럼 보이던 남자가 이리도 빈틈을 여과 없이 보여 주니 웃음이 나올 수밖에.

처음 봤을 때는 차갑고 냉정한 사람인 줄 알았는데 사실은 겉보기와는 달리 따뜻하고 마음이 한없이 넓은 사람이었다.

사실 처음부터 그는 따뜻한 사람이었을지도 모른다는 생각이 들었다. 장례식장에 나타나 그 깡패들로부터 구해 준 것부터 아버지의 유언 따위는 무시할 수 있었을 텐데, 결혼하자고, 자신을 방패막이로 사용하라고 말해 준 그가 아니었던가.

그 제안을 거절했다가 다시 찾아가 결혼해 달라고 했을 때도 분명히 그로서는 달가운 제안이 아니었을 텐데도 자신과 자신의 동생을 그의 집에 머물도록 해 줬다.

그가 자신을 좋아한다고 했던 말이 그녀의 심장을 이리도 크게 뛰게 하는 걸 보면 아마도 오래전부터 그와 같은 마음이었을지도 모르겠다. 알아차리지 못했을 뿐이지.

보민도 이제 점점 그와 함께하는 미래를 그리게 된다.

다시 그의 목소리가 들려왔다.

"아, 사진 찍기가 이렇게 힘들 줄 누가 알았겠냐고."

투정하는 그의 얼굴을 보는 보민의 얼굴에 웃음이 떠올랐다. 보민이 그의 양복을 정리하며 부드러운 음성으로 그를 달랬다.

"긴장을 조금만 풀어 봐요."

자신의 옷매무새를 정리해 주는 보민의 손길에 그의 긴장이 슬슬 풀리기 시작했다. 냉철하고 빈틈없는 일 처리로 혀를 내두르게 만드는 그를 무장해제 시키는 사람은 이 넓은 세상에서 보민과 보율, 두 사람뿐이다.

그의 얼굴에 삐딱하게 비웃는 웃음이 아니라 그녀를 향한 사랑스러운 웃음이 자리 잡았다.

찰칵.

룸 안에 셔터 소리가 울렸다. 두 사람이 서로를 향해 미소 짓는 그 순간을 놓치지 않고 담아낸 포토그래퍼는 기분이 좋아졌다. 오늘 작품 하나 나오겠는데.

사실 처음 사진을 찍어 달라고 예약을 받았을 때 그는 좀 놀라고 은근 긴장이 되었다. 다른 사람도 아니고 건물주가 가족사진을 찍어 달라고 하는데 어떤 사람이 긴장을 안 하겠나.

거기다 박 대표에 대한 소문이 워낙 무성해야지. 나쁜 소문, 좋은 소문 여러 가지가 있지만 자신은 건물주에 대한 좋은 소문을 더 믿는 사람 중 하나다.

이 집을 처음 봤을 때부터 스튜디오로 쓰고 싶었지만 보증금이 턱없이 부족했다. 당시 잘 알려지지 않은 신인이었던 그에게 건물주는 있는 돈만큼만 받고 자신의 사진 찍는 능력 하나만 보고 선뜻 건물을 임대해 주었다.

'사진 찍는 사람이 사진만 잘 찍으면 되지. 그게 나한테는 보증금이야.'

그 소리가 고마워 정말 사진만 열심히 찍어 댔다. 그에게 보증금을 내는 마음으로.

그 이후로는 그를 직접 만날 일이 없었는데 어제 저녁 그에게서 사진을 찍으러 가고 싶다는 연락을 받았다.

무조건 오시라고, 잘 찍어 드리겠다고 말하며 속으로 은혜를 갚는다는 생각으로 걸작으로 찍겠다고 다짐하고 또 다짐했다.

그런데 막상 촬영에 들어가자 그는 좌절하고 말았다. 전문 모델 뺨치는 박 대표와 그의 가족이라는 여자는 정말 완벽한 한 쌍처럼 아름답게 어울려 기대하고 있었거늘. 박 대표는 제대로 웃는 것조차 어려워 보였던 것이다.

그는 방금 찍은 사진을 카메라 화면으로 다시 한 번 확인했다. 두 사람이 서로를 마주 보며 웃고 있는 모습이 너무나 아름답게 찍혀 있었다. 두 사람의 사진은 이걸로 충분할 것 같았다.

화장실에 갔다 온 보율에게 보민이 일혁에게는 들리지 않게 살짝쿵 비밀 임무를 속삭였다.

"보율아. 이번엔 사진 찍을 때, 우리 보율이가 아저씨를 맡아야겠다."

임무를 맡은 이보율 요원은 결의에 가득 차 주먹을 불끈 쥐었다. 그리고 다시 시작된 세 사람의 촬영. 보율이 일혁을 향해 팔을 벌렸다.

"아저씨 나 안아 줘요."

우리 보율이가 안아 달라는데 당연히 안아 줘야지. 일혁은 당연히 가벼운 보율을 번쩍 들어 안았다. 일혁의 품에 안긴 보율이 그의 얼굴에 뽀뽀를 했다.

"고마워요, 아저씨."

애교 담긴 목소리와 뽀뽀에 카메라 앞에만 서면 경직되던 그의 얼굴이 자연스러운 웃음을 띠었다. 때를 놓치지 않은 카메라의 찰칵거리는 소리가 계속됐다.

세 사람은 이미 사진 촬영 중이라는 사실을 잊고 서로에게 집중했다. 주위에 있던 사람들은 세 사람이 만들어 내는 행복한 오로라에 숨을 죽이고 좀처럼 보기 힘든 아름다움을 계속 쳐다보고 있었다.

이제 대망의 마지막 촬영. 먼저 옷을 갈아입고 나온 것은 보율과 일혁이었다.

두 사람의 차림새가 똑같다. 같은 흰 티셔츠와 청바지. 보민은 동생의 옷을 먼저 입혀 주고 옷을 갈아입느라고 아직 나오질 않았다.

똑같은 옷을 입은 일혁의 손을 이끌고 보율은 아까 전에 화장실 갈 때 봐 두었던 커다란 사진이 걸려 있는 벽 쪽으로 데려갔다.

"아저씨. 우리도 이거 입고 다시 사진 찍어요."

벽에 걸린 것은 웨딩사진. 사진 속 신부는 순백의 하얀 웨딩드레스를 입고 환하게 웃고 있었다.

일혁의 머리 위로 큰 망치가 떨어졌다. 젠장. 이 생각을 못 했다. 가족사진을 찍을 생각은 했지만 여기까지는 생각이 미치지 못했다.

결혼한 사이이긴 했지만 정식으로 청혼을 하지도 않았고 정상적으로 시작한 결혼 생활이 아니질 않은가.

그가 사진을 보며 결심했다. 보민에게 정식으로 나와 살아 달라고, 나와 함께해 주면 안 되겠냐고 청혼해야겠다고. 그리고 남들이 다 하는 것보다 더 많이, 더 좋은 것으로 프러포즈를 준비해 놓고 그녀에게 물어야겠다. 나와 결혼해 주시겠습니까, 라고. 그의 인생에서 이제 이 여자를 빼고 나면 아무런 것도 남지 않을 테니. 일혁이 보민을 대신해 미니미 보민인 보율에게 약속했다.

"다음에 꼭 찍으러 오자."

"진짜?"

보율이 약속할 때면 꺼내는 작은 손가락을 들었다. 그리고 일혁이 그 작은 손가락을 걸고 진심으로 약속했다.

"약속할게. 우선은 언니한테는 비밀이야. 우리 깜짝 놀래 주자. 자, 약속."

"약속."

보율은 아저씨가 새끼손가락까지 걸고 약속했으니 분명 지킬 것을 믿어 의심치 않았다. 아저씨는 한 번도 자신과의 약속을 깬 적이 없으니깐.

새끼손가락을 걸고 약속하고 있는 두 사람 뒤로 보민이 다가왔다.

"무슨 약속?"

허나 일혁과 보율은 눈을 마주치고 서로 비밀이라는 텔레파시가 통하고 난 뒤라 보민에게 말해 줄 생각이 없어 보였다. 두 사람이 동시에 보민을 보며 말했다.

"비밀이야."

"뭔데요? 궁금해요."

궁금하다고, 두 사람만 비밀을 만드는 거냐며 섭섭하다고 삐친 표정을 지어도 봤지만 두 사람의 입은 자물쇠를 채웠는지 열릴 생각이 없어 보였다. 더 캐묻고 싶었지만 다음을 기약해야 할 소리가 들려왔다.

"마지막 촬영 가겠습니다."

이 소리로 세 사람의 마지막 촬영은 시작되었다. 같은 옷을 입고 똑 닮은 웃음을 짓고 있는 세 사람의 모습을 담아내는 것으로 촬영은 마무리가 되었다.

보율은 사진 찍는 것이 나름 즐거웠는지 다 찍고 나서도 연신 스튜디오 안의 카메라와 여러 장비들을 살펴보며 뛰어다니기 시작했다. 보민은 그런 동생 뒤를 따라다니며 조심시키느라 정신이 없었다.

두 자매의 모습을 지켜보며 큰 결심을 한 그의 얼굴에서는 빛이 났다.

10.

보민에게 프러포즈 하기로 결심한 일혁은 다른 사람들이 하는 것보다 더 의미 있는 청혼을 하고 싶었다. 그녀만을 위한 아주 특별한 프러포즈를. 고민으로 생각이 많아져 머리가 폭발해 버릴 것 같았다.

아니, 일할 때는 그리도 팽팽 잘 돌아가던 머리가 어디 녹이라도 쓸었는지 마음대로 움직여지지 않는다. 머리가 돌아가지 않는 이유는 그녀를 생각하면 심장에만 피가 몰려서 그런 거 아닐까, 하고 말도 안 되는 이유를 대는 일혁이다.

이러다 정말 돌아가시는 건 아닌지. '프러포즈를 생각하다 과로 사 함' 이라는 글귀가 묘비에 새겨지기 전에 그는 누군가의 도움을 받기로 했다. 바로 보민을 가장 잘 아는 그녀의 동생 보율이다.

그래서 그는 보민 몰래 보율을 앉혀 놓고 그녀가 가장 좋아한다는 사과로 만든 쿠키 하나를 건네며 은근히 물었다.

"보율아. 언니가 가장 좋아하는 게 뭐야?"

보율은 깊이 생각도 하지 않고 바로 당연한 듯 말했다.

"나요, 나. 언니가 가장 좋아하는 건 나예요."

물론 그건 맞는 말이다. 하지만 보율이 너를 안겨 주면서 '나랑 결혼해 줄래?' 라고 말할 수 는 없잖니. 일혁이 쿠키를 하나 더 보율이 손에 쥐여 주고는 다시 물었다.

"그럼 언니가 보율이 다음으로 좋아하는 건 뭘까?"

사과 쿠키를 베어 물고는 보율이 아무런 생각 없이 그냥 대답했다.

"음, 햄버거?"

햄버거라니. 햄버거는 네가 죽고 못 살 정도로 좋아하는 거지. 지금 이 시간은 네가 좋아하는 걸 이야기하는 시간이 아니라 너의 언니가 좋아하는 걸 말하는 시간이라고, 이 꼬마 아가씨야.

갑자기 그의 뒤통수가 당기는 것 같고 목도 뻐근해 오는 것 같다. 일혁이 상승하려는 혈압을 진정시키고 다시 보율을 달래며 마지막으로 물었다.

"나중에 아저씨가 보율이 좋아하는 햄버거 사 줄게. 자, 이제 보율이가 좋아하는 거 말고 언니가 좋아하는 건 뭘까요?"

일혁이 한 햄버거 사 준다는 소리에 보율이 이번에는 정말 곰곰이 생각하기 시작했다. 그리고 번뜩 생각이 난 것을 그에게 알려 줬다.

"피아노. 우리 언니 피아노 좋아해요."

"피아노?"

옛날 집에서 언니가 피아노를 치면 온 집에 피아노 소리가 울렸었다. 그리고 자신은 그 소리에 맞춰 춤을 추곤 했었다. 하루에도 몇 번씩 언니는 피아노로 수많은 노래를 연주했고 그때마다 언니는 정말 즐거워 보였었다.

하루는 자신과 놀아 주지 않고 피아노만 치는 언니에게 질투가 나 언니에게 물었었다.

'언니는 피아노가 좋아? 보율이가 좋아?'

역시나 언니는 당연히 우리 보율이가 더 좋지, 하고 말했다. 그 러고는 이어서 언니는 피아노 칠 때도 아주 많이 행복하다고 말했 었다. 언니가 그렇게 말했으니 보율이 다음으로 좋아하는 건 당연 히 딩동 소리가 나는 피아노지.

보율이 피아노 건반을 두드리는 흉내를 내며 일혁에게 설명했다.

"응. 옛날 집에 있는 피아노로 언니가 건반을 이렇게 띵똥띵똥 할 때가 언니가 가장 행복할 때라 그랬어."

보율이에게 물어보기를 잘했네. 보민이 피아노를 전공했다는 건 알고 있었지만 한 번도 그녀가 피아노 치는 모습을 본 적이 없다. 보민이 피아노 치는 모습까지 보게 된다면 자신의 심장이 너무 심 하게 뛰어서 남아나질 못할지도 모르겠다는 생각이 들었다.

"그래? 고마워. 우리 보율이 진짜 똑똑하다."

누구 처제인지. 보율이 하나 열 장정 안 부럽다.

커다란 손으로 보율의 머리를 쓰다듬는 그의 머릿속에서는 프러 포즈의 계획이 착착 세워져 나가고 있었다.

✳

아침 식사를 하기 위해 세 사람이 모여 앉은 식탁. 이제 보민은 그날의 할 일을 일혁에게 보고하는 것이 하루를 시작하는 의식과 같은 것이 되어 버렸다.

그가 항상 먼저 오늘은 무엇을 할 거냐며 묻기도 했고, 밖에 나가거나 집에서 논다고 하면 무조건 같이 하려고 했다. 그래서 보민은 이제 그냥 자신이 먼저 오늘은 뭐 할 것이라고 미리 예고했다. 그러면 그가 꼬치꼬치 캐묻는 것은 피할 수 있으니까.

오늘 아침도 그가 묻기 전에 보민이 먼저 말했다.

"오늘은 잠깐 나갔다 올게요."

얼큰한 김칫국에 밥을 말아 푹푹 퍼먹던 그가 평소와는 달리 무심하게 대답했다.

"그래?"

'그래?' 라니, 어디 가냐고, 언제 가냐고, 왜 가냐고 등등 육하원칙에 맞춰 신문 기사를 낼 것처럼 다 물어봐야 정상인데.

"어디 가는지 안 물어봐요?"

"어디 가는데? 나 오늘 좀 바쁜데."

"알았어요. 우리끼리 갔다 올게요."

괜찮다는 식으로 이야기했지만 보민의 마음이 조금 서운해지려 한다. 이 남자가 이제 두 사람과 같이 다니는 것에 싫증이 났나 싶어서. 남자들은 불꽃처럼 타올랐다가 물 끼얹은 듯 금방 식어 버린다고 하던데. 그도 그런 거 아닌가 싶어서.

그런 그녀의 마음을 아는지 모르는지 그는 태연하게 밥만 잘 먹고 있었다. 밥을 다 먹은 그는 전과 달리 볼일이 끝났다는 듯이 금방 자리에서 일어났다. 전에는 다 먹고도 식탁에 앉아 그녀와 이야기하다 출근하기 싫다고 늑장 부리다 마지못해 의자에서 엉덩이를 떼곤 했는데.

"잘 먹었어. 나 출근한다."

인사를 하고 그는 쌩하고 출근해 버렸다. 식탁에 남겨진 보민은 그가 사라진 자리를 바라보며 넋이 나간 듯이 앉아 있었다. 앞자리에서 보율이 멍하니 앉아 있는 보민의 얼굴에 대고 손을 흔들었다.

"언니, 언니, 괜찮아?"

그제야 보민의 얼굴이 평소처럼 돌아왔다. 하지만 어린 보율이 보기에도 어딘가 굳어 있는 것 같은 표정이었다.

"어? 어, 괜찮아. 어서 먹고 나갈 준비 하자."

"응."

마지막으로 남은 밥에 하나 남은 소시지까지 야무지게 입에 넣고 식사를 마무리한 보율은 식탁에서 일어났다.

"보율아, 언니 정리할 동안 혼자서 씻을 수 있겠어?"

"응."

"착하네. 우리 보율이."

착하다는 칭찬을 받은 보율이 기분이 한 단계 올라갔다. 식탁 의자에서 내려가 의젓하게 욕실로 발을 척척 옮겼다.

보율이 욕실로 들어간 것을 확인한 보민은 식탁을 치우기 시작했다. 하지만 깔끔하고 신속하던 손놀림이 오늘은 조금 느리고 더디어 보인다. 아마 아침 식탁에서 보인 그의 행동 때문일 테다.

안 좋은 생각이 한번 머릿속에 싹을 틔우면 점점 걷잡을 수 없이 쑥쑥 자라나는 것처럼 그녀의 머릿속에 안 좋은 생각의 나무가 자라고 있었다. 하지만 다 씻고 나온 보율이 때문에 생각의 나무는 잠깐 성장을 멈췄다.

"언니, 다 씻었어. 나 흰 옷, 흰 옷 입을래."

저번 가족사진을 찍을 때 일혁이 사 줬던 그 옷을 말하나 보다. 보율이가 그 옷이 맘에 드는지 너무나 좋아해서 집에 있을 때고 나갈 때고 항상 그 옷을 입으려고 했다. 오늘도 역시나 '흰 옷'을 외치며 자기의 의견을 피력했다.

"알았어. 꺼내 줄게."

방으로 들어가 보율에게 원피스를 꺼내 주니 재빠르게 입고 있던 옷을 벗고 원피스를 머리부터 끼워 입었다. 다 입은 보율이 옷장으로 쪼르르 달려가 보민의 원피스도 꺼내 들었다.

"언니도 이거 입어. 이거 입고 가자."

"아니야. 언니는 다른 거 입을게."

이런 옷을 입으면 당연히 불편할 거다. 잠깐 나갔다 들어올 텐데 이런 원피스를 차려입기에는 좀 부담스러웠다. 입고 나갔다 이 비싼 원피스에 뭐라도 묻히거나 하면 어쩌려고. 하지만 보율은 원피스를 잡은 손을 놓지 않았다.

"이거 입어. 응?"

"언닌 다음에 입을게."

보민이 조심스럽게 동생에게서 옷을 뺏어 들고는 옷장에 고이 모셔 놓았다. 그리고 옷장에서 간편한 티셔츠와 청바지를 꺼내 입었다.

모든 준비를 마친 자매는 집을 나섰다. 이제 슬슬 가을로 넘어가려는 여름의 끝자락. 조금 선선한 바람이 부는 것 같기도 하지만 점심때의 날씨는 여전히 더웠다. 보민의 손을 꼭 잡고 흔들거리며 걷던 보율이 위를 쳐다보며 물어 왔다.

"언니, 근데 우리 어디 가는 거야?"

이제 좀 있으면 보율이 쉬고 있던 유치원을 다시 나간다. 그때가 되면 바쁠 테니 미리 필요한 것들을 장만해 두는 것도 나쁘지 않을 것 같았다. 준비물도 사야 하고 무엇보다 보율이가 입을 옷과 신발을 사야 할 것 같다.

자라나는 아이라서 그런지 어찌나 쑥쑥 자라는지, 작년에 입었던 가을 옷이 작아졌다. 신발도 작아서 작년에 신은 분홍구두가 꽉 맞는 것 같았다. 신발도 사고 가을 외투와 긴 바지, 긴팔 티셔츠도 몇 벌 사야지.

"우리 보율이 좀 있으면 유치원도 다시 가야 하니깐 준비물도 사고 옷도 몇 벌 사자."

지금 입고 있는 옷을 산 지 얼마 되지도 않았는데 또 옷을 사 준다는 소리에 보율이의 코에서 절로 콧노래가 흘러나온다. 보율이 언니의 손을 잡고 방방 뛰며 즐거워했다.

"우와! 좋아, 좋아. 히히."

※

아침 식탁에서 일찍 일어나는 바람에 보민을 섭섭하게 만든 장본인인 일혁은 사무실에 앉아 이러지도 저러지도 못하고 안절부절못하고 있었다. 호기 있게 아침 식사에서 차도남 흉내를 내며 말을 그렇게 했지만 지금은 아주 뼛속까지 후회하는 중이다. 그의 계획은 이게 아니었는데.

프러포즈를 하기 위해 제일 먼저 그가 한 일이 바로 보민이 옛날에 살던 집에서 그녀를 그리도 행복하게 만들었다는 피아노를 찾는 일이었다.

당시에 피아노를 사 갔던 업자를 찾아갔더니 글쎄, 벌써 누가 사가기로 결정을 했다는 것이다. 직원은 더 좋은 피아노를 그에게 권했다. 하지만 그에게 꼭 필요한 피아노는 다른 것도 아니고 바로 보민과 보율의 추억이 담긴 그 피아노였다. 살면서 부탁이라는 걸 잘 해 본 적이 없는 그가 통사정을 하며 부탁했다.

"사 간다는 사람 연락처를 좀 가르쳐 주십시오. 제가 부탁해 보겠습니다."

안 된다는 것을 일혁이 사정하고 사정해서 직원은 마지못해 그것을 허락했다. 일혁은 직원이 건네주는 연락처를 받아서는 바로 전화를 걸었다. 수화기 너머로 점잖은 노신사의 목소리가 들려왔다.

— 여보세요.

일혁이 공손한 말투로 건너편의 노신사에게 인사를 건넸다.

"안녕하십니까, 혹시 K피아노에서 하얀색 그랜드 피아노 사 가시기로 하신 분 맞습니까?"

— 네, 제가 맞습니다.

맞댄다. 맞대. 일혁이 단도직입적으로 용건을 꺼냈다.

"피아노를 저한테 양보해 주시면 안 되시겠습니까?"

— 네? 무슨······.

노신사는 갑작스런 부탁에 당황한 것 같았다. 일혁은 급한 마음을 한 번 추스르고 공손한 말투를 유지하며 부탁의 말을 꺼냈다.

"제가 사랑하는 사람의 추억이 담긴 물건입니다. 돈은 얼마든지 드릴 수 있습니다. 다시 한 번 부탁드립니다."

일혁이 안 된다고 하면 어떻게 하나 머리를 굴리고 있는데 노신사는 흔쾌히 대답했다.

— 허허, 그래요, 그럼. 원래는 이번에 초등학생이 되는 손녀 생일 선물로 주려고 했던 건데. 사랑하는 사람의 추억이 담겼다니 어쩔 수 없구먼. 그 추억을 내가 뺏을 수는 없지 않나. 피아노는 그쪽이 가져요. 그리고 돈은 필요 없어요. 아직 피아노를 산 것도 아닌데.

조마조마한 맘으로 대답을 기다리고 있었는데 노신사의 대답은 그를 안도하게 했다. 일혁이 핸드폰을 들고 연신 고개를 숙이며 감사 인사를 했다.

"감사합니다. 정말 감사합니다."

일혁은 노신사의 뜻을 전하고 K피아노에 그랜드 피아노값을 지불했다. 프러포즈 계획을 세운 후에 피아노를 받기로 하고 그는 홀가분한 마음으로 매장을 나서 회사로 돌아왔다.

자, 이제 피아노는 구했는데 어떻게 그녀에게 프러포즈를 할 것인가. 피아노를 주면서 나와 결혼해 줘, 이럴 수는 없잖아? 그래도 멋있게 청혼하고 싶단 말이다.

누구에게 물어볼까? 그가 주위를 둘러보며 조언을 구할 사람을 찾기 시작했다. 그때 일혁의 눈에 들어온 한 사람, 김 실장. 항상 옆에서 그를 보필하는 김 실장에게 다급하게 물었다.

"김 실장. 여자들은 어떤 프러포즈를 좋아하나?"

그러나 우리의 김 실장, 일에 대해서야 각종 지식을 섭렵하고 있었지만 연애 문제에서는 '글쎄올시다'였다. 그도 프러포즈란 걸 해 봤어야 알 텐데 말이다.

언제나 일혁이 묻는 말에 정확한 자료를 내 보이던 김 실장이 처음으로 정확한 대답을 하지 못하고 얼버무렸다.

"저도 잘……."

김 실장의 대답이 시원치 않자 일혁이 책상을 두드리기 시작했다. 아, 어쩌나. 아주 심각하게 고민할 때만 나오는 대표님의 버릇. 김 실장이 초조하게 다시 말을 이었다.

"아무래도 서프라이즈 한 게 좋지 않겠습니까?"

"서프라이즈?"

"네, 너무 뻔한 프러포즈보다는 평생 기억에 남을 그런 프러포즈 말입니다."

오, 역시 김 실장. 일혁이 계속해 보라며 손을 까딱했다. 그러자 김 실장이 다시 자랑스럽게 말을 이었다

"지금 사장님께서 사모님께 너무 매달리는 게 확연히 보입니다. 가끔 밀당도 하고 하셔야죠."

"밀당?"

"네, 남녀 사이에 밀고 당기고 하는 것이 요즘 유행이랍니다. 그래야 사이가 질리지 않고 오래 간다고들 하더라고요. 그리고 나서 조금 여자들이 서운할 때쯤 프러포즈를 한다고 하던데."

아니, 밀당을 왜 하나. 지금 당기기도 바빠 죽겠는데 밀어내기는 뭐하러 한단 말인가. 좋아하는 사람에게 그냥 자신의 마음을 보여 주고 고백하면 되지. 질린다는 건 또 무슨 근거 없는 소리인가. 죽

을 때까지 아마 그녀에게 질리거나 싫증나는 일은 절대 없을 텐데.

하지만 듣고 보니 행여나 보민이 자신에게 싫증이 나는 건 아닌지, 밀당 따위는 모르고 밀어붙이고만 있는 그에게 보민이 매력을 느끼지 못하는 건 아닌지, 그게 걱정으로 떠올랐다. 그럼 나도 밀당이라는 것을 해야 한단 말인가.

"어떻게 하는 건데? 그 밀당이라는 거?"

"너무 사모님 뒤만 쫓아다니지 마시고 가끔은 튕기기도 하시는 게 좋을 것 같습니다."

그러니깐 김 실장의 말을 빌리면, 내가 너무 보민의 뒤꽁무니만 쫓아다녔다는 말이 아닌가. 쫓아다니기만 해도 나는 좋기만 하던데. 그래, 내가 그까짓 밀당의 고수가 되어드리지.

그렇게 결심을 하고 맞이한 오늘 아침. 밥 먹는 식탁에서 보민이 둘이서 오늘 어디 나간다고 외출을 알렸을 때 딴에는 밀당이라는 것을 해 본다고 무심한 듯 바쁘다고 하고는 나와 버린 것이다.

그런데 결심할 때의 그 호기는 어디로 갔는지 집을 나서자마자 후회가 밀려왔다. 출근하고 의자에 앉아서도 보민의 얼굴이 잊혀지지 않았다.

찰나였지만 분명하게 스쳐 간 한 자락의 서운함. 초초하게 사무실을 왔다 갔다 하는 그의 얼굴에 자괴감이 떠올랐다. 이런 바보 같은 놈. 그가 초조한 생각을 접고 결심했다. 그 결심으로 핸드폰을 들어 누군가에게 전화를 걸었다.

"박일혁입니다. 오늘 12시쯤 피아노를 좀 옮겨 주십시오. 주소는 지금 보내 드리겠습니다."

알겠다는 대답을 듣고 전화를 끊은 일혁은 곰곰이 생각을 했다. 다시 핸드폰을 들어 이번에는 다른 곳으로 전화를 걸었다. 곧바로 연결된 상대방은 자매에게 붙여 놓은 경호원이었다. 상대방은 전화를 받자 두 사람의 행방부터 알려 왔다.

— 여보세요? 박 대표님, 지금 사모님과 처제분은 백화점 아동복 매장으로 들어가셨습니다.

"그래요? 두 사람에게서 시선을 놓지 마세요. 그리고 쇼핑이 끝나 갈 때쯤 제게 연락을 주십시오."

— 알겠습니다. 걱정하지 마십시오.

간단한 용무가 끝난 그는 사장실을 뛰쳐나왔다. 갑자기 나온 그를 보고 놀란 김 실장이 의자가 넘어지도록 일어났다. 김 실장이 부르는 소리는 무시하고 곧바로 아래로 내려온 그는 빌딩에서 세 블록을 더 간 곳에 위치한 꽃집으로 달려 들어갔다.

갑자기 들어온 남자 손님을 향해서도 인자한 웃음을 잃지 않는 주인아주머니는 일혁의 요청에 입이 함지박만 하게 벌어졌다.

"여기 있는 꽃 전부 사겠습니다."

"전부 다요?"

"네. 전부 다요. 예쁘게 포장해서 보내 주십시오. 잘 부탁드립니다."

"프러포즈 하실 건가 봐요?"

당당하게 가게로 뛰어 들어올 때와 달리 쑥스러운 듯 눈을 슬쩍 피하는 일혁에게서 작은 긍정의 말이 나왔다.

"네, 그리고 여기서 얼마 안 되는 거리고 하니 지금 바로 배달을 좀 해 주십시오. 배달비는 드리겠습니다."

이게 웬 떡인가 싶은 아주머니는 꽃 배달 나간 아르바이트생을 당장 불러들였다.

"한 시간 내로 배달해 드리겠습니다."

꽃값을 하나도 깎지 않고 전부 다 지불한 일혁이 가게를 나가자 주인아주머니는 밖에까지 다 들리도록 감사 인사를 잊지 않았다.

"감사합니다! 프러포즈 받으시는 여자분이 아주 행복해하시겠네요!"

일혁의 바람과도 같은 그 인사를 뒤로하고 다시 뛰어서 집까지 도착한 그가 서재로 달려갔다. 그는 책상 맨 위 서랍에 고이 넣어 두었던 검정 벨벳 케이스를 꺼내 들었다. 케이스의 뚜껑을 열어 보자 프린세스 커팅의 다이아몬드가 박힌 은색의 링이 반짝이고 있었다.

위에서 내려다보면 사각형으로 보이지만 아래로 내려갈수록 원형으로 변하는 특이한 형태의 다이아몬드. 청혼 반지를 사러 간 곳에서 첫눈에 그녀의 손에 끼워질 반지는 이 반지라는 예감이 들었다.

단단하고 스스로 설 줄 아는 그녀의 당당함이 겉으로 보기에 네모 같지만 동생을 생각하고 가족을 사랑하는 마음이 깊숙이 박혀 있는 여자. 따뜻하고 부드러운 동그라미를 내면에 간직하고 있는 여자가 바로 그가 사랑하는 이보민이다. 고민할 것도 없이 반지를 집어 들어 계산을 마친 그였다.

반지 케이스를 재킷 안주머니에 넣고 서재를 나온 일혁이 그녀에게 청혼하기 위한 준비를 시작했다.

12시가 지나자 커다랗고 삭막한 사막 같은 거실에 하얀 그랜드 피아노가 자리 잡았고 배달 온 꽃들은 거실 구석구석에 놓여졌다. 그의 사막 같던 마음에 보민과 보율이 들어와서 저 그랜드 피아노처럼 아주 크게 자리를 잡았고, 그녀들이 그의 생활 속에서 연주했던 노래들이 물이 되고 영양분이 되어서 그의 마음이 꽃처럼 자라나게 했다.

지금 거실에 온통 꽃향기가 가득한 것처럼 그의 마음에도 꽃향기가 가득했다. 그의 삶에 선물처럼 등장한 두 여자 덕분에. 준비가 거의 다 됐을 때 전화가 울렸다. 경호업체 번호다.

— 박 대표님. 지금 쇼핑을 마치시고 집으로 향하고 계십니다. 5분 뒤쯤 도착하실 것 같습니다.

그의 마음이 두근거리기 시작했다. 그리고 얼마 지나지 않아 들려오는 현관 도어록의 비밀번호를 누르는 소리. 그의 심장이 소리에 맞춰 춤을 춘다.

먼저 문을 열고 뛰어 들어온 보율이. 보율이가 거실에 가득한 꽃에 놀라 들어오다 말고 그 자리에 멈춰 섰다. 뒤에서 쇼핑한 물건들을 들고 들어오던 보민이 들어가지 않고 서 있는 보율을 보고 멈춰 섰다.

"보율아, 안 들어가고 뭐 해?"

보율이의 놀란 음성이 들려왔다.

"언니 온통 꽃밭이야. 꽃밭."

"그게 무슨 말이야?"

보율이 가리키는 곳으로 고개를 들자 눈앞에 믿기지 않는 그림 같은 풍경이 펼쳐졌다.

집 안에 색색의 꽃이 가득했다. 진한 향기를 뿜어내는 빨간 장미부터 보기에도 신기한 보랏빛의 라벤더까지.

그리고 눈에 익은 피아노 한 대. 그녀와 어머니의 추억이 가득 담긴 피아노. 보율이가 기어 다닐 때부터 함께했던 추억들까지 깃들어 있는 그 피아노였다. 저게 어떻게 저기에? 분명히 팔았는데.

보율이 멍하니 서 있는 보민의 손을 잡아끌고 그가 기다리고 있는 곳으로 데려갔다.

"일혁 씨?"

일혁이 보율에게서 보민의 손을 건네받아 그녀를 피아노 의자에 앉혔다. 그리고 프러포즈의 정석대로 한쪽 무릎을 꿇고 그녀의 얼굴을 올려다봤다. 그녀를 향해 떨리는 맘을 붙잡고 그의 마음을 전하는 첫 운을 뗐다.

"관계라는 것이 싫어서 사람을 만나지도 않던 내가 당신을 만나고 나서부터는 당신과 관계된 모든 것에는 연결되고 싶어 안달이 났어. 정말로 웃어 본 적이 없었는데 이제 당신만 웃으면 나도 맘껏 웃을 수 있어. 행복한 게 뭔지도 알지 못하던 내가 당신과 보율이랑 함께 있기만 하면 행복함으로 충만해져."

일혁이 말을 멈추고 양복 안주머니에서 벨벳 상자를 꺼내 들었다. 케이스 속에는 영원한 사랑, 변하지 않는 사랑, 깨지지 않는 절대적인 사랑이라는 의미를 지닌 다이아몬드가 빛나고 있었다. 그리고 다이아몬드보다 빛나는 그의 청혼.

"나랑 결혼해 줘."

보민의 눈에 물기가 어리기 시작했다. 그가 하는 청혼의 말에 아침부터 마음 한구석에 도사리고 있던 불안한 마음이 사실은 그를 향한 마음이라는 것을 알아 버렸다. 일혁이 그녀를 버리면 어쩌나 싶어서. 이제는 그녀도 그가 없으면 안 된다는 것을 알아 버렸는데 말이다.

사실 보민도 그와 같은 마음이었다. 아버지가 돌아가시고 갑자기 닥쳐온 무게감에 웃어도 웃는 게 아니었는데, 그가 웃으면 자신도 모르게 웃게 된다. 보율이랑 단둘이서 행복한 것보다 그와 함께 셋이서 나누는 행복이 더 크고 더 빛이 났다.

예상하지 못한 프러포즈. 대답은 당연히……. 그러나 보민이 대답하기도 전에 일혁이 그새를 못 참고 조바심을 내보였다.

"보민아. 내가 진짜 잘할게. 나는 당신밖에 없어. 응?"

일혁을 응시하던 보민의 고개가 조심히 끄덕였다. 그러자 일혁이 보민의 네 번째 손가락에 준비한 반지를 조심히 끼워 줬다. 그리고 그녀의 입술에 키스했다. 섬세하고 조심스럽게. 이제 진정한 그의 신부가 될 보민의 입술에 평생을 아껴 주겠다는 마음을 가득 담아서 입을 맞췄다.

두 사람을 향해 축복의 박수 소리가 들려왔다. 보율이 두 사람을 향해 물었다.

"언니랑 아저씨랑 딴딴따 하는 거야?"

그 소리에 일혁은 고개를 끄덕이며 보율의 물음에 대답을 보여 줬다.

온전히 그의 청혼에만 정신이 팔려서 다른 것은 까마득히 잊고 있던 보민은 어린 동생 앞에서 못 보일 것을 보였다는 생각에 부끄러워져 고개를 숙였다.

못다 한 키스에 아쉬움이 가득한 일혁이 한 손으로 보율이 고개를 옆으로 돌리고 다시 보민의 입술을 찾았다. 계속 다시 고개를 돌려 언니와 아저씨를 보려고 애썼지만 보율의 힘으로는 고개가 돌아가지 않았다. 팔을 버둥거리며 안간힘을 써 봤지만 결국 보율은 포기할 수밖에 없었다.

"아이참. 잉."

다시 그녀의 입술을 찾은 일혁이 더 깊이 그녀를 파고들었다. 많은 꽃들이 내보내는 각양각색의 향기로운 꽃향기들 사이에서도 세 사람이 만들어 내는 한층 더 따사롭고 아름다운 행복의 향기가 단연 향기로웠다.

세상에서 아름답다는 꽃들 사이에서 그들의 향기가 향기로운 이유는 아마 서로를 향한 사랑 때문에 만들어진 향기이기 때문이 아닐까?

11.

보민과 일혁, 두 사람이 서류상의 결혼이 아닌 진짜 결혼을 하기로 결정한 후 결혼 준비가 한창이던 어느 날. 일혁은 소파에 앉아 있는 보율에게 나름 눈을 맞추고 아이에게 꼭 맞는 교육이라는, 자칭 눈높이 교육을 하고 있었다.

아저씨라 불리는 것도 나쁘지 않지만 왠지 아저씨라 불리니깐 어디 동네 슈퍼마켓 아저씨 같은 느낌이 스멀스멀 피어나서 찜찜했다. 이제 가족이니까 아저씨보다는 보민의 반쪽을 칭하는, 즉 언니의 남편을 말하는 형부라는 소리가 듣고 싶었다.

그래서 결국 날을 잡아 아이에게 호칭에 대해 가르치려고 단단히 맘을 먹은 일혁이다. 그러나 아이에게 무언가를 가르친다는 것은 정말 힘든 일이 아닐 수 없다.

"그러니깐 보율아, 이제 나를 부를 때는 아저씨가 아니라 형부라고 불러야 해."

"왜?"

이해할 수 없다는 물음이 그에게 돌아왔다. 그래. 새로운 것을 배우는 아이에게는 천천히, 차근차근, 친절하게 설명해 줘야지. 눈높이를 맞춰서. 일혁이 하나부터 시작했다.

"보율이 언니가 누구지?"

그것도 모를까 봐. 보율이 작은 손으로 주방에서 간식을 만들고 있는 보민을 자랑스럽게 가리켰다.

"저기. 보민 언니."

"그렇지? 그럼 언니랑 딴따따 하고 결혼하기로 한 사람은 누구지?"

"아저씨."

보율의 작은 손가락이 이제는 그를 가리켰다. 누구 처제인지 어쩜 이리 똑똑할까? 나중에 저기 저 우주로 로켓을 쏘아 올리는 과학자가 되는 건 아닌지. 그럼 내가 최고의 뒷바라지를 해 줘야지. 일혁이 뿌듯한 마음으로 보율을 안아 그의 무릎위에 앉혀 놓았다.

"우리 보율이 진짜 똑똑하다. 이제 언니랑 아저씨랑 결혼하면 보율이는 아저씨를 형부라고 불러야 하는 거야."

보율이 얼굴에 물음표가 떠올랐다. 유치원에서 남자친구 민수가 나이 많은 오빠들을 보고 형이라 부르는 걸 들었을 때 똑같이 자신도 형이라 부르니깐 나는 형이라 부르면 안 되고 오빠 하고 불러야 한다고 했는데? 아저씨도 참, 내가 그것도 모를까 봐. 보율이 자랑스럽게 일혁을 향해 말했다.

"형? 아닌데? 오빠가 아니야?"

형부라는 호칭이 형이라는 호칭과 한 글자만 다르고 같다 보니 보율이 헷갈려 했다. 형부? 형? 오빠? 오빠라는 소리도 좋은데? 일혁의 입꼬리가 팔불출처럼 또 올라간다. 형부면 어떻고 오빠면 또 어떤가 싶어서.

호칭을 눈높이 교육으로 잘 가르쳐 보려고 했던 일혁은 보율이의 귀여움에 형부라는 호칭을 시작도 전에 포기해 버리고 말았다.

"그래. 형부면 어떻고 오빠면 또 어떠냐. 오빠도 좋다."

그의 무릎에 앉아 있는 보율이를 안아 올렸다. 아이를 안고 빙그르 돌며 장난을 쳤다. 그러자 보율이의 까르르 하는 웃음소리가 거실에 가득 찼다.

그때 주방에서 두 사람이 무슨 일을 하는가 싶어 밖을 기웃거리던 보민이 다 만든 간식을 가지고 밖으로 나왔다.

일혁의 품에 안겨 있던 보율이 보민이 가지고 나온 접시로 다가가기 위해 그의 품에서 벗어났다.

보민이 탁자에 간식 접시를 내려놓았다. 방금 구워진 크랜베리 쿠키 향이 솔솔 풍겨 나오자 참지 못하고 보율이 냉큼 쿠키를 잡아 입으로 가져갔다.

"앙, 맛있다. 언니 쿠키가 최고야."

보민이 흰 우유가 담긴 컵을 보율이 앞으로 밀어 주고는 편하게 소파에 기대고 앉은 일혁에게 물었다.

"오빠라니요?"

"응? 그냥. 보율이에게 호칭을 가르쳐 주고 있었는데, 이제는 뭐라고 부르든 상관이 없어졌어."

보율이 그를 부르는 아저씨라는 말을 계속 듣다 보니 자연스러워져서 저도 모르게 일혁이 아저씨라는 것을 당연하게 받아들이고 있었다. 그리고 호칭이라든가 하는 그런 문제까지는 생각도 못 하고 있었다. 아무리 그래도 오빠는 좀 그런데, 갓 태어난 어린 양 잡아먹는 늑대처럼 보이는데.

"그래도 오빠는 좀……."

보민의 말끝이 조금 흐려지자 그가 제 발이 저려 발끈했다.

"설마 내가 오빠라는 말 듣기에 늙었다는 건 아니지?"

어떻게 알았지? 귀신인데? 하지만 그런 맘을 숨기고 보민이 흥분하려고 시동을 거는 일혁의 손을 잡았다.

"설마요. 일혁 씨가 좋으면 좋은 거지만 다른 사람들이 이상하게 생각하지 않겠어요?"

손을 잡고 조근조근 설명하는 보민의 목소리에 일혁은 언제 내가 흥분 했나요, 나는 흥분의 흥 자도 모르는 사람이지, 하는 얼굴로 세상에 둘도 없는 성자처럼 인자한 미소를 떠었다.

"그럼 내가 보율이 처제에게 다시 말해 볼게."

보민이 하는 말이라면 아주 죽는 시늉이라도 할 것처럼 따르는 일혁이다.

얼마 전만 해도 그는 이런 사람이 아니었다. 자기 주관이 너무나 뚜렷해 상대방에 상관없이 자신의 의견을 관철하는 게 박일혁이라는 사람이었다. 그러나 이제는 보민의 말이라면 무조건 다 맞는 말이라고 자기의 주관도 버리고 흔들리는 갈대가 되었다.

두 사람이 그러든 말든 앞자리 앉은 보율은 나름 심각한 고민에 빠졌다. 바로 접시에 마지막으로 남아 있는 쿠키를 먹을 것인가 아님 새로 생긴 오빠에게 양보할 것인가. 그것이 문제로다.

오늘따라 더 잘 구워져 바삭함이 일품인 쿠키를 먹고 싶기도 했고 처음 가져 보는 오빠에게 주고 싶기도 했다. 몇 번이고 맘속에서 갈등하던 보율은 두 눈을 딱 감고 쿠키를 일혁에게 건넸다.

"오빠, 이거 오빠 드세요."

작은 입에서 나오는 깜찍한 소리에 보민과 일혁이 방금 전 형부라 부르게 하겠다고 한 결심이 와르르 무너져 내렸다.

동그란 눈에 아쉬움을 가득 담고 입맛을 다시며 어렵사리 포기한 쿠키를 건네는 것도 귀여운데 더 압권인 것은 아이의 입에서 나오는 오빠 소리. 누가 싫어하겠나. 그 누가 다시 듣고 싶어 하지 않겠냔 말이다.

보민과 일혁은 그냥 시간이 가는 대로 익숙해지는 대로 그렇게 살아가자 생각했다. 정해진 호칭대로 부르지 않아도 우리가 하나인 것은 변함이 없을 테니. 그런 호칭이 없어도 우리가 만든 관계가 사라지지는 않을 테니.

두 사람은 내일 다시 아이에게 형부라는 말의 의미를 차근차근 설명해 줄 생각이었다. 그런 식으로 여러 번 잘 설명해 주고 조금의 시간이 지나고 나면 보율은 일혁을 당연히 형부라고 자연스럽게 부르는 날이 올 것이다.

보율이 큰맘 먹고 양보해 준 쿠키를 사이좋게 나눠 먹고 일혁은 거실 오른쪽에 떡하니 자리 잡고 있는 피아노로 시선을 돌렸다.

피아노로 프러포즈를 한 게 벌써 며칠 전인데 아직 보민이 피아노를 연주하는 걸 들어 본 적이 없다.

그녀의 피아노 연주를 들어 보고 싶은데. 나를 위해 한 곡 쳐 줄 수 없냐고 물었더니 그녀가 부끄럽고 쑥스럽다고 시선을 피하며 다음에 해 주겠다고 계속해서 '다음'을 기약했다. 그 다음이 언젠가 싶어 매일 틈만 나면 그녀를 조르고 있는 그였다.

오늘도 여지없이 일혁이 그녀를 졸랐다.

"오늘은 쳐 줄 거지? 피아노 한 번만, 응?"

일혁이 옆에 있는 보율이 등을 살짝 건드렸다. 미리 보율에게 귀띔을 해 놓았다. 언니가 피아노 치는 것을 들어 보고 싶으니 보율이도 협조해 준다면 새로 나온 신상 뽀로로 병원 놀이 세트를 사 주겠다고.

그가 살짝 건드린 신호에 맞춰 영특한 보율이도 보민의 긴 치맛자락을 붙잡고 조르기 시작했다.

"언니, 피아노 쳐 줘, 응? 듣고 싶어. 딩동딩동 듣고 싶어."

팔을 흔들며 조르는 일혁과 아래에서는 치마가 벗겨지도록 잡아당기는 보율. 두 사람의 양동작전에 결국 보민은 피아노 의자에 가서 앉을 수밖에 없었다.

보민이 심호흡을 하고 손가락을 까딱까딱하며 스트레칭을 하더니 조심히 건반에 손을 올렸다. 두 사람은 숨을 죽이고 연주를 기다리고 있었다.

이윽고 시작된 피아노 연주. 음악에 대해 잘 모르는 일혁이 듣기에도 화려한 색채를 띤 도입부로 시작된 연주는 보민의 가느다랗고 긴 손가락 아래에서 경쾌하고 활기찬 멜로디가 되어 흘러나왔다.

처음 들어 보는 그녀의 연주에 일혁이 넋을 놓았다. 그리고 오랜만에 보는 언니의 연주에 보율이 역시 눈을 떼지 못했다. 중간에 느린 선율이 나와 잠시 쉬는 듯하더니 바로 이어서 빠른 선율이 나와 휘몰아친다.

그녀가 만들어 내는 음계의 흐름에 일혁은 현기증이 날 것만 같았다. 마치 그녀를 안고 있을 때처럼.

마지막까지 쉼 없이 움직이던 그녀의 손가락이 높은 음을 건드리고 빠르게 왼쪽으로 날듯이 옮겨 가 낮음 음을 눌러 두둥 하고 끝이 났다. 연주가 끝나자 보민이 가쁜 숨을 내쉬었다. 그리고 두 관객의 우레와 같은 박수갈채가 그녀를 둘러쌌다.

"당신 정말 피아노 전공한 거 맞구나. 정말 잘 친다."

"나보다 잘 치는 사람이 얼마나 많은데요. 이 정도는 아무것도 아니에요."

겸손을 내비치는 보민을 보며 일혁이 아니라고 입이 마르게 칭찬했다.

"내가 본 사람 중에 가장 잘 치는데?"

"혹시 피아노 치는 거 본 게 오늘이 처음인 거 아니세요, 박일혁 씨?"

정곡을 찌르는 그녀의 말에 일혁이 헛기침을 했다. 처음이긴 하지만 모차르트가 살아 돌아와서 피아노를 연주한다고 해도 그에게만큼은 세계 최고의 연주자는 보민일 테니 거짓말은 아니지. 일혁이 멋쩍어져 이야기를 딴 데로 돌렸다.

"근데 방금 친 건 무슨 곡이야?"

"드뷔시의 '기쁨의 섬'이란 곡이에요. 밝고 경쾌하죠?"

그런 것 같다. 손가락이 밝은 느낌을 주는 음을 누르며 경쾌하게 움직이는 것만으로도 충분히 그런 느낌을 받았다. 그가 말 잘 듣는 학생처럼 고개를 끄덕였다. 그러자 보민이 설명을 덧붙였다.

"사랑에 빠져 있던 드뷔시가 사랑이 이루어진다는 이야기가 전해져 내려오는 그리스의 한 섬으로 연인과 여행을 떠나서 지은 곡이에요."

"그래?"

그녀의 설명을 들은 일혁이 보민의 옆에 앉아 아직도 기쁨에 섬에서 헤어 나오지 못하는 그녀의 고개를 그의 어깨에 기대게 했다. 그의 어깨에 딱 맞게 들어오는 그녀의 얼굴. 그의 심장이 뛰기 시작한다.

그녀가 그에게로 다가오고부터 그의 심장이 제대로 뛴다. 사랑이 이루어진다는 이야기가 전해 온다는 섬이라. 그녀와의 사랑이 이루어지기야 했지만 다음 생에서도 그녀와 다시 만나 사랑을 하고 싶다는 맘이 가득한 그에게 솔깃한 이야기가 아닐 수 없다. 생각을 마친 그가 말을 꺼낸다.

"우리 신혼여행을 거기로 갈까?"

그의 어깨에 기대 있던 보민의 고개가 들려진다. 그리스라니, 거기다 자신이 가장 좋아하는 드뷔시의 기쁨의 섬이 만들어 진 크레타섬으로 신혼여행을 간다니. 보민의 목소리에 저도 모르게 기쁨이 묻어났다.

"네? 그리스요? 나야 물론 좋지만……"

"좋지만?"

보민이 조심히 그를 보며 망설이던 다음 말을 꺼냈다.

"당신 바쁜 거 아니에요?"

이 여자가 정말. 일혁에게 그녀와 함께 시간을 보내는 일보다 중요한 일이 어디에 있다고. 일혁이 보민의 어깨를 끌어안았다.

"안 바빠. 그리고 당신에 관한 거면 난 무조건 시간이 남아돌아. 그러니까 그런 걱정은 이제 절대로 하지 마. 알겠지?"

그녀의 말이라면 사소한 것도 놓치지 않고 기억하고 챙겨 주는 그. 자신보다 그녀에 대해 더 민감하게 반응해 오는 남자. 보민이 그가 보여 주는 사랑에서 헤어 나올 수가 없다. 그가 재차 확인하며 물어 왔다.

"그럼 신혼여행은 그리스로 가는 거다?"

보민이 작게 고개를 끄덕였다. 일혁은 보민과 함께하는 여행이 벌써부터 기대가 됐다. 그리스의 섬에서 그녀와 보내게 될 시간이, 그녀와 함께할 파란 그리스의 밤들이,

"여행? 나도 여행 가는 거야?"

여행이란 소리에 두 사람 사이로 보율이 비집고 들어왔다. 보민이 자신과 일혁의 사이에 끼어들어 온 보율의 머리를 쓰다듬으며 당연하다는 듯 말했다.

"그럼, 우리는 세트니깐. 일혁 씨, 보율이도 같이 가는 거 맞죠?"

"물, 물론이지."

일혁의 얼굴에 곤란한 빛이 떠올랐다. 물론 한 세트라고 그리도 강조를 했으니 보율이도 함께 가는 건 맞다. 하지만 보율이 밤에 일찍 잔다고 약속한다면 데리고 가는 걸로, 나중에 밤에 몰래 보율에게 단단히 일러둬야겠다.

❈

결혼식은 거창하게 하지 않기로 했다. 일혁이나 보민이나 가족이라고는 보율이밖에 없고 아는 친지라고 해 봤자 김 실장, 장 변호사 정도였다.

그냥 일혁의 빌딩 1층에 자리하고 있는 작은 레스토랑에서 하우스 웨딩 식으로 해서 형식은 가볍게 하되 서로에 대한 마음은 무겁게 담아 진행하는 걸로 했다.

간단하게 행해지는 결혼식이다 보니 생략할 것이 많았지만 일혁은 새 신부가 되는 보민에 대한 것은 가장 좋은 것으로, 가장 최고의 것으로 준비하고 있었다.

모든 신부의 로망 웨딩드레스도 보민은 필요 없다고 했다. 그냥 저번 가족사진 찍을 때 사 준 원피스를 입어도 된다고 보민은 한사코 손을 저었지만 일혁은 안 된다고 절대적으로 반대했다.

"안 돼. 이건 당신을 위한 게 아니라 나를 위한 거야. 내가 당신 웨딩드레스 입은 걸 보고 싶어서 그래."

결국은 일혁의 고집대로 웨딩드레스를 고르려고 청담동에 위치한 웨딩드레스숍을 찾았다.

먼저 일혁이 예복으로 맞춘 턱시도를 갈아입으러 들어갔다. 거래처의 창립 파티가 있을 때 입어 보기도 했던 턱시도이지만 이상하게 턱시도를 생애 처음 입어 본 것 같은 느낌이 들었다.

그에게 턱시도는 거추장스럽고 형식적인 것이었다. 왜 이런 걸입고 파티에 나가 보기도 싫은 사람들과 이야기를 나누어야 되는지, 그의 입장에서는 이해할 수 없는 일이었다. 그런데 그 귀찮았던 턱시도가 그녀와 결혼할 때 입을 예복으로 쓰임새가 바뀌니 그에게 의미 있는 옷차림이 되어 버렸다.

그가 떨리는 마음으로 마지막 단추를 잠그고 밖으로 나왔다. 그가 나오기를 기다리고 있던 보민과 보율은 검정 턱시도를 입은 그를 보고 동시에 엄지를 치켜들었다.

"일혁 씨, 턱시도가 정말 잘 어울려요."

"진짜 멋있다. 우와, 형부오빠 왕자님 같아."

세상 그 누구의 평가 따위는 필요 없는 그에게 꼭 필요한 것이 바로 저기서 그를 향해 웃으며 고개를 끄덕이고 있는 두 여자의 인정이다. 두 여자가 좋다고 하니 당연히 그도 좋은 거다.

다른 것은 입어 볼 필요도 없이 두 사람에게 합격점을 받은 턱시도로 단번에 결정을 해 버렸다. 다음은 보민과 보율의 차례. 두 사람이 손을 잡고 안으로 들어갔다.

그리고 밖에 혼자 남은 일혁 역시 여느 신랑들처럼 자리에 앉아 눈에 들어오지도 않는 잡지를 넘기며 주인공을 가리고 있는 커튼의 막이 올라가기만을 기다리고 있었다.

시간이 어느 정도 흐르자 드디어 커튼이 올라가고 레이스로 장식된 풍성한 치마의 원피스를 입은 꼬마 숙녀인 보율이 등장했다. 보율이 관객이 된 일혁을 향해 치마 끝을 잡고 인사했다.

"형부오빠, 나 예뻐요?"

일혁이 엄지를 치켜들며 인사하는 보율을 향해 찬사를 보냈다.

"당연하지. 이 세상 어린이들 중에서는 우리 보율이가 제일 귀엽고 예쁘지."

"그럼 이거, 난 이걸로 할래요."

일혁이 고개를 끄덕이자 결혼식 때 보율이 입을 옷은 결정이 됐다. 이제 주인공이 될 신부인 보민의 차례만 남았다.

일혁이 다시 자리에 앉아 보민을 기다리는 초조함을 달래기 위해 잡지를 뒤적였다. 그리고 새 옷을 입어 기분이 좋은 보율이 전시되어 있는 하얗고 반짝이는 드레스를 연신 감탄 어린 눈으로 둘러보고 있었다.

만지고 싶지만 감히 만질 수 없는 것처럼 느껴졌는지 드레스 자락으로 향하려는 손을 막으려 뒷짐을 지고 눈만 동그랗게 떴다.

드디어 대망의 최종 막이 열릴 시간. 이윽고 커튼 밖으로 나온 직원이 주인공을 가리고 있는 커튼을 잡아당긴다.

"신부님 나오십니다."

커튼이 걷히고 눈부실 만큼 아름다운 보민이 수줍은 한 송이 카라 꽃처럼 서 있었다. 오프숄더의 드레스는 그녀의 가느다랗고 부드러운 어깨선을 예쁘게 드러내었고 어깨 쪽에 들어간 러플이 팔까지 내려와 발랄함을 더해 주고 있었다. 그리고 가느단 허리선에서 시작되어 부드럽게 발끝까지 에이라인으로 떨어지는 웨딩드레스는 보민에게 너무나 잘 어울렸다.

아름답다. 형식적인 것이긴 하지만 한참 전에 결혼해서 그녀와 같이 생활을 해 오고 있었지만 이상하게 그녀가 웨딩드레스를 입은 모습을 보니 이제야 이 여자가 자신의 신부라는 것이 실감이 났다. 그의 울타리 안에 정말로 보민이 들어왔다.

"우와, 언니 진짜 예쁘다. 공주님 같아."

보율이 처음 보는 언니의 아름다운 모습이 너무 좋아 드레스를 입은 보민의 주위를 맴돌았다. 보율은 언니에게 예쁘다고 칭찬하느라 여념이 없는데 일혁은 자리에서 일어난 채 굳은 듯 멈춰 있었다.

너무 아름다운 보민을 보는데 이상하게 그의 마음이 벅차올랐다. 이제야 보민이 자신의 아내라는 게 실감이 나서 가슴이 벅차 움직일 수가 없었다. 말이 없는 그에게 보민이 쑥스러운 듯 눈을 맞춰 왔다.

"나, 이상해요?"

그녀의 말도 안 되는 소리에 얼음처럼 굳어 있던 일혁이 깨어났다. 그리고 그녀의 옆으로 다가가 벅찬 마음을 누르며 일부러 그녀에게 장난스럽게 이야기했다.

"아니야, 이상하기는. 너무 아름다워서 내가 정신이 잠깐 나가서 그렇지. 진짜 누구 신부인지 세상에서 제일 예쁘다."

팔불출처럼 좋다고 웃는 그가 민망해 보민이 살짝 그를 때렸다. 아프지도 않으면서 일혁이 엄살을 부렸다.

"아, 아파. 호 해 줘."

"일혁 씨, 그만해요."

점점 어리광이 늘어 가는 일혁 때문에 보민이 직원의 눈치를 보며 고개를 살짝 숙였다. 하지만 눈치 빠른 직원은 익숙하다는 듯이 눈치껏 보율을 데리고 자리를 피해 줬다.

마침 출출하던 보율은 직원 언니가 샌드위치를 만들어 준다고 하자 좋아라 하며 직원의 손을 잡고 나갔다. 방해꾼들이 사라지자 일혁이 단상에 서 있는 보민의 가느다랗고 고운 손을 잡았다.

"이제 진짜 내 사람이 되는 거지?"

보민이 눈을 못 마주치며 고개를 끄덕이자 일혁이 성급하게 그녀의 입술을 삼켰다.

"으음."

갑작스러운 그의 입맞춤에 그녀의 입에서 놀란 신음 소리가 들려왔다.

그가 계속 참아 왔던 열망을 담아 그녀의 문을 두드렸다. 그러자 그가 보내오는 열망에 보민이 반응하며 입술을 열었다. 그 안으로 그의 혀가 들어왔다. 이제는 피하지 않고 보민이 수줍게 그의 혀를 맞이했다.

반응해 오는 그녀 때문에 그가 더 흥분의 소용돌이로 빨려들어갔다. 그의 손이 드레스가 감싸고 있는 그녀의 가슴으로 다가갔다.

저도 모르게 그녀의 가슴으로 손이 간 그의 본능이 드레스를 안에 감춰진 그녀의 부드러운 언덕을 갈망했다.

갑작스런 그의 접촉에 그녀가 놀라 몸을 굳혔다. 그녀의 두려움을 눈치챈 그가 자신이 가지고 있는 최대한의 절제를 동원해 그녀에게서 떨어졌다. 아쉬움이 가득한 그의 신음이 흘러나온다.

"음, 하아."

아직도 초점 없는 눈으로 멍하게 무너지려는 그녀를 단단히 붙잡아 소파에 앉히고 키스로 립스틱이 번진 입술을 매만져 정리해 주었다.

"미안, 내가 짐승인 탓도 있지만 이건 당신이 너무 예뻐서 그런 거야. 오늘은 이렇게 넘어가지만 다음에는 나도 못 참아."

그냥 겁주려고 하는 말이 아니라 정말이다. 그녀의 입술만 탐해도 이리도 동하는 자신이 언제까지 본능을 붙들어 둘 수 있을지 모르겠다.

그를 보고 있는 그녀의 깊은 눈망울이 흔들렸다. 일혁이 조심히 보민을 품에 안았다. 그의 말뜻을 알아차린 보민이 더 깊숙이 그의 품에 얼굴을 묻고 작게 고개를 끄덕였다.

12

'오늘은 쉬는 날입니다.' 라는 팻말이 걸린 레스토랑 안에는 분홍색의 장미와 하얀색의 백합으로 장식된 테이블이 놓여 있었다. 꽃으로 가득히 장식된 레스토랑은 은은한 노란 조명으로 로맨틱한 분위기를 연출하고 있었다.

벽면 테이블에는 간단히 먹을 수 있는 애피타이저가 놓여 있었고 즐거운 날에 빠질 수 없는 와인 역시 준비되어 있었다. 거기다 첼로와 바이올린 선율이 오늘 있을 일을 축하하며 레스토랑을 가득 채우고 있었다.

평소 열 명 가까이 되는 직원들이 준비하던 홀에는 달랑 한 명의 직원이 서서 음식을 나르기 위해 준비하고 있었다. 다른 직원들은 다 휴가를 받아 출근하지 않았지만 오늘 일하면 특별히 보너스까지 얹어 준다는 말에 출근한 직원이었다.

그는 구석진 곳에 서서 레스토랑 안을 휘둘러보며 조촐하기만 한 결혼식을 연신 의아해했다. 분명히 여기 빌딩 건물주의 결혼식이라고 했는데, 초대받아 온 하객이라곤 달랑 세 명. 저기 앉아 있는 남자 두 명과 어린아이가 전부인 것처럼 보였다.

거기다가 주례도 없는 것 같고 신랑 신부의 부모님도 없는지 혼주석도 마련되어 있지 않았다. 그 자리에 계속 서 있던 그를 레스토랑 매니저가 불렀다.

"김민석 씨."

직원이 자신의 이름이 불리는 곳으로 뛰어갔다.

"부르셨습니까?"

"여기 이 음식 저기 손님 계신 테이블로 갖다 주시면 됩니다."

"네, 알겠습니다."

알겠다 하고 받아 든 쟁반에는 주방장이 특별히 만든 수제 햄버거와 사과 주스가 담겨 있었다. 직원은 쟁반을 들고 매니저가 지시한 세 명의 하객이 앉아 있는 테이블로 향했다.

그리고 그곳에는 하얀 원피스를 입고 의자에 앉아 닿지 않는 발을 동동거리고 있는 보율이 있었다. 아침 일찍부터 일어나 어디론가 끌려가는 언니를 졸린 눈을 비비며 따라다녔다. 점심을 너무 간단하게 먹은 탓에 배가 고파 딱 죽기 일보 직전이다.

배고프다고 칭얼거리는 보율에게 일혁이 잠시만 기다리라고, 여기서 햄버거를 먹게 해 주겠다고 해서 그녀는 얌전히 의자에 앉아 이제나저제나 햄버거만 기다리고 있었다.

그 기다림의 끝에 저 멀리에서 발견한 쟁반에 담겨 오는 햄버거. 배가 고파 생기가 없던 그녀의 두 눈이 반짝였다. 직원이 쟁반을 내려 주자마자 큼지막한 햄버거를 들고 허겁지겁 베어 무는 움직임

이 전광석화 같았다.

"우와, 이거 진짜 맛있다."

햄버거는 맥도리아에서 파는 것보다 훨씬 맛있었다. 한 입씩, 한 입씩 작은 입은 순식간에 햄버거를 먹어 치웠다.

그 큰 햄버거를 다 먹고 배를 든든히 채운 보율이 언니를 찾아 나섰다. 아침부터 어디론가 끌려간 언니는 머리도 감고 동그란 거에다가 머리를 돌돌 말기도 했다. 거기서 끝이 아니라 얼굴에는 여러 가지 붓으로 왔다 갔다 하며 그림을 그리는 것 같았다. 그럴 때마다 언니는 변신에 변신을 거듭했다.

그리고 자신도 옆의 의자에 앉아 미용실 언니들이 엘사처럼 땋아 주는 머리를 신기하게 쳐다보았다. 변신하는 자신을 두 눈으로 똑똑히 지켜보느라 눈이 다 아플 지경이었다.

오늘은 다른 때와 다르게 얌전히 언니가 끝날 때까지 잘 기다리다 언니와 함께 레스토랑에 도착했는데, 여기서도 언니는 옷을 갈아입어야 한다면서 누군가에게 끌려갔다.

고프던 배도 다 채웠으니 이제 언니를 찾아가 볼까 하고 일어섰다. 보율이 방방 뛰며 보민을 찾으러 온 레스토랑을 뒤지기 시작했다.

보율이 안쪽 룸에 마련된 신부 대기실로 오늘의 주인공을 찾으러 간 사이 일혁은 김 실장이 조용히 그의 귀에 속삭이는 소리에 미간을 찌푸렸다.

"화환? 무슨 화환?"

"에너지 톤 사장이신 김진수 사장님이 결혼 축하 선물로 보내신 화환입니다."

"김진수 사장이?"

일혁은 김 실장과 함께 레스토랑 바깥으로 나가 보았다. 김진수라는 이름이 쓰인 리본을 달고 있는 화환 하나가 세워져 있었다.

김진수 사장이라면 그의 경계 대상에 올라 있는 사람 중 한 명이자 지금 특허권을 가장 손에 넣고 싶어 하는 사람이기도 하다. 그런데 이상하게 아직까지 특허권을 사겠다고 접촉을 해 온 적이 없단 말이지.

그것보다 내가 오늘 결혼한다는 것을 어떻게 알았을까? 청첩장을 보낸 것도 아니고 소문을 낸 적도 없었다.

결혼한다는 것을 알고 있는 사람이라고 해 봤자 결혼식에 온 김 실장과 장 변호사가 전부인데, 그들이 이런 말을 흘렸을 리도 없다.

우리 쪽 상황을 면밀히 주시하고 있었던 게 아니라면 이런 갑작스런 기습이 가능할 리가 없지. 그의 눈이 날카롭게 빛났다.

"김 실장. 화환은 돌려보내. 그리고 내일부터 내가 없는 동안 전에 내가 지시한 일 알아보도록 해."

"알겠습니다."

김 실장이 화환을 돌려보내기 위해 휴대전화를 꺼내 전화를 걸며 레스토랑에서 조금 떨어진 곳으로 걸어갔다.

김진수 사장의 속셈이 뭘까. 정말 결혼을 축하하는 의미에서 보낸 걸까. 아니면 김 사장이 그의 보물들인 두 여자를 해치려고 하는 사람인가. 그의 머리가 복잡해졌다.

하필 오늘 같은 날 겁도 없이 날아와 주위를 맴도는 날파리처럼 여기의 분위기를 흐리려고 하는 남자 때문에 기분이 가라앉았다.

그 자리에 서서 생각이 많아진 그를 깨운 건 하객으로 참석한 장 변호사였다.

"박 대표님. 안 들어오십니까? 신부가 기다립니다."

"들어갑니다."

보민이 기다린다는 소리에 일혁이 자꾸만 표정을 어둡게 만드는 걱정들을 마음 깊이 넣고 아무도 보지 못하게 자물쇠를 걸었다. 이렇게 기쁘고 좋은 날, 그의 인생에서 가장 의미 있는 날 걱정이 깃든 얼굴로 그녀를 맞이할 수는 없다.

보민만 생각하면 얼굴에 미소가 지어지는 그가 환한 미소를 띠고 장 변호사가 문을 열고 기다리는 레스토랑 안으로 들어섰다.

보민이 기다리고 있는 대기실. 보율이 쪼그려 앉아 보민의 웨딩 드레스 끝자락을 만지고 있었다. 보들보들한 감촉의 드레스가 차르륵 작은 손에 감기자 저절로 웃음이 나온다.

옆에서는 긴 머리를 카라와 함께 땋고 손에는 기다란 카라로 만들어진 부케를 든 보민이 수줍은 듯 고개를 숙이고 있었다.

대기실에 들어선 일혁은 그녀의 모습을 보고 감탄해서 잠깐 말을 잃고 그 자리에 서 있었다.

그녀가 들고 있는 카라가 가진 꽃말은 '당신은 나의 행운입니다'.

정말 보민은 일혁의 일평생에 단 한 번 찾아온 행운이었다. 그런 행운을 일혁이 잡았다. 또한 일혁도 보민에게 어느 날 갑자기 찾아온 행운이었다. 그런 행운을 보민이 잡았다.

오늘의 신랑인 일혁이 아름다운 신부에게로 다가섰다. 그리고 새롭게 시작하는 길을 걷기 위해 손을 내밀었다.

"갈까?"

보민이 그의 손을 잡고 밖으로 나섰다. 두 사람이 함께 나오자 세 명이 전부인 하객들이 손바닥이 아프도록 박수를 치며 맞이해 주었다. 그 축복에 일혁과 보민이 감사의 뜻으로 고개 숙여 인사했다.

이제는 서로에게 행운이 된 두 사람이 한 손을 꼭 잡고는 그들을 축복하는 증인들 앞에서 서로를 향한 언약을 하려고 한다.

일혁이 먼저 그가 보민을 향해 지켜 나갈 것을 약속했다.

"당신을 사랑하는 것을 절대로 멈추지 않겠습니다. 당신이 아플 때나 힘들 때나 시간이 아주 많이 흘러 사랑에 무뎌지는 그날이 올 지라도 당신을 사랑하는 것을 멈추지 않겠습니다."

다른 것들은 아무것도 필요 없었다. 시간이 유수처럼 흘러 모든 것이 무뎌지고 희미해지는 그날에도 이 여자를 사랑하는 것을 멈추지 않는다면 다른 어떤 것들도 아무런 문제가 되지 않을 터이니.

지금 같아서는 그런 날이 올 것 같지는 않지만 그에게 있어 이것 만큼은 절대적으로 지키고 싶은 맹세였다.

보민이 그를 향해 그녀가 지키겠다고 결심한 것을 맹세했다.

"당신을 믿는 것을 멈추지 않겠습니다. 시간이 많이 흘러 당신이 하는 말과 행동들에 의구심이 들고 혹시나 하는 생각이 들 때에도 절대로 당신을 믿는 것을 멈추지 않겠습니다."

믿는 것을 멈추지 않는다면 그녀가 그를 사랑하는 마음은 절대로 변할 리가 없으니깐. 시간이 흘러 상대방이 하는 말이나 행동에 물음을 갖게 되는 날이 오겠지만 그래도 이 사람을 믿는 것을 멈추지 않을 것을 보민은 맹세했다.

두 사람의 맹세가 끝나자 결혼식의 마지막 순서로 장 변호사가 두 사람을 축복하기 위해 준비해 온 시를 꺼내 들고 읽었다.

아파치족 인디언들의 축시. 장 변호사가 결혼할 때 보민의 아버지가 주례로 읽어 주었던 시였다. 일혁이 연락을 해서 축사를 부탁했을 때 그는 사양하지 않고 받아들였다. 형님이 해 주셨던 축하의 말을 고스란히 두 사람에게 전해 주고 싶어서.

"이제 두 사람은 비를 맞지 않으리라. 서로가 서로에게 지붕이 되어 줄 테니까. 이제 두 사람은 춥지 않으리라. 서로가 서로에게 따뜻함이 될 테니까. 이제 두 사람은 더 이상 외롭지 않으리라. 서로가 서로에게 동행이 될 테니까. 이제 두 사람은 두 개의 몸이지만 두 사람의 앞에는 오직 하나의 인생만이 있으리라. 이제 그대들의 집으로 들어가라. 함께 있는 날들 속으로 들어가라. 이 대지 위에서 그대들은 오랫동안 행복하리라."

축사를 마친 장 변호사의 눈에 물기가 어렸다. 보민의 아버지 이 사장이 이 모습을 본다면 정말 이제는 편히 눈을 감으실 수 있겠다는 생각이 들어서.

주례도 없었고 복잡한 절차나 형식적인 것들이 없는 결혼식은 금방 끝이 났다. 식이 끝나자 보민은 가벼운 원피스로 갈아입었고 일혁 역시 재킷은 벗고 셔츠 차림으로 하객 세 사람과 중앙의 테이블에 자리를 잡았다.

보민과 나란히 앉은 일혁이 연신 그녀를 챙겼다. 보민이 보율이 먹는 것을 챙기느라 식사를 제대로 하지 못하는 모습을 보고는 자신 앞에 놓인 스테이크를 재빨리 잘라 그녀의 접시와 바꿔 주었다.

"당신 얼른 먹어. 오늘 아침에 빵 하나 먹은 게 전부잖아. 내가 보율이 챙길게."

이 소리에 잘 식사를 하고 있던 장 변호사와 김 실장은 부드럽게 잘 넘어가던 고기가 목에 콱 하고 걸려 버렸다. 의외의 자상함을 보여 주는 일혁의 모습에 장 변호사가 놀라 입이 벌어졌다.

'아니 박 대표가 저렇게 부드러운 사람이었어?'

장 변호사만 이리 생각하는 건 아닌가 보다. 일혁을 십 년 가까이 보필해 온 김 실장도 같은 생각이었으니.

'맙소사. 대표님의 성품 중에서 자상함이란 단어는 찾아볼 수 없을 줄 알았는데. 아니, 일하실 때도 저러시면 얼마나 좋으냐 말이다.'

두 사람의 시선 따위는 신경 쓰지 않고 일혁은 연신 어미 새처럼 보율을 챙기기에 여념이 없었다. 두 사람이 놀라든 말든 당사자가 별 감흥이 없으니 평온한 분위기의 식사는 계속되었다.

아침 일찍부터 일어나야 했던 보율은 햄버거에 이어 저녁으로 준비된 스테이크까지 다 먹고 나서 피곤했는지 졸린다고 잠투정을 부렸다. 보민이 보율을 안고 자리에서 일어났다.

"보율이가 잠이 많이 오나 봐요. 위에 잠시 재우러 갔다 올게요."

일혁이 보민에게 힘들 테니 자신이 가겠다고 했지만 그녀는 고개를 내저었다. 결국 보민이 보율을 안고 위로 올라갔다. 그리고 남은 세 명의 남자들은 와인 잔에 술을 가득 채웠다.

밤이고 술까지 곁들인 자유로운 분위기에 둘러앉은 그들은 와인 잔을 기울이며 이야기를 이어 갔다. 와인 한 잔을 홀짝이던 장 변호사가 일혁을 향해 웃으며 말을 했다.

"박 대표님. 제가 아주 좋은 선물을 준비했습니다."

"선물은 무슨. 괜찮습니다."

와인을 마시고 취했는지 장 변호사가 혀가 꼬인 발음으로 말을 내뱉었다.

"신혼여행 가시는 동안 보율이를 저희 집사람이 봐 주겠다고 합니다."

일혁의 귀가 쫑긋했다. 하지만 이내 보율이를 떼어 놓고 보민과 둘이서만 신혼여행을 가면 좋겠다는 생각을 조금이라도 한 그의 못된 생각을 지워 버렸다. 같이 가기로 보율이랑 약속까지 하고서는.

"아닙니다. 셋이 같이 가기로 한 여행이라서요."

"저희 집사람이 보율이가 보고 싶어서 그러는 겁니다. 보율이와 저희 집사람이 아주 친한 사이랍니다. 요즘 안 본 지 너무 오래됐다고, 보고 싶다고 노래를 불러서요. 오늘도 같이 오려고 했는데 갑자기 장모님이 올라오시는 바람에. 두 분이서 좋은 시간 보내시게 하고 싶기도 하고 보율이와 며칠 지내고 싶다고 말하니 그렇게 하시죠?"

마음 저 어딘가에서는 '그의 말대로 해. 그렇게 하라고.' 하고 속삭이는 소리가 있었지만 일혁은 흔들리는 마음을 다시 붙잡았다. 셋이서 같이 가겠다고 약속했으니 약속은 꼭 지키겠다고.

"아닙니다. 저희 셋이서 잘 다녀오겠습니다."

한 번 아니라면 아닌 사람이니. 장 변호사는 다시 권하려는 말을 집어넣었다. 그리고 주위를 살피며 아무도 없는 것을 확인하고는 조심스럽게 입을 열었다.

"전에 말씀하신 것 말입니다. 이 사장님 돌아가시기 전에⋯⋯."

"네."

"자세한 건 모르지만 에너지 톤의 김 사장이 유언 변경 전에 몇
번이나 이 사장님을 찾아왔답니다."

계속 반복되어 들려오는 김진수 사장이라는 소리에 일혁의 얼굴
은 딱딱하게 굳어 갔다. 일혁뿐만 아니라 김 실장도 표정이 굳었고
장 변호사 역시 기분이 찜찜해진 건 당연한 일이었다. 장 변호사는
이렇게 기분 좋고 행복한 날 괜한 말을 꺼낸 것이 후회가 되었다.
내일이면 신혼여행을 떠날 사람을 두고 괜한 말을 꺼내 마음을 더
무겁게 만들어 버린 것이 아닌가 싶어서. 장 변호사가 무거워진 분
위기를 수습했다.

"참, 내가 주책이지. 이렇게 좋은 날, 안 좋은 소리를 꺼내고 말
이야. 박 대표님, 미안합니다."

"아닙니다. 알아봐 주셔서 감사합니다."

"자자, 이제 그 이야기는 그만하고. 아, 박 대표님. 이번에 P전
자회사 말입니다."

장 변호사가 화제거리를 다른 곳으로 돌렸다. 일혁도 스멀스멀
피어나는 나쁜 생각들은 어딘가에 고이 모셔 두었다. 하루 종일 웃
기만 해도 모자란데 괜한 걱정으로 인상을 찌푸리기에는 오늘은 너
무 소중하고 행복한 날이었다.

다시 세 사람은 흔히 하던 이야기로 돌아가 시간을 보냈다. 남자
들의 이야기야 거기서 거기라 한 시간도 채 지나지 않아 더 이상
할 이야기가 없어진 세 사람은 자리에서 그만 일어났다. 내일 신혼
여행을 떠나는 일혁을 배려하기 위해서.

결혼식에 증인으로 참석해 준 두 사람을 배웅하고 그의 집으로

올라가는 엘리베이터 안. 엘리베이터 올라가는 속도가 어찌나 느린지. 마음 같아서는 벌써 그 시간 동안 열 번이고 집에 도착하고도 남았겠다 싶었다.

그의 체감상으로만 느리게 올라가는 엘리베이터가 7층에서 띵하는 소리를 내며 문이 열렸다. 그 열린 문 사이로 순식간에 뛰어나와 집으로 들어간 그가 신발을 집어 던지듯 벗고서는 보민을 찾기 시작했다. 거실에도 없고 주방에도 없어 마지막으로 손님방의 문을 열자 침대 위에 두 사람이 곤히 잠들어 있는 것이 보였다.

"또 여기서 잠든 거야? 오늘만 봐준다. 오늘이 마지막이야."

간단하게 한다고 했지만 많이 고단했던지 입은 옷 그대로 잠이 들어 버린 보민을 본 그의 눈이 반달처럼 휘어졌다.

조심히 다가가 그녀의 얼굴을 간질이고 있는 머리카락을 조심히 뒤로 넘겨 주었다. 한참이나 보민의 작은 얼굴에 들어 있는 눈, 코, 입 그리고 작은 솜털까지 낱낱이 살피던 그가 조용히 일어나 어딘가로 사라졌다.

그리고 잠시 후 다시 들어온 그의 손에는 따뜻한 수건이 들려 있었다. 얼마나 피곤했으면 화장도 안 지우고 잠들었을까. 그가 조심히 보민의 화장한 얼굴을 닦아 내었다.

얼굴에 닿는 느낌에 잠에서 깰 법도 하건만 좋은 꿈이라도 꾸는지 그녀의 얼굴은 한없이 평화롭고 부드러운 웃음이 가득했다.

그가 두 사람이 누운 침대 위에 가만히 올라가 나란히 누웠다. 커다란 침대지만 세 사람이 누우니 빈 공간 없이 가득히 채워졌다. 침대처럼 그의 마음 역시 가득 채워졌다. 그렇게도 두 사람 사이에 낄 수 있기를 소망하던 그가 드디어 두 사람과 함께 있다. 그의 마음에 빈 공간이 없이 두 사람으로 가득했다.

"이보민. 이보율. 사랑해."

동그란 보민의 이마에 입을 맞춘 그가 두 사람이 함께하고 있는 꿈속으로 들어섰다.

✻

보율은 양옆에서 누르는 느낌에 잠에서 깼다. 눈을 뜨니 보민과 일혁이 그녀를 안고 잠들어 있었다.

햄버거 빵에 눌린 고기가 되어 버린 꿈에 놀라 깨어난 보율이었다. 양옆에서 자신을 껴안고 있으니 눌린 꿈을 꾼 거 같기도 하다. 보율이 두 사람 사이에서 벗어나려 버둥거렸지만 팔 담장에서 벗어날 수가 없었다.

"아이 참. 나 정말 숨 막힌다고."

숨 막히기 일보 직전인 보율이 큰 소리로 두 사람을 깨우기 시작했다.

"일어나! 그만 자고 일어나요. 아침이라고요!"

보율이 깨우는 소리에 일어난 두 사람. 보민이 늦잠을 잔 걸 알고는 당황했다.

"지금 몇 시예요? 우리 오늘 일찍 떠나기로 한 거 아니에요?"

아직도 다디단 잠에서 일어날 생각이 없어 보이던 일혁도 보민의 물음에 눈을 번쩍 떴다. 시계를 보니 여섯 시 오 분 전. 아홉 시 비행기에 몸을 싣기 위해서는 서둘러야 한다.

벌떡 침대에서 몸을 일으킨 두 사람은 각자 다른 욕실로 달려갔다. 두 사람이 사라진 침대 위에는 팔짱을 끼고 뾰로통한 얼굴의 보율이만 앉아 있었다.

"나도 일어났다고."

욕실로 들어갔던 보민이 칫솔을 입에 물고 문틈 사이로 보율이를 불렀다.

"보율이도 얼른 씻어야지."

자신을 챙기지 않아 삐쳐 있던 보율이 보민이 부르는 소리에 냉큼 침대에서 내려와 욕실로 달려갔다.

씻고 나서는 대충 머리를 말리고 옷을 갈아입었다. 방에서 나온 세 사람은 서로의 옷차림을 보고는 웃을 수밖에 없었다. 패밀리룩으로 맞춘 것도 아닌데 자연스럽게 우리는 한 세트임을 과시하는 것만 같아서였다.

보민은 편하게 흰 셔츠에 스키니진 청바지를 입고 나왔고 우리 꼬마 아가씨는 흰색 긴팔 티셔츠에 청색 스트라이프 반바지. 그리고 일혁은 흰 셔츠에 검정 바지를 입고 있었다.

이런 사소한 것에도 일혁은 즐거웠다. 한 가족이라는 것이 딱 티가 나는 옷차림이라 무척이나 마음에 들었다. 비행기 시간에 맞추기 위해 세 사람은 서둘러 집을 나섰다.

그리스까지 가는 직항은 없어서 세 사람은 우선 카타르행 비행기에 몸을 실었다. 아슬아슬하게 딱 맞춰 비즈니스석에 탑승한 세 사람이 가장 반긴 건 기내에서 제공되는 아침 식사. 아침을 못 먹고 나와서 그런지 딱 배가 고플 타이밍에 나온 아침 식사는 그들의 입을 즐겁게 했다.

시리얼, 죽, 빵, 오믈렛 그리고 과일까지 다양하게 제공되는 식사에 세 사람은 든든히 배를 채우고는 기내에서 제공하는 영화를 보다가 잠이 들었다. 중간 목적지인 카타르에 잠시 경유해 세 사람은 아테네로 향하는 비행기를 탔다. 반나절이 넘는 긴 비행시간에 지친 보율이 일혁의 품에서 칭얼거렸다. 일혁이 보율을 안고 달랬다.

"보율아. 거의 다 왔어. 조금만 참자. 저기 봐 봐."

일혁이 가리킨 창문 너머로 산토리니가 보였다. 카타르의 수도 도하에서 아테네로 가는 길에 보이는 곳이었다. 푸른 바다 위에 위치해 있었으며 중앙에는 검은색 화산도 보였다. 칭얼거리던 보율이 창밖으로 보이는 섬의 모습에 칭얼거림을 멈추고 눈을 크게 떴다.

"우와, 언니! 바다야, 바다."

"그래. 바다네."

오랜 시간의 비행으로 피곤했던 보민도 창문 밖으로 내다보이는 그리스의 풍경에 피곤이 싹 달아나 버렸다. 그렇게 와 보고 싶었던 그리스. 그것도 그와 함께 신혼여행으로 오게 되다니.

그녀의 마음이 설렌다. 눈 아래 펼쳐진 그리스 때문인지 아니면 옆에 있는 일혁 때문인지는 모르지만. 아마 두 가지 모두가 함께 작용해서 그녀를 설레게 만든 건 아닐까 싶다.

아테네에 도착해서 다시 그들이 며칠 묵을 산토리니로 가는 비행기를 갈아타고 그들은 드디어 그들의 최종 목적지 산토리니에 도착했다.

에게해에서 홀로 빛나고 있는 진주라는 말이 무색하지 않을 정도로 산토리니는 눈부신 풍경을 자아냈다. 화산이 터져 만들어진 검은 절벽과 가파른 땅을 가득 메운 하얗게 채색된 가옥 수백 채.

온통 새하얀 가운데 지붕과 대문의 푸른색이 선명한 집들이 보율이 눈에는 동화 속에서만 보던 세상 같았다.

"디즈니랜드 같아."

보율이 눈이 동그래졌다. 바로 호텔로 가서 충분한 휴식을 취하고 내일부터 곳곳을 살펴볼 생각이었던 일혁이지만 보율이 이리도 흥분을 감추지 못한 모습을 보자 생각을 바꿨다.

"저녁 먹고 들어갈까?"

보율이 고개를 끄덕이며 가까운 곳에 위치한 식당을 손으로 가리켰다. 하얀 담장에 보라색 꽃이 늘어져 피어 있고 바다가 한눈에 보이는 곳. 맛은 장담하지 못하겠지만 보율이 선택한 건물이 예쁜 그 식당으로 향했다.

밖에 위치한 파라솔 테이블에 자리를 잡은 그들은 메뉴판을 보고 맛있어 보이는 것들로 대충 시켰다. 그릭샐러드부터 막대기에 꽂혀 구워져 나온 치킨과 치즈가 가득한 피자, 그리고 보율이 가장 좋아하는 소시지 구이까지. 조금은 짠맛이 강한 그리스 음식들이었지만 세 사람은 맛있게 먹었다.

그중 가장 잘 먹고 마지막까지 야무지게 접시를 비운 사람은 당연히 보율이었다. 다 먹고 나온 보율이 언제 봐 두었던지 옆에 있는 아이스크림집으로 달려갔다.

"아이스크림! 아이스크림 사 주세요."

따라오는 두 사람을 돌아보며 발을 동동 구르는 보율은 아이스크림 진열장 앞에서 아이스크림을 향한 열망을 드러내고 있었다. 오렌지부터 자몽까지 과일로 맛을 낸 아이스크림이 보율을 유혹하고 있었다.

보율이 선택한 초록색 사과로 만들었다는 아이스크림을 입에 물고 나서야 보율의 저녁 식사는 막을 내렸다.

손을 잡고 바닥에 놓인 돌길을 걸으며 산토리니의 바닷바람을 맞고 있으니 일혁과 보민은 산토리니에 왔다는 것을 실감했다. 앞에서 노래를 부르며 달려가는 보율을 뒤따르고 있는 두 사람.

일혁이 바람에 긴 머리를 휘날리고 있는 보민의 얼굴에 뽀뽀를 했다. 갑작스런 입맞춤에 놀란 보민이 그를 향해 얼굴을 돌리자 다시 그녀의 입술에 쪽 소리가 나도록 입을 맞춘 일혁.

"그리스잖아. 그리고 우리는 신혼여행 중이고."

일혁이 잡은 손에 힘을 주고는 능청을 떨었다. 그래, 그리스인데. 아름다운 바다가 지천이고 사람들이 사는 집마저 백설 공주 동화 속에 존재하는 일곱 난쟁이들의 집처럼 보이는 이곳에서 그와 입을 맞추지 않는다는 것이 더 이상한 일이 아니겠는가.

그녀가 앞에 가는 보율이를 확인하고는 그가 했던 것처럼 그의 볼에 입을 맞췄다. 그녀가 먼저 해 오는 입맞춤에 더 놀란 그가 그녀를 응시하자 보민이 입술에 한 번 더 솜털처럼 가볍게 입을 맞췄다.

"그래요. 여기는 그리스 산토리니고요."

그의 얼굴이 행복감으로 젖어 들어 갔다. 그리스의 아름다운 밤의 공간 속에서 두 사람은 서로만을 응시하며 각자의 눈 속에 서로를 담았다. 그리고 그들의 소중한 보물 보율이 앞에서 손을 흔들었다.

"빨리 와요. 빨리."

가까운 곳을 천천히 걸어 다니며 산책하던 그들의 다리가 느려졌을 즈음에 대기하고 있는 차를 타고 그들이 며칠 동안 쉬게 될 이아마을의 호텔로 향했다.

직원이 안내하는 객실로 들어선 세 사람은 주위를 살펴볼 정신도 없이 대충 씻고는 커다란 침대로 모였다. 세 사람 모두 푹신한 침대에 걸터앉아만 있겠다고, 아직 잠들면 안 된다고 장담했지만 결국 침대에 누워 잠 속으로 빠져들었다. 그렇게 아름다운 산토리니에서 첫날 밤은 깊어져 갔다.

※

어제 저녁 피곤해서 곯아떨어져 버리느라 눈치채지 못했지만 그들이 잠이 든 호텔은 최고의 시설을 자랑하고 있었다. 객실 앞쪽에 프라이빗 자쿠지와 개인 풀까지 갖춘 객실. 풀에 담긴 물 색깔이 아침 햇살에 반사되어 에메랄드색으로 빛이 났다.

제일 먼저 일어난 사람은 제일 어리고 에너지가 넘치는 보율이었다. 침대에서 벗어나 풀로 다가서서는 맑고 푸른 물로 손을 뻗었다. 손에 닿는 예쁜 물이 보율을 기분 좋게 만들었다.

"히히, 예쁘다."

연신 풀장의 물을 손으로 만지며 정신이 팔려 있을 때, 침대에서 일어난 일혁이 눈을 뜨자마자 보이는 보민의 하얀 얼굴이 서서히 잠에서 깨어났다.

일혁은 그녀를 당겨 그의 품에 끌어안고 단단한 팔로 가두었다. 감은 예쁜 눈에도 입을 맞추고 오똑한 코에도 입을 맞추고 마지막으로 붉은 입술을 머금자 보민이 잠에서 깨어났다.

"잘 잤어?"

"네?! 네."

아침부터 그의 품에 안겨 잠을 깬 것이 익숙하지 않은 보민의 목소리가 개미만 하게 작아지고 있었다. 다시 시작된 키스. 보율이가 언제 들어올지도 모르는데 어쩌려고? 하지만 그가 입을 맞추자 어느새 그런 걱정들은 사라져 버렸다.

부드럽고 감미롭게 감싸는 그의 손길에 그녀는 정신이 아득해졌다. 그의 열기가 그녀에게 전해져 온다. 그가 스쳐 지나간 곳마다 불에 덴 것처럼 뜨거워져 왔다. 그녀가 느끼는 것을 알아차린 그의 입속에서 억눌린 신음이 흘러나온다.

"하아."

그리고 그의 손이 그녀의 하얀 셔츠 안으로 들어섰다. 납작한 배를 지나 봉긋한 언덕으로 올라간 손이 하얀 가리개를 침범하고는 수줍게 가리고 있던 그녀의 부드러운 가슴을 찾아냈다.

놀란 그녀의 눈이 그를 응시했다. 하지만 한번 맛보기 시작한 달콤함은 포기하기에는 그가 너무나 간절히 원하던 것이었다. 그가 무언의 눈빛으로 그녀에게 간청했다. 그의 간절한 눈빛을 받은 보민이 결국은 허락의 의미로 고개를 끄덕였다.

그녀를 응시하던 짙은 눈빛이 반짝이더니 그가 고개를 내려 그녀의 가슴을 머금었다. 부드럽고 말랑말랑한 살결이 그를 황홀하게 만들었다. 그리고 그녀의 입술에서는 처음 느껴 보는 생소한 기분에 저도 모르게 신음이 흘러나왔다.

"아, 으앗."

그녀의 신음이 기폭제가 된 그가 그녀의 정점을 머금었다. 그러자 그녀의 정점이 **빳빳**하게 고개를 들었다. 뜨거운 열기가 그들을 에워쌌다. 그때 갑자기 멀리서 두 사람을 경직시키는 소리가 들려왔다.

"언니, 언니 일어났어? 나 배고파."

그들을 에워싼 열기에 찬물을 끼얹는 소리였다. 보율이 조금 있으면 들이닥칠 거란 생각에 보민이 놀라 얼굴을 굳히고는 어떻게 해야 하나 싶어 눈을 굴리며 당황했다. 그런 보민의 입술에 다시 쪽 하고 입을 맞춘 일혁이 말려 올라간 그녀의 셔츠를 내리고 정리해 주었다.

"내가 나가 볼 테니까 걱정하지 말고 좀 더 자."

"아니에요. 일어날게요."

몸을 일으키려는 보민을 다시 눕히고는 일혁이 그녀의 귀에 속삭였다.

"푹 자 둬. 오늘 밤에는 당신 많이 힘들 테니깐."

오늘 밤을 예고하며 낮게 속삭이는 그의 목소리에 보민의 얼굴이 잘 익은 사과처럼 달아올랐다.

13.

산토리니에서 맞는 두 번째 날. 한국 사람에게 중요한 건 밥 힘! 금강산도 식후경! 오전의 일정은 호텔에서 제공하는 조식으로 시작됐다. 자몽을 비롯한 싱싱한 과일이 입맛을 돋우었고 갓 구워 낸 크로와상과 베이글은 이제 산토리니를 관광할 세 사람의 배를 든든하게 채워 줬다.

아침 일찍부터 식사를 마치고 세 사람은 주위를 둘러보기 위해 호텔을 빠져나왔다.

맑은 날씨의 햇빛이 비추는 산토리니는 저녁에 봤던 것과는 전혀 다른 경이로움을 그들에게 선사했다.

화산 폭발로 오늘날의 아름다운 지형을 갖고 되었다고 하는 이곳은 자연이 선사한 선물이고 축복이었다.

가파르게 깎아진 검은 절벽 위에 위치한 집들. 가는 곳마다 보이는 집들에는 처음 보는 그리스의 이름 모를 꽃들이 자리하고 있었다. 하얀 집들 사이사이로 보이는 꽃들은 하얀 캔버스에 그려진 선명한 색채의 수채화처럼 보였다.

거기다 햇빛에 반사되어 환하게 빛나는 하얀 벽들과 바다처럼 푸른 지붕들은 선명한 색을 드러내고 있었다. 아, 만약 세상에 낙원이 존재한다면 여기가 아니겠는가 하는 생각마저 들게 할 정도로 아름답다. 보민의 입에서 감탄이 저절로 튀어나왔다.

"예쁘다!"

주위의 광경보다 옆에서 걷는 보민의 얼굴에만 시선을 고정하고 있던 일혁은 그녀를 향한 감탄을 그녀의 귓속에 속삭였다.

"나는 당신이 더 예쁜데?"

그녀의 얼굴은 옆에 늘어선 담장을 타고 내려온 붉은 꽃처럼 붉게 물들었다. 행복해서 생긴 발그레함이란 것을 누구든지 눈치챌 수 있을 만큼 예쁜 얼굴이었다. 좁은 골목길을 따라 앞서 걷고 있던 보율이 손을 흔들었다.

"언니, 여기 와 봐. 어서."

일혁이 보민의 손을 잡고 보율이 손짓하는 곳으로 걸어갔다. 아이가 눈을 고정하고 있는 것은 작은 장식품처럼 보이는 도자기들이었다. 산토리니에서만 볼 수 있는 건물들을 미니어처로 만들어 놓은 것들.

"이거 봐, 언니. 아까 오면서 봤던 성당이야."

정말이다. 좀 전에 걸어오면서 저도 모르게 멈춰 서서 위를 올려다보았던 그 성당과 같은 모양을 하고 있었다. 세모난 벽 위에 얹혀 있었던 동그란 파란 지붕. 안으로 들어가는 문도 예쁜 곡선을 그리는 아치형을 하고 있었다. 그리고 옆에 달려 있던 세 개의 종들까지. 어쩜 이렇게 똑같이 잘 만들었을까? 보민이 성당 모형을 집어 들었다.

"그러네? 우리 이거 사 갈까?"

보율의 고개가 세차게 끄덕이고 보민은 같은 것을 여러 개 집어 들었다. 뒤에서 뒷짐 지고 여자들의 쇼핑에서 빠져 있던 일혁이 계산하러 지갑을 꺼내 들었다.

"왜 같은 걸로만 사는 거야?"

"결혼식에 와 주셨던 분들께 선물로 드리려고요."

그래, 아내 말을 잘 들으면 자다가도 떡이 생긴다더니. 그는 그런 생각은 못 했는데. 일혁이 고개를 끄덕였다. 인심 좋게 생긴 아주머니가 신문지에 둘둘 말아 포장해 준 모형들을 들고 다시 구름 한 점 없이 맑은 산토리니의 하늘 아래를 거닐었다.

그냥 거리를 걷고만 있는데도 천국을 거니는 느낌. 하염없이 걷다가 출출해진 그들은 군침이 돌게 만드는 음식점으로 들어가 이른 점심을 먹기로 했다. 저 아래 바다가 훤히 보이는 전망이 좋은 음식점에는 사람들이 북적였다.

구석에 자리를 잡고 치킨 수블라키와 깔라마리라 불리는 오징어 튀김, 그리고 성실해 보이는 남자 직원이 추천하는 리조또까지 주문했다. 해외에 나가면 음식이 잘 맞지 않아 고생하는 사람이 많다는데 보자매는 이곳의 음식이 입맛에 잘 맞는지 아주 잘 먹고 있었다. 일혁이 주문한 음료수를 밀어 주며 두 사람을 챙겼다.

"천천히 먹어. 그렇게 맛있어?"

보율은 세차게 고개를 끄덕이며 그를 향해 웃어 보였고 보민도 역시 웃으며 눈을 마주쳐 왔다.

"맛있어요. 풍경이 좋으니 식욕도 샘솟나 봐요. 일혁 씨는 안 먹어요?"

"나? 나도 먹고 있어. 어서 먹어."

일혁이 자매 앞으로 접시를 밀어 주었다. 많이 먹어야지, 이보민 양. 그래야 내가 오늘 밤에…… 흠흠흠. 그가 밤에 그녀를 잡아먹기 위해 살을 찌우고 있다는 것을 모르는 보민은 그녀의 입맛에 딱 맞는 맛있는 그리스 음식에 빠져들었다.

접시를 깨끗하게 비우고 나온 세 사람이 선택한 후식은 시원한 과일 주스였다. 그러나 거리 곳곳에 많은 과일 주스 가게가 있는 것을 발견하고 고민에 빠졌다. 보자매는 어디를 선택해야 될지 몰라 망설였다.

"어디서 사 먹어야 될라나."

그때, 일혁이 두 여자의 손을 이끌고 당당하게 한 가게로 향했다.

"사람들이 줄 서서 먹는 데가 제일 맛있는 데야."

아하! 그를 바라보는 보민과 보율의 시선이 존경을 담았다. 사람들이 줄을 많이 서 있는 가게 앞에서 이번에는 무엇을 골라야 할지 고민하는 두 사람에게 역시나 일혁이 절대불변의 진리를 알려 주었다.

"사람들이 가장 많이 주문하는 게 맛있는 거야."

다른 사람들이 가장 많이 주문한 과일 주스를 똑같이 주문해서 받아 들고 맛을 보고 나자 보율이의 엄지손가락을 세운 칭찬이 그를 향했다.

"형부오빠, 진짜 맛있어요."

자몽과 레몬 그리고 오렌지가 같이 들어간 과일 주스는 새콤하면서도 달달해 산토리니의 맛을 제대로 대변해 주고 있는 것 같았다. 그 새콤달콤한 맛을 들고는 그냥 발이 닿는 대로 천천히 걸었다.

아래로 내려가는 길목 끝에서 그들은 맑은 바닷물이 출렁이는 해변을 만났다. 많은 사람들이 맑은 물에 손을 적시거나 발을 담그고 있었다. 보기만 해도 시원해 보인다. 보율이 한걸음에 달려가 물에 몸을 담그려는 것을 보민이 말렸다.

"보율아. 갈아입을 옷을 안 가져 왔는데 어쩌지?"

물을 지척에 두고 들어가지 못하게 되자 아이의 아쉬운 목소리가 들려왔다.

"힝, 들어가고 싶었는데."

아쉬움이 가득한 보율을 일혁이 안아서 달래며 다른 해결책을 제시했다.

"여기 말고 우리 방 앞에 있던 풀장 있지? 거기서 놀자."

"정말? 좋아. 히히. 어서 가자. 어서."

서두르는 보율을 따라 물놀이를 위해 조금 일찍 관광을 마치고 들어왔다.

일혁과 보율은 객실 앞에 딸려 있는 개인 풀장으로 들어가기 위한 준비가 한창이었다. 먼저 수영복을 갈아입은 일혁은 풀장에서 보율과 놀기 위해 준비한 튜브 배에 바람을 집어넣는 데 여념이 없었다. 그리고 방에서는 보율이가 보민을 재촉했다.

"언니, 빨리. 빨리 입혀 줘."

"알겠어. 잠시만 있어."

보민이 프릴이 달린 노란색 수영복을 보율에게 입혀 주고 세트로 된 노란 수영모까지 씌워 주니 준비가 끝난 보율이 밖으로 뛰쳐나갔다.

보율이를 내보내자 보민은 침대 위에 놓인 수영복을 두고 고민에 빠졌다. 비키니는 아니었지만 허리 부분이 확 파인 검정색 원피스의 수영복은 그녀를 망설이게 했다.

몇 년 전에 예뻐서 큰맘 먹고 사 두고는 한 번도 입은 적이 없는 수영복. 혹시나 싶어 보율이 것을 챙기며 같이 챙겨 오긴 했지만 입어야 할지 말아야 할지 망설이는 보민이다.

그의 앞에서 수영복을 입는 것이 아직은 부끄러우니까. 그의 시선이 그녀를 삼켜 버릴지도 모르니까. 입을까 말까 고민하는 그녀에게 문밖에서 노크하는 소리가 들려왔다.

"아직 멀었어? 보율이가 기다려."

문 바로 뒤에서 들려오는 그의 목소리에 이상하게 그녀의 목소리가 떨려 왔다.

"잠, 잠시만요. 나가요."

결국 보민은 침대에 놓인 수영복을 다시 가방에 집어넣고는 챙겨 온 짧은 반바지와 헐렁한 반발 티셔츠를 입었다. 그리고 서둘러 나가기 위해 그녀가 문을 열어젖히고 바로 나가다 뭔가에 가볍게 부딪혔다.

그 무언가는 단숨에 그녀의 눈에 들어왔다. 그의 탄탄하고 섹시한 벗은 몸. 보기에도 부끄러운 그의 몸이 그녀의 살과 부딪히자 그녀의 온몸에 열기가 피어올라 어지러워졌다. 다리에 힘이 풀려 벽을 짚으려 손을 내미는 그녀를 일혁이 단단하게 붙잡았다.

"괜찮아? 어디 아픈 거야?"

금방 정신을 되찾았지만 너무 당황한 나머지 목소리가 떨리며 나왔다.

"아니요. 괜찮아요."

하지만 그녀의 목소리를 다르게 오해한 그의 얼굴은 걱정으로 물들었다.

"괜찮기는. 오늘 너무 무리한 거 아니야?"

아니라고, 괜찮다고 했지만 그는 기어이 그녀를 침대로 데리고 가서 눕히고는 이불을 단단히 덮어 주었다. 일혁이 미안한 듯 그녀의 얼굴을 쓰다듬었다.

"좀 쉬어. 당신 아프면 안 되는 거 알지? 당신이 조금이라도 아프면 나는 걱정으로 돌아 버리니깐. 어서 자. 그리고 보율이는 걱정하지 마."

침대에 누운 그녀의 얼굴을 소중하게 만지며 한참을 바라보던 그가 보율이 재촉하는 소리에 그녀의 이마에 입을 맞추고 방을 나섰다.

눈을 감고 있자 그녀의 가슴이 콩닥거린다. 보민이 콩닥거리는 가슴에 손을 얹었다. 심장의 박동이 손에까지 느껴진다.

피곤하기도 하고 푹신한 침대에 누우니 방금까지 팽팽하게 당기고 있던 긴장의 끈이 풀어졌다. 그녀는 콩닥거리는 심장 소리를 듣다 스르륵 저도 모르게 눈을 감았다.

밖의 에메랄드 물이 가득 채워진 풀장에서는 보율이 언니와 형부를 기다리고 있었다. 하지만 언니를 데리러 들어간 형부는 혼자 나왔다. 보율이 풀장에 몸을 담근 채로 얼굴만 빼꼼 내밀어 그에게 물었다.

"언니는요?"

속은 지금 보민의 몸 상태에 대한 걱정으로 까맣게 타들어 가고 있었지만 아무렇지 않은 듯 말하며 속내를 감추었다.

"조금 피곤하다고 하네. 우리끼리 신나게 놀까?"

그의 속내를 알 리 없는 보율은 신나게 물놀이를 시작했다. 바닥이 다 비치는 깨끗한 물속에서 보율이의 깨끗한 웃음이 동심원을 그리며 퍼져 나갔다. 수면에서 첨벙거리는 보율이 발이 세찼다.

"하하, 깨끗해."

거기다 일혁이 바람을 빵빵하게 불어 넣고 띄운 보트 배까지 타자 보율이의 마음이 신남과 즐거움으로 넘쳐 났다.

"슝 달려요. 달려!"

힘찬 구령 소리에 일혁이 힘껏 배를 끌며 풀장을 왔다 갔다 했다. 인간 노가 된 일혁이 끄는 배까지 타자 아이는 신나는지 콧노래를 흥얼거렸다.

풀장을 왔다 갔다 하는 보트에 앉아만 있다가 장난기가 발동한 보율이 서서히 일어나자 균형을 잃은 배가 기우뚱하고 뒤집혔다.

아슬아슬하게 서 있다가 보트가 뒤집히자 보율이가 꼬르륵 물속으로 빠져 버렸다. 앞에서 보트를 끌고 있다가 뒤에서 첨벙하는 소리가 들려 고개를 돌린 일혁이 보트만 보이고 보율이 보이지 않자 놀라 재빨리 물에 잠긴 보율을 건져 냈다.

"이보율! 괜찮은 거야? 보율이, 물 많이 먹은 거 아니야?"

"어푸! 히히. 나 괜찮아요."

물을 좀 먹은 것 같은데도 재밌다고 좋다고 웃는 보율을 보는데 그의 가슴이 철렁했다. 큰일이라도 나면 어쩔 뻔했나. 만약 그랬다면 일혁은 스스로를 용서하지 못했을지 모르겠다. 그리고 그는 단단히 결심했다.

'한국으로 돌아가면 어린이 수영 교실에 무조건 등록시킬 테다.'

지칠 줄 모르는 에너자이저 같은 보율은 그 후로도 풀장이 노을빛으로 물들 때까지 열심히 물을 가르며 체력을 소비했다.

물이 지는 해에 반사되어 주홍빛으로 변했을 때는 일혁이 말리기도 전에 보율이 스스로 물에서 나왔다.

신나게 놀았으니 이제 밥을 먹어야지. 두 사람은 씻고 저녁은 간단하게 룸서비스로 해결하고자 했다. 보율을 먼저 챙기고 보민을 깨워 저녁을 먹이자고 생각한 일혁은 우선 보율을 의자에 앉히고 잘 익은 스테이크를 잘라 작은 입으로 대령했다.

"보율이 아, 해 봐. 고기 먹자."

"음, 아."

냠냠 밥을 먹던 보율이의 고개가 저절로 숙여졌다. 밥을 먹으면서 꾸벅꾸벅 조는 보율이의 고개가 이리저리 까닥였다. 안 되겠다. 얼른 재워야지. 일혁이 조는 보율을 안아 방으로 들어가 눕혔다.

하루 종일 놀았으니 피곤하기도 하겠지. 아침부터 일어나 온 동네를 돌아다녔지, 거기다 오후 내내 풀장에서 물놀이까지 했는데 안 곯아떨어지면 그게 이상한 거지. 일혁이 잠든 보율에게 이불을 잘 덮어 주고는 이마에 뽀뽀하는 것도 잊지 않았다.

"잘 자요. 우리 귀여운 처제."

조용히 문을 닫고 방을 나온 일혁의 발이 향한 곳은 보민이 잠들어 있는 방이었다. 문을 열자 보율과 자는 모습도 꼭 닮은 보민이 잠들어 있는 것이 보였다.

'오늘 밤은 무조건 당신이랑 함께 자려 했는데 그것도 안 되겠다. 그렇지? 당신 아픈데 나는 또 내 생각만 한다. 천하의 이기적인 놈.'

그가 조심히 그녀의 얼굴을 만졌다. 일혁은 그녀의 옆에 누워 잠을 청하는 대신 문을 닫고 밖으로 나왔다. 그리고 그의 입에서는 어렵사리 다잡은 그의 속마음이 흘러나왔다.

"당신 옆에 있으면 내 늑대 본능이 튀어나올 것 같아서."

바람이라도 맞으려 밖으로 나온 그는 풀장 옆에 있는 나무로 된 흔들의자에 앉아 하늘을 올려다봤다. 그리스 하늘에서도 별은 반짝반짝하는구나. 별을 보며 눈을 감고 의자 뒤로 몸을 기댔다.

하지만 그의 감은 눈은 얼마 지나지 않아 잠에서 깨어 밖으로 나온 보민이 그를 부르는 소리에 의해 다시 떠졌다. 그가 눈을 비볐다. 너무 간절히 원하니 이제 꿈에서마저 그녀가 나타난 것이 아닌가 싶어서. 하지만 선명하게 그의 귓속을 때리는 그녀의 음성은 그가 꿈을 꾸는 것이 아니라는 것을 증명했다.

"일혁 씨? 자요?"

"일어났어?"

"네. 보율이는요?"

그가 보민의 손을 끌어다 그의 다리 위에 앉혔다. 얼떨결에 그의 다리에 아이처럼 안기게 된 보민이 얼굴을 붉히고 그의 시선을 요리조리 피했다.

"보율이는 당연히 자지. 당신 몸은 좀 어때? 안 아파?"

"네. 푹 자고 났더니 아무렇지도 않아요."

"그래? 그럼 내가 전에 예고한 일, 해도 되는 거야?"

그의 물음에 대답 없이 피하기만 하는 그녀의 고개를 잡고는 그가 입을 맞췄다. 더 이상은 못 참겠다는 강렬한 메시지가 담긴 키스. 숨이 가쁘도록 맞춰 오는 그의 키스가 그녀를 열락으로 초대했다.

안으로 들어온 그의 혀를 받아들인 그녀의 혀가 서로 얽히고설켰다. 누구라 할 것 없이 서로를 갈망하기 시작한 두 사람의 키스는 깊어졌다. 보민이 숨이 막혀 더 이상은 참지 못하겠다 싶었던 때 그가 그녀에게서 떨어졌다.

가쁜 숨을 몰아쉬며 그의 눈을 마주 보는데 그 눈이 다음에 무엇을 할 것인지 말해 주고 있었다. 보민이 주위를 의식하며 그를 바라봤다.

"여기는 너무 오픈되어 있잖아요. 보율이가 언제 깰지도 모르고……."

눈을 이리저리 굴리는 보민의 얼굴을 다시 그가 그에게로만 향하도록 고정시켰다.

"첫째, 여기는 다른 곳에서 보이지 않는 맨 꼭대기 층 객실이라 우리를 볼 수 있는 건 저기 저 하늘의 별들뿐일걸? 둘째, 보율이는 오늘 하루 너무 신나게 놀아서 내일 아침까지 아주 푹 잘 거야. 거기다 우리 처제는 자다가 깨서 우리의 거사를 방해할 만큼 눈치 없지 않아. 셋째, 혹시나 깨면 알 수 있도록 무전기까지 준비했어. 보율이가 혹시 깨거나 울면 여기를 통해 들려올 거라고."

그의 철저함에 놀란 보민의 얼굴 앞에 만반의 준비를 마쳤다는 듯이 무전기를 흔들어 보였다. 모든 것이 선명하게 보이지 않을 만큼 컴컴한 밤, 방에서 새어 나오는 불빛과 그리스의 별빛만이 그들을 비추고 있었다.

'그래. 다른 사람도 아니고 내가 사랑하는 사람인데. 다른 누구도 아니고 이 사람인데 두려울 게 뭐가 있겠어.'

그리스에서 일혁이 부린 마법에 벌써 걸려 버린 보민이 대담하게 그의 목을 끌어안았다. 일혁이 처음 입 맞추는 것처럼 소중하게 그녀의 입술에 입을 맞췄다.

그리고 다시 시작된 그의 열망. 그의 심장이 터질 것 같다. 이날을 얼마나 기다려 왔는지. 달고 부드러운 그녀의 입술을 맛보는 그의 입술에서 열띤 신음이 흘러나왔다.

"하아. 하."

뜨거운 그의 숨결에 보민의 몸이 스르륵 녹아내리고 그녀의 입에서도 신음이 흘러나왔다. 그러나 그 신음은 난데없이 사라져 버렸다. 바로 그가 그녀의 신음을 삼켜 버렸으므로.

연신 입을 맞추며 그녀의 얼굴에 머물던 손은 그녀가 입고 있는 커다란 티셔츠 안으로 들어섰다. 그리고 재빨리 그녀의 보드라운 가슴으로 다가서서는 한 손에 들어오는 가슴을 쓰다듬으며 만지기 시작했다.

그의 입맞춤에 정신이 팔려 있던 그녀가 정신을 차렸을 때는 키스하던 그의 입술이 그녀의 가슴으로 내려가 가슴을 빨고 있었다. 그의 입안에서 빨리던 정점은 꼿꼿이 섰고 그녀는 신음만 흘리며 그의 어깨를 붙잡았다.

"으앗, 앗. 하아."

그가 태어나서 맛본 어떤 과일보다 다디단 그녀. 그의 위에 앉아 불그스름하게 물들어 신음을 흘리는 그녀가 그의 눈에 들어오자 그의 중심이 빳빳하게 서기 시작했다. 하지만 아직은 너무 이르다.

그가 날뛰는 그의 욕망을 붙잡고 그녀를 안아 들어 의자 밑에 깔린 폭신한 러그에 눕혔다. 가슴을 손으로 가리고 그를 올려다보는 그녀. 그리고 짧은 반바지 밑으로 그녀의 미끈하고 긴 다리가 부끄러움을 표현하며 꼬여 있었다.

보민을 천천히 눈으로 훑은 그가 다시 그녀에게 입을 맞추고 그녀가 눈치채기도 전에 입고 있던 반바지를 끌어 내렸다. 그녀가 아래가 횅한 것을 알아차렸을 때는 이미 그의 손이 하얀 그녀의 속옷 안으로 들어왔을 때였다. 갑작스런 그의 침입에 그녀가 그의 손을 붙잡았다.

"잠시만요."

그녀가 원하는 것이라면 뭐든 다 들어줄 수 있지만 이번만은 들어줄 수 없는 그의 손이 물러나기는커녕 안으로 미끄러져 들어갔다.

그녀의 안은 좁았다. 이대로 품는다면 보민은 분명히 아파할 것이다. 좀 더 소중하게 안아 주고 싶었다. 최대한 공을 들여 보민에게 행복한 첫날밤을 선물하고 싶었다.

일혁은 놀란 그녀의 마음을 쓰다듬으려 다시 부드럽게 키스했다. 위에서 느껴지는 그의 화산같이 뜨거운 입술과 아래에서 그녀의 샘을 자극하는 뜨거운 손이 그녀에게 새로운 감각을 선사했다. 이상하게 간질간질하다가 자신의 의지와 상관없이 아래에서 미끈한 것이 새어 나오는 느낌에 보민이 떨며 그를 불렀다.

"하아. 일, 일혁 씨."

하지만 그런 그녀를 보는 그의 눈은 더 깊어졌고 그의 얼굴은 그녀의 샘으로 향했다. 놀란 그녀의 손이 그를 밀어냈지만 결국은 그곳으로 가까워지는 그의 얼굴을 막을 수는 없었다.

그가 처음 맛본 그녀의 샘. 달다. 그에게 그녀는 꿀보다 달다. 샘에서 나오는 그녀의 단물을 마시는 일혁은 지금 더할 나위 없이 만족하고 있었다. 지금 이 순간에 그가 흥분해 날뛰고 있는 그의 분신을 그녀에게 묻는다면 그 황홀함에 죽어 버릴지도 모르지. 그녀의 작은 돌기를 건드리자 보민의 허리가 튕겨 올랐다.

"하앗, 앗."

한참을 고개를 들 생각이 없어 보이던 그가 고개를 들고 그녀에게 눈을 맞춰 왔다.

"처음이라 많이 아플 거야. 내가 많이 자제해 볼게. 그런데, 사실은 나도 나를 말릴 자신이 없어."

그가 길게 변명처럼 늘어놓는 말에 보민이 긴장을 풀고 희미하게 웃어 보였다. 그러자 그 순간을 놓치지 않고 그의 분신이 단번에 그녀의 안으로 들어섰다.

처음 낯선 이를 맞이하는 그녀가 통증에 긴장하며 미간을 좁혔다. 그리고 그런 그녀를 배려하기 위해 일혁은 보민이 적응할 때까지 멈춰 서 있었다. 시간이 흐르고 어느 정도 적응한 보민이 예쁘게 웃으며 그의 얼굴을 만졌다.

'이런 순간에도 나만 생각해 주는 남자네. 행복하다.'

그리고 그를 에워싸는 그녀의 따뜻함. 그가 그녀의 숲에서 움직이기 시작했다. 움직이면서도 그녀에게서 눈을 떼지 않는 일혁이 사랑을 말하는 것을 멈추지 않았다.

"하아, 사랑해. 음, 보민아……. 핫, 사랑해."

처음에 아팠던 아래가 그가 움직이며 말해 오는 사랑의 말에 황홀한 감각을 느끼기 시작했다. 그리고 그녀도 그에게 시선을 고정하고는 속삭였다.

"나도…… 앗, 나도 사랑해요, 일혁 씨."

그의 아래에서 그녀가 해 오는 고백에 미칠 것 같은 희열이 더해진 그가 그녀의 허리를 붙잡고 더 세게 안으로 움직였다. 더 깊숙이 그녀에게 도달하고 싶어 안달난 그의 분신이 날뛰었다. 그리고 더 이상 참을 수 없을 것 같은 파도가 그들을 덮쳤을 때 그들의 입에서는 동시에 같은 탄성이 흘러나왔다

"아아, 앗. 으핫."

"하아, 음, 아아, 앗."

이윽고 일혁이 보민의 위로 무너졌다. 거친 숨을 몰아쉬며 그녀의 위에 몸을 덮은 일혁의 등을 보민이 부드럽게 쓰다듬었다. 그런 그녀의 손길이 마냥 좋아 한동안 그 자세 그대로 있던 그가 아래에 깔려 있던 그녀를 몸을 빙글 돌려 그의 위로 올렸다.

그녀의 가슴과 그의 가슴이 맞닿고 같은 속도 맞춰 뛰는 심장 소리가 전해졌다. 두 사람의 심장이 하나가 되어 뛰고 있다. 그녀가 그의 가슴에 얼굴을 대고 그의 심장 소리에 귀 기울였다.

"쿵쾅쿵쾅거리네요."

그녀의 머리에 입을 맞추고 그녀를 다시 끌어안은 그가 당연하다는 듯 그녀를 향해 말했다.

"당연하지. 당신만 생각하면 나는 항상 이렇게 심장이 뛰어."

그의 말이 그녀의 심장에 다다랐다. 그리고 다시 그의 심장에 맞

춰 널뛰듯이 뛰는 그녀의 심장.

"나도. 나도 그래요. 나도 당신처럼 당신만 생각하면 심장이 쿵쾅거려요."

그 소리에 잘 다스려 꾹꾹 눌러 두었던 그의 본능이 다시 깨어났다. 이건 당신 탓이라고. 아까 경고했어. 나도 나를 못 말릴지 모른다고.

그가 벌떡 일어나 그녀를 안고 걸어서 풀장 옆에 마련된 자쿠지 욕조에 그녀를 내려놓았다. 아직도 사랑의 여운이 남은 그녀는 그냥 그가 하는 대로 가만히 그의 손길에 모든 것을 맡겼다.

따뜻한 물을 틀고 온도를 측정하던 그가 욕조 안으로 들어와 그녀를 안았다. 그녀의 몸을 녹이는 따뜻한 물에 처음 써 본 근육들이 풀어지자 눈이 저절로 감겼다.

단단하게 그녀의 뒤를 받치고 있는 그의 단단한 가슴이 그녀를 편안하게 만들었다. 솔솔 부는 바람이 평온해 잠이 온다. 그런 그녀의 귓가에 속삭이는 그의 목소리.

"내일 섬에 가지 말고 다음 날로 미룰까?"

그녀가 몽롱한 목소리로 물어 온다.

"왜요?"

그러자 그녀의 어깨를 주무르던 그의 손이 그녀의 가슴으로 내려가 부드럽고 감촉이 좋은 가슴을 만지기 시작했다.

"당신 힘들까 봐."

"안 힘들어요. 내일 가요. 크레타 섬 정말 가 보고 싶어요."

"안 간다는 게 아니라 다음 날 가자니깐? 당신 힘들 거야."

당신이 계속 날 만지지만 않는다면 안 힘들겠는데요. 보민이 속으로 그에게 한 말은 그에게 닿질 못했다. 왜냐, 그의 손이 물속에서 그녀의 안을 노크했고 그녀의 뒤에서는 벌써 다시 고개를 든 그의 분신이 그녀를 찌르고 있었으므로.

힘들다고 말하기도 전에 그녀의 어깨에 입을 맞춤과 동시에 그가 불쑥 그녀의 안으로 들어왔다. 아까와는 다른 빠른 움직임. 보민이 할 수 있는 일이라고는 그가 주는 쾌락에 몸부림치는 일밖에 없었다.

"일, 일혁 씨. 하아. 아, 아앗."

그가 들어올 때마다 그녀의 허리는 튕겨 올랐고 그의 손은 올라간 그녀의 허리를 다시 붙잡아 그에게서 떨어지지 않게 했다. 그가 움직일 때마다 그녀의 가슴이 움직였고 그녀의 가슴을 감싸고 있는 욕조 안의 물도 찰랑거렸다.

뒤에서 연신 움직이는 그의 허리로 인해 그녀를 둘러싸기 시작한 간질간질한 감각들이 증폭되었다. 폭죽이 터지기 전처럼 기대하며 뒤에 올 짜릿함을 기다리는 느낌. 그 느낌에 둘러싸인 그녀는 어쩔 줄 모르고 앞으로 무너져 내렸다.

하지만 아래로 내려가는 그녀를 단단한 그의 팔이 붙잡았다. 그의 팔이 그녀를 안아 그를 바라보게 만들었다. 그리고 목적지 없이 떠돌던 그녀의 팔이 그의 목을 끌어안자 다시 움직였다. 그의 입에서는 온전히 그녀에 의해서 만들어진 탁하고 섹시한 음성이 튀어나왔다.

"음, 아아, 좋아. 보민아. 좋아."

그리고 세차게 그녀를 쳐 올리던 그의 허리가 멈추고 기다리고 기대하던 폭죽이 팡 하고 터졌다. 두 사람의 머릿속에서 동시에 시작된 불꽃놀이. 황홀하고 아름답기까지 한 불꽃은 두 사람 사이에서 오랫동안 머물렀다.

　가쁜 숨을 몰아쉬며 그의 가슴에 안겨 사랑을 나눈 보민은 저절로 잠 속으로 빨려 들어갔다. 그런 보민이 깨지 않게 조심히 안고 나와 커다란 타월로 감싼 그가 서둘러 방으로 들어갔다. 그들이 지나가고 난 뒤 그들이 사랑을 나눈 곳에 떠있던 별들이 간질간질 부끄러워 쏙 하고 달 뒤로 숨어 버렸다.

14.

산토리니의 이른 아침 햇살은 붉은색이 아니라 푸르다. 푸른 햇살에 눈을 뜬 일혁이 눈을 뜨자마자 보이는 그녀의 잠든 모습에 저절로 입술에 호선을 그렸다.

어젯밤에 그녀와 나눈 사랑에 그의 마음에 보이지 않게 나 있던 작은 구멍들이 다 메워졌다. 그녀와 하나의 끈으로 묶여 있다는 것을 온몸과 마음으로 실감했으니 이제 그가 바라는 것은 단 하나뿐이다.

보민과 함께, 보율과 함께 순간순간의 시간들을 모두 함께하는 것이 그에게 남은 하나의 소원이다.

이제는 그의 하나뿐인 아내이기도 한 그녀의 말간 얼굴 위로 햇살이 쏟아졌다. 그 햇살이 곤히 잠든 보민을 깨울까 봐 일혁이 손으로 그늘을 만들었다. 햇살에 찡긋하던 오똑한 코가 그가 만든 그늘에 다시 반듯해졌다. 들고 있는 그의 팔이 아파 올 즈음 밖에서 보민을 찾는 소리가 들렸다.

"언니. 언니?"

보율이 일어났나 보다. 침대에서 조용히 일어난 그가 창가로 가 하얀 커튼을 햇빛이 못 들어오게 스르륵 조심히 치고는 밖으로 나섰다.

밤에 한 번도 깨지 않고 푹 잔 보율이 일어나서는 두 사람이 없는 것을 알고 놀라 방을 나섰다. 언니와 형부오빠를 찾기 위해 거실을 두리번거렸다. 두 사람의 흔적을 찾지 못해 불안하게 흔들리던 작은 눈동자는 익숙한 목소리가 들리자 바로 안정을 찾았다.

"잘 잤어?"

일혁이 보율을 안아 올리고 뺨에 입을 맞췄다.

"언니는요?"

일어나자마자 언니부터 찾는 아이. 일혁이 보율을 안고 안에 잠들어 있는 보민이 깨지 않게 조용히 속삭였다.

"언니는 오늘 피곤해서 좀 늦게 일어날 거야."

어제도 피곤해서 물놀이도 같이 못 한 언니가 오늘 아침에도 피곤해서 늦잠을 잔다는 소리에 보율은 살짝궁 걱정이 되기 시작했다. 항상 자신보다 늦게 일어난 적이 없는 언니인데. 보율이 설마 하며 일혁에게 묻는다.

"언니 아파요?"

일혁이 보율에게 눈을 맞추며 걱정으로 물든 눈을 안심시켰다.

"아니야. 언니 하나도 안 아파. 그냥 조금 피곤해서 그런가 봐."

아프지 않다고 괜찮다고 말하는 그를 보는 큰 눈이 아직도 의심을 담고 있었다. 일혁이 보율의 생각을 다른 데로 돌리기 위해 다른 화제를 꺼냈다.

"그나저나 우리 보율이 배는 안 고파? 어제 먹었던 주스 먹으러 갈까?"

어제 먹었던 주스라면 그 달콤새콤해서 입안이 상큼해지던 그 주스? 보율이 눈이 반짝이고 침이 꿀꺽하고 목으로 넘어갔다.

언니가 아픈 건 아닌가 하는 걱정은 잠시 어디론가 넣어 놓고는 세차게 고개를 흔들었다. 그 주스를 마시러 가자고. 덤으로 옆에 팔던 소시지까지 사 주시면 땡큐 베리 머치 감사구요. 히히히.

조심히 문을 닫고 밖으로 나온 두 사람은 손을 잡고 구불구불 하얀 계단을 걸어 내려가 주스를 파는 곳을 향해 걸었다. 한 발 한 발 작은 운동화가 걸을 때마다 옆에서 함께하는 커다란 운동화. 보율이의 작은 걸음에 보폭을 맞춰 걷는 일혁의 긴 다리가 다정스러웠다.

그렇게 보율의 작은 보폭에 맞춰 함께 걸어 도착한 주스 가게. 보율이 위에 있는 메뉴판을 보겠다고 작은 발로 까치발을 만들며 낑낑거렸다.

이렇게 귀여운 아이를 어떻게 잊어버릴 수 있을까? 보율이 어제 왔었던 꼬마 손님이라는 것을 기억하고 있던 사장은 보율에게 아침에 농장에서 직접 따 왔다는 파란 사과를 선물로 주었다.

언니에게 선물을 받으면 감사 인사를 해야 한다는 것을 누누이 배워 온 보율이 깜찍한 미소를 지으며 인사를 잊지 않았다.

"땡큐. 감사합니다."

언니를 닮아 예쁘기만 한 줄 알았더니 인사성도 바른 우리 어린 처제. 보민 하나만으로도 그에게는 충분히 넘치는데 이런 처제까지 선물로 주시다니 세상을 다 가진 사람이 된 일혁의 어깨가 저절로 하늘로 솟구치고 있었다.

사과와 주스를 각각 양손에 들고 무엇을 먼저 먹을까 고민하는 보율이 귀여워 머리를 매만졌다. 결국은 사과를 선택한 보율. 다른 손에 있는 주스를 그에게 내밀었다.

"주스는 언니 줄 거야."

얼굴만 예쁜 게 아니라 마음 씀씀이까지 예쁜 아이. 나중에 커서 결혼한다고 하면 아까워서 어찌 시집을 보내나. 아직 다가오려면 한참은 남은 이십 년 이후의 일까지 걱정하게 만드는 우리 보율이었다. 일혁이 보율을 안아 들어 볼에 입을 맞추고는 꼭 껴안았다.

"똑같은 거 하나 더 사서 언니 갖다 주면 되니깐 이건 보율이가 마시자."

두 가지 모두를 먹게 해 주는 형부오빠가 고마워 보율이 그의 뺨에 입 맞추는 것으로 그에게 감사 인사를 대신했다. 추가 주문한 보민이 마실 주스가 포장되어 나오자 보율을 안은 그의 발걸음이 가까운 곳에 위치한 빵집으로 향했다.

빵집으로 다가설수록 강해지는 갓 구워진 고소하고 군침 돌게 하는 빵 냄새를 알아차린 두 사람의 배꼽시계가 꼬르륵하고 울렸다.

보율은 어제 물놀이도 하고 열심히 노느라, 일혁은 어젯밤에 사랑을 나누기 위해 온 힘을 다 쏟아붓느라 배가 고픈 것도 당연했다.

아침부터 제빵사가 반죽해 갓 구워 나온 빵들을 시식해 보라며 두 사람에게 건넸다. 사양하지 않고 받아 든 빵의 맛이 좋다. 보율이의 손이 잘라 놓은 빵으로 연신 향했다.

"맛있다. 히히, 맛있다."

"그러네? 맛있다. 이거도 언니 주게 사 갈까?"

"네!"

따끈하고 김이 모락모락 나는 빵을 한 봉지 가득 사서 호텔로 돌아왔다.

일혁에게 안겨 있던 보율은 객실에 들어서서 바닥에 내려 주자 재빨리 어딘가로 달려갔다. 보율이 한걸음에 달려간 곳은 보민이 잠들어 있는 메인 침실이었다.

문고리를 돌리고 안으로 들어가려는 보율의 몸이 번쩍 하늘로 들려 다시 밖으로 나오게 되었다. 바로 일혁이 보율을 번쩍 들어 풀장이 있는 방 밖으로 데려갔기 때문이다.

"언니 좀 더 자게 놔두고 우리는 방금 전에 산 주스랑 빵이랑 해서 아침 먹을까?"

보율이 언니를 깨우려는 것을 말리려고 일혁 밖의 풍경이 한눈에 보이는 하얀 의자에 보율을 앉혔다.

앞에는 하늘의 색과 같은 물이 담긴 수영장이 있고 그 수영장 너머로 보이는 해변과 산토리니의 풍경을 보며 두 사람만의 그리스식 아침 식사가 시작되었다.

일혁이 건네준 자기 손바닥보다 훨씬 큰 베이글에 치즈와 햄를 얹어 한 입씩 깨물어 먹기 시작한 보율. 그런 보율을 보며 일혁은 아침 식사는 하지 않고 연신 아이의 입에 묻은 것들도 닦아 주고 주스도 마실 수 있게 배려하면서 그녀를 챙겼다.

베이글을 크게 깨물고 입안에서 오물오물하던 보율이 안 먹고 연신 자신을 챙기고 있는 일혁에게 자신이 먹던 빵을 내밀었다.

"나 주는 거야?"

일혁이 한껏 감격해서 보율을 쳐다보자 고개를 까딱까딱한다. 아주 조금만 베어 물고는 많이 먹어 배가 부른 것처럼 말했다.

"보율이가 주니깐 더 맛있네."

보율이 한입 먹고 베이글을 다시 일혁에게 건네고 그는 그걸 또 한입 작게 베어 무는 일을 반복하고 있을 때 뒤에서 소리가 들렸다.

"두 사람 아침 먹는 거예요?"

뒤에는 두 사람이 잠에서 깨기만 기다리고 있던 보민이 서 있었다. 보율이 먹던 베이글도 내팽개치고 달려가 그녀의 품에 안겼다.

"언니!"

보민이 웃으며 품에 안긴 동생에게 아침 인사를 했다.

"우리 보율이 잘 잤어?"

"응! 언니 많이 피곤해?"

피곤? 아마 늦게 일어나서 피곤하다고 생각하나 보다. 온몸이 쑤시고 안 아픈 곳이 없지만 보민은 동생이 걱정할까 봐 아무 내색 없이 아니라고 말하려고 했다.

그런데 그 순간 자신의 품에서 보율을 뺏어 가는 일혁. 그리고 그녀의 귀에만 들리게 속삭였다.

"당신 괜찮은 거야? 더 쉬지 왜 나왔어. 어젯밤 힘들었잖아."

그의 목소리를 타고 그녀의 귓속에 불어오는 그의 뜨거운 숨결. 그 순간 그녀의 몸에 전기가 통하고 온몸에 오도도 닭살이 일어났다. 그리고 어젯밤에 뜨거웠던 순간들이 스쳐 지나가면서 그녀의 얼굴이 뜨겁게 달아올랐다.

"괜, 괜찮아요."

괜찮을 리가 없는데, 어제 힘들었을 텐데. 아프면서 그에게 숨기는 건 아닌지. 그가 다시 그녀에게 물어 온다.

"정말이지?"

안고 있는 보율을 내려놓고 그는 그녀를 걱정하기 시작했다. 그녀가 정말이라며 긍정의 의미로 고개를 끄덕였지만 그는 쉽게 믿는 눈치가 아니었다.

계속해서 이리저리 몸을 살피며 그녀의 속살까지 꿰뚫어 버릴 듯 쳐다보는 그의 시선을 받아 내는 것이 그녀에게는 곤혹이었다. 그 눈빛이 모든 감각들을 깨어나게 하는 것만 같아 보민이 가까이 있는 그의 가슴을 밀어냈다.

"네, 정말 괜찮아요."

하지만 그의 가슴의 열기가 다시 그녀에게 다가왔다. 그녀의 가슴이 쿵쾅거리며 걷잡을 수 없는 두근거렸다. 보민이 힘껏 그의 가슴을 밀어냈다.

일혁은 갑자기 밀어내는 보민 때문에 뒷걸음쳤다. 몸을 가누지 못하고 비틀대던 그가 바로 뒤에 위치한 수영장으로 빠진 것은 순식간이었다.

풍덩.

큰 물보라를 일으키며 수영장에 빠진 일혁. 보민이 놀라 보율에게 안에 있는 욕실로 들어가서 커다란 수건 좀 가지고 오라 심부름을 시키고는 그에게로 한걸음에 달려갔다.

"미안해요. 괜찮아요?"

"어, 괜찮아. 하하. 시원하고 좋네."

물에 빠진 잘생긴 생쥐 꼴을 하고도 그가 좋다고 웃었다. 보민도 그런 그를 보며 아침부터 웃을 수밖에 없었다. 그녀가 그에게 손을 내밀었다.

"얼른 나와요. 어서요."

자신보다 키도 크고 몸집도 큰 그를 꺼내 주겠다고 손을 내미는 그녀를 보는데 그의 소년 같은 장난기가 발동했다. 그녀의 손을 조심히 잡는 척하며 그녀의 손을 감싸는 순간 힘을 주어 잡아당겼다.

갑작스레 잡아당기는 힘에 쪼그려 앉아 있던 보민도 풍덩 하고 물에 빠져 버렸다. 아침부터 때아닌 물놀이를 하게 되었다. 온몸에 닿는 차가움에 보민이 방금까지의 어색함은 날려 버리고 그에게 곱게 눈을 흘겼다.

"어푸. 일혁 씨, 정말 이러기예요?"

"어. 이제야 당신이 나를 제대로 봐 주잖아."

아까의 장난스러움은 없는 그의 눈이 그녀를 응시했다. 이제야 그의 눈을 제대로 볼 수 있게 된 보민이 그의 얼굴을 만지며 웃었다.

"조금은 봐주지. 새색시의 부끄러움이라고요."

"그런 거였어? 나는 또 당신이 식겁하고 도망가는 줄 알았지."

"치, 내가 어떻게 도망가요."

아침부터 차가운 물에 담겨진 그녀의 몸이 저절로 덜덜 떨려 왔다. 그의 얼굴을 만지던 손도 덩달아 미세하게 떨리기 시작했다.

그런 그녀의 상태를 눈치챈 그가 그녀를 안아 수영장을 나가기 위해 성큼성큼 물을 가르고 걸었다. 그리고 풀장 위 난간에 그녀를 앉힌 그가 그녀를 향해 걱정 어린 말들을 쏟아 냈다.

"괜찮아? 많이 추워? 당신 감기라도 걸리면 물에 빠지게 한 내가 죽일 놈 된다."

보민이 걱정하는 일혁에 목에 손을 두르고 예쁘게 웃었다.

"내가 감기가 걸릴까 봐 그렇게 걱정이에요?"

"당연하지. 신혼여행 와서 아픈 신부가 어디 있냐?"

퉁명스럽게 내뱉는 말이지만 그의 눈 속에 그녀를 위하고 사랑하는 마음이 가득했다. 그의 마음이 보인다. 그의 사랑이 그녀를 보고 있었다. 그 사랑에 보답하는 마음을 담아 보민이 대담하게 그의 입에 입을 쪽 하고 맞췄다. 그리고 놀라 눈이 커진 그에게 그녀의 마음을 보였다.

"일혁 씨. 사랑해요. 많이 사랑해요."

"내가 더 많이 사랑해."

그리고 그녀의 고백을 들은 그는 눈 깜빡할 찰나의 순간 그녀의 입술을 삼켰다. 차가운 물을 머금은 그녀의 입술이 그의 뜨거운 입술에 의해 열이 오르기 시작했다.

혀가 얽히고 서로의 마음도 같이 얽혀 입속에서 뒹굴고 있었다. 두 사람 위로 그리스의 아침 햇살이 빛나고 있었다. 서로의 마음이 같은 두 사람의 키스는 세상 어떤 것보다 아름다운 풍경이었고 반짝반짝 빛이 났다. 아침부터 물에 빠져 추웠던 그녀의 몸이 따뜻해진 것은 그가 그녀에게 쏟아붓는 사랑 때문이리라.

이제 더 이상 추위를 느끼지 못하는 두 사람을 위해 수건을 가지러 갔던 보율이 이 모습을 보고는 부끄러워져 수건으로 눈을 가렸다.

얼마 전 언니 결혼식에 민수를 초대하려 전화를 걸었더니 할머니 생신 때문에 시골에 가게 되어 못 간다고 미안하다고 하면서 몇 가지를 자신에게 말해 줬다.

첫째, 자신의 삼촌처럼 결혼이라는 것을 하게 되면 삼촌은 숙모랑만 뽀뽀해야 되는 거라고 가르쳐 줬다. 두 번째로는 삼촌이랑 숙모랑 뽀뽀할 때는 눈을 감고 모른 척해 줘야 나중에 예쁨받을 거라고도 덧붙여 말해 줬다.

"치. 그래. 언니랑 형부오빠랑 딴따따 했으니 뽀뽀 정도야 봐준다."

두 사람이 시간 가는 줄 모르고 입을 맞추는 동안 보율은 스스로 수건으로 안대를 만들어 수건 속에서 혼잣말을 했다.

피곤해서 안 된다고 오늘은 푹 쉬고 내일 크레타 섬으로 가자고 하는데도 보민은 고집을 꺾지 않았다. 그리고 그에게 매달려 보율이 하던 것처럼 계속 졸라 댔다.

"나 하나도 안 피곤해요. 우리 오늘 가요? 네? 응? 일혁 씨?"

결국 그녀의 고집을 꺾지 못해 세 사람이 점심시간을 훌쩍 넘겨 한 선착장에서 배를 탔다. 그들이 향한 곳은 보민이 그리도 가 보고 싶어 했던 크레타 섬이었다.

드뷔시에게 기쁨의 섬이라는 곡의 선율을 만들어 내게 한 그 섬을 보민은 꼭 한 번 보고 싶었다. 배에서 내려 크레타 섬의 땅을 밟는 순간부터 그녀의 마음이 두근거렸다.

자신이 그리도 좋아하던 드뷔시의 곡 속에만 존재하던 기쁨의 섬에 실제로 그녀가 발을 딛게 된다니 흥분되고 심장이 두근거리는 것은 당연했다. 땅을 밟은 것뿐인데도 눈에 벌써부터 기쁨이 들어찬 보민을 본 일혁이 못 말린다는 듯이 고개를 흔들었다.

"그렇게 좋아?"

"네. 정말 와 보고 싶었어요."

그녀가 이리 기뻐하는 것을 보니 그의 마음도 기쁘다.

세 사람은 천천히 크레타 섬을 구경하기 시작했다. 그들의 마음처럼 깨끗하고 맑은 하늘에는 구름 한 점 없었고 눈이 부시게 쏟아지는 햇빛이 그들을 비추고 있었다.

보민과 보율이 눈이 부신지 한 손으로 햇빛을 가리고 있었다. 누가 자매 아니랄까 봐 한 손으로 햇빛을 가리고 있는 모습도 닮았다.

일혁이 걸으면서도 주위를 두리번거리며 무언가를 찾고 있었다. 해변가로 향하던 중에 보인 한 상점. 밖에 주렁주렁 걸어 놓은 상점의 물품을 보고는 일혁이 두 사람의 손을 잡고 들어갔다.

눈이 부신 햇빛을 가려 줄 밀짚으로 된 챙이 큰 모자들이 진열되어 있었다. 크기도 다양하고 모양도 여러 가지인 모자 가게 안에서 일혁이 두 사람에게 이것저것 모자를 골라 건넸다.

"이건 어때? 한번 써 봐."

보민이 그가 건네는 모자를 받아 썼다. 커다란 챙에 하얀 리본이 묶인 모자는 긴 머리의 그녀에게 잘 어울렸다. 거기다 콩깍지가 단단히 쓰인 일혁의 귀에는 하얀 원피스를 입고 있는 보민의 주위에서 모 파란 음료 CF에서 들었던 라라랄라라 하는 음악이 들리는 것 같았다.

같은 하얀 리본이 묶여 있지만 사이즈는 작고 챙이 좁은 어린아이용 모자를 쓴 보율이도 어디 어린이 모델 대회라도 나갈 듯 예쁜 포즈를 선보이고 있었다.

"예쁘다. 이걸로 할래?"

"네!"

동시에 네라고 대답한 보민과 보율이 모자의 챙을 잡고는 그에게 웃어 보였다. 두 사람 모두 예쁜 두 눈에 마음에 든다는 게 듬뿍 묻어났다. 일혁에게는 꼭 사 달라는 의미로도 읽혔지만.

결혼하면서도 보통 여자들이 좋아한다던 보석이나 가방 같은 것을 사 준다고 해도 한사코 싫다고 거절했던 보민이다.

프러포즈 하면서 준 반지도 과하다고 말하던 그녀가 몇 만 원도 안 하는 모자를 동생과 맞춰 쓰고는 저리도 좋아하면서 사 달라고 조르니 어찌 안 사랑스러울 수 있겠는가? 아주 큰 선물 받은 것처럼 방방 뛰며 웃는 보율을 보는 것도 그에게는 최고의 경험이었다.

이제 햇살을 피할 수 있는 모자도 썼겠다, 일혁이 이제는 바깥에 나와서도 눈을 찡그리지 않는 자매에 만족하고 그녀들을 다시 이끌었다.

"이제 가 볼까?"

세 사람은 바다에 반사되는 햇살을 보기 위해 바다로 향했다. 그들 앞에 펼쳐진 에메랄드빛 바다. 하얗고 고운 모래가 뿌려진 백사장을 왔다 갔다 하며 백사장을 적시고 있는 파란 파도가 그들을 손짓하며 부르고 있었다.

신발을 벗고 모래 위에 발을 딛는 세 사람 중에 모래벌판을 가장 좋아하는 사람은 단연 보율이었다. 보율이 모래를 밟고 앞으로 뛰어가기 시작했다. 뛰어가는 보율의 뒤로 보민의 당부 소리가 들려왔다.

"보율아. 조심해! 넘어져!"

하지만 신난 보율에게 그 소리가 들릴 리 없었다. 좋다고 뛰어가는 보율의 뒤를 쫓아가려는 보민의 손을 잡은 일혁은 그녀가 어디 가지 못하게 깍지를 꼈다.

뛰어가려다 붙잡힌 손 때문에 발이 묶인 그녀가 그를 올려다보니 그가 놓을 생각이 없다는 티를 팍팍 내며 잡은 손에 힘을 주고 있었다.

"보율이 말고 나도 좀 봐 줘야지."

"설마 보율이한테 질투하고 그런 건 아니죠?"

너무 보율이만 챙기는 그녀를 보자 그의 맘에서 툭 하고 저도 모르게 질투가 나왔다. 어린 처제에게 질투하는 자신이라니. 일혁이 멋쩍은 듯 그녀의 놀란 시선을 피했다.

"흠흠, 아니야."

"아니긴요. 보율이한테 질투하는 것 맞네요."

계속 보민이 보율을 두고 질투를 한다고 그를 놀렸다. 언제나 한 가지 색으로만 일관하던 그의 얼굴이 빨갛게 물들기 시작했다. 더 이상 놀리다가는 얼굴이 그대로 물들어 버릴 것 같았다.

신혼여행 갔다 빨갛게 얼굴이 타서 왔다고 다른 사람들이 놀리겠다. 보민이 놀리는 것을 그만두고 잡히지 않은 손으로 그의 팔을 잡고 작게 속삭였다.

"이 세상 존재하는 남자 중에서는 당신이 나한테 1순위니깐 자부심을 가져요."

일혁의 마음에 저 넓은 바다마저 채울 수 있을 만큼 커다란 자부심이 가득 채워졌다. 아까 질투하던 남자는 사라지고 오로지 그녀만 보는 일혁이 남았다.

그녀의 이 말 한마디에 그의 마음이 유순해졌다. 그리고 또 봇물 터지듯 나와 그녀에게로 흐른다.

"이보민. 당신은 나보다 더 높은 영순위야."

그의 말에 그녀의 귓속에서 드뷔시의 기쁨의 섬의 연주가 들려왔다. 사랑하는 연인과 함께 왔던 이 섬에서 드뷔시는 기쁨이라는 감정밖에 느낄 수 없었을 것이다. 지금의 자신이 그러한 것처럼.

정말 사랑하는 그와 함께 해변가를 거니는데 말로 표현할 수 있는 수천 가지 감정들 중에서 떠오르는 감정은 기쁨밖에 없었다. 기쁘다. 그와 함께 이 아름다운 광경을 바라볼 수 있어서 기쁘다. 마음속에 다른 것은 존재하지 않고 기쁨으로만 가득하다.

그리고 앞서 가던 보율이 다시 그들에게 달려와 두 사람을 보며 흥분해서 소리쳤다.

"언니 저기 봐 봐! 바다에 해가 걸렸어!"

보율이 손짓하는 곳에 바다로 넘어가고 있는 해와 그 주위를 붉게 물들인 노을이 보였다. 주황색과 붉은색을 띤 해가 바닷물에 담겨 있었다.

"정말이네? 바다에 해가 걸렸네. 우리 보율이 정말 똑똑하다."

보율을 칭찬하고 난 뒤에 다시 보게 된 바다. 커다란 해가 파랗던 바다를 노을색으로 물들였다. 정말 장관이다. 바다에서 보는 해가 지는 모습에 세 사람이 입을 벌리고 그 자리에 멈춰서 노을에 취해 있었다.

해가 뜨는 것만큼이나 해가 지는 것도 멋지구나. 아침 일찍부터 하염없이 떠 있다 바다 뒤로 조용히 넘어가는 해가 만드는 광경이 이리도 아름답다니. 일혁은 보민을 끌어안고 그의 품에 안긴 보민은 보율을 껴안았다. 세 사람은 껴안은 채로 크레타 섬의 일몰의 광경을 눈에 가슴에 꼭꼭 잘 담아 두었다.

15.

그리스에서의 잊지 못할 추억을 만들고 일상으로 돌아온 세 사람. 그런데 그들의 보금자리인 집이 오늘은 웬일로 이른 아침부터 분주함으로 들썩이고 있었다.

그 이유는 바로 보율이가 쉬고 있던 유치원을 다시 나가는 날이기 때문이었다. 계속해서 유치원을 쉴 수도 없고 집에만 있는 것이 지루한지 보율이 유치원에 가고 싶다고 노래를 불렀다.

그러다 보니 결국 보민과 일혁은 보율이 유치원에 다시 가는 것을 허락해야만 했다. 집이 유치원과 조금 거리가 떨어진 곳이다 보니 보율이는 평소보다 일찍 일어나야 했다.

일찍 일어나 졸린 눈을 고사리 같은 손으로 비비며 잠에서 깨기 위해 안간힘을 써 봤지만 감겨 오는 눈꺼풀을 막기에는 역부족이었다.

언니의 품에 안겨 있는 아이는 언니에게서 떨어질 생각이 없어 보였다. 졸린 눈을 하고 그녀의 가슴에 볼을 비비며 응석을 부렸다.

"언니, 나 졸려. 졸려."

보민이 보율의 통통한 엉덩이를 토닥거리며 잠투정하는 아이를 다독였다.

"우리 착한 보율이, 얼른 씻고 오늘 유치원 가야지. 유치원 가고 싶어 했잖아."

"잉, 아는데. 졸려."

매일 푹 자고 해가 중천에 뜰 때나 일어나던 아이가 일어나기에는 좀 이른 아침이긴 하지. 얼른 보율이를 씻기고 옷도 입혀 준비시키고 아침 식사 준비도 해야 하는데. 보민의 마음이 조급해지기 시작했다.

그때, 두 사람의 위로 구원의 그림자가 드리워졌다. 방금 일어나 머리는 하늘로 솟아 있었지만 자고 일어난 모습도 여전히 멋있기만 한 일혁이었다.

"내가 보율이 준비시킬게."

"그래 줄래요? 고마워요. 그럼 나는 아침 준비할게요."

아직도 잠에서 깨지 못한 보율을 그에게 넘기고 보민이 주방으로 몸을 돌렸다. 하지만 다시 그의 손에 의해 돌려진 그녀. 그리고 그녀의 입술 위로 쪽 하고 그의 아침 인사가 날아왔다.

"잘 잤어?"

아침부터 해 오는 그의 입맞춤에 놀라 보민은 바로 볼이 울긋불긋해졌다. 그에게 대답하는 목소리는 한없이 작아졌다.

"네."

그가 다시 그녀의 입에 입을 맞췄다. 그녀의 커다란 눈이 더 커지고 그의 품에 안겨 있던 보율이가 혹시나 봤나 싶어 보민이 눈치를 살핀다.

"아이참, 아침부터."

보민이 발간 볼을 하고는 쑥스러움을 내비치며 그의 팔을 살짝 밀치고 주방으로 총총거리며 들어가 버렸다. 그녀에게 하는 사랑 표현은 날이 갈수록 커져 가는데 보민은 아직도 저리 부끄러워하니. 하지만 저런 모습도 더 사랑스러우니 일혁이 시도 때도 없이 그녀에게 입 맞추는 걸지도 모른다.

"자, 우리 보율이 얼른 씻고 준비하자."

보율을 안고 욕실로 들어가는 그의 얼굴에 행복 꽃이 활짝 폈다. 저녁에 눈을 감을 때마다 그녀와 함께 잠에 들 수 있고 아침에 눈을 뜰 때마다 그녀와 아침을 맞이할 수 있으니 그의 얼굴에 꽃이 피어 만개하는 것도 당연할 테다.

평소 새벽 여섯 시면 땡 하고 시간을 맞춰 일어나던 그가 조금만 더, 조금만 더 하는 게 일상이 되어 버렸다. 눈을 감고 그녀와의 잠자리에서 일어나지 않으려 애를 쓰는 것이 요즘의 그의 아침이다.

오늘도 늦게 눈을 뜬 그가 제일 먼저 보고 싶었던 광경은 자신의 옆에 누워 그를 바라보며 자고 있는 보민의 모습이었다. 그런데 오늘 아침에 일어났는데 옆에서 보민이 만져지지 않자 그가 그제야 어젯밤에 보민이 보율과 함께 손님방에서 잤다는 것을 생각해 냈다.

아! 맞다. 어제는 보율이랑 같이 잤지. 그리고 이어서 밖에서 들려오는 분주한 소리. 그가 몸을 재빨리 일으켜 나가 두 여자가 안고 있는 틈 사이, 이제는 그에게도 허락된 틈으로 비집고 들어갔다.

그가 보율과 욕실로 들어간 후 주방으로 들어선 보민의 아침을 준비하는 손이 분주했다.

전에는 7시에 칼같이 출근했던 일혁은 점점 출근 시간이 뒤로 미뤄지는 것이 다반사가 되었다. 그러다 보니 늦게 아침을 먹는 것이 습관이 되어 버렸던 것이다.

하지만 오늘은 보율이 오랜만에 유치원에 가는 날인데 지각을 시킬 순 없다. 보민이 긴 머리를 동그랗게 말아 올리고 주먹을 불끈 쥐었다.

도마에 칼질하는 소리가 들리고 냄비에 김이 모락모락 올라오고 있었으며 프라이팬이 달궈진 소리가 어우러져 그녀의 손놀림이 얼마나 빠른지 짐작할 수 있게 해 주었다.

고소한 참깨로 마무리한 호박국부터 보율이 좋아하는 소시지까지, 순식간에 식탁에는 아침 식사가 차려졌다. 이제 밥만 푸면 되겠다. 보민이 밥주걱으로 밥을 푸고 있을 때 준비가 다 된 두 사람이 손을 잡고 주방으로 들어왔다.

"언니, 봐 봐. 나 혼자서 옷 입었어."

보율이 칭찬을 바라는 눈망울을 하고는 보민을 올려다봤다. 보민이 아이의 머리를 쓰다듬으며 기쁜 목소리로 칭찬했다.

"정말? 우리 보율이 대단하네?"

"웅! 이제 혼자서도 잘해!"

아이가 자라는 시간은 따라갈 수가 없다. 벌써 혼자 옷을 입고 이것저것 혼자서 척척 해내려고 하는 모습을 보니 괜스레 엄마 아빠가 계셨다면 더 좋았을 텐데 하는 생각이 들었다.

이 모습을 보셨다면 매우 행복해하셨을 텐데. 생각이 여기까지 미치자 보민의 마음이 감성적이 되어 버린다. 하지만 이내 들려오는 일혁의 장난스런 말투에 보민은 그런 감성들은 떨쳐 내 버리고 웃을 수밖에 없었다.

"나도 혼자 옷 입었다고."

준비할 때마다 넥타이도 매어 주는 등 아침에 출근을 준비하는 동안 옆에 있어 주던 그녀가 없으니 그의 마음이 허전했다. 늘 혼자서 준비하고 혼자서 무언가를 하던 그가 이제는 그녀가 없으면 안 된다는 것을 매 순간 사소한 것들로 인해 깨닫고 있으니 이것도 이것대로 참 큰일이다.

오늘 아침은 특별한 날이고 평소보다 바쁜 날이라는 것을 알고 있으면서도 투정이 나오는 건 어쩔 수가 없었다. 그리고 그의 뿌루퉁한 말에 보민이 아이 대하듯 그를 타일렀다.

"정말요? 정말 우리 일혁 씨 대단하네요."

"어. 대단하지. 이제 나는 당신 없이 아무것도 못 한다고. 근데 계속 일혁 씨, 일혁 씨 이렇게 부를 거야?"

보민이 의자에 보율을 앉히고 수저를 쥐여 주면서 일혁의 집요한 시선을 피했다. 하지만 그는 한 번 꺼낸 이야기를 그만둘 생각이 없어 보였다.

"일혁 씨, 이런 것 말고 뭐냐, 자기야? 여보야? 응? 이런 거 어때?"

그의 물음이 계속되었지만 정작 대답해야 할 보민은 반응이 없었고 보율이 아침밥을 먹으며 생소한 단어들에 궁금함을 내비쳤다.

"자기야가 뭐야? 여보가 뭐야?"

밥 먹다 말고 궁금한 것을 물어 오는 보율에게 일혁은 뭐라고 답해야 하는지 턱 하고 말문이 막혀 버렸다. 아이가 이해할 수 있게 설명하려면 뭐라고 해야 하나?

좀 더 나은 말을 찾기 위해 일혁이 이리저리 생각을 굴리고 있을 때 보민이 친절하게 아이를 향해 답을 해 주었다.

"언니랑 형부처럼 좋아하는 사람끼리 결혼하면 그렇게 부르기도 하는 거야."

"아하. 그럼 나도 민수랑 결혼하면 민수한테 그렇게 부르는 거야?"

"그럼. 우리 보율이 민수랑 결혼할 거야?"

"응!"

"안 돼!"

동시에 두 사람에게서 나온 상반된 대답. 보율은 긍정의 대답을 하고는 아무렇지 않게 다시 식사를 시작했지만 일혁의 눈은 충격으로 물들었다.

아니, 지금 보율이가 그 만수라는 놈이랑 결혼하겠다는 건가? 우리 처제가 어떤 처제인데. 벌써부터 보율을 시집보내는 미래의 광경이 눈앞에 스쳐 지나가자 그 좋던 밥맛이 뚝 하고 떨어졌다.

그가 수저를 놓은 채 충격에서 헤어 나오지 못하든 말든 마지막 밥알까지 싹싹 긁어 먹은 보율은 자리에서 일어났다.

"잘 먹었습니다. 나 치카치카 하고 가방 메고 나올게."

보율이 씩씩하게 혼자서 칫솔질을 하겠다고 욕실로 뛰어 들어가고 나서야 보민이 식탁에 앉아 굳어 있는 일혁을 불렀다.

"일혁 씨, 밥 먹고 출근해야죠."

"응? 응."

충격에서 헤어 나오지 못하던 그가 그녀의 목소리에 정신을 차렸다. 그리고 허겁지겁 앞에 놓인 밥을 먹기 시작했다. 국에 밥을 말아 푹푹 떠서 입으로 가져갔다. 그사이 유치원 갈 준비를 마친 보율이 노란 유치원 가방을 메고는 거실에서 재촉하기 시작했다.

"언니! 빨리 가자. 나 늦겠어."

"어! 잠시만."

보율의 재촉하는 소리에 보민이 앞치마를 벗고 일어나면서 식사 중인 일혁에게 아침 인사를 하려고 했다. 보율이 유치원 데려다 주고 올 테니 식사한 것은 그냥 두고 나가라고. 갔다 와서 자기가 치우겠다고. 하지만 대충 밥을 넘긴 그가 일어나려는 그녀를 말리고는 일어섰다.

"아니야. 오늘은 내가 데려다 주려고 했어. 당신은 좀 쉬어. 아침 일찍부터 힘들었을 거 아냐."

"괜찮은데. 당신 출근 늦어지는 거 아니에요?"

"한 시간 정도는 괜찮아. 그리고 맘 같아서는 출근 안 하고 싶다고."

"요즘 너무 게으름 부리는 것 같은데……."

보민이 말끝을 흐리며 그를 걱정하자 일혁이 냉큼 그녀를 품에 안고 입을 맞췄다.

"게으름은 무슨, 내게는 당신이랑 보내는 시간이 더 가치 있어."

아침부터 껴안고 닭살 돋는 애정표현도 서슴지 않는 일혁이다.

그는 지금 이대로 그녀를 안고 하루 종일 있어도 시간 가는 줄 모를 것만 같았다. 떨어지기 싫고 계속 같이 있고 싶고 얼굴만 쳐다보고 있고 싶었다.

하지만 계속 이렇게 있다가는 거실에서 유치원 가기를 기다리고 있는 보율이 머리에 뿔이 나겠다. 유치원에 지각이라도 한다면 또 뿔난 송아지처럼 펄쩍펄쩍 뛸 테니. 일혁이 아쉬운 티를 팍팍 내면서 그녀를 품에서 놓아줬다.

"오늘도 잘 지내고 있어."

"네. 잘 지내고 있을게요."

살짝 삐뚤어진 넥타이를 바로 해 주고 어깨의 먼지도 털어 주고 난 뒤 그를 따라 현관까지 배웅했다. 현관에는 벌써 새로 산 구두를 신고 선 보율이 발을 동동거리며 기다리고 있었다.

"빨리 가요. 빨리."

"보율이 잘 갔다 와. 친구들이랑 싸우지 말고."

"응! 언니, 뽀뽀."

유치원 가기 전에 항상 하루를 시작하는 인사로 뽀뽀을 해 주었었다. 잊지 않고 볼을 내미는 보율의 뺨에 보민이 쪽 하고 뽀뽀를 하자 아이도 똑같이 언니의 뺨에 입을 맞추고 문을 열고 나갔다.

그럼 그렇지. 이렇게 또 나가 버리면 뭔가 허전하지. 밖으로 나가는 보율을 보고 있는데 일혁이 그녀에게 뺨을 내밀어 보였다.

"나도 아침 인사."

"늦었어요. 어서 가요."

늦었다고 밀어내는 보민의 손을 피한 일혁이 그녀의 얼굴을 당겨 입을 맞추고서야 밖으로 나섰다. 아침 출근 한 번 시키기가 이리도 어려워서야. 힘들다는 마음과 달리 그녀의 얼굴에는 웃음이 자리 잡았다. 이런 사소한 일상도 그녀에게는 행복이니깐.

두 사람을 출근시키고 나서 보민은 그녀대로 자신의 하루를 시작했다. 어질러진 식탁을 치우고 밀린 빨랫감을 세탁기에 넣어 돌렸다.

그리고 세탁기가 돌아가는 동안 청소기를 꺼내 청소를 시작했다. 그녀가 지나가는 자리마다 마녀의 지팡이로 마술이라도 부린 것처럼 주위가 깨끗해지기 시작했다.

빨래가 다 되었다는 벨소리에 잘 빨린 빨래들을 베란다에 널고 나서야 허리를 폈다. 모든 집안일을 끝내고 난 뒤 시계를 보니 바늘은 그리 멀리 가지 않은 상태였다.

오늘도 그럼 시간 여유가 많이 있네. 보민이 이 집에서 가장 사랑하게 된 곳으로 그녀의 발이 움직였다.

바로 일혁의 서재. 어머니를 닮아 책 읽는 것을 좋아하는 보민에게 그의 서재는 사랑할 수밖에 없는 공간이었다.

저번에는 청소하러 들어갔다가 청소기는 내팽개치고 한편에 마련된 흔들의자에 앉아 시간이 가는 줄 모르고 저녁때까지 책을 붙잡고 있었을 정도였다.

그의 서재에 빽빽이 꽂혀 있는 책들. 종류도 다양했고 분야도 다양했으며 쓰인 언어마저 다양했다. 경제, 주식, 경영, 법, IT분야부터 가볍게 읽기 좋은 소설, 시, 어른을 위한 동화까지. 보민이 커다란 책장을 둘러보기 시작했다.

"오늘은 어떤 걸 읽어 볼까?"

손으로 책장을 스치며 나란히 나열되어 있는 책들을 훑었다. 그 중에서 맨 구석에 꽂혀 그녀의 손을 멈추게 한 것은 제인 오스틴의 설득. 이 책을 여기서 만나게 되다니. 그녀의 가슴이 흥분으로 물들기 시작했다.

영국인들이 셰익스피어만큼이나 사랑하는 작가 제인 오스틴의 마지막 소설인 설득. 이 소설을 일혁도 읽은 걸까? 허나 그녀가 책장을 넘기는 순간 그는 이 책을 한 번도 읽지 않았다는 것을 짐작할 수 있었다.

새 책인 것이 분명해 보이는 책. 한 장도 책장을 넘긴 흔적이 발견되지 않았다.

"다음에 한 번 읽어 보라고 권해야겠다. 싫어하려나?"

보민이 실없는 소리 같아 웃으며 의자에 앉아 책을 펼쳐 들었다. 여러 번 읽었지만 읽을 때마다 새로운 묘미를 발견하게 만드는 제인 오스틴의 글. 읽을 때마다 다른 면을 발견하게 만들어 더 설레는 그녀의 글.

보민이 책을 들고 앉아 제인 오스틴의 이야기 속으로 들어가기 시작했다.

보율이를 유치원에 데려다 주고 다시 돌아온 빌딩. 일혁은 엘리베이터에 올라 8층을 누르고 올라가는 순간 동안 얼마나 갈등했는지 모른다. 숫자가 올라갈수록 7이라는 숫자를 누르려는 그의 손을 막는 데에 얼마나 큰 인내를 발휘했는지 모른다.

당장 7층에 내려 그녀를 만나러 가고 싶은 마음을 붙잡고 겨우 겨우 8층 사무실에 내려 떨어지지 않는 걸음을 옮겨 어기적거리며 사장실에 들어가 앉았다. 이때다 하고 기다렸다는 듯이 한 아름의 서류들을 들고 들어오는 김 실장.

"오늘 결재하셔야 하는 서류들입니다."

"뭐가 이렇게 많아?"

많기는 뭐가 많단 말인가. 전에는 이거의 세 배는 되는 서류를 하루 동안 다 보셨으면서. 신혼이시라고 제가 많이 줄인 겁니다. 김 실장이 속으로 한탄했다.

일혁이 결혼 후에 여유를 찾게 되면서 죽어나는 것은 김 실장이었다. 늦게 출근해서 빨리 퇴근해 버리시니. 덕분에 남은 일들을 처리한다고 제 눈이 짓물러 사라지기 일보 직전이라고요. 결국 김 실장의 입에서 볼멘소리가 나왔다.

"많기는요. 꼭 오늘 결재해 주셔야 하는 서류들입니다."

꼭 읽어 보시고 결재 부탁한다고 신신당부하고는 김 실장이 나갔다. 일혁은 마음을 다잡고 서류를 보기 시작했다.

그런데 김 실장이 갖다 준 서류가 눈에 들어오지 않았다. 급기야 글자들이 움직이기 시작하더니 '보민'이라는 글자를 만들어 내는 것이 아닌가. 보고 싶다. 결국 일혁은 한 시간도 넘기지 못하고 자리를 박차고 일어나 사무실을 벗어났다.

"김 실장, 나는 집에 좀 가야겠어. 중요한 일 있으면 연락해."

"안 됩니다, 대표님. 안 된다고요!"

뒤에서 김 실장이 포효하든 말든 일혁을 바람처럼 계단을 뛰어 내려와 그가 그리도 보고 싶어 하는 그녀가 있는 곳으로 들어섰다.

그가 들어오자마자 신발을 벗어 던지고는 눈으로 보민을 찾기 시작했다. 제일 먼저 주방으로 향했다가 그녀가 없음을 알고 재빨리 빠져나와서는 거실도 한 번 눈으로 훑은 후 침실로 들어갔다.

역시나 거기에서도 그녀를 발견하지 못한 그가 다음으로 향한 곳은 바로 그의 서재. 문을 활짝 열고 들어간 곳에서 그가 책을 읽다 잠들어 버린 보민을 발견했다.

"또 여기서 잠든 거야?"

그가 조심히 그녀의 곁으로 다가섰다.

그녀의 얼굴을 보니 그의 마음이 좀 안심이 된다. 그녀의 향기를 맡으니 그의 마음이 또 주체할 수 없이 쿵쾅거렸다. 그가 그녀의 얼굴을 조심히 매만졌다. 선잠이 들었던 그녀가 눈을 떴다.

"일혁 씨……?"

"일어났어?"

보민이 눈앞에 보이는 사람이 일혁이라는 것을 믿지 못하고 눈을 비비더니 다시 그를 확인했다.

"벌써 퇴근한 거예요?"

"어. 당신 보고 싶어서 일이 손에 안 잡히잖아."

보민의 잠이 다 달아났다. 이 남자가 정말! 보민이 의자에 기대 있던 몸을 일으켜 그의 팔을 때렸다.

"그렇다고 이렇게 퇴근하는 사람이 어디 있어요?"

그녀의 손이 닿은 팔이 아픈 듯 문지르며 일혁이 그녀를 향해 변명했다.

"여기 있어. 당신은 나 안 보고 싶었어?"

"안 보고 싶었다는 말이 아니잖아요. 일은 해야지요. 계속 이러면 나중에는 내가 일하러 나가야 하는 거 아니에요? 보율이가 얼마나 많이 먹는데."

그가 어느 정도 부자인 건 알고 있지만 그렇다고 이렇게 일도 안하고 펑펑 놀기만 하면 어쩌나 싶은 걱정이 서서히 들기 시작했다. 보율이 소시지값이라도 벌게 접어 두었던 레슨을 다시 알아봐야 하나 심각하게 생각하는 보민이었다.

하지만 그런 그녀의 걱정과 달리 일혁은 이 상황이 즐거울 뿐이다. 자기 대신 일하러 나간다는 보민의 얼굴이 정말 진지해 보여서.

"하하, 설마 굶어 죽을까 봐 걱정하는 거야? 걱정하지 마. 평생 놀고먹을 돈은 있어. 그나저나 당신 정말 나 안 보고 싶었어?"

보고 싶지 않았냐고 진지하게 묻는 그의 말과 동시에 일혁의 손이 자연스럽게 그녀의 허리로 향했다. 그리고 그녀를 안아 들고 의자에 앉아 다리 위에 보민을 앉혔다.

슬금슬금 안으로 침범하는 그의 손. 그의 뜨거운 손이 티셔츠 속으로 들어오자 보민의 몸이 흠칫하고 떨렸다. 그다음에 그가 하려는 것이 무엇인지 얼핏 알 것만 같아서.

"이보세요, 아직 아침이라고요."

"나도 알아. 근데 우리 어제 못 했잖아."

어젯밤에는 보율이가 악몽을 꾸는 바람에 보민이 보율이 방에서 잠을 잤다.

어제 저녁 잠자리에 들자마자 그녀의 부드러운 곡선을 더듬던 그들은 보율의 커다란 울음소리에 하던 걸 멈추고 보율에게로 달려가야 했다.

무서운 꿈을 꿨다며 꺼이꺼이 서럽게 우는 보율을 혼자 자게 놔두면 안 될 것 같았다. 보민은 당연히 그를 버리고 보율의 방으로 들어가 버렸고 혼자 남은 일혁은 잠을 설치다 새벽녘이 되어서야 잠이 들었었다.

그러니 아쉽게 그녀를 안지 못한 그에게 보율이 유치원에 간 지금이 절호의 찬스다. 거기다 햇살이 비치는 낮에 그녀를 안을 수 있다니, 그가 이런 기회를 놓칠 리 없다.

그녀의 납작한 배에서 머무르던 손이 보드라운 가슴을 덮고 있는 가리개를 풀어 버리고 정점을 만지기 시작했다. 그의 손길에 자연히 그녀는 불안한 음성을 냈다.

"박일혁 씨, 아직 벌건 대낮이라고요."

"또 일혁 씨야? 다르게 불러 봐. 자기야? 아님 오빠도 좋아."

"아직 익숙하지 않아서……. 흐앗."

그녀는 말을 끝을 맺지 못했다. 그의 가슴에 닿는 그의 입술 때문에. 그가 익숙한 듯 그녀의 정점을 물고 간질이다가 물고 빨기 시작했다. 보민의 얼굴이 달아오르고 그녀의 입에서는 억누르지 못한 신음들이 새어 나왔다.

"하아. 아아."

그가 고개를 올려 그녀의 얼굴을 보고 씩 웃었다.

"안 익숙하면 익숙하게 만들어야지. 오늘 당신 입에서 일혁 씨라는 말이 나올 때마다 당신을 안을 거야."

씩 웃으며 이야기하고 있는 그의 빛나는 눈은 정말이라는 뜻을 내비쳤다. 그녀가 입을 손으로 막았다. 그의 이름을 말하지 않겠다는 의지를 담아. 하지만 그는 상관없다는 듯이 다시 그녀의 가슴을 물었다.

어둡고 감상적이 되는 밤과 달리 해가 밝게 빛나고 이성이 깨어 있는 낮에 그가 자신의 가슴을 물고 있는 것을 보는 보민은 더 정신이 아득해지는 것 같았다. 이 상황들이 꿈이라고, 아까 책을 읽다 잠든 꿈속이라고 속으로 되뇌었다.

하지만 그녀의 온몸에 느껴지는 그의 손길이 그녀를 선명하게 깨어나게 만들었다. 그리고 입을 가린 손으로는 미처 막지 못한 틈새로 그 열기가 튀어나왔다.

"음, 하, 아아."

그녀의 신음이 그의 손을 긴 치마 안에 있는 속옷으로 향하게 했다. 그녀의 숲을 가리고 있는 팬티를 단번에 벗겨 버린 그의 손가락이 안으로 불쑥 들어왔다. 아래에서 그의 손을 느낀 그녀가 놀라 그의 어깨를 밀어냈다.

"일혁 씨, 하지 마요."

하지만 촉촉하고 아늑한 그녀의 안을 맛봐 버린 그의 손가락은 벗어나기는커녕 서서히 움직이기 시작했다. 그리고 그녀의 신음과 함께 흘러나오는 미끈한 액. 아까부터 성나 요동치던 그의 남성이 더 부풀어 올랐다.

"끙. 하아."

아직 충분하지 않은 것 같은데 너무 빠른 건 아닌가 싶은 생각도 들었다. 하지만 그의 남성은 빨리 그녀에게 닿고 싶다고 요동치는 중이었다.

그가 서둘러 그녀에게 키스를 하며 그녀를 카펫이 깔린 바닥에 눕혔다. 그리고 재빨리 바지를 벗은 그가 그녀의 안으로 단번에 뚫고 들어갔다.

갑자기 들어온 딱딱함에 그녀의 미간이 좁혀졌다. 그런 그녀를 알아채고는 그가 멈춰 서서 그녀의 얼굴을 조심히 쓰다듬었다.

"하아, 미안. 미안해. 너무 급했지? 하지만 난 당신만 보면 멈출 수가 없다고."

그가 다정하게 말하며 어루만지는 손길에 그녀의 아픔이 잦아들었다. 그리고 그녀가 그런 그를 올려다보며 괜찮다고 웃어 보였다. 그와 동시에 그가 그녀의 안에서 움직이기 시작했다. 그를 놓지 않고 감싸는 그녀의 안쪽 살 때문에 그의 입에서 흥분의 신음이 흘러나왔다.

"하아. 아아. 하앗."

그에 맞춰 그녀도 신음하고 그녀의 신음에 그의 허리가 천천히 또 빠르게 움직였다. 또한 부드럽게 움직이다가도 힘차게 움직이기도 했다.

격정적으로 움직이다 갑자기 멈춘 일혁. 짜릿한 감각이 멈추자 보민이 눈을 뜨고 그를 올려다봤다. 그녀를 내려다보고 있던 그가 열망에 띤 웃음을 보이더니 그녀를 그의 위로 올렸다. 갑자기 그를 내려다보게 된 그녀가 놀라 버둥거렸다.

"괜찮아."

그가 그녀의 허리를 잡아 움직이기 시작했다. 새로운 감각들이 그녀들을 찔러 왔다. 그의 손이 이끄는 대로 허리를 움직이던 보민이 자신의 아래에서 신음하고 있는 그에게 열락을 선사했다. 그의 낮고 흐려진 신음이 서재를 울렸다.

"하아. 좋아, 보민아. 으앗."

그리고 다시 시작된 흥분의 장. 일혁이 보민을 다시 바닥에 눕히고 그녀를 향한 마음을 담아 세차게 움직이기 시작했다. 그가 움직일 때마다 두 사람에게서 동시에 서로를 향한 말들이 흘러나왔다.

"사랑해."

"일혁 씨. 내가 더 많이 사랑해요."

그녀가 손을 들어 그의 얼굴을 만지며 고백하는 말에 그의 허리가 세차게 움직이더니 그대로 무너졌다.

온전히 보민의 몸을 덮은 그의 무게가 무겁다고 느낄 때쯤 그가 벌떡 일어나 그녀를 안아 올렸다. 아직도 몽롱한 기운에 그녀가 그를 올려다봤다.

"아, 당신 또 나를 일혁 씨라고 불렀어. 그것도 두 번이나."

설마, 아까 건 그냥 한 말 아니었나? 그녀가 놀라 그를 쳐다봤다.

"나는 약속한 말은 무조건 지키는 사람이라고."

그가 웃으며 그녀를 안고 침실로 들어갔다. 약속은 꼭 지킨다더니 침대 위에 보민을 눕힌 그가 약속대로 그녀를 다시 안으려고 했다. 그러나 폭신한 침대에 눕자마자 그녀가 스르르 눈을 감는 바람에 약속을 지키지 못했다.

곤히 든 잠이 혹시나 그의 손길에 깰까 봐 보민의 얼굴을 쳐다보기만 하는 그의 멈춰진 시선. 그러고 보면 악몽을 꾼 보율의 곁을 지키느라 그녀도 잠을 제대로 자지 못했을 것이다. 힘들었을 텐데도 온전히 그를 받아 준 그녀가 고맙기만 했다.

그녀를 위해 조금만 참자, 인내하자 하다가도 그녀만 보면 이성을 버리고 미쳐 날뛰는 자신을 막을 길이 없다.

아무것도 바뀐 것이 없는 그의 침실에 그녀가 이렇게 누워 있다는 것만으로도 모든 것이 다 바뀐 것만 같다. 조금은 추웠던 커다란 침대가 지금 자고 있는 저 여자 때문에 따뜻해졌다. 이제 이 따뜻함이 그를 살게 한다.

그가 조심히 이불을 정리하고 옆에 누워 그녀를 하염없이 바라보고만 있었다. 그녀를 둘러싼 모든 것들이 그를 평화롭게 만들었다.

띠띠띠 띠—

갑자기 핸드폰 벨소리가 울렸다. 그 평화를 깨우는 소리를 만들어 낸 것은 김 실장이었다. 재빨리 핸드폰을 들고 밖으로 나온 일혁이 조용히 전화를 받았다.

"여보세요, 김 실장?"

— 대표님. 지금 좀 사무실로 오셔야겠습니다.

일을 안 한다고 볼멘소리를 하기도 하지만 김 실장은 자신만큼이나 일 처리 능력이 뛰어나 그가 모든 것을 맡길 수 있는 유일한 사람이었다.

그만큼 그의 능력을 믿고 신뢰하기 때문에 자신이 모든 일을 뒤로하고 이런 꿀맛 같은 낮을 보낼 수 있는 것이 아닌가. 그런 김 실장이 전화해서 사무실로 부른다는 것은 웬만한 일이 아니라는 거였다.

"무슨 일이야?"

— 그게…… 김진수 사장님이 오셨습니다.

방금까지도 온화한 표정을 짓던 그의 얼굴에서 표정이 모두 사라져 버렸다. 드디어 행차하신 건가. 하긴 이쯤이면 발등에 불이 떨어지고도 남았을 테니 나를 만나러 올 수밖에 없었겠지.

일혁이 지금 올라가겠다고 대답하고는 전화를 끊었다. 그리고 그의 무표정했던 얼굴에 서슬 퍼런 표정이 자리했다.

16.

 8층, 사장실의 문은 굳게 닫혀 있었고 그 사장실 문 앞에 위치한 소파에 다리를 꼬고 앉아 제법 여유로운 표정을 짓고 있는 사람이 있었다. 바로 에너지 톤의 김진수 사장.

 딱 봐도 비싸 보이는 검정색 슈트를 갖춰 입고 있는 남자는 삼십 대 초중반인 일혁과 나이가 비슷해 보였다.

 겉으로는 여유로운 듯 다리를 꼬고 미소 짓고 있지만 사실 그의 속은 지금 까맣게 타들어 가고 있었다.

 아침부터 미리 약속도 없이 그가 이곳을 찾아온 이유는 바로 여기의 대표 박일혁을 만나기 위해서다.

 저기 저 박 대표의 비서인 듯 보이는 놈이 조금만 기다리라고, 연락을 했으니 조금 있으면 올 거라고 하더니 한 시간이 다 되어 가는데도 박 대표는 모습을 보일 생각이 없어 보였다.

 나를 좀 애태워 보시겠다, 그런 의도인 것 같지만 어쩌나, 내가 호락호락 내 속을 보여 줄 것 같으냐 말이다. 내가 누군데, 나 에너지 톤 사장 김진수라고. 그가 속으로 부드득 칼을 갈았다. 이윽고 땡, 하고 엘리베이터 소리가 들렸다.

한 시간이 조금 넘고 나서야 금방 오겠다던 박 대표가 느긋하게 모습을 드러냈다.

일혁이 문을 열고 들어서자 그의 주위로 강렬한 포스가 느껴졌다. 역시나 그를 둘러싼 굉장한 소문들이 헛소문은 아니었나 보다. 김진수 사장이 잔뜩 긴장한 채로 그에게 다가섰다.

"약속도 없이 찾아와 죄송합니다. 에너지 톤의 김진수입니다."

김진수가 소개를 하며 손을 내밀었지만 일혁은 그 손을 잡지 않고 고개만 까딱해 보였다.

"제가 좀 늦었습니다. 하긴 약속도 없이 찾아오신 거라 제가 죄송하다는 소리는 못 하겠습니다."

그리고 김 사장을 향해 서슬 퍼렇게 웃어 보이는 일혁이다. 그런데 그 미소가 어찌나 사나운지, 적을 노리는 한 마리의 맹수 같았다.

웬만한 기 싸움에서 밀려 본 적이 없던 김 사장도 순간 한 발 물러날 정도로 움찔했다. 김 사장이 잠시 멈칫한 사이 다시 일혁의 날카로운 말이 날아왔다.

"그나저나 무슨 일이십니까? 지금 이렇게 저를 만나러 오실 정도로 한가하지 않으실 텐데요?"

한가하지 않으니 당신을 만나러 왔지. 알면서 이러는 건지 모르는 척하면서 자신을 떠보려고 하는 건지. 김 사장이 속을 숨기고 그의 의중을 떠보기 위해 말을 꺼냈다.

"한가하지 않으니 박 대표님을 만나러 왔지요."

하지만 속마음을 드러내지 않는 무표정으로 일관하는 일혁의 얼굴에서 어떤 것도 읽을 수 없었다.

"저는 무슨 말인지 모르겠습니다만. 우선 안으로 들어오시죠."

일혁이 문을 열고 들어가는 사장실 안으로 김 사장도 따라 들어갔다. 그리고 일혁이 권하는 맞은편 자리에 앉아 그에게 축하 인사를 건넸다.

"얼마 전 하신 결혼, 축하드립니다."

그러나 곧바로 돌아오는 그의 대답에 김 사장은 적잖게 당황할 수밖에 없었다.

"아, 감사합니다. 어떻게 아셨는지 모르지만 보내 주신 화환은 제가 돌려보냈습니다. 아무도 제가 결혼하는지 몰라서 화환을 보내 온 사람이 없는데 유일하게 김 사장님만 보내셨더군요. 김 사장님 것만 받기가 뭐해서 제가 돌려보냈습니다."

"그, 그렇습니까?"

이게 무슨 말인가. 박 대표를 지켜보는 일을 맡고 있는 놈이 박 대표가 결혼식을 준비하고 있는 것 같다며 화환 하나 보내시는 게 좋겠다고 했었다.

당연히 다른 기업들에서도 화환을 보낼 것이라는 생각에 그리하라고 했던 거였다. 멍청한 놈 같으니라고.

거기다 화환을 되돌려 주면서 결혼식에 보내 주신 화환들을 모두 돌려보내는 것이니 너무 맘 상해하지 말라던 메모도 같이 오질 않았나.

이런 낭패가 있나. 화환을 보낸 게 결국 자신의 꼬리를 드러내게 만들어 버렸다.

할 말을 찾지 못하고 고민하는 자신이 입을 다무니 다시 두 사람 사이에는 침묵이 자리했다. 일혁이 입을 닫고 아무런 말을 하지 않으니 김 사장도 함부로 말을 꺼낼 수 없었다. 하지만 맞은편에 여유롭게 앉아 있는 그를 살피던 김 사장은 저도 모르게 먼저 급한 용건을 꺼내고 말았다.

"기한이 남은 어음이 갑자기 돌아왔습니다."

그의 말에 일혁은 여전히 무표정했고 그의 말은 더 무심했다.

"그런데요? 그게 저랑 무슨 상관이 있습니까?"

그의 덤덤한 말에 김진수 사장은 점점 더 안달이 나 버려 속마음을 또 드러내고 말았다.

"L은행에 압박을 넣으신 게 박 대표님이 아니십니까?"

"제가 압박을 넣었다면요?"

"저희 회사는 박 대표님과 아무런 상관이 없는 회사입니다. 그런데 이런 일을 하시는 이유가 뭔지 알 수가 없습니다."

아무런 표정을 읽을 수 없던 그의 얼굴 위로 무서운 기세의 칼날 같은 표정이 자리 잡았다. 일혁이 그를 향해 자세를 고쳐 앉았다.

"정말 모르시겠습니까? 김 사장님의 회사는 저와 아주 관련이 많습니다."

무슨 관련? 설마 이 사장 일까지 눈치챈 건 아니겠지. 일혁의 모든 걸 알고 있는 듯한 표정에 김 사장의 손이 긴장감으로 덜덜 떨려 왔다.

그 일은 아무도 모르는 일인데. 김 사장의 얼굴이 당혹으로 물들었다. 김 사장이 일혁이 던지는 미끼에서 빠져나오기 위해 변명했다.

"설마 제가 이 사장님의 특허권과 관련이 있다는 것 때문에 이러십니까? 저는 특허권을 사겠다고 박 대표님을 찾아온 적도 없는데요."

"그러니깐요. 왜 안 찾아오셨을까요? 지금 특허권이 가장 필요하신 건 김 시장님이실 텐데요."

"필요하다고 나한테 팔 것도 아니잖습니까?"

"그건 그렇죠. 당신 같은 사람에게 이 사장님, 아니 저희 장인어른이 힘써 개발하신 걸 드릴 순 없죠."

저 늑대 같은 놈. 기어이 이 사장 딸과 결혼이란 걸 해서 그 특허권을 뺏어 갔단 말이지. 이 사장이 죽었을 때 시간 들이지 말고, 수단 방법 가리지 말고 뺏어 왔어야 했는데. 그때 그 꼬마 계집을 납치하는 거였는데.

그때 보민이 나타나는 바람에 급히 돌아섰던 후로도 기회만 엿봤지만 두 계집들이 박 대표 뒤로 숨고 나서는 근처에 접근할 수가 없었다. 김 사장의 얼굴이 비틀리고 기어이 참지 못하고 큰 소리를 냈다.

"그래서 물러나 있었던 거 아닙니까! 내가 뭘 했다고 내 회사를 망하게 만드는 겁니까?"

흥분하며 버럭 소리를 지르는 김 사장의 말을 일혁은 더 이상 들어 줄 수가 없었다.

결혼식 때 의심스러운 부분이 있어 김 실장을 시켜 김 사장에 대해 알아보도록 했다. 그리고 김진수 사장이 그동안 특허권을 얻기 위해 움직여 왔던 행적들과 보민과 보율에게 접근하려 했던 사실을 확인했다.

당신, 사람을 잘못 건드렸어. 특허권 때문에 내 여자들을 건드리려는 생각을 한 것 자체가 잘못됐다는 거야. 일혁이 일어나 앉아 있는 김 사장의 멱살을 잡아 올렸다.

"내 사람들 건드리지 마. 내가 무슨 말 하는지 알고 있지?"

그의 손아귀에서 김 사장은 숨이 막혀 버둥거렸다.

"허억, 이거 놔. 왜 이래!"

"잘 들어. 네가 평소에 하던 더러운 짓은 생각도 하지 말란 말이야. 네가 그렇게 죽고 못 사는 회사 간판이라도 지키고 싶으면."

일혁이 그의 멱살을 놓고 탁탁 손을 털었다. 마치 더러운 것을 만졌다는 듯이. 그의 손아귀에서 벗어난 김 사장은 부리나케 나가는 문으로 향했다. 문고리를 돌리며 그가 일혁을 향해 소리쳤다.

"내가 순순히 물러날 것 같아? 약점이 생긴 호랑이는 무섭지 않은 법이야!"

김 사장이 문을 쾅 닫고 나가 버렸다. 그리고 스멀스멀 피어나는 불안감. 그의 경고가 그를 불안하게 만들었다. 궁지에 몰린 쥐가 어떻게 할지는 아무도 모르는 거니깐. 일혁이 인터폰을 눌렀다.

"김 실장. 김 사장에게 사람 좀 붙여야겠어. 그리고 우리 집 여자들 경호를 좀 더 늘려 주고."

— 네. 알겠습니다.

전화를 끊고 나서도 불안함은 없어지기는커녕 그의 마음속에 자리 잡고 불안의 구름으로 점점 더 몸집을 키워 갔다. 두 사람에게 행여나 무슨 일이 생길까 봐. 불안하고 초초하게 뛰는 마음이 그를 힘들게 만들었다.

안 되겠다. 일혁이 사무실을 나와 밑으로 뛰어 내려갔다. 보민의 얼굴을 직접 확인해야만 이 불안감을 잠재울 수 있다는 것을 알고 있으니깐.

보민은 아직 침실에서 아까와 같은 자세로 잠들어 있었다. 그 모습을 확인한 일혁이 안심함과 동시에 다리에 힘이 풀려 그 자리에 주저앉았다.

미친 듯이 뛰고 있는 아픈 심장을 부여잡고 한참을 바닥에 앉아 있던 그가 일어나 잠든 보민의 곁으로 다가갔다. 옆으로 누워 잠든 그녀의 얼굴만 하염없이 바라봤다.

"전에는 아무것도 겁날게 없었던 내가 처음으로 겁이 나. 당신을 못 지켜 낼까 봐. 보율이와 당신에게 무슨 일이라도 생길까 봐. 만약 그런 일이 생기면 난 정말 살 수가 없어."

그의 마음이 들린 걸까, 잠자고 있던 보민이 그에게로 돌아눕고는 잠결에 짓는 고운 미소를 그에게 보였다.

그녀의 미소를 마주하는 순간 그가 약해졌던 마음을 굳건하게 다잡았다. 무슨 일이 있어도 당신을 지키겠다고. 당신의 웃는 모습은 내가 지켜 내겠다고. 당신이 웃어야 내가 사니깐. 그가 속으로 수만 번을 다짐하고 마음을 단단하게 만들었다.

곤하게 자던 보민이 일어난 것은 짧은 시곗바늘이 몇 칸을 더 움직였을 때였다. 얼마나 잔 거지, 하며 눈을 비비고 일어나서 시계를 보고는 그녀는 뒤로 넘어갈 뻔했다.

보율이, 보율이 데리러 유치원에 가야 하는 시간인데. 침대에서 허둥거리며 일어난 보민이 옷들을 챙겨 입고 현관으로 달려 나갔다. 그리고 신발을 꿰어 신고 나가려 하는데 문이 열리며 다정하게 손을 잡은 일혁과 보율이 들어왔다.

"언니, 어디 가?"

"어? 어. 너 데리러 가려고 했지."

보율이 일혁과 잡은 손을 좋다고 보민을 향해 흔들어 보였다.

"히히, 형부가 나 데리러 왔어. 형부가 친구들 아이스크림도 사 줬어. 나 오줌 마려. 나 화장실!"

이제는 '형부'의 뜻을 제대로 이해하고 부르는 보율이다. 말을 마친 아이는 신발을 신속히 벗고 가방을 멘 채로 화장실로 달려 들어갔고 보민은 현관에서 웃고 있는 일혁을 향해 물었다.

"어떻게 된 거예요?"

"당신 곤히 자길래 시간 많은 내가 데리고 왔지."

"깨우지요."

낮잠 자느라 동생 마중도 못 간 나쁜 언니가 된 것만 같아 그녀의 마음이 썩 좋질 않다. 거기다 일하는 사람을 계속 신경 쓰게 하는 것 같아 더 마음이 쓰이는 보민이었다. 보민의 얼굴에 미안함이 가득했다. 한껏 미안해하고 있는 보민을 일혁이 품에 안고 달랬다.

"뭐 이런 걸로 미안해해. 나는 좋아서 한 일인데."

"그래도. 미안해요."

또 미안하다고 말하는 그녀의 입에 그가 입을 맞췄다.

"어허, 미안하기는. 이제 당신이 미안하다는 말 할 때마다 내가

요 입을 막아야겠네."

다시 그녀의 입으로 다가온 그의 입술. 보민이 그의 입술을 손으로 막았다.

"어? 나 미안하다는 말 안 했어요."

그의 입술을 막은 손에 일혁이 입을 맞추었다. 그리고 그녀를 향해 근사하게 웃어 보이며 그녀를 향해 속삭이는데, 보민은 결국 두 손, 두 발 다 들어 보일 수밖에 없었다.

"방금 했잖아. 미안하다고. 하하."

말로 그를 이길 수는 없을 것 같아 보민은 한발 물러섰다. 내가 어떻게 능글거리기까지 하는 당신을 말릴 수 있겠어요. 저녁 시간도 다가오니 밥이나 해야겠다 싶어 그의 품에서 벗어나려 했다.

"저녁 차릴게요. 배고프죠?"

그의 품에서 벗어난 지 얼마 되지도 않았는데 다시 그의 손에 이끌려 그에 품에 안겼다. 가슴에 닿은 그녀의 귀에 울리는 그의 심장 소리. 쿵쾅거리기는 하지만 평소와는 어딘가 모르게 미묘하게 뛰는 그의 심장을 알아차렸다. 보민이 그를 올려다봤다.

"무슨 일 있어요?"

그녀의 물음에 그답지 않게 그가 말을 더듬었다.

"일, 일은 무슨. 아무 일도 없어."

아무 일이 없는 게 아닌 것 같은데? 보민이 다시 그에게 물으려 할 때 화장실에서 볼일을 마친 보율이 쪼르르 달려와 두 사람 다리에 매달렸다.

"나 배고파. 우리 자장면 먹어. 응? 진영이가 오늘 자랑했어.

응? 언니, 형부."

아직도 그에게서 시선을 거두지 않는 그녀의 눈을 피해 일혁이 다리에 매달려 있는 보율을 안아 올렸다.

"자장면이 먹고 싶어? 그럼 먹으면 되지. 보자, 중국집 전화번호가 어디 있더라?"

그렇게 자연스레 그녀의 시선을 피해 버린 일혁을 보고 무슨 일이 있긴 있구나 싶은 보민은 궁금했지만 그가 지금은 말해 줄 생각이 없나 보다 하고 마음에 일어나는 궁금증을 안정시켰다.

자장면 노래를 부르는 보율이를 위해 저녁은 중국집 배달을 시켜 먹기로 한 세 사람. 식탁에서 먹으면 될 텐데 중국집 요리는 신문을 깔고 먹어야 한다며 일혁이 거실에 신문지를 펼쳐 자리를 잡았다.

먹을 수 있는 만큼만 시키라고 했는데도 보율이가 메뉴를 보며 맛있겠다고 짚은 그 많은 음식을 다 배달시킨 일혁 때문에 보민의 머리가 지끈지끈 아파 왔다.

자장면에 짬뽕에 볶음밥에 탕수육, 거기다 깐풍기까지. 군만두도 먹고 싶다고 시키려는 걸 중국집에서 서비스로 드리겠다고 했나 보다. 두 사람은 아주 큰 선물 받은 것처럼 기뻐했다.

다 서비스로 주는 군만두인데도 제대로 된 중국집이라고 입에 침이 마르도록 칭찬을 하면서. 하지만 보민은 남겨질 음식 때문에 걱정이 한가득 생겨 버렸다.

"너무 많아요. 이건 정말 낭비라고요."

보민이 뭐라고 하든 일혁의 무릎 위에 앉은 보율은 오히려 기세등등했고 일혁을 향해 최고의 찬사인 엄지손가락을 들어 보였다.

"아니야. 다 먹을 수 있어. 역시 형부 최고예요."

먹는 데에 또 욕심을 부리는 동생 때문에 보민은 동생을 향해 어깃장을 놓았다.

"다 못 먹기만 해 봐."

언니의 서슬 퍼런 경고에 보율이 일혁의 품에 안겨 커다란 눈망울로 그를 올려다봤다. 일혁은 아이를 안고 보민을 말렸다.

"좀 남기면 어때? 먹고 싶은 게 이렇게 많다는 건 좋은 거라고."

또 한 소리 하려다 들려온 초인종 소리에 보민은 나오려는 잔소리를 쏙 집어넣어 버렸다. 말해서 입만 아프지. 보민이 인터폰을 확인하고 중국집인 걸 알고는 문을 열어 줬다.

현관에서 철가방을 열기도 전에 달려온 보율이 유심히 철가방을 관찰했다. 철문이 위로 열리고 나오는 음식들. 보율이 침을 꼴깍꼴깍 넘긴다.

"맛있게 드십시오."

계산을 마치고 배달부가 돌아가기가 무섭게 보율이 뜨거운 그릇을 살짝 집으려다 뜨거운 온도에 놀라 손을 귀로 가져갔다.

"앗! 뜨거."

그새를 못 참고 또, 또. 이제는 보민은 뭐 놀랍지도 않다. 하지만 그 소리를 듣고 달려온 일혁에게는 아주 놀라고 무서운 일인가 보다. 보율이의 손을 들고 이리저리 유심히도 살폈다.

"뭐야? 다친 거야? 누가 우리 보율이 다치게 했어?"

보율은 짬뽕 그릇을 손으로 가리켰다. 일혁이 과장되게 또 아이를 안고 달랬다.

"우와, 짬뽕 나쁘네. 짬뽕은 먹지 말자. 괜찮은 거야? 손 많이 데었어?"

"응, 아파. 호 해 줘요."

일혁이 작은 손에 호호 하며 유난을 떨었다. 뭐, 보민은 절레절레 고개를 흔들 뿐이지만.

너무 매정한 거 아니냐고? 내가 이보율을 모를까 봐? 손이 조금이라도 아팠으면 지금쯤 울고불고 난리가 났지. 저 정도로 애교를 부리고 있다는 것은 놀란 정도에 불과하다는 것을 너무나 잘 알고 있는 보민이다.

두 사람이 신파를 찍고 있는 동안 보민은 부지런히 음식들을 신문지 위로 옮겼다. 다 옮기고 나서야 자리에 앉은 두 사람은 보민이 쥐여 주는 수저를 들고 저녁 식사를 시작했다. 빈 그릇을 가져와 자장면을 덜어 보율이 전용 뽀로로 젓가락을 쥐여 준 보민이 늘 하는 당부의 말을 잊지 않았다.

"보율아, 천천히 먹어야 해. 알지?"

"응!"

하지만 대답만 잘하지. 자장면도 다 먹지 않고 한 움큼 탕수육을 쥐는 손. 보민이 또 체할까 싶어 얼른 말했다.

"이보율, 체한다는데도. 또 욕심부리지. 한 일주일 병원에 입원할까?"

그 소리에 보율이 한 손 가득한 탕수육을 전부 내려놓고 하나씩 집어 먹기 시작했다. 다른 때는 죽고 못 사는 자매인 것 같은 데. 꼭 보율이가 먹는 데 욕심부리는 것만 보면 보민은 무섭게 혼을 낸다. 아마 잘 먹는 만큼 잘 체하니까 그런 거겠지만.

두 사람이 저러는 걸 한두 번 본 게 아닌 일혁은 이쯤이 그가 끼어들어 중재할 타이밍이라는 것을 너무나 잘 알고 있었다. 그가 불꽃이 튀고 있는 두 사람 사이로 끼어들었다.

"이제 그만. 우리 밥 먹읍시다."

그의 중재에 자매 사이에 흐르던 무거운 기류가 사라졌다. 그리고 식사는 어느 때보다 평화롭게 진행되었다. 그가 이상한 말을 하기 전까진.

"보율이 유치원 옮기는 게 어때? 아니다. 차라리 유치원을 가지 말고 집에서 가르치는 것도 나쁘지 않을 거 같아. 한번 생각해 봐."

갑자기 그가 뱉은 이상한 소리. 잘 다녀왔던 유치원을 그만두라니. 거기다 오늘이 자체 방학을 마치고 등교한 첫날인데. 보민이 식사 중이던 젓가락을 내려놓았다.

"갑자기 왜요? 무슨 일 있는 거죠?"

아까 잠시 접어 두었던 궁금증이 바로 툭 튀어나와 보민은 그렇게 물었다.

"아니야. 그냥. 너무 멀기도 하고. 요즘은 홈스쿨링이 유행이라는 것 같기에."

또 이상한 변명을 늘어놓는 그를 향해 보민이 재차 물었지만 그는 아니라며 말을 얼버무릴 뿐이었다.

지금 탕수육과 자장면을 즐기고 있느라 보율이 자세히 못 들어서 망정이지 유치원을 그만 다니게 한다거나 옮긴다는 소리가 나오면 분명 집이 떠나가도록 대성통곡을 할 것이다. 멀어도 그 유치원에 친구들이 많아 절대로 옮기지 않겠다고 했던 동생이었으니깐.

저녁 식사가 끝나고 보민은 자신의 시선을 피해 다니기만 하는 일혁을 단단히 벼르고 있었다. 잠자리에 들기 전, 침대에 걸터앉아 그를 기다리는 보민. 그리고 조심히 문을 열고 들어오는 일혁.

침대에 누워 있을 거라 생각했는데 그를 기다린 티가 역력한 그녀를 보고는 일혁이 움찔했다. 보민이 그를 향해 물어 왔다.

"보율이 책 다 읽어 줬어요?"

"어? 어. 한 권 다 읽어 주니깐 잠들었어."

"여기로 와 봐요."

보민이 그를 침대로 불렀다. 여느 때 같았으면 이게 웬 떡이냐 싶어 달려갔겠지만 지금 그녀가 부르는 이유가 무엇인지 너무나 잘 알고 있어 선뜻 그녀에게로 다가서지 못했다. 그런 그에게 단번에 다가온 보민이 그의 허리를 끌어안았다.

"무슨 일 있죠?"

"무슨 일은, 아무 일도 없어."

하지만 말과 달리 그의 심장이 불안하게 떨리기 시작했다.

일혁만 보민을 사랑해서 미세한 표정을 알아차리고 그녀의 기분을 눈치채는 것이 아니다. 보민도 그의 얼굴만 봐도, 그의 심장 소리만 들어도 그의 기분이 어떤지 충분히 눈치챌 만큼 그를 사랑한다. 보민이 그의 뛰는 심장으로 손을 가만히 가져갔다.

"무슨 일 있는 거 알아요. 그런데 너무 힘들어하거나 혼자 짐을 지려고는 하지 말아요. 내가 당신에게 큰 힘이 되지는 못하겠지만 있는 힘을 다해 당신 옆에 있을게요."

가슴에 얹어진 손을 타고 그녀의 말이 그의 심장에 도달하자 불안하게 뛰던 심장이 다시 안정을 찾았다. 그리고 그녀의 말에 그는 마음을 다잡고 입을 열었다.

"내가 당신을 지킬 수 있을지 모르겠어. 행여나 당신이랑 보율이에게 무슨 일이 생긴다면 나는 나 자신을 용서할 수 없을 것 같아."

그런 장면이 그의 머릿속에 언뜻 지나가자 다시 그의 심장이 불안하게 흔들리기 시작했다. 두 여자에게 무슨 일이 생길 것만 같아서. 보민이 그를 힘주어 끌어안았다.

"걱정하지 마요. 당신은 충분히 나와 보율이를 지킬 수 있을 테니깐. 나도 당신과 보율이를 지키기 위해 노력할게요."

그녀의 말이 그를 평온하게 만들었다. 그리고 냉큼 그에게 입을 맞춰 오는 그녀의 보드라운 입술. 그녀의 입맞춤에 그를 괴롭히던 모든 일들이 자취를 감췄다. 살짝 닿았다 떨어진 입술이 아쉬웠다. 잠깐 스친 그녀의 향기로움에 그가 다시 그녀의 입술을 삼켰다.

그녀의 향기로움에 빠져들었다. 다시 시작된 키스는 서로를 향한 위로를, 사랑을 담아 오래도록 아름다운 향기를 내뿜었다. 키스가 끝나고 서로에게 기대 잠들기 전, 어둠속에서 보민이 그를 향해 말했다.

"보율이 유치원은 계속 다니게 해요."

"꼭 그 유치원이어야 해?"

아까보다는 누그러졌지만 여전히 반대의 기운이 가득한 그의 대답.

"네. 보율이 남자친구 민수가 다니는 유치원이잖아요."

"만수? 흥. 그러니깐 더 유치원을 옮겨야 된다고."

어린 처제의 남자친구도 질투하는 일혁이 귀여워 보민이 웃으며 그의 가슴에 기댔다.

"당신은 나만 보면 되지. 보율이는 보율이 짝에게 맡겨 두라고요."

결국 일혁은 보율이 유치원 옮기는 일에서는 한발이 아니라 전적으로 물러나야 했다. 까짓것 더 층층이 보호하면 되지. 그 유치원이 그리도 가고 싶다는데.

품에 품고 있던 고민을 말해서 그런지, 아님 보민의 옆에서 긴장이 풀려서 그런 건지 모르겠지만 일혁이 잠으로 빠져들었다. 그리고 그의 옆에는 뜬눈으로 그의 등을 두드리며 밤새도록 그의 잠든 모습을 살피는 보민이 있었다.

17.

밤마다 보민이 토닥여 주는 손길에 눈을 감고 잠에 드는 일혁. 그리고 언뜻언뜻 불안감이 느껴지기는 하지만 세 사람이 함께여서 불행 따위는 없는 날들이 계속되고 있었다.

여전히 유치원을 가기 위해 일찍 일어나야 하는 보율이었지만 일주일 정도 일찍 자고 일찍 일어나는 생활을 계속하다 보니 적응이 되었는지 첫날만큼 잠투정을 부리지는 않았다.

보율이 유치원 등교하기 전 아침을 함께 먹기 위해 세 사람 모두 식탁에 자리를 잡았다. 잘 구운 고등어를 발라 보율과 일혁의 숟가락에 똑같이 두툼하고 하얀 살을 각각 올려 준 보민이 잘 받아먹고 있는 일혁을 향해 오늘 하루의 계획들에 대해 이야기했다.

"오늘도 같이 보율이 데리러 갈 거예요?"

밥을 퍼서 다시 그녀에게 생선을 발라 달라고 내미는 그가 당연한 걸 왜 묻냐는 표정으로 그녀를 응시했다.

"어. 당연하지."

"오늘 바쁜 일 있다고 하지 않았어요? 혼자 가는 것도 아니고 경호원도 따라붙잖아요."

보율이 유치원에 갈 때면 여자 경호원이 하루 종일 따라붙고 자신이 집 밖을 한 발자국이라도 나갈 때 따라오는 여자 경호원도 있다. 거기에 더해 몰래 뒤에서 따라오는 경호원들도 있는 것 같았다.

일혁이 친 수많은 방어막에 보민은 자신이 무슨 유명한 연예인이나 된 것 같아 불편했다. 그러고도 아직도 불안한지 그는 자신과 보율이 밖에 나갔다 하면 항상 동행했다.

그러다 보니 보율이를 유치원에 데려다 줄 때는 물론이고 마칠 때도 같이 데리러 가는 그이다. 우리 두 사람을 납치해 봤자 뭐에 쓰겠냐고 우스갯소리로 그의 긴장을 풀어 주려 이야기했다가 일혁이 보민을 붙잡고 행여나 그런 소리 하지 말라며 정색하는 모습을 봐야 했다.

두 사람을 위해서 자신이 가진 재산 전부, 아니 자기 목숨도 내어놓을 수 있다고까지 말하는데 더 무어라 말을 할 수 있을까. 찍소리도 못 하고 그 많은 경호원들과 동행하는 것을 받아들여야 했다.

"보율이 데리러 가기 전까지는 일 다 끝낼 수 있어. 그러니깐 같이 가."

혼자 가도 괜찮을 것 같은데. 안 된다는 뜻이 역력한 그의 강렬한 눈빛에 보민은 그냥 수긍할 수밖에 없었다.

"알았어요. 마치면 연락해요."

또 보율을 데리러 가는 것은 그와 함께 가기로 결정했다.

언니와 형부가 하는 대화가 뭐에 대한 이야기인지는 모르지만 보율은 마냥 기분이 좋았다. 언니랑 형부가 매일 아침 유치원에 데려다 주고 마칠 때도 같이 데리러 오니깐. 유치원에 오는 엄마 아빠들 중에 우리 언니랑 형부가 제일 예쁘고 잘생겼다고 친구들이 부러워했으니깐.

"언니랑 형부랑 오늘도 나 데리러 오는 거야?"

일혁이 하나로 잘 땋아 내린 머리가 귀여운 보율을 쓰다듬었다.

"그럼, 우리 보율이 언니랑 형부가 데리러 가니깐 좋아?"

"응, 좋아. 밖에 있는 언니도 좋아."

보율이 문으로 손가락을 가리켰다. 밖에서 대기 중인 보율이의 경호를 맡은 경호 언니를 말하나 보다. 보민이 이젠 놀랍지도 않은 동생의 놀라운 친화력에 혀를 내둘렀다.

처음 보는 경호원에게도 매달려 애교를 부리더니 계속 같이 다니는 경호원도 보율이의 깜찍함에 넘어간 모양이었다. 그 경호원이 일한 지 하루 만에 아이를 남다른 사명감으로 철저히 보호하겠다고 걱정하지 말라며 자신에게 두 손을 불끈 쥐어 보였으니 할 말 다 했지.

아침 식사를 끝내고 준비도 다 마친 세 사람은 집을 나섰다. 보율이 현관문 밖에 서 있던 여자 경호원에게 쪼르르 달려갔다.

"언니, 안녕하세요?"

경호원은 먼저 뒤따라 나오는 보민과 일혁에게 고개를 숙여 인사해 보이고 아이의 인사에 답했다.

"안녕, 보율이. 잘 잤어? 오늘 유치원 받아쓰기 있는 거 알지?

공부 많이 했어?"

그녀의 물음에 보율이 이리 와 보라며 손을 까닥했다. 경호원이 몸을 숙이자 그녀의 귓속에다 대고 보율이 속삭였다.

"아뇨. 잉, 이번에도 많이 틀리면 언니한테 혼날 텐데."

"어쩌니."

아이가 혼난다는 소리에 걱정을 하는 경호원 언니의 반응에 보율이가 활짝 웃었다.

삼십 분을 달려 도착한 유치원. 경호원 언니가 문을 열어 주자 차에서 내린 보율은 언니 손을 잡고 뒤를 돌아보며 손을 한 번 흔들고 보율은 유치원 안으로 모습을 감췄다.

"언니, 형부, 안녕. 나중에 봐."

그리고 보민과 일혁은 그 자리에 서서 보율이의 뒷모습을 하염없이 좇고 있었다. 보민이 일혁의 어깨에 기대었다.

"이상하죠? 보율이가 유치원 가기 싫다고 떼 안 쓰는 것만으로도 좋은 일인데 난 왜 이리 서운하죠?"

서운해하는 보민의 어깨를 일혁이 따뜻하게 끌어안았다.

"이보민 씨, 오늘 너무 감상적인데. 유치원 안 가겠다고 보율이가 떼썼어 봐. 당신 엄청 화냈을 거면서."

"그건 또 그렇지만. 오늘은 그냥 서운하네요."

"별게 다 서운하다. 어서 가자."

일혁이 보민을 이끌고 다시 그들의 집이 있는 빌딩으로 돌아왔다. 엘리베이터를 타고 올라가는 중에도 손을 잡고 놓지 않던 그가 보민이 내려야 할 7층이 되어 문이 열리자 아쉬운 듯 보민을 계속 붙잡았다.

"일하러 가지 말까?"

"또 그 소리. 어제도 봤죠? 보율이 먹는 거, 우리가 낳을 아이도 만만치 않을 거라고요. 돈 벌어 와요."

아줌마 바가지 긁는 것처럼 단단히 말하는 보민의 모습도 예뻐 일혁은 엘리베이터 문의 열림 버튼을 누르고 한참이나 그녀의 입에 입을 맞추었다.

아무리 집 앞이지만 엄연히 공공장소인 엘리베이터에서 이러다니. 그녀의 볼이 새빨갛게 물들었다. 입술에서 떨어졌던 그의 입술이 다시 빨간 그녀의 볼 위로 가볍게 닿았다 떨어졌다.

"아, 일하러 가기 싫은데."

일혁이 또 일하러 가기 싫다고 말했다. 그가 한 번 더 그 말을 하면 정말 땡땡이칠 거라는 것을 아는 보민이 그를 밀어내고 엘리베이터에서 내려 손을 흔들었다.

"잘 갔다 와요. 보율이 유치원에 데리러 갈 때 봐요."

그녀의 인사를 끝으로 엘리베이터 문이 닫혔다. 정말 일하러 가기 싫지만 오늘은 그에게 정말 중요한 일이 있다. 중요한 누군가를 만나야 한다. 보민과 함께 있을 때는 항상 짓고 있던 웃음을 지우고 그가 무표정으로 돌아왔다.

8층에서 내려 사무실로 들어서니 미리 준비한 서류를 들고 김 실장이 사장실로 따라 들어왔다.

"부탁하신 서류들 전부 준비됐습니다."

"오늘 한 검사랑 약속도 잡아 놨지?"

"네. 점심시간에 나가시면 됩니다."

"알았어. 나가 봐."

김 실장이 인사를 하고 나가자 일혁이 서류를 들고 찬찬히 읽어 보기 시작했다. 김진수 사장과 관련된 비자금 리스트와 김 사장의 뒷돈을 받아 챙긴 의원들의 명단과 증거가 상세히 적힌 서류였다.

처음에는 그냥 지키기만 하면 된다고 생각했지만 계속 방어만 하는 것으로는 이 일을 끝낼 수 없다는 걸 깨달았다. 미리 공격해서 머리를 잘라 버려야 한다는 결론을 내리고 그는 본격적으로 움직이기 시작했다.

검사에게 이 서류가 전해지면 줄줄이 피해를 입을 사람이 많아지겠지. 그중에 가장 큰 피해를 입을 사람은 김진수다. 약속 시간보다 조금 일찍 도착하기 위해서 그가 만반의 준비를 마친 서류를 가지고 사무실을 나섰다. 이 모든 일을 끝내기 위해.

✲

이상하지. 여느 날과 하나도 다른 것이 없는 날임에도 보민의 맘이 이상하다. 무언가 다가오고 있지만 그것을 알지 못하고 멍하니 있는 것 같은 기분.

괜스레 무거워진 몸을 이끌고 집안일을 겨우 마쳤다. 휴식을 취해야겠다 싶어 서재에 들어가 책을 펼쳐 들었음에도 글자들은 눈에 들어오지 않았다. 그런다고 잠이 오는 것도 아니고, 정신은 말짱한데 머릿속에 또렷해지는 불길한 생각들이 그녀를 괴롭혔다.

띠리리리.

핸드폰이 울렸다. 전화를 받으니 보율이의 유치원이었다.

— 여보세요? 보율이네 집이죠? 여기 파랑새 유치원인데요. 보

율이가 점심을 먹고 체했는지 열도 나고 울고 해서요.

보민이 핸드폰을 쥐고 자리에서 벌떡 일어났다.

"네? 보율이가 아파요?"

— 네. 소화제를 먹고 다행히 괜찮아진 것 같은데 언니분만 찾아서요. 남은 수업도 못할 것 같아 데리러 오셔야 할 것 같습니다.

보율이 그토록 좋아하는 유치원에서 자신을 찾고 울고 있다는 것은 많이 아프다는 것이다. 보민의 마음이 급해졌다. 전화기를 든 채로 옷을 들고 현관을 나서면서 보민은 생각도 할 정신이 없을 정도로 서둘렀다.

"알겠습니다. 지금 출발 하겠습니다."

어떻게 집을 벗어났는지도 모르겠다. 보민은 마침 달려오는 택시를 잡아타고 유치원으로 향했다. 보민이 초조한지 택시 안에서 손을 떨었다.

유치원에서 애가 아프다고 전화 온 것은 처음이라 그래서 보민이 더 긴장하고 떨리는 건지도 모른다. 택시가 달리는 동안에도 기사 아저씨에게 빨리 좀 부탁한다며 재촉해서 평소보다 빠르게 유치원에 도착했다. 여자 경호원이 보율을 달래고 있었다.

"보율아."

보민이 부르는 소리에 보율이 고개를 들어 언니가 온 것을 확인하고는 더 크게 울어 젖혔다.

"으앙! 언니 왜 이제 왔어!"

보민이 울고 있는 동생을 안아 올렸다.

"또 뭘 얼마나 먹었기에 체하고 그래. 뚝."

"흑, 얼마 안 먹었어. 만두도 두 개밖에 안 먹었어."

보민의 품에 안겨 손가락 두 개를 만들어 그녀 앞에 내보였다. 경호원이 옆에서 설명을 덧붙였다.

"떡만둣국이 나왔는데 급하게 먹는다고 체했나 봅니다. 아까는 얼굴이 파래지고 토하고 열도 나고 해서 정말 놀랐습니다."

놀란 경호원의 얼굴이 하얗게 질려 있었다. 얼마나 놀랐겠는가. 어린 경호 대상이 체해서 토하고 울며불며 언니를 찾아 대기만 했을 테니. 보민이 오히려 경호원을 안심시켰다.

"놀라셨나 봐요. 원래 잘 체해요. 거기다 또 욕심부리느라 빨리 먹었겠지요."

소화제를 먹고 괜찮아진 건지 언니가 와서 괜찮아진 건지는 모르겠지만 보율은 더 이상 울지 않았다. 그래도 수업을 계속 듣는 것은 무리라는 것을 알고 있는 보민은 유치원 선생님께 인사를 드리고 동생을 안고 밖으로 나왔다.

바깥에는 보민이 갑자기 연락도 없이 집을 뛰쳐나오는 바람에 헐레벌떡 뒤를 따라온 경호원들이 두 사람을 기다리고 있었다. 이쪽은 이쪽대로 놀랐는지 눈을 휘둥그레 뜬 채였다. 놀란 경호원들에게 사과를 했다.

"죄송해요. 제가 말도 없이. 저희 좀 집에 데려다 주세요."

"네. 어서 타십시오."

경호원들이 운전하는 차 뒤편에 보율을 안고 탄 보민이 긴장이 풀렸는지 한숨을 내쉬었다. 그때 앞에 앉아 있던 경호원이 걸려 온 전화를 받더니 곧 그녀에게 전화기를 건네주었다. 누구냐는 눈빛에어서 받아 보시라며 경호원은 손으로 재촉했다. 의아해하며 받는 순간 수화기를 뚫고 화난 목소리가 들려왔다.

— 정말 이럴 거야? 내가 혼자 다니지 말라고 했잖아!

다짜고짜 소리치는 목소리에 보민이 놀라 전화한 사람이 그가 맞나 다시 확인했다.

"일혁 씨? 지금 화내는 게 일혁 씨예요?"

보민이 묻는 소리에 상대편에서는 잠시 동안 아무소리도 들리지 않더니 다시 말이 들려왔다. 평소에 그녀를 부르는 부드러운 일혁의 목소리였다.

— 어, 나야. 위험하다고 혼자 다니지 말라고 했잖아.

"미안해요. 보율이가 갑자기 아프다고 연락이 와서 생각도 없이 뛰어 나오느라."

— 보율이는 괜찮아?

"네. 또 급하게 먹다가 체한 거죠, 뭐. 당신 화난 거 아니죠?"

— 당연히 화났지. 나 심장 떨어지는 꼴 보고 싶은 거지. 응?

전화기를 통해서도 전해지는 그의 걱정하는 마음. 보민이 그를 안심시키기 위해 다시 말을 이었다.

"미안해요. 근데 걱정하지 마요. 지금 우리 경호원들에 둘러싸여 가고 있다고요."

— 곧장 집으로 들어가는 거야. 알지? 나도 이 일만 마무리되면 바로 들어갈게.

"네. 조심히 들어와요. 저녁에 당신 좋아하는 해물탕 끓여 줄게요."

— 해물탕으로 될 것 같아? 당신 오늘 들어가면 정말 혼날 줄 알아. 끊는다.

저녁에 또 한 소리가 아니라 두 소리 정도 듣겠네. 보민이 전화를 끊자 그녀의 품에 안겨 있던 보율이 그녀의 품에서 벗어났다. 이제 좀 살 만해졌나 보지? 보민이 열이 내렸는지 확인하려 보율의 머리에 손을 올렸다.

"열은 내렸고. 이제 괜찮아?"

언제 아팠냐, 언제 엉엉 울었냐 싶을 정도로 보율은 아무렇지 않아 보였다. 자랑스럽게 허리에 손을 두르고 보민을 향해 당당히 말했다.

"응. 나 괜찮아."

"괜찮기는. 그렇게 울어 놓고는. 오늘 저녁은 흰죽 끓여 줄게."

죽이라는 소리에 보율이의 눈이 또 울상이 되었다. 하얗고 아무런 맛도 안 나는 흰죽이라니. 차라리 안 먹고 말지. 보율이 고개를 저었다. 하지만 오늘은 정말 양보할수 없다는 보민의 의지는 단호했다.

"안 돼."

결국 보율의 고개가 땅으로 떨어졌고 그와 동시에 집이 있는 빌딩 지하 주차장에 도착한 자동차는 속도를 줄였다. 집에 왔다는 것을 안 보율이 차가 멈추자 차 문을 열고 밖으로 뛰어나갔다. 못 말리지. 보민이 보율을 따라 재빨리 내렸다.

"이보율, 넘어져. 천천히 가."

맨 앞에는 보율이 집에 와서 좋다고 뛰고 있었고 그 뒤를 천방지축 동생이 크게 넘어질까, 어디서 자동차가 튀어나오진 않을까 조마조마하며 따라 뛰어가는 보민이 있었다. 그리고 그들의 뒤로는 어느 정도 간격을 유지한 채 경호원들이 따라오고 있었다.

집으로 올라가는 엘리베이터가 있는 문으로 향하던 보율이 방향을 틀어 멀리 달아나 버렸다. 나 잡아 봐라 놀이도 아니고 보율이를 잡으려고 보민이 속력을 높였다. 잡히면 정말 혼날 줄 알아!

"이보율! 뛰지 말라니깐. 아주 언니한테 잡히면 혼날 줄 알아!"

보민이 속력을 높여 보율의 어깨를 잡았다. 그리고 언니에게 잡힌 것이 분한지 보율은 보민을 향해 혀를 날름 내밀었다.

"이보율! 넘어진다니깐. 또 넘어지면 무릎에 반창고 붙여야 하는 거 알지?"

전에 넘어졌던 걸 기억하고 아팠다고 겁먹을 줄 알았더니. 웬걸, 아이는 그저 웃었다.

"그럼 또 아야 하면 뽀로로 반창고 붙여 줄 거야?"

뽀로로 반창고 붙이겠다고 일부러 넘어지기까지 하시겠다? 보민이 동생을 잡고 단단히 일렀다.

"이번에 다치면 살색 밴드 붙여 줄 거야."

"잉, 알았어. 조심할게."

경호원들과도 멀리 떨어진 곳까지 달려갔던 두 사람이 손을 잡고 엘리베이터를 타러 커다란 유리문으로 걸어갔다.

그때였다.

두 사람 앞으로 새까만 차 한 대가 끼어들더니 끼이익, 하는 굉음을 내며 멈춰 섰다. 두 사람을 막아선 차 문이 갑자기 열리더니 한 남자가 튀어나와 보율을 잡았다. 보민이 소스라치게 놀라 본능적으로 동생을 잡고 있는 남자의 손을 있는 힘껏 물었다.

"아악! 이게!"

남자의 팔의 힘이 느슨해지자 보민이 그 틈에 한 손으로는 남자의 손을 잡고 보율이를 빼내 유리문을 향해 밀어냈다.

"보율아! 저기까지 달려. 어서!"

그리고 보민도 이 상황에서 벗어나기 위해 달리려고 발을 내디디려는 순간 우악스런 손이 그녀의 머리카락을 잡아챘다. 엄청난 힘에 보민이 자리에 주저앉아 버렸다.

"아악! 보율아, 달려!"

언니의 말대로 무작정 앞으로 달리고 있는 보율은 뒤를 돌아볼 수가 없다. 뒤를 돌아보게 되면 너무 무서운 게 보일 것만 같아서.

눈에 눈물이 차오르고 앞이 흐려졌을 때 유리문에 도착한 보율이 뒤를 돌아봤다. 언니가 덩치가 큰 남자에게서 벗어나려 안간힘을 쓰고 있었다. 주차된 차들에 가려 뒤늦게 알아챈 경호원들이 전속력으로 뛰어오고 있는 것이 보였다.

언니가 머리를 잡고 있는 손을 떼어 내려 애쓰면서 발을 버둥거리고 있었다. 무섭다. 보율이 그 자리에 주저앉았다. 언니가 정말 잘못될 것 같아서 무서워서 죽을 것 같았다. 이제야 언니에게 도착한 경호원들이 보였다.

우르르 몰려오는 경호원들을 보고 남자가 몸부림치고 있는 언니를 던져 버렸다. 그 큰 힘에 내쳐진 언니가 주차장 기둥에 머리를 부딪치고 땅으로 쓰러졌다. 보율이의 커다란 눈망울에서 눈물이 하염없이 흘러내렸다.

"으아앙! 언, 언니. 엉엉, 언니!"

쓰러진 보민이 보율이는 안전한지 확인하려 눈으로 동생의 모습을 찾았다. 저기 저 유리문 뒤에 보이는 보율이. 저기까지 잘 도착했네. 다행이다.

동생이 무사한 걸 알고 나니 그녀에게 생각나는 단 한 사람. 안 되는데. 다치면 그 사람이 걱정할 텐데. 아니다, 혼자 다니다가 다쳤다고 혼날지도 모르겠다.

정신을 잃지 않기 위해 눈에 힘을 줘 봤지만 머리가 지끈거리며 아파 왔다. 그리고 그녀의 시야가 어두워졌다. 저도 모르게 그 어둠 속으로 스르륵 눈이 감겼다. 쓰러진 보민의 주위를 둘러싼 경호원들의 웅성거림이 들렸다. 멀리서 구급차의 사이렌 소리가 들리는 듯하다고 느끼는 순간 모든 감각이 끊어졌다.

18.

사고. 뜻밖에 일어나는 불행한 일을 의미하는 말.

오늘도 평소와는 다름없는 아침이었다. 하지만 이상하게 마음 한 편에서 일혁은 조금 불편함을 느꼈었다. 이럴 줄 알았으면 집을 벗어나지 않는 건데. 이런 일이 일어날 줄 알았다면 출근하는 게 아니었는데.

김 사장을 처리하는 일 때문에 서둘러 잡은 미팅이었다. 한 검사를 찾아와 막 이야기를 시작하려는데 경호원이 보민 혼자 어딘가 갔다는 말을 전했다. 일혁은 곧바로 한 검사를 남겨 두고 밖으로 나와 바로 전화를 걸었다. 보율이 아팠다는 사정을 듣고, 경호원에 둘러싸여 집으로 가고 있다는 소식에 그의 불편하던 마음이 조금 가라앉았다.

전화를 끊고도 없어지지 않는 그의 마음의 불편함이 사라지려면 빨리 일을 마무리하고 집으로 돌아가 두 사람이 안전한 것을 확인하는 수밖에 없을 거다. 전화를 마친 일혁이 한 검사와 이야기하던 그의 사무실로 다시 들어섰다.

"죄송합니다. 집에 급한 일이 있어서요."

한 검사가 아니라며 손을 내저었다.

"아닙니다."

마음이 급해진 일혁이 재빨리 미팅의 목적인 용무를 먼저 꺼내 놓았다. 한 검사가 일혁이 건네주는 노란 서류 봉투 안에 든 서류의 정체를 알고는 놀라움으로 동공이 커졌다.

"이, 이건……."

"맞습니다. 저보다는 한 검사님께 더 필요한 자료 같군요."

한 검사는 고개를 크게 끄덕였다. 지금 그가 수사하고 있는 뇌물 수수 사건과 비자금 조성에 관한 결정적인 증거였다.

한 검사는 현재 에너지 톤의 비리를 조사하는 중이었다. 그러나 아무리 압수 수색을 하고 밤낮을 갖은 방법을 동원해 조사했지만 김 사장이 조성한 비자금의 정체를 밝히기는 어려운 일이었다.

그런데 지금 넘겨받은 서류들은 당장이라도 김 사장을 잡아 가둘 수 있는 명백한 증거였다. 한 검사가 고마움을 전하려고 입을 떼기도 전에 일혁이 오늘 미팅의 다른 목적이기도 한 부탁을 꺼내 들었다.

"그리고 얼마 전에 있었던 뺑소니 사고인데, 다시 전면 재수사를 부탁해도 되겠습니까?"

한 검사는 일혁의 부탁에 그를 응시했다. 일혁이 다시 말을 이었다.

"그러니까 제 장인, 이학중 사장님의 사고가 단순 뺑소니가 아닌 것 같은 의구심을 지울 수가 없습니다. 다시 전면 수사를 부탁드립니다."

지금 조사 중인 김 사장의 비자금 장부뿐만 아니라 뇌물 혐의까지 밝힐 수 있는 자료를 얻었는데 그 정도는 자신도 손을 써 줄 수 있을 것 같다. 한 검사가 고개를 끄덕였다.

"네. 제가 다시 한 번 관할 경찰서에 알아보도록 하겠습니다."

"감사합니다."

다시 한 검사는 서류로 눈을 돌려 집중하기 시작했다. 서류에서 눈을 떼지 못하는 한 검사를 두고 일혁이 오늘의 용무는 끝났다는 듯이 실례를 무릅쓰고 자리에서 급히 일어섰다.

"그럼 저는 이만 일어나 보겠습니다. 집에 일이 있어 오늘은 빨리 들어가 봐야 할 것 같아서요. 다음에 식사라도 한번 하시죠."

일혁이 미안해하며 하는 인사에 한 검사는 손을 내밀어 악수를 청했다.

"그럽시다. 다음에 식사나 한번 합시다. 오늘 정말 고마웠습니다."

"아닙니다. 제가 더 감사합니다."

고마워하는 한 검사를 뒤로하고 일혁은 발걸음을 빨리했다. 아침부터 시작된 그의 마음 한구석에 생긴 불편함들이 사라질 생각을 하지 않아서 걷는 발에 더 속력을 냈다. 차에 올라 집으로 향하는 동안에도 그는 초조함을 감추지 못했다.

"김 실장, 빨리 가지."

조금만 더 있으면 집에 도착하는데, 아니나 다를까. 그의 핸드폰이 울렸다. 화면에 뜨는 번호는 다름 아닌 보민의 경호원이었다. 얼른 받아야 하는데. 무슨 일인지도 모르면서 그의 손이 덜덜 떨려왔다. 떨리는 손을 겨우 진정시키고 전화를 받았을 때, 격하게 뛰던 그의 심장이 멈춰 버렸다.

— 죄송합니다, 박 대표님. 사모님께서 다치셔서 병원으로 이송 중입니다. 괴한이 나타나 보율 양을 납치하려다 몸싸움이 일어나서…….

괴한과 싸우다가 병원에……. 그가 쥐고 있던 휴대폰을 떨어뜨렸다. 차 안에 흐르는 무서운 정적 속에 휴대폰에서 흘러나오는 소리만 들렸다.

— 대, 대표님? 지금 Y병원으로 이송 중입니다. 이쪽으로 와 주셔야겠습니다.

김 실장이 넋이 나가 핸드폰까지 놓친 일혁을 보고 사태의 심각성을 파악했다. 서둘러 큰 소리로 그를 불렀다.

"대표님! 정신 차리십시오."

그제야 일혁이 이성을 찾았다. 심장은 멈춰 뛰지 않는 것 같았지만 냉철한 그의 머리는 다시 회전하기 시작했다. 김 실장에게 Y병원으로 가라고 지시한 후 떨어진 휴대폰을 다시 들었다.

"지금 병원으로 가겠습니다. 아내 상태는 어떻습니까?"

— 네. 구급대원 말로는 쓰러질 때 부딪힌 충격으로 정신을 잃은 것 같다고 합니다. 심각하지 않다고 하니 너무 걱정하지 마십시오.

다행이다. 정말 다행이다. 그녀가 크게 다치지 않아 그의 마음도 크게 다치지 않았다. 이런 간 큰 일을 벌인 배후는 짐작이 가나 우선은 꼬리부터 잡아야 한다. 그가 다시 경호원에게 물었다.

"놈은 잡았습니까?"

— 그건 아직입니다만 지금 저희 쪽에서 뒤쫓고 있습니다. 좀 있으면 잡을 수 있을 것 같습니다.

일혁이 경호원에게 단단히 일렀다.

"무슨 일이 있어도 잡아야 합니다. 알겠습니까? 그리고 제 건물 보안팀에 연락하셔서 CCTV 확인하시고 증거 확보해 놓으십시오. 그리고 병원에는 제가 지금 연락해 두겠습니다. 병원으로 들어가자마자 제 아내라고 말씀하십시오."

— 네. 그렇게 하겠습니다.

기필코 잡겠다는 결단이 담긴 목소리를 마지막으로 종료를 누른 핸드폰에서는 아무 소리도 들리지 않았다. 차에 내려앉은 무거운 침묵. 김 실장은 눈치껏 말없이 가속 페달을 밟는 발에 힘을 줄 뿐이었다.

거울로 보인 뒷좌석에 앉은 대표님. 겉으로는 아무렇지 않게 앉아 있는 대표님이시지만 옆 좌석에 놓여 연신 움직이는 손가락이 그가 얼마나 초조해하고 있는지 대변해 주고 있었다.

쉴 새 없이 까딱이는 저 손짓은 대표님이 얼마나 긴장했는지를 보여 주는 것이었다. 저렇게 빨리 움직인다는 것은 그가 그만큼 초조하고 불안한 상태라는 표시이기도 하다.

아니나 다를까, 끽 하는 소리를 내며 병원 앞에 차가 서자마자, 김 실장이 내려 문을 열어 주기도 전에 총알처럼 튀어나가 버렸다. 그를 소리쳐 불러 봤지만 벌써 병원 안으로 모습을 감춰 버린 후였다.

VIP 병동으로 올라가는 엘리베이터 안에서도 손가락을 멈추지 못하고 까딱거리고 있는 일혁의 머리로 수만 가지 생각이 돌아다녔다. 계단으로 올라가는 게 더 빨랐을 텐데. 그 잠깐의 시간이 얼마나 길게 느껴지는지.

땅 하고 문이 열리자 바로 튀어나와 보민이 입원해 있다는 병실 앞에 순식간에 다다랐다. 문 앞에 이보민이라고 적힌 글자가 그의 눈에 들어오자 그의 얼굴은 절로 굳어 갔다. 그녀의 병실 앞을 지키고 있던 경호원이 그를 보고 고개를 숙였다.

"정말 죄송합니다, 박 대표님. 전부 저희 불찰입니다."

"……."

일혁이 아무런 말이 없자 다시 경호원이 거듭 고개를 숙였다.

"다행히 많이 다치진 않으셨습니다. 가벼운 뇌진탕과 타박상 정도라고 합니다."

경호원이 하는 말을 믿을 수가 없다. 직접 그의 눈으로 확인해야 마음이 놓이겠다. 일혁이 떨리는 손에 힘을 주어 문을 열었다. 그리고 커다란 하얀 침대에 누워 있는 보민을 보는 순간 아까 그녀의 무심함을 탓하던 화는 소리 소문 없이 자취를 감췄다.

사실은 보민을 보자마자 불같이 화를 내려고 했었다. 겁도 없이 혼자 돌아다니면 어떻게 하냐고. 왜 이리 조심성이 없냐고. 하지만 이마에 반창고를 붙이고 누워 있는 보민의 얼굴을 보는데 그녀의 부주의함들은 아무것도 문제가 되지 않았다.

그냥 무사하게 눈앞에 있어 주는 것이 그에게는 너무나 중요한 문제였으니까. 일혁이 발소리를 죽이고 침대로 다가서는 조심히 그녀의 얼굴을 매만졌다.

'다행이다. 당신이 혹시나 잘못됐으면 나도 살 이유가 없어져.

그리고 이번 일로 확실해졌어. 나는 당신을 정말 죽을 만큼 사랑한다고.'

그의 기척에 눈을 뜬 것은 보민의 옆에서 언니의 손을 꼭 잡고 침대에 기대어 잠이 들어 있던 보율이었다. 일혁을 보자 안심이 됐는지 그에게 안겨 왔다.

"왜 이제 왔어. 언니가 다쳤어. 흑. 언니가 나 때문에 다쳤어."

일혁이 언니가 다친 것이 자신 때문이라고 자책하는 아이를 안고 등을 아래로 쓸어내렸다.

"아니야. 이게 왜 보율이 때문이야. 그냥 그 아저씨가 나쁜 거지. 우리 보율이는 아무런 잘못이 없어."

"흑흑, 으아앙! 나 구하다 언니가 잡혔어."

드디어 보율이 울음보가 터져 버렸다. 일혁이 우는 아이를 계속해서 달랬다.

"뚝. 이제 보니 보율이 울보네."

울보라는 소리에 보율이 눈물이 쏙 들어갔다.

"흑…… . 나 울보 아니야. 아까까지 안 울었어."

진짜다. 아이는 형부가 오기 전까지 눈물이 흘러내리는 것을 막느라 온몸에 힘을 주었고 전에는 쉴 새 없이 재잘거리던 입도 다물었다.

언니가 다쳤는데 막 울음보를 터트려서는 안 될 것만 같았다. 자신이 울면 분명히 언니는 슬퍼할 것을 너무나 잘 알고 있으므로. 그래서 참았다. 의사들이 모여서 언니를 살피고 검사를 진행하는 동안에도 그 무서운 바늘이 언니를 찌를 때도 보율은 눈을 감고 주먹을 말아 쥐었다.

그리고 그곳에서 벗어나지 않고 계속 언니의 곁에 있었다. 그 자리에서 벗어나는 순간 언니가 엄마처럼 사라질 것만 같아서. 의사들이 뭐라 뭐라 하는 말 중에 괜찮다는 말을 듣고서도 병실로 옮겨져 누워 있는 언니가 숨을 쉬는 것을 확인하고서야 안심하고 언니의 손을 꼭 잡고 잠이 든 것이었다.

일혁이 안 울었다고 말하는 보율을 품에 꼭 끌어안았다.

"많이 무서웠어? 이제 괜찮아. 이제 다 괜찮아질 거야. 언니 잠에서 깨면 우리가 혼내 줘야겠다."

언니를 혼낸다는 말에 보율이 그의 품에서 벗어나 언니에게로 달려갔다.

"안 돼. 우리 언니 혼내지 마."

말은 그리했지만 자신이 보민을 어디 혼낼 수나 있겠나. 저기 저렇게 큰 아군이 버티고 있는데. 일혁이 두 손을 들어 보였다.

"그래, 안 혼낼게."

보율이 진짜냐고 묻자 일혁이 진짜라고 대답하며 새끼손가락을 걸고 약속까지 하고 나서야 보율은 그에 대한 경계를 풀었다. 두 사람은 다시 소파에 앉아 보민이 잠에서 깨기를 기다리기 시작했다.

팔에 꽂힌 바늘에 연결된 관으로 링거액이 한 방울 떨어질 때마다 시간은 흘러갔다. 언니가 깨어나기를 기다리던 보율의 눈이 감기고 스르륵 옆에 앉은 그에게로 기대 왔다.

아이가 많이 놀라긴 했을 거다. 일혁이 보율을 소파에 편히 누였다. 시간은 흘러 링거액도 다 되었는지 더 이상 떨어지지 않았다. 링거가 다 들어갔음을 알고 일혁이 일어서 간호사를 호출하려 인터폰을 들었을 때 보민의 속눈썹이 파르르 떨리더니 그녀가 눈을 떴다.

"일혁 씨……?"

그녀가 자신의 이름을 부르는 소리가 그녀의 사고 소식을 들었을 때부터 멈춰 있던 그의 심장을 다시 뛰게 했다. 일혁이 눈을 뜬 그녀에게로 단번에 다가서서는 보민의 눈을 바라봤다.

"당신, 괜찮은 거야?"

누워 있던 보민이 몸을 일으키려고 했다. 일혁이 안 된다고 한사코 말렸다. 결국 그녀는 누워서 그를 올려다보았다. 가까이로 온 그의 손을 잡고는 보민이 그를 향해 웃어 보였다.

"네. 미안해요. 내가 너무 부주의했어요. 잘못했어요."

"알긴 아는구나?"

"네. 이제 당신이 하라는 대로 다 할게요."

한 소리 하기도 전에 미리 용서를 구하고 잘못했다고 말하는 그녀에게 어떻게 뭐라고 잔소리를 더 한단 말인가. 하지만 그는 짐짓 무거운 목소리로 말을 꺼냈다.

"그런다고 내가 한 소리 하는 걸 막을 수는 없을 건데?"

"당신 말은 한 소리든 두 소리든 다 들을게요. 정말 잘못했어요."

잠이 들었다 말소리에 깬 보율은 언니가 깨어난 것을 발견하고 벌떡 일어났다. 놀라 달려온 아이가 두 사람이 하는 대화 사이로 끼어들었다.

"언니, 이제 괜찮아?"

보민이 가까이 달려와서도 안기지 못하고 침대 옆에 서 있기만 하는 동생을 향해 팔을 벌렸다.

"언니 당연히 괜찮지. 보율이, 언니 안 안아 줄 거야?"

그제야 냉큼 안기는 동생. 보민이 동생의 동그란 머리를 연신 쓰다듬었다. 동생이 아니라 자신이 다친 게 천만다행이라고 생각하는 그녀. 자신이 다쳤으면 다쳤지 절대로 동생이 다치는 건 볼 수가 없었을 것이다. 어디 몇 년은 떨어져 있다 만난 사람들처럼 붙어서 떨어질 생각이 없어 보이는 자매를 보고 일혁은 다시 그의 웃음을 되찾았다.

그녀가 깨어난 지 한 시간도 되지 않아서 보민과 보율은 침대에 누워 똑같은 숨소리를 내며 다시 잠들었다. 소파에 앉은 일혁의 눈도 스르르 감기려는 순간 밖에서 누군가 문을 조심히 두드렸다. 일혁은 두 사람이 깰까 봐 조용히 문을 열고 나갔다.

"무슨 일입니까?"

그에게 깍듯이 인사를 건넨 경호원이 그를 보며 자초지종을 설명했다.

"사모님을 공격한 놈을 잡았습니다. 근데 이놈이 경찰서에 가기 전에 대표님께 무슨 일이 있어도 할 말이 있다며 버티고 있습니다. 어떻게 할까요?"

일혁의 눈이 보이는 모든 것을 잘라 버릴 듯 날카롭게 빛났다. 잡히고 나니 가지고 있는 패를 내보여 자신과 딜이라도 하시겠다. 일이 너무 쉽게 풀리는데?

"어디 있습니까? 그리도 할 말이 있다는데 들어 봐야 하지 않겠습니까?"

경호원이 먼저 앞장서고 일혁이 냉기를 뿜으며 뒤를 따랐다.

경호원이 운전하는 차는 외곽에 위치한 허름한 창고에 다 와서야 멈췄다. 도망가던 괴한이 잡힌 곳이 이곳이라고 했다. 옆자리에 앉아 같이 동행한 김 실장이 서둘러 내려 반대편의 차 문을 열어 줬다.

경호원들에게 순순히 잡히지는 않았는지 몸싸움의 흔적이 역력한 꼴을 하고 있는 남자는 일혁을 보자마자 묶인 손으로 싹싹 빌기까지 했다.

"저는 잘못이 없습니다. 전 김 사장이 시키는 대로 했을 뿐입니다."

일혁이 주머니에 손을 넣고 낮은 음성으로 놈의 입에서 나온 단어를 읊조렸다.

"김 사장? 김진수 사장?"

"네, 네. 맞습니다. 저는 시키는 대로 한 것뿐입니다."

"고작 김 사장이 시켰다는 말을 하려고 부른 거야? 내가 김 사장이 이 일을 지시했다는 걸 눈치 못 채고 있었을 것 같아?"

일혁의 반응을 남자도 예상하고 있었던 듯 그는 놀라지는 않았다. 대신 비굴한 목소리로 말을 덧붙였다

"이학중 사장을 죽인 사람이 누군지 알고 있……."

남자의 말은 끝까지 나오지 못했다. 이 사장의 이야기가 나오자 일혁이 정신이 번뜩 들어 남자의 멱살을 잡고 벽으로 밀쳤다.

"너야? 네가 죽인 거야?"

엄청난 힘에 의해 부딪힌 그의 등이 아려 왔다. 허나 지금 등이 문제가 아니다. 자신의 목덜미를 움켜잡고 자신을 향해 엄청난 살

기를 내비치는 그가 진심으로 무서워졌다.

"컥, 컥. 아닙니다. 제, 제가 아니라, 김 사장이……!"

김 사장이라는 소리에 일혁이 남자의 멱살을 잡아 들어 올렸던 손을 더 힘주어 죄었다. 그의 손아귀에서 남자는 하얗게 질려 갔다. 일혁의 무심한 목소리가 울렸다.

"김 사장이 시켜서 네가 죽인 거야?"

남자는 질린 얼굴로 막힌 목에서 목소리를 쥐어짜서 대답을 했다.

"아, 아닙니다. 김, 김 사장이 직접……. 증거, 블, 블랙박스도 있습니다."

"그 말을 어떻게 믿어?"

"정, 정말입니다. 그때 제가 김 사장 뒤를 밟고 있었습니다. 제 차 블랙박스 영상에 다 찍혀 있습니다."

언제고 이런 날이 올 줄 알았다. 김 사장같이 야비한 놈들은 언제고 자신 같은 피라미들에게 모든 것을 덮어씌우는 것을 알고 있다. 그래서 이런 날을 대비해 보험으로 가지고 있었던 것이다. 이제 김 사장이 다 썩은 동아줄이 분명한 것이 드러난 판에 썩은 동아줄을 잡고 같이 떨어져 죽을 필요는 없지 않은가. 일혁에게 멱살이 잡힌 남자는 점점 더 막혀 오는 숨에 컥컥거렸다.

그제야 일혁이 남자를 죄고 있던 손을 놓았다. 그리고 더 이상의 대화를 나눌 일말의 가치도 없다는 듯이 손을 털고 그에게서 돌아섰다.

"블랙박스 넘겨. 그게 네 신상에 좋을 거야. 나는 네가 한 일을 용서할 마음이 없어. 네가 지은 죄만큼 벌을 받아. 그게 내가 너에게 줄 수 있는 전부야."

일혁이 자리를 벗어났다.

의심만 했었는데 정말 김진수가 장인어른을 죽인 거라니.

이제 일혁은 김 사장을 잡는 데에 조금의 틈도 허락할 수 없게 되었다. 그가 가지고 있는 모든 것을 무너뜨려 버릴 것이다.

보민의 아버지여서도 있지만 그의 유일한 벗이었던 이학중 사장을 뺏어 간 대가를 철저히 치르게 만들어 주고 말 테다.

그가 홀로 차에 앉아 눈을 감았다. 그의 눈이 촉촉이 젖어 들었다. 갑자기 이 사장이 너무 보고 싶어져서. 일혁이 촉촉해진 눈가를 아무도 보지 못하게 닦아 냈다.

뒤처리가 끝났는지 김 실장이 운전석 문을 열고 차에 올라탔다. 뒤에 앉은 자신을 향해 지시한 일들의 진행 상황을 알려 왔다.

"저놈은 바로 증거와 함께 경찰서로 연행되게 조치해 두었습니다. 또한 블랙박스는 경호원이 찾아 안전하게 경찰서로 가지고 갈 수 있도록 지시해 두었습니다. 그리고 한 검사님께도 연락을 넣어 두었습니다. 우선은 회사 비리 건에 관련해서 한 시간 이내로 김진수 사장의 체포영장이 실행되어 체포될 거라고 합니다."

김 실장의 말을 눈을 감고 듣고 있던 일혁이 검게 빛나는 눈을 떴다.

"김 실장. 사장이 잡혀 가게 되면 에너지 톤 주식이 폭락할 거야. 떠도는 주식 다 사들여. 그리고 우호 지분도 확보하고. 김 사장이 그렇게나 아끼는 회사, 내가 가져야겠어. 그리고 김 사장이 연락할 만한 의원들에게도 다 연락 넣어. 누구라도 지금 김 사장을 싸고돈다거나 수사에 방해를 한다면 내가 가지고 있는 자료와 자본의 위력이 전부 당신네들을 향할 거라고."

일혁의 지시를 받은 김 실장이 다시 한 번 휘몰아칠 바람에 긴장했다. 이제 대표님을 말릴 사람은 아무도 없다. 김 사장은 꼼짝 없이 살인죄로 평생을 감옥에서 살 수밖에 없을 것이다. 대표님의 위력을 알고 있는 사람이라면 누구도 김 사장을 두둔하는 일 따위는 하지 않을 것이니.

폭풍이 몰아치는 사이 한 달은 꼼짝없이 야근을 밥 먹듯 하게 될 것이다. 김 실장이 단단히 마음을 먹었다. 다가오는 커다랗고 어마어마한 폭풍을 대비해서.

✳

가벼운 뇌진탕이라고 진단받았던 보민은 병원에 한 달 가까이 입원하고 있었다. 처음에는 안정을 취해야 한다는 일혁의 의견에 일주일을 입원해 있었다. 그리고 일주일이 지난 후부터는 검진을 핑계로 그녀를 퇴원하지 못하게 만들었다.

"입원한 김에 할 수 있는 검사는 다 받아 보고 가자."

처음에는 물론 자신의 부주의함으로 벌어진 일이라 할 말도 없고 그가 하자는 대로 다 하기로 약속도 했으니 보민은 고개를 끄덕였다. 검사를 받아서 그의 불안함을 떨칠 수 있다면 검사쯤이야, 하는 마음으로.

하지만 검사 하나를 하면 일주일이 지나고 나서 또 다른 검사를 해야 한다는 식으로 한 달이 지났다. 그가 의사에게 뭐라 지시했는지는 모르겠지만 의사는 검사란 검사는 다 하면서 그녀를 병원에 붙들어 놓았다.

"일혁 씨, 나 이제 괜찮아요. 이제 그만 퇴원해요. 보율이 유치원도 다시 가야 하고 당신 출근도 해야죠."

자신이 병원에 있는 동안 보율이도 유치원에 가지 않고 병원에서 같이 있었기 때문에 걱정이 이만저만이 아니었다. 친구들도 보고 싶을 거고 공부도 해야 되는데 자기 때문에 괜히 싫어하는 병원에만 있는 게 아닌가 하고.

거기다 일혁도 회사에 나가지 않고 24시간 내내 그녀의 침대를 지키고 있었다. 하루에 한 번 김 실장님이 병실에 들러서 가져다주는 서류에 사인하는 시간 말고는 자신과 책도 읽고 게임도 하고 영화도 보면서 여가 시간만 보내고 있었다.

이러다 진짜 그의 일에 지장이 있을까 걱정이 되었다. 하지만 그런 걱정에도 일혁은 꼼짝도 하지 않았다.

"우선, 당신은 무조건 안정을 취해야 해서 병원에 계속 있어야 해. 그런데 보율이가 당신만 두고 유치원에 가고 싶어 하겠어? 대신 병원 안에 있는 유치원 다니고 있잖아. 벌써 친구들 많이 사귄 것 같던데. 둘째, 나는 충분히 일을 하고 있어. 김 실장이 매일 서류 들고 오는 거 못 봤어? 나는 양보다는 질이라고. 딱 집중해서 한 시간만 일해도 충분해. 마지막으로 당신 자꾸 나랑 보율이 핑계 대는데 무조건 내 말대로 하기로 한 거 아니야?"

구구절절 하나도 틀린 말이 없는 그의 말에 보민은 다시 퇴원하겠다는 말은 꺼낼 수가 없었다. 조금 답답하기는 하지만 그와 함께 보내는 시간이 그녀 역시 좋다.

하루 중 병원에서 그의 품에 안겨 같은 책을 읽고 나서 책에 대해 이야기를 나누는 시간이 보민이 가장 좋아하는 시간이다. 거기다 보율이 그리도 무서워하던 병원에 대해 조금 다른 생각을 심어줄 수 있는 좋은 기회였으니까.

아픈 엄마를 보낼 때와는 달리 점점 건강해지는 자신을 보고 병원에 있는 놀이방 겸 유치원에서 친구들도 사귀면서 병원에 대한 나쁜 기억을 지우려고 노력하고 있는 것 같았다. 또 누군지는 모르지만 새로 사귄 친구가 있다며 자랑을 하기도 했고. 하루는 너무 궁금해서 매일 놀이방이 끝나고 한 시간이나 늦게 오는 동생에게 물어보기도 했다.

'오늘 또 친구한테 갔다 온 거야?'

친구가 준 거라며 사과 주스를 빨대로 쪽쪽 빨아 먹으며 보율은 고개를 끄덕였다.

'응!'

'대체 어떤 친구야?'

'있어. 완전 예쁘고 천사 같은 아줌마.'

이제 또래의 친구들뿐만 아니라 자신보다 훨씬 나이가 많은 아줌마까지 친구로 만드는 놀라운 친화력에 보민은 그저 웃을 뿐이었다. 유치원이라도 병원 안에 있는 거라 학을 떼고 싫어할 줄 알았는데 오히려 걱정과 달리 동생은 조금은 병원에 대한 두려움을 이기고 있는 것 같았다. 이러니 뭐 동생을 핑계로 퇴원하려고 하는 것은 무리였다.

그녀가 병원에 입원한 지 한 달이 지나고 딱 이 주가 더 지난 날 밤, 보율이 옆 침대에 누워 깊이 잠이 든 것을 확인한 보민이 일혁의 품에서 꼼지락거리며 작은 목소리로 말했다.

"나 언제 퇴원해요?"

일혁은 열 번도 더 들은 것 같은 질문을 들으며 보민을 내려다보았다. 일혁은 일부러 그녀를 병원에 붙잡아 두었다. 평안한 여기 병실과는 달리 밖에는 거센 바람이 불고 있었으니깐.

김 사장은 살인죄 및 뇌물 비자금 조성 등으로 잡혀 들어갔고 여기에 연관된 각계 인사들도 후폭풍에 대거 휩쓸렸다. 텔레비전을 틀었다 하면 이야기가 흘러나오고 있었고 그 여파로 에너지 톤의 주식은 바닥을 쳤다. 김 실장을 시켜 일혁이 그 회사의 주식을 사들였다.

일혁이 사들인 지분과 우호 지분을 합하니 당연히 김진수 사장의 해임은 만장일치로 주주총회를 통과했다. 거기다 가장 많은 지분을 소유한 그가 얼마나 능력 있는 인물인지 익히 알고 있는 주주들과 이사들이 그를 대표로 선임했다. 이제 에너지 톤은 거의 그의 것이나 다름없는 상황이 되었다.

이런 일들이 마무리되는 데 거의 한 달이 걸렸다. 이 한 달 동안 일혁은 보민과 보율을 검진을 핑계로 병원에 묶어 두었다. 그리고 아무도 그들이 이곳에 있는지 모르게 병원의 사람들을 입단속시키는 것뿐만 아니라 담당을 교체하는 등 조치를 취했다.

한 달하고 이 주가 더 지난 지금. 이제 김 사장은 확실히 유죄가 인정되어 감옥에서 바깥세상과 차단되었다. 위험 요소가 사라졌으니 이제 보민에게 슬슬 아버지의 죽음에 대해 말을 해 주어야 하는데. 한동안 잠잠하더니 다시 퇴원 이야기를 꺼내는 보민의 볼을 잡아 늘였다.

"그렇게 퇴원하고 싶어?"

볼을 늘리고 있는 그의 손을 밀치고는 보민이 빨개진 볼을 문질렀다.

"아야. 네. 이젠 우리 집으로 가고 싶어요."

퇴원을 하려면 지금 말을 해야겠지. 숨긴다고 해도 나중에 어차피 알게 될 텐데. 다른 사람을 통해 알게 하고 싶지 않다. 일혁이 떨어지지 않는 입을 벌려 이야기하기 시작했다.

"사실, 할 말이 있어. 장인어른 친 뺑소니범을 잡았어."

"장인어른이라면, 우리 아버지요?"

아버지라는 말을 입에 담자마자 보민의 눈에 눈물이 차고 목소리는 떨리기 시작했다. 일혁이 덜덜 떠는 그녀를 조심히 끌어안았다.

"응. 잡았어. 그런데 그게 단순한 사고가 아니라…… 장인어른을 노린 거였대."

"왜…… 왜? 왜 그랬대요?"

일혁이 보민을 더 힘주어 끌어안았다. 보민의 눈물이 그의 어깨를 적시기 시작했다.

"장인어른의 특허권을 사겠다고 찾아갔는데 안 된다고 못을 박으셨나 봐. 협박도 해 보고 했지만 여전히 입장을 바꾸지 않으셔서 그랬다고 하더라고. 장인어른이 돌아가시면 회사가 어려워지는 건 당연한 거고 그때 특허권을 뺏어 가려고 했나 봐."

사실을 알게 된 보민이 더 떨며 그의 품에서 울기 시작했다.

"그, 그까짓 특허권이 뭐라고……. 그게 뭐라고……. 흑흑."

"보민아. 울지 마. 당신 이렇게 울면 장인어른이 더 미안해하실 거 알지?"

그 소리에 보민은 아이처럼 울던 눈물을 멈췄다. 맞다. 아버지는 아마 엄청 미안해하실 거다. 자신의 쓸데없는 고집 때문에 딸 눈에서 눈물을 빼냈다고.

보민이 입술을 피가 나도록 깨물고 울음을 참았다. 하지만 차마 단속하지 못해 고여 있던 눈물이 주르륵 흘렀다. 그녀의 눈 위로 그의 입술이 닿아서 눈물을 닦아 냈다. 그리고 피가 나도록 입술을 깨물고 있는 보민의 입술로 일혁의 손이 닿았다.

"입술은 왜 깨물고 그래."

그의 부드러운 마음에 또 멈췄던 그녀의 눈물이 흘렀다. 일혁이 조심히 눈물을 닦아 내더니 입을 맞춰 왔다. 괜찮다고, 내가 당신 옆에 있다고 속삭이는 키스에 보민의 눈물이 서서히 마르기 시작했다. 그녀의 마음을 어루만지는 그의 키스가 그녀의 눈물을 멈추게 했다. 그의 키스가 그녀에게 계속 속삭였다.

괜찮다고. 걱정하지 말라고. 내가 항상 옆에 있겠다고.

19.

그로부터 삼 일 후. 드디어 보민이 퇴원하기로 한 날이 되었다. 보율은 밖으로 나가려고 병실 문을 붙잡은 채 짐을 챙기고 있는 언니와 형부에게 말을 꺼냈다.

"나 잠깐만 나갔다 올게."

"어디 가, 보율아?"

"금방 올게."

짧은 말을 남긴 보율은 잡을 새도 없이 병실 문을 닫고 모습을 감췄다.

보율은 짧은 다리로 다다다 달려 복도 끝에 있는 병실의 문을 도르르 열었다. 침대에 누워 있던 중년의 부인이 아침부터 찾아온 아이를 보고 반가워하며 인사를 건넸다.

"오늘은 무슨 바람이 불어서 이리 일찍 왔을까?"

숨이 찬 보율이 헉헉거리며 힘들어했지만 눈은 웃어 보였다. 가쁜 숨을 내쉬며 침대 가까이로 다가간 보율이 바늘이 꽂혀 있는 손을 잡았다.

"아줌마. 작별 인사 하러 왔어요. 언니가 오늘 퇴원한대요."

"아줌마한테 인사하러까지 왔어? 고마워. 고마워, 보율아."

일부러 작별 인사까지 하러 와 준 아이가 고마워 중년의 여자는 고마움을 숨기지 못했다.

한 달 전, 아이가 그녀의 병실 문을 실수로 열어젖힌 그날 이 예쁜 아이를 처음 만났다. '미안합니다.' 하고 머리를 긁적이며 인사하던 아이는 자신이 아니라고 괜찮다고 손을 흔들자 경계심 없이 그녀에게 다가왔다.

아이는 날마다 놀이방이 끝나면 그녀를 찾아왔다. 딸이 없는 그녀에게 이 아이는 참 좋은 벗이었다. 병실에서 벗어나지 못하고 매일 하얀 병원의 천장만 바라보는 그녀에게 이 아이가 전해 주는 이야기가 하나의 낙이 되었다.

하루는 우리 보율이 엄마는 이렇게 예쁜 딸이 있어 좋으시겠다고 한 말에 아이는 담담하게 웃으면서 자신에게 이리 말했었다.

'아줌마. 우리 엄마 여기서 하늘 나라 갔어요.'

밝은 아이의 말에 당황하거나 미안하다고 사과의 말을 하는 대신 그녀는 자연스럽게 그냥 물 흐르듯 말을 이어 나갔다.

'그래? 그런데 보율이는 엄마도 없는데 어떻게 이렇게 밝고 예쁘게 컸을까?'

'히히. 그건 엄마가 항상 여기에 있으니깐요. 보율이를 항상 지켜보고 있으니깐요.'

아이는 가슴으로 작은 손을 가져갔다. 어쩜 이렇게 예쁘고 착할까? 하나 있는 무심한 아들도 내가 죽으면 자신을 저리 기억해 주고 바르게 자라나 줄까? 그녀의 가슴이 아려 왔다.

사춘기에 접어든 아들은 아직 자신이 많이 아픈 걸 모르고 있는데. 혹시나 자신이 내일이라도 가 버린다면 아들의 가슴이 얼마나 무너질까 하는 생각에 그녀의 가슴에 눈물이 맺히기 시작했다. 그녀가 아이의 손을 힘주어 잡고 희미하게 웃어 보였다.

'보율이 말이 맞다. 아줌마 아들도 보율이가 알고 있는 걸 알고 있었으면 좋겠는데.'

'걱정 마요. 내가 나중에 아줌마 아들한테도 꼭 말해 줄게요.'

이렇게 말하는 예쁜 아이. 누가 이런 아이를 싫어하겠나? 몸이 많이 힘들더라도 아들에게 동생을 만들어 주는 거였는데. 뒤늦게 이런 후회까지 들었다.

아이가 다시 자신을 보고 해맑게 웃는다. 그녀는 잠시였지만 이 병실에 아이가 있는 동안 정말 즐거웠다. 늘 찾아와 재잘재잘 있었던 이야기도 해 주고 그녀가 건네는 과자며 음료수도 냉큼 잘 받아 먹고 가던 아이가 그리울 것이다.

"그래? 아줌마 좀 아쉬운데?"

아줌마가 아쉬워하는 표정을 보이자 보율이 중년의 여성을 꼭 끌어안았다. 그리고 어리광을 부렸다.

"나도 아줌마 많이 보고 싶을 것 같아요. 꼭 나아서 나랑 같이 다음에 놀러 가는 거예요?"

"그래. 보율이랑 놀러 가려면 얼른 나아야겠네? 아줌마 힘낼게."

보율이 작은 새끼손가락도 내보였다. 꼭 약속하는 거라고. 그 손가락에 손가락을 걸고 중년의 여성도 지킬 수 없는 약속을 했다.

새끼손가락 걸고 꼭 꼭 약속한 보율이 여자의 볼에 입을 맞췄다. 아이가 전해 주는 행복 바이러스에 중년 여성의 눈이 초승달처럼 휘었다.

"아이구, 뽀뽀까지. 보율이가 선물을 줬으니. 아줌마도 선물을 줘야겠네."

중년 여성은 목에 걸고 있던 은색의 목걸이를 빼서 보율의 목에 걸어 줬다. 장인의 손으로 세심히 새긴 것이 역력해 보이는 독특한 문양의 펜던트가 보율의 목에서 반짝였다. 자신보다 아이에게 목걸이가 걸려 있으니 한층 더 빛이 났다.

이제 그만 마지막일지 모르는 아이와 작별 인사를 해야겠다. 중년의 여성이 웃으며 이만 아이를 보내기로 했다. 조금만 더 있다가는 보내지 못할지도 모르니.

"보율이, 이제 그만 가 봐야지."

"네, 아줌마. 선물 감사합니다. 나중에 또 올게요."

보율이 다시 허리를 굽혀 인사를 하고 계속 손을 흔드는 아줌마를 뒤로하고 뒷걸음질 치며 병실을 나왔다. 그리고 병실을 나와 몸을 돌려 앞으로 걸으려 발을 내디뎠을 때 딱딱한 벽에 부딪쳤다. 보율이 휘청하는 사이 그 딱딱한 벽에서 벽보다 더 딱딱한 말소리가 들려왔다.

"너는 또 뭐야?"

부딪쳐 아픈 이마를 부여잡고 보율이 위를 올려다봤다. 교복을 입고 있는 학생이 자신을 내려다보고 있었다. 무시무시한 인상을 쓰면서. 교복 넥타이는 어디 갔는지 없고 셔츠 단추를 여러 개 풀어 헤치고 불량하게 다리를 건들거리는 소년이 보율을 향해 다시 물었다.

"너는 뭔데 우리 엄마 병실에서 나와?"

엄마? 그럼 예쁜 아줌마가 말한 아들이 이 오빠인가 보다. 보율이 키가 큰 오빠를 손으로 불렀다.

"오빠, 이리로 좀 와 봐."

이게 지금 장난하나. 소년은 앞의 작은 형상을 무시하고 지나쳐 병실로 들어가려 했다. 하지만 그를 막아서서 팔을 꼬고 단단히 올려다보는 꼬마는 그를 향해 고개를 숙여 보라며 말을 걸었다.

이걸 때릴 수도 없고. 그래, 내가 적선하는 셈 치고 한 번 숙여 준다. 그가 숙이기를 기다렸다는 듯이 아이는 그의 가슴에 손을 얹었다. 그리고 들려오는 아이의 말에 사춘기의 소년의 가슴이 뛰기 시작했다.

"오빠. 오빠 엄마는 항상 여기에 계셔. 우리 엄마가 내 가슴속에 계신 것처럼."

그 말을 마친 아이는 벙쪄 있는 그를 지나쳐 복도 끝으로 유유히 사라졌다.

저게 지금 뭐라는 거야? 웃기고 있네. 사람이 죽으면 그게 끝이지. 가슴속에 있다는 그런 말도 안 되는 말을 내가 믿을 것 같아? 속으로 투덜거리기는 했지만 중학생이 되어 사춘기를 맞이한 그의 단단한 성벽에 둘러싸인 삐뚤어진 마음에 자신도 눈치채지 못한 작은 균열이 생기기 시작했다.

삐뚤어진 오빠를 뒤로하고 언니의 병실로 다시 돌아온 보율을 기다리고 있는 것은 일혁과 보민의 걱정 어린 눈동자 네 개였다.

그리고 이제껏 아파 입원해 있던 사람이 맞는지 의심할 정도로 큰 목소리.

"이보율! 어디 갔다 온 거야?"

언니가 단단히 화가 났다는 것을 안 보율이 음성이 작아지고 눈으로 절로 땅으로 향했다.

"작별 인사 할 사람이 있어서."

언니가 얼마나 걱정했는지 아냐고 나무라는 보민의 잔소리를 한바탕 듣고 나서 일혁이 땅으로 눈을 내리간 아이를 안아 올렸다.

"가면서 친구들한테 인사하고 가려고 했는데 벌써 갔다 온 거야?"

그의 품에 안겨서 보율이 어떤 친구를 만나고 온 건지 설명하기 위해 입을 떼려고 했지만 형부는 그냥 놀이방에서 만난 친구들이라고 지레짐작해 버렸다.

그 친구 말고 다른 친구 말하는 건데. 보율이 입을 삐죽였다. 엄마를 많이 닮은 아줌만데. 아줌마가 과자도 주고 나 예쁘다고 목걸이도 선물로 줬다고.

하지만 보율은 말을 꺼낼 수가 없었다. 형부가 밖에 날씨가 춥다고 꽁꽁 목도리로 몸을 싸매는 것으로 모자라 자신의 입에 마스크를 씌워 버렸으니.

병원에서 나와 일혁이 운전하는 차 안. 이제 드디어 집으로 돌아간다는 걸 실감했다. 진짜 병원에서 하루만 더 있었다면 아마 보민은 답답해 죽었을지도 모르겠다. 집에 간다는 사실이 즐거운 보율이의 노래가 차 안에 가득 울렸다.

"집으로 가요. 룰루랄라 노래하면서."

"그렇게 좋아?"

"언니는 안 좋아?"

솔직히 보민도 좋다. 어디 멀리 갔다가 드디어 제자리인 집을 찾아가는 느낌이라고나 할까? 보율의 물음에 보민이 동생을 끌어안고 보드라운 볼에 볼을 비볐다.

"언니도 좋지."

조금만 더 가면 이제 집이다. 보민이 얼마쯤 왔나 싶어 창밖으로 눈을 돌렸다. 그런데 보민의 눈에 들어온 풍경은 집으로 향하는 길이 아니었다. 보민이 앞에서 운전하는 일혁을 향해 물었다.

"우리 집으로 바로 가는 거 아니에요?"

"맞아. 집으로 가는 거."

아닌데. 분명히 그의 빌딩으로 향하는 길이 아닌데. 계속 의구심이 드는 그녀의 눈으로 익숙한 풍경들이 지나가기 시작했다.

이 길은, 설마 아니겠지. 시시각각 변하는 그녀의 표정을 백미러로 지켜보고 있던 그의 얼굴에 미묘한 웃음이 떠올랐다.

그녀의 표정 변화를 유심히 살피던 그가 차를 멈췄을 때 놀라 굳어 버리는 그녀를 보고 먼저 차에서 내려 뒷좌석 문을 열었다. 집에 도착했다 생각한 보율이 먼저 뛰쳐나왔다. 그리고 앞에 보이는 익숙한 집에 아직 차 안에서 내리지 못하고 있는 보민을 돌아보며 방방 뛰었다.

"언니! 우리 집이야. 우리 옛날 집!"

옛날에 살던 집을 알아본 보율이 다가와 두 사람의 손을 잡고 어서 들어가자고 재촉했다. 하얀 대문을 열고 세 사람이 울타리 안의 빨간 벽돌집으로 들어섰다. 보율이 하나도 변한 것이 없는 마당의 잔디를 뛰어다녔다. 놀란 보민의 눈이 일혁에게 물었다.

"어떻게 된 거예요?"

일혁이 아직도 무슨 영문인지 몰라 궁금한 표정이 역력한 보민의 어깨를 끌어안았다.

"정말 우리 집에 온 거지."

"일혁 씨 집은 어떡하고요?"

"아, 거기는 사무실이 생길 거야."

아직 결정되지는 않았지만 에너지 특허권을 팔지 않고 자신이 직접 장인어른의 특허 기술을 실현할까 생각 중이었다. 그가 사들인 에너지 톤에서 일하던 뛰어난 기술자들을 다시 고용해서 말이다.

지금까지와는 전혀 다른 분야라 더 많이 노력하고 공부도 해야겠지만 잘할 수 있을 것 같았다. 언제나 그의 곁에 두 여자가 버티고 있을 테니.

사무실은 그가 본래 일하는 곳 밑에 두면 좋을 것 같아 7층에 사무실을 들이기로 했는데, 그러려면 새로운 보금자리를 만들어야 했다. 그러다 이미 사 두었던 집이 생각이 났다.

장인어른의 집. 옛날 보민이 판다고 내놓은 집을 산 사람이 바로 일혁이었다.

사실 유언장의 내용을 듣고 나서 그녀와 결혼은 해 주지 못하더라도 이 사장의 집을 사서 그의 딸들에게 주고 싶었다.

처음에는 특허권이 팔리기 전까지 빚을 먼저 갚아 주려고 했었는데 보민이 얼마나 행동이 빠른지 그새를 못 참고 집을 판다고 내놓았다. 그래서 그가 이 집을 몰래 샀다. 이게 이 사장을 위해 그가 할 수 있는 최소한의 일이라고 생각했었으니까.

그런데 집을 전해 주기도 전에 이런저런 사정으로 결국 각자의 조건을 내걸고 결혼을 하게 되었지만. 아버지의 죽음의 진실을 듣고 요 근래 언뜻 슬픔을 보이는 보민을 보고 지금 이사를 결정한 것이 잘된 일이라 생각했다. 일혁은 눈에 이슬이 맺히는 보민의 눈에 입을 맞췄다.

"여기서 살자. 당신 부모님이 사셨던 이곳에서 당신이랑 나랑 보율이랑 다 같이 살자."

보민이 그의 허리를 세게 끌어안았다. 아마 그는 알고 있었나 보다. 그녀가 아버지의 죽음을 알고 힘들어했다는 것을. 눈치 못 채게 밝게 웃어 보이고 있었지만 그의 눈을 속일 수는 없었던 모양이다.

"알고 있었어요?"

"뭐를?"

"내가 많이 슬퍼하고 있다는 거요."

당연히 알고 있었지. 아버지의 죽음에 대해서 알고 나서 한 바가지 눈물을 쏟고 나서 괜찮아진 줄 알았다. 잘 웃고 잘 먹고 잘 자서. 하지만 언뜻 스치듯이 보이는 슬픔과 잠결에 들어 버린 그녀의 울음소리에 그가 할 수 있는 것은 아무것도 없었다. 그저 옆에 있어 주는 것 말고는. 손을 잡아 주는 것 말고는.

그가 말없이 그녀를 힘주어 끌어안았다. 그런 그에게 그녀는 항상 고마움을 말한다.

"일혁 씨, 고마워요. 너무 받기만 해서 미안할 정도예요."

"그렇게 미안하면 조건이 하나 있어."

조건이라는 소리에 그게 뭐든지 들어줄 수 있다는 듯한 표정으로 그녀가 그를 봐라봤다.

"평생 내 눈에만 띄기. 나는 그거면 돼."

처음에 두 사람이 만나 말도 안 되는 결혼을 하면서 내걸었던 조건을 빗댄 것이었다. 이번에는 처음에 내걸었던 눈에 띄지 않기가 아닌 정반대의 조건. 그가 말하는 조건에 보민이 지난 며칠 동안 지었던 희미한 미소가 아니라 정말 행복이 가득한 미소를 그에게 보여 줬다.

"정말 그거면 돼요?"

"어. 나는 그거면 돼."

"그럼 나도 조건 하나 말해도 되는 거죠?"

"어? 어."

"나도 딱 하나예요. 당신이 내 옆에 항상 있어 주는 거요."

보민이 말을 마치고 그의 허리를 끌어안고 밝게 웃었다. 이 행복한 웃음 한 번이면 그는 이제 세상을 다 가진 사람이 된다. 보민이 먼저 그의 목을 끌어안고 입을 맞춰 왔다. 사랑한다고. 고맙다고. 두 사람이 뜨거운 키스를 나누는데 보율이의 못마땅한 음성이 들려왔다.

"아이참. 나도 있어."

눈을 가리고 소리치는 보율이의 목소리에 떨어진 두 사람이 크게 웃었다. 현관 앞으로 쪼르르 달려간 보율이 손을 흔들어 일혁과 보민을 불렀다.

"빨리빨리 와. 얼른 우리 집으로 들어가자."

보율이 재촉하는 부름에 두 사람이 마주 보고 웃고는 손을 잡고 현관까지 뛰었다. 그리고 세 사람은 그들의 새 보금자리로 들어갔다.

서로의 조건을 내걸고 위태위태하게 시작한 두 사람, 아니 세 사람의 결혼이 이제 새로운 조건을 내걸고 다시 새롭게 시작한다.

어떤 관계이든 간에 조건을 걸고 시작한 관계는 오래 유지되기가 힘이 들지도 모르겠다. 하지만 그 조건이라는 것이 서로를 위한 것이라면 이야기가 달라지지 않겠는가. 쌀쌀한 날씨에도 불구하고 방금 그들이 서 있었던 곳 위로 따뜻한 바람이 불어왔다.

—fin

　사람 사는 냄새가 물씬 풍기는 2층 벽돌집. 세 사람이 여기에 둥지를 튼 지도 벌써 일 년이 훌쩍 넘었다.

　오늘도 어김없이 뜬 해가 방금 얼굴을 비친 이른 아침. 그들의 마당에는 누런 털을 가진 커다란 개가 초록 잔디 위를 마구 뛰어다니고 있었다. 그리고 전력질주하고 있는 개 뒤를 또 졸졸 쫓아다니는 보율이 앞에 살랑거리는 누런 꼬리를 잡으려고 안간힘을 쓰고 있었다.

　"헉헉, 누렁아, 거기 서. 거기 서라고."

　하얀 원피스 잠옷에 맨발로 뛰던 보율은 숨이 턱까지 차오르자 더 이상 뛰지 못하고 멈춰 서서 주저앉아 버렸다. 그녀가 더 이상 쫓아오지 않는다는 것을 안 누렁이는 뒤를 돌아서서 멀뚱히 꼬리만 살랑살랑 흔들고 있었다.

　한껏 약이 오르는지 보율이의 코로 씩씩 김이 나오는 것도 같았다. 겨울에 형부가 자신의 생일 선물로 주신 누렁이는 너무 콧대가 높다 못해 하늘을 찔렀다. 한 번 안으려 하면 쓱 도망가고 살랑대는 저 꼬리를 한 번 잡아 보고 싶었지만 한 번도 잡혀 준 적이 없다.

"씨, 누렁이 못됐어. 왜 나를 피하는 거야?"

보율이 알 수 없다는 듯이 묻는 말에 말을 하지 못하는 누렁이는 답답하다는 듯 멍멍 짖기만 했다. 아침 이슬에 주저앉아 있던 엉덩이가 축축해지는 것을 느낀 보율은 바로 일어나려고 했다. 하지만 다리에 힘도 주지 않았는데 공중으로 붕 뜨는 자신의 몸에 놀라 고개를 뒤로 돌렸다. 자신을 안아 올린 사람은 다름 아닌 일혁이었다.

"이보율 양. 이른 아침부터 어디 갔나 했더니 여기 있었어?"

보율이 일혁의 품으로 안겼다. 일혁이 안겨 오는 보율을 들고 있었던 담요로 감싸 안았다. 포근하게 몸에 감기는 담요에 보율이의 어리광이 절로 나온다.

"누렁이가 나를 피해. 잉."

"그랬어? 누렁이가 피곤한가 보다."

피곤하다? 언니도 밥만 먹었다 하면 눈을 감았고 하루 종일 가만히 있었는데도 피곤한지 꾸벅꾸벅 졸았다. 혹시나 언니가 엄마처럼 아픈가 싶어 엉엉 울었던 자신을 달래며 형부는 언니가 아기를 가져서 그렇다고 차근차근 설명해 줬다.

이어서 형부는 자신은 이제 이모가 되는 거라고, 조카가 생기는 거라고 말해 줬다. 그 소리에 보율은 하늘을 날아갈 것 같았다. 아니, 그럼 피곤하다는 누렁이도 아기를 가졌단 말인가! 보율이 놀라

소리쳤다.

"누렁이도 아기 가졌어?"

"하하. 아니, 그건 아니고. 아침부터 뛰어서 많이 피곤한가 봐."

아아. 보율이 이제 알았다는 얼굴로 고개를 끄덕였다.

보민은 지금 임신 4개월째에 접어들고 있다. 처음 보민이 임신했다고 했을 때 일혁은 냉큼 기뻐하기보다 조금 두려워졌었다.

그의 인생에 있어서 그녀가 가져다준 것들이 너무 커서 지금으로도 충분했는데 거기에 더 큰 선물을 받아 버렸으니. 혹시나 나중에 누군가 그를 시기해서 받은 것만큼 가져갈 것만 같아서. 하지만 그런 그의 불안한 마음은 그녀가 잡아 준 따뜻한 손에 의해 사라져 버렸다.

'그런 걱정은 왜 해요. 선물을 주면 감사합니다, 하고 받는 거예요.'

그녀의 말에 그는 생각했다. 그래. 이 정도의 행복은 누려도 되는 거라고. 그리고 감사하다고.

처음으로 하늘에 대고 감사를 전했다. 누구에게나 다 있는 피붙이 하나 주지 않았다고 하늘에 대고 화를 내던 그가 이제는 하늘에 있는 누군가를 향해 감사할 줄도 알게 되었다.

오늘도 아침에도 그는 가족들과 함께할 수 있게 눈을 뜨도록 해준 하늘에 감사했다. 감사합니다. 오늘도 나를 숨 쉬게 하는 것들을 뺏어 가지 않아 주셔서. 그리고 그런 그를 숨 쉬게 하는, 그가 세상에서 가장 사랑하는 여자의 목소리가 들려왔다. 보민이 현관에서 두 사람을 부르고 있었다.

"아직 날이 추운데 밖에서 뭐 해요? 보율이 오늘 입학식인데 그렇게 꾸물거리면 어떻게 해요?"

그의 품에 안겨 있던 보율이 그제야 생각난 듯 그의 품에서 발을
버둥거렸다.

일주일 전부터 손을 꼽아 기다려 온 날이 오늘이라니! 드디어 초
등학생이 된다. 히히.

그의 품에서 벗어난 보율이 재빨리 집 안으로 달려 들어갔다. 현
관에 서 있던 보민을 보고 보율이 큰 소리로 외쳤다.

"언니, 나 씻고 나올게! 우리 빨리 학교 가자!"

보민이 뛰어가는 동생의 모습을 눈으로 좇았다. 벌써 보율이 초
등학교에 입학하다니. 시간이 흘러가는 것을 잡을 수는 없겠지만
그 시간을 어디에 고이 모셔 둘 수 있다면 정말 좋을 텐데. 본디
감성적이었지만 임신해서 감수성이 넘치다 못해 흘러넘치는 보민
의 어깨를 뒤따라 들어온 일혁이 감싸 안았다.

"왜 더 안 자고 나왔어? 더 자지."

"그러는 당신은요?"

"그냥 눈이 일찍 떠지더라고. 당신은 좀 더 자도 되는데."

보민도 더 자고 싶었지만 그럴 수가 없었다. 임신하고 나서 부쩍
늘어난 잠 때문에 밥을 먹다가도 조는 그녀지만 이상하게 오늘 아
침에는 저절로 눈이 떠졌다. 보민이 널따란 그의 품에 더 깊숙이
기댔다.

"초등학교 입학하는 건 보율인데 내가 더 떨려서 잠이 안 오더
라고요."

"잘할 거야. 이보율인데. 다른 누구도 아니고 이보민 동생 이보
율이라고."

혼자서도 잘 씻고 나온 보율이 입학식 때 입으려고 사 놓은 빨강 체크 원피스를 들어 보였다.

"언니 나 이거 입는다?"

"언니가 입혀 줄까?"

언니가 입혀 준다는 말에 언니의 맘을 아는지 모르는지 보율이 고개를 흔들었다.

"아니야. 혼자 입을 수 있어. 나도 이제 초등학생이잖아."

이제 다 컸다고 말하는 동생의 말에 또 한껏 예민해진 보민의 눈에 눈물이 차올랐다. 그러자 일혁이 아침부터 눈물을 흘리려는 보민의 눈가를 조심스러운 손길로 닦아 냈다.

"아침부터 또 운다. 울면 배 속의 콩콩이가 놀래요."

"그러게요. 울면 안 되는데."

일혁이 달랬지만 한 번 차오른 눈물은 멈출 생각이 없어 보였다. 보다 못한 일혁이 심각하게 말을 이었다.

"그렇게 섭섭하면 내 옷을 입혀 주면 되겠네."

그의 말에 나오려던 눈물을 쏙 집어넣고 보민이 그의 어깨를 때리며 활짝 웃었다.

✻

겨울이 지나고 파릇한 봄이 시작되는 3월, 보율이의 초등학교 입학식. 조금 일찍 도착한 운동장. 꽤 많은 아이들이 학부모들의 손을 잡고 설렘이 가득한 표정으로 군데군데 서 있었다. 그리고 그 가운데 한층 더 설레 보이는 보율이 있었다. 보율은 처음 와 보는 학교의 풍경에 연신 눈을 굴리며 여기저기를 살펴보고 있었다.

어느덧 시간이 흐르고 입학식이 시작되자 보민과 일혁의 손을 양쪽으로 잡은 보율이 강당으로 들어섰다. 식이 시작되고 보율은 자기 이름이 적힌 의자에 제법 의젓하게 앉아 있었다.

그리고 그 옆에는 양복을 입고 사진사 포스를 팍팍 풍기며 카메라를 들고 있는 일혁이 있었다. 얼마 전 보율의 입학식을 위해 산, 성능은 최고를 자랑하는 카메라를 들고 누가 보면 유난히 열성적인 아빠라고 보일 정도로 보율이만 연신 찍어 대고 있었다.

긴 인사말이 끝나고 학교에 다니고 있는 언니 오빠들의 공연도 무사히 마쳤다. 마지막으로 1학년을 맡을 담임 선생님들의 소개가 있었다.

1학년 5반 선생님의 소개가 있자 보율이를 포함한 여섯 개의 눈동자는 앞에서 소개한 여자 선생님에게로 향했다. 키도 크고 미인인 젊은 선생님은 다른 반 선생님들보다 눈에 띄었다.

입학식이 끝나고 각자의 반으로 돌아가서 선생님이 학부모들에게 따로 인사하는 시간을 가졌다.

"1학년 5반 담임을 맡은 이상아입니다. 1년 동안 아이들과 친한 친구처럼 때로는 엄한 선생님처럼 지내도록 하겠습니다. 처음 학교라는 곳에 발을 들인 아이들이 많은 것을 배우러 학교에 오는 것을 좋아할 수 있게 최선을 다하겠습니다."

보민은 담임 선생님의 말이 정말 마음에 들었다. 한글을 먼저 떼고 덧셈 뺄셈을 먼저 하는 것도 중요하겠지. 하지만 학교라는 곳에서 친구들을 사귀고 규칙이라는 것을 배우는 것이 즐거워 매일 학교에 오도록 만들겠다는 예쁜 담임 선생님의 말은 보민을 안심시키기에 충분했다.

마지막으로 유의사항을 적은 유인물을 받은 학생들은 선생님이 준비했다는 커다란 막대 사탕을 하나씩 받고는 교실을 빠져나왔다. 이런 날은 추억을 남겨야 한다고 주장하는 일혁이 지나가는 사람을 붙잡고 세 사람의 사진을 부탁했다.

"하나, 둘, 김치."

김치, 하는 소리에 세 사람은 입술을 끌어 올렸고 세 사람의 추억은 사진으로 남게 되었다. 자신의 사진을 딱 한 장 남긴 일혁이 보민과 보율을 찍겠다고 다양한 포즈를 요구했다.

사진사의 요구대로 계속해서 포즈를 취하고 났더니 슬슬 세 사람 모두 배가 고프기 시작했다. 입학식도 마쳤겠다 이런 날은 무조건 외식이지. 일혁이 선생님께 받은 사탕을 흔들고 있는 보율을 향해 물었다.

"오늘 보율이 입학식이니 보율이가 먹고 싶은 거 먹자. 뭐 먹을까?"

먹고 싶은 게 너무 많은 아이는 바로 고민에 빠졌다. 쫄깃한 자장면도 먹고 싶고, 자기가 제일 좋아하는 햄버거도 먹고 싶고. 아, 뭐를 먹을까?

"먹고 싶은 게 너무 많은데. 잉. 하나만 뭐 먹지?"

먹고 싶은 게 너무 많으니 다 사 달라고 조르지 않고 하나만 고른다고 골똘히 고민하고 있는 보율이 너무 귀여워 일혁은 두 사람을 데리고 모든 음식들을 골고루 맛볼 수 있는 뷔페로 향했다.

신선한 재료로 재깍 만들어 내어놓는 뷔페는 비싼 돈이 아깝지 않을 만큼 좋은 재료로 만든 다채롭고 맛있는 음식들로 가득했다.

먹고 싶은 것들이 다 있는 곳에 도착한 보율이의 눈이 반짝하고 빛났다.

"우와. 맛있겠다."

보율이 죽고 못 사는 패티가 두툼한 햄버거, 수제 소시지부터 주문하면 요리사가 그 자리에서 직접 만들어 주는 각종 해산물 초밥, 일혁이 좋아하는 한식까지 다양했다.

"당신은 여기 있어. 내가 당신이 좋아하는 것만 담아 올게."

입학식이라 무리한 보민을 앉혀 놓고 일혁이 보율을 데리고 음식을 담으러 갔다.

보민이 신나게 돌아다녀서 그런지 마른 목을 물로 축이고 있을 때 보율이 접시를 들고 그녀에게로 다가왔다.

"언니, 이거 먹고 있어."

보율이 들고 온 접시 위에 놓여 있는 것은 노란색의 호박죽과 숟가락. 다시 음식을 가지러 가기 전에 보율이 보민의 배에 대고 속삭였다.

"콩콩아. 맛있게 먹어."

보민이 저도 모르게 웃었다. 나름 이모라고 어른 흉내를 내려 하는 동생이 너무 귀여워서.

처음 자신이 임신한 것을 알고는 갸우뚱하던 아이가 작은 점같이 찍힌 초음파 사진을 보고는 참던 궁금증을 내비쳤었다.

'이 콩이 자라서 아기가 되는 거야?'

조그마한 아기집이 아직 어린 보율이 눈에는 콩으로 보였나 보다. 그 후 아이의 태명은 콩처럼 잘 자라라는 의미에서 콩콩이가 되었다.

아직 동생이 어려서 아기가 생긴다는 것에 시샘을 하면 어쩌나 걱정했지만 그런 걱정들은 괜한 우려였다. 빨리 콩이 아기가 됐으면 좋겠다고, 빨리 아기를 보고 싶다고 재촉하는 보율이 덕분에 보민은 괜한 걱정은 하지 않게 됐다.

입덧 내내 먹던 호박죽을 챙겨 오는 자신의 동생이 오늘따라 더 예뻐 보였다. 다시 음식을 가지러 뛰어가는 동생이 넘어지지 않는 것을 확인하고는 보민이 호박죽을 한입 넣었다. 이모가 갖다 준 것이라는 것을 알았는지 배 속의 아기는 호박죽을 좋아하는 것 같았다.

이제 슬슬 저기 저 멀리 보이는 다른 것들도 먹고 싶어지는 보민이 더 이상 못 참겠는지 일어나려 할 때 양손에 접시를 든 일혁이 그녀의 곁으로 도착했다.

"뭐야? 벌써 호박죽은 먹은 거야?"

떼려던 엉덩이를 다시 의자에 붙인 보민이 또 호박죽을 가지고 온 일혁을 보고 웃었다.

"네. 벌써 보율이가 갖다 주고 갔어요. 당신은 뭐 가지고 왔어요?"

"나야. 당연히 당신이 좋아하는 호박죽이랑 과일이지."

입맛을 다시고 있는 보민을 향해 일혁이 메론이며 오렌지, 커다란 포도 등이 담겨 있는 그릇을 보여 줬다. 유난히 까다롭게 입덧을 하던 보민이 유일하게 먹을 수 있는 호박죽과 과일. 과일을 보자 또 보민의 식욕이 샘솟았다. 재빨리 포크로 키위를 집어 입으로 쏙 넣는 그녀였다.

"음, 새콤하고 맛있어요."

그렇게 뷔페에서 시작된 보율이 입학 기념 식사. 오늘의 주인공인 보율은 먹고 싶은 것은 다 들고 와서 양껏 먹고 있었다. 소시지부터 시작해서 잘 안 먹던 초밥까지. 이렇게 맛있는 음식을 매일 먹을 수만 있다면 매일매일 입학식이었으면 좋겠다고 엉뚱한 생각을 하는 보율이었다.

우리의 보자매는 왕성한 식욕을 자랑하며 접시를 비워 나갔다. 그리고 잘 먹는 두 여자 옆에는 일혁이 식사도 잘 하지 못하고 그녀들이 먹고 싶다는 음식을 계속 나르면서도 좋다고 웃고 있었다.

에필로그 2

　수업을 마친 학생들이 교문을 우르르 빠져나왔다. 같은 교복을 입은 학생들 사이에서도 단연 눈에 띄는 긴 생머리의 여자아이는 같이 나오던 친구들과 교문을 빠져나오자마자 보이는 분식집으로 들어섰다.

　그리고 세 학생은 익숙하게 매일 그녀들이 앉는 지정석에 앉았다. 긴 생머리 여학생이 큰 소리로 분식집이 떠나가도록 소리쳤다.

　"이모! 우리 매일 먹는 대로요!"

　"아이고, 소리 안 쳐도 알고 있어. 금방 줄게."

　앉자마자 시작된 폭풍 수다는 아줌마가 갖다 준 어마어마한 분식의 양에도 줄어들 생각이 없었다.

　한가득 담긴 떡볶이, 반들반들한 순대, 꼬치에 꽂힌 어묵들, 마지막으로 바삭한 튀김까지. 여학생 셋이 먹기에는 많아 보였던 양이 폭풍 젓가락질로 어느새 바닥을 보이고 있었다.

세 명의 여학생 모두 잘 먹었지만 그중에서도 가장 잘 먹는 생머리 여학생을 향해 건너편에 앉은 단발의 아이가 물어 왔다.

"보율아, 너 시험 잘 쳤어?"

어묵을 먹는 데 긴 머리가 성가셨던 보율이 젓가락을 멈추고 긴 머리를 들어 하나로 동그랗게 말아 올리고 나서야 씩 웃으며 아무렇지 않게 대답했다.

"에이. 그냥저냥."

대충 말하고 다시 어묵을 먹는 보율이의 대답에 머리카락을 한 올도 남김없이 하나로 묶은 여자아이가 먹으려 집었던 김말이 튀김을 치켜들었다.

"또 저번에도 그냥저냥이라 해 놓고는 내 자리를 위협했잖아."

저번에도 무려 전교 5등 안에 들었던 보율이다. 설렁설렁하는 것 같은데 막상 뚜껑을 열어 보면 결과는 좋단 말이지. 누구는 밤새 공부하느라 눈밑에 그늘이 판다 곰이 친구라 부르게 생겼는데.

그녀가 치켜든 김말이를 보율이 냉큼 입에 넣고는 우물거리며 다 삼키지도 않고 대꾸했다.

"쩝, 위협은 무슨. 그런다고 네가 앉아 있는 1등의 왕좌가 끄떡이나 하려고."

시험은 끝났지만 가장 중요한 건 몇 점을 받았는가 하는 결과다. 단발머리 여자아이는 공부 잘하는 친구들이 하는 서로를 치켜세워 주는 칭찬에 소리를 빽 하고 질렀다.

"이것들이 정말. 그만 못 해! 그래, 너희 공부 잘한다 이거야?

나는 딱 중간에 걸쳐져 있구만. 그래, 누굴 탓하겠냐. 내가 먼저 말을 꺼냈는데. 흥이다! 너희끼리 놀아."

그 소리에 두 사람의 입은 합죽이가 됐다. 그리고 중간에서 뿔을 내고 삐쳐 있는 단발머리 아이의 입에 서로 어묵과 튀김을 갖다 바쳤다. 아까 누가 화냈나 싶을 정도로 단발머리 아이는 웃으며 다른 화제로 바로 넘어갔다.

"우리 시험도 끝났는데 영화 보러 가자."

그 소리에 보율이 아쉽다는 듯이 고개를 저었다.

"오늘은 안 되는데. 이번 주 주말에 가자."

하지만 안 된다는 말에도 단발머리 아이는 연신 보율을 졸라 댔다.

"오늘 가자. 시험 끝난 날 놀아 줘야지. 응? 가자? 응?"

계속되는 친구의 부탁에 보율은 남은 음식을 입에 넣고는 가방을 메고 먼저 밖으로 나갔다. 물론 먹은 분식값을 이모에게 재빨리 건네고 나오는 것을 잊지 않았다. 그리고 분식집 안에서 자신을 부르는 친구들을 향해 손을 흔들었다.

"나 오늘 조카랑 놀아 주기로 했어. 내일 봐. 나 간다!"

"야! 이보율. 보율아!"

친구들이 뒤에서 부르는 소리에 책가방을 고쳐 멘 보율은 손을 한 번 흔들고 그대로 집을 향해 뛰었다.

오늘은 하나뿐인 조카 박재민 군과 놀아 주기로 철석같이 약속한 날이어서 그녀의 뛰는 발걸음이 더 빨라졌다. 집에 도착해서 대문을 열고 들어가자마자 기다리고 있었던 듯 바로 안겨 오는 박재민 군.

"이모!"

뒤따라 나온 보민이 고개를 내저었다. 요 며칠 이모가 시험 기간이라 놀아 주지 못한다고 눈물이 그렁그렁한 눈을 하던 아들이었다.

아이는 오늘은 시험이 끝나는 날이니 시험 치고 와서 마음껏 놀아 주겠다고 약속한 이모를 눈이 빠지게 기다렸다.

마당에 쪼그리고 앉아 대문이 열리기만 기다리더니 문이 열리는 기척을 듣고 단숨에 달려가 안긴 것이다. 보율이 이제 제법 무거워진 조카를 안아 올렸다.

"이모 기다린 거야?"

"엉."

"착하네, 우리 조카님. 그런 의미에서 우리 오늘은 뭐 하고 놀까?"

"책, 책!"

"책 읽을까? 잠시만, 이모 옷 갈아입고 나올게."

보율이 재민을 내려 두고 옷 갈아입으러 방으로 들어가자 보민이 그 뒤를 따라 들어갔다.

"시험은 잘 봤어?"

"뭐 그냥저냥."

"또 그냥저냥이야? 이번에도 잘 친 거지?"

교복을 벗고 편한 옷으로 갈아입은 보율이 돌아서서는 보민을 향해 짓궂게 대답을 했다.

"어휴. 이 여사, 설마 1등 해야 한다고 극성을 떠는 아줌마가 된 거야?"

극성은 무슨. 언제 자신이 공부해라, 시험 잘 쳐야 한다, 하고 말이라도 해 봤으면 억울하지는 않지.

하긴 그런 말 하지 않아도 보율은 스스로 잘 하는 아이였다. 한 번도 삐뚤어지지 않고 바르게 자라나 준 아이가 바로 이보율이다. 보민이 웃으며 손을 내저었다.

"아니 얘가, 생사람을 잡아. 궁금해서 물어본 거지."

"걱정하지 마. 저번보다 오르면 올랐지 떨어지지는 않을 것 같아."

그 말을 마치고 보율은 방 밖으로 나가 조카의 손을 잡고 옛날에는 아버지의 서재였고 지금은 가족 모두의 서재가 된 방으로 들어갔다.

누구 아들 아니랄까 봐 박일혁 군과 이보민 양의 아들 박재민 군은 책 읽는 것을 아주 좋아했다. 그것보다 더 좋아하는 것이 바로 이모와 노는 것인데, 아이가 가장 좋아하는 두 가지를 합한 이모와 책 읽는 것은 당연히 아이에게 세상에서 가장 즐거운 일이었다.

보율은 익숙한 듯 책장 한쪽에 소중히 꽂아 둔 아버지의 일기장 중 하나를 꺼내 들었고 재민은 바닥에 떨어져 있던 동화책을 들었다. 나란히 의자에 앉은 두 사람은 소리 없이 책을 읽기 시작했다.

이 일기장은 한 번 도둑맞았던 것이라고 했다. 일혁이 다시 찾아 줬다며 보민이 소중히 책장에 꽂은 것을 보율은 기억하고 있었다. 아버지의 일기장을 통해 보율은 아픈 성장통을 앓았고 또 그 성장통을 무사히 넘겼다.

처음 자신이 입양아라는 사실을 알게 된 것도 아버지의 일기장을 통해서였고 우는 자신을 달랜 것도 아버지의 일기장이었다. 아버지가 써 놓은 일기들 속에는 그녀가 그의 딸로서 사랑받았던 기억만 가득했다.

보율이 이유 없는 반항을 하기에는 부모님께 받은 사랑이 너무 컸다. 거기다 밤에 흐느끼는 자신을 어찌 알았는지 찾아와 밤새 안아 주던 언니로 인해, 자신에게서 떨어지지 않던 재민으로 인해, 다 안다는 듯이 아무런 말없이 안아 주던 형부로 인해. 그렇게 가족으로 인해 보율은 남보다 일찍 온 성장통을 잘 넘길 수 있었다.

이번에 읽으면 꼭 스무 번째가 되는 일기장. 하도 읽어서 글자 하나하나까지 다 외우고 있지만 그녀는 아버지의 일기장을 손에서 놓을 수가 없다. 다시 펼쳐 든 일기. 오늘은 어머니가 병원에 있었던 때에 아버지가 쓰신 일기였다.

오늘은 그 사람이 결국은 병원에 입원한 날이다. 아내는 많이 힘들 텐데도 힘든 내색을 전혀 하지 않는다. 그저 나와 딸들에게 환하게 웃을 뿐이었다.

오늘도 보율이는 엄마 옆에서 떨어지지 않는다. 아내는 보율이 때문에 조금만 더 살고 싶다고 했다. 보율이 초등학교 입학식도 가 보고 싶고 교복 입고 중학교, 고등학교 가는 것도 보고 싶다고 했다. 왜 이리 눈물이 나는지.

당신 가면 나는 어떻게 하냐고 당신 없이 안 되는 나는 어쩌느냐 물었더니, 보련이와 보율이가 있으니 괜찮을 거라며 손을 잡아 주었다. 이 아이들 시집가는 걸 보고 오라고, 내가 기다리고 있을 테니 천천히 오라고 손을 꼭 잡아 주었다. 그래, 그게 당신 소원이라는데. 그러겠다고 아내를 안심시켰다.

잘 읽어 내려가고 있는데 슬슬 집중력이 떨어지기 시작한 재민이 보율의 옆구리를 살살 찔렀다.

"이모! 재밌어?"

보율이 책을 덮고는 조카를 안아 무릎에 앉혔다.

"그럼 재밌지. 이 책을 읽고 이모가 질풍노도의 시기를 잘 견뎌 냈으니깐."

다른 데는 형부를 꼭 닮아 판박이이지만 눈만큼은 언니를 닮아 크고 댕그란 눈을 가진 조카가 궁금한 표정을 짓는다.

"질풍노도? 풍? 바람 풍! 바람이 불어? 그게 뭐야?"

요즘 자신이 외우는 한자를 옆에서 얼핏얼핏 따라 하더니 바람 풍이라는 한자를 어렴풋이 알고 있나 보다.

어허, 누굴 닮아 이렇게 머리가 비상할까? 우선 예술계로 발달한 엄마는 아닐 테고, 매일 회사 농땡이 부리고 들어오는 아빠는 더더욱 아닐 테니. 그럼 똑똑한 날 닮았나? 기분이 좋아진 보율이 조카의 머리를 헝클였다.

"나중에 네가 이모 나이가 되면 아무 이유 없이 화가 나고 엄마나 아빠, 이모가 싫어질 날이 올 거야. 그때 겪게 되는 변화라고나 할까?"

세상에서 자신을 가장 좋아하고 사랑하는 엄마와 아빠, 거기다 이모가 싫어진다니. 재민은 눈이 튀어나올 정도로 놀란 눈을 하고는 고개를 흔들었다.

"나는 엄마, 아빠, 이모 안 싫어해. 좋아해. 하늘만큼 땅만큼 좋아해."

이대로 두면 상상력이 풍부한 조카는 또 걱정이 많아져서 온 집이 떠나갈 정도로 울어 젖힐 거다. 보율이 조카의 머리를 쓰다듬으며 달랬다.

"하긴, 박재민 네가 나를 싫어하는 일은 없을 거다."

울려고 시동을 걸고 있던 재민의 커다란 눈이 보율을 향했다. 그러자 보율이 당연하다는 듯이 말을 이었다.

"이모는 누구도 싫어할 수 없는 미모를 가지고 있으니깐."

헉, 간식을 가지고 왔다가 밖에서 본의 아니게 방문에 귀를 대고 두 사람의 대화를 듣고 있던 보민이 놀라 비틀거렸다. 비틀거리는 보민과 떨어지려는 쿠키들을 받아 낸 사람은 역시나 일찍 퇴근한 일혁이었다.

"왜 이래? 무슨 일 있어?"

"아니에요. 보율이 자신감이 너무 하늘을 찔러서요."

"왜? 우리 처제는 자신감이 하늘 좀 찔러도 돼. 잘났잖아."

내가 참, 무슨 말을 하겠습니까? 보율이 저 자신감이 어디서 나왔겠나. 전부 한 자뻑 하시는 자신의 남편, 보율이 형부에게서 나온 것일 테니 누구를 탓하겠냐 말이다. 그나저나 오늘은 무슨 일로 이리 빨리 퇴근을 한 거지?

"그런데 오늘은 또 왜 이리 일찍 퇴근했어요?"

"아, 뭐, 겸사겸사."

이것 봐. 보율이도 이 말투를 따라서는 만날 그냥저냥, 겸사겸사 같은 말을 입에 달고 산다니깐.

"회사가 돌아가기는 하는 거예요?"

"그럼. 또 망할까 봐 걱정이야? 그 걱정, 처제 유치원 다닐 때보다 더 심해진 것 같은데?"

"걱정 마요. 결혼 십 주년 이십 주년 때도 해 줄 테니."

"하하, 당신 오늘따라 더 예쁘네?"

일혁이 보민의 허리를 단번에 끌어당겨 입을 맞췄다. 그 입맞춤에 보민이 자연스럽게 그의 어깨에 손을 둘렀다.

그녀와 함께하는 밤이 많아지고 이렇게 입을 맞춘 것만 해도 셀 수 없이 많았을진대 그녀와 키스하는 순간순간마다 첫 키스를 하는 것만큼 설렌다. 그의 인생에서 그녀가 뭐든지 처음이었으므로. 그들의 깊어지는 키스 사이로 보율의 목소리가 끼어들었다.

"좀 장소를 가려서 해요. 여기 어린이가 있다고! 자라나는 어린이도 보호하고 그래야지. 나 원 참."

서재 문을 열고 나오다 보인 광경에 보율이 재민의 큰 눈을 손으로 가리고 두 사람을 향해 아니꼽다는 듯이 소리쳤다.

매일 반복되는 삶. 그러나 그들에게 삶이란 매일매일 같지가 않다.

아침 해가 뜨고 저녁 해가 지는 거야 다 매한가지고 아침 점심 저녁 세 끼의 밥을 먹는 것도 같지만 그들에게는 매일매일이 서로에게 처음 만들어 가는 새로운 경험들로 가득할 것이니까.

작가 후기

안녕하세요. 민(MIN)입니다. 결혼의 조건이 책으로 나왔습니다. 읽는 것을 참 좋아하는 제가 막연히 글을 쓰고 싶어서 시작한 이야기가 벌써 세 번째 책으로 나왔습니다.

글을 쓸 때마다 참 부족하구나 하는 생각에 좌절할 때가 많았지만 격려해 주시고 응원해 주신 분들이 계셨기 때문에 제가 무사히 이야기를 끝마칠 수 있었던 것 같습니다.

가족이 하나도 없는 고아인 일혁과 입양한 동생을 친동생처럼 사랑하는 보민이 만나 조건을 건 결혼을 하게 되지만 그런 조건들은 결국 서로를 위하는 마음 앞에서는 아무것도 아닌 것이 됩니다.

사실 이 이야기를 쓰면서 가족이라는 것이 만들어지기 위해서는 조건 같은 건 필요가 없다는 이야기를 해 보고 싶었습니다.

거기다 이 글에서 가장 많은 사랑을 받은 보율 양! 많은 독자님께서 이런 아이는 소설에만 나오는 사기 캐릭터라며, 너무 귀엽다며 많은 사랑과 관심을 주셨습니다. 그 성원으로 보율이 이야기는 후속편 〈그녀를 잡아요〉라는 이야기로 열심히 쓰고 있습니다.

책이 나오는 데 제가 감사드려야 할 분들이 너무 많습니다. 제 이야기를 재밌다고 해 주신 모든 로망 독자님들. 그리고 스칼렛의 주종숙 팀장님 감사합니다. 언제나 상냥하고 친절한 목소리로 저를 대해 주셔서 항상 감사드립니다. 그리고 이번에 제 오류 많은 글을 수정해 주신다고 엄청난 고생을 하신 편집자 이은정님께도 감사드립니다. 덕분에 제 글이 책으로 나올 수 있게 되었습니다. 감사합니다. 마지막으로 저의 가장 든든한 지원자이자 똑똑하고 예쁘기까지 한 제 동생 선에게 이 책을 바칩니다.

이제 사기 캐릭터였던 보율과 보민, 우리 보자매와 남자 주인공 일혁을 보낼 때가 된 것 같습니다. 부족한 글을 읽어 주셔서 정말 감사드립니다.

무덥고 기승을 부리던 여름이 꼬리를 내리고 물러가고 가을이 선선함을 가지고 오는 문턱을 제 이야기로 함께해 주셔서 감사드립니다. 여러분의 하루하루 일상 속에서 항상 행복하신 일만 가득하길 온 맘으로 기도드리겠습니다. 다시 한 번 정말 감사드립니다.

민(MIN) 드림.

결혼의 조건

1판 1쇄 찍음 2014년 10월 2일
1판 1쇄 펴냄 2014년 10월 10일

지은이 | 민(MIN)
펴낸이 | 정 필
펴낸곳 | 도서출판 **뿔미디어**

편집장 | 이재권
기획 · 편집 | 주종숙, 이은정

출판등록 | 2002년 9월 11일 (제1081-1-132호)
주소 | 경기도 부천시 원미구 상동로 117번길 49(상동) 503호
전화 | 032)651-6513 / 팩스 032)651-6094
E-mail | scarlets2012@hanmail.net
블로그 | http://blog.naver.com/dahyangs
홈페이지 | http://bbulmedia.com

값 9,000원

ISBN 979-11-315-3649-0 03810